J'AIMERAIS TANT QUE TU SOIS LÀ

DU MÊME AUTEUR

LE PACTE : UNE HISTOIRE D'AMOUR, Presses de la Cité, 1999 ; J'ai lu n° 5936.
LA PURE VÉRITÉ, Presses de la Cité, 2001 ; J'ai lu n° 6639.
LE CERCLE DE SALEM, Presses de la Cité, 2002 ; J'ai lu n° 7697.
POUR QUE JUSTICE SOIT FAITE, Presses de la Cité, 2005 ; J'ai lu n° 8170.
MA VIE POUR LA TIENNE, Presses de la Cité, 2007 ; J'ai lu n° 8588.
LA COULEUR DE LA NEIGE, Presses de la Cité, 2008 ; J'ai lu n° 8846.
LE RIDEAU DÉCHIRÉ, Presses de la Cité, 2009 ; J'ai lu n° 9148.
PARDONNE-LUI, Michel Lafon, 2013.
LOUP SOLITAIRE, Michel Lafon, 2015.
À L'INTÉRIEUR, Michel Lafon, 2016 ; Michel Lafon Poche, 2018 (sous le titre *À FLEUR DE PEAU*).
LA TRISTESSE DES ÉLÉPHANTS, Actes Sud, 2017 ; Babel n° 1576.
MILLE PETITS RIENS, Actes Sud, 2018 ; Babel n° 1638.
UNE ÉTINCELLE DE VIE, Actes Sud, 2019 ; Babel n° 1751.
LE LIVRE DES DEUX CHEMINS, Actes Sud, 2021 ; Babel n° 1879.
J'AIMERAIS TANT QUE TU SOIS LÀ, Actes Sud, 2023 ; Babel n° 1943.

Titre original :
Wish You Were Here
Éditeur original :
Ballantine Books, Random House,
Penguin Random House LLC, New York
© Jodi Picoult, 2021
Tous droits réservés
Publié avec l'accord de Ballantine Books, Random House,
Penguin Random House LLC

© ACTES SUD, 2023
pour la traduction française
ISBN 978-2-330-19131-3

JODI PICOULT

J'AIMERAIS TANT QUE TU SOIS LÀ

roman traduit de l'anglais (États-Unis)
par Marie Chabin

BABEL

Pour Melanie Borinstein, qui viendra bientôt agrandir notre famille.
Il n'y a personne d'autre au monde avec qui je préférerais tenir salon pendant un confinement.

Selon L'Origine des espèces *de Darwin*, *ce n'est pas le plus fort de l'espèce qui survit, ni le plus intelligent. C'est celui qui sait le mieux s'adapter au changement de l'environnement dans lequel il évolue.*

LEON C. MEGGINSON

UN

UN

13 mars 2020

À l'âge de six ans, j'ai peint un morceau de ciel. Conservateur-restaurateur d'art, mon père faisait partie de la petite équipe chargée de rénover la fresque du zodiaque recouvrant le plafond du hall principal de la gare de Grand Central, une voûte céleste turquoise piquetée de constellations chatoyantes. Il était tard, j'aurais dû être au lit à cette heure-ci, mais il m'avait emmenée avec lui parce que ma mère, comme d'habitude, n'était pas à la maison.

Là-bas, il m'aida à grimper prudemment sur l'échafaudage. Je pus ainsi l'observer en train de travailler sur un fragment de peinture bleu pâle fraîchement lessivé. Je contemplai les étoiles composant la traînée de la Voie lactée, Pégase et ses ailes dorées, Orion brandissant sa massue, la silhouette tordue de la constellation des Poissons. Le tableau original avait été peint en 1913, m'expliqua mon père. Des fuites dans le toit avaient endommagé le revêtement en plâtre et, en 1944, une copie de la fresque avait été réalisée sur des panneaux qu'on avait ensuite fixés par-dessus le plafond voûté. Dans le projet initial, il était prévu que les panneaux soient régulièrement démontés pour être restaurés mais il y eut un hic : ils contenaient de l'amiante. Les conservateurs décidèrent alors de les laisser en place et se mirent au travail, armés de bâtonnets ouatés et d'une solution nettoyante, effaçant peu à peu plusieurs décennies de produits toxiques.

Ils dévoilèrent un pan d'histoire. Des signatures, des blagues personnelles et des messages laissés par les premiers artistes refirent surface, cachés parmi les constellations. Il y avait des dates de mariage, celle de la fin de la Seconde Guerre mondiale. Il y avait des noms de soldats. La naissance de jumeaux avait été consignée près de la constellation des Gémeaux.

Les premiers artistes avaient commis une erreur en peignant la fresque : le zodiaque était inversé par rapport à la façon dont il apparaissait dans le ciel nocturne. Pourtant, au lieu de corriger la bévue, mon père s'appliquait à l'accentuer. Ce soir-là, il dorait les étoiles parsemant une petite surface carrée. Après avoir passé une couche de colle sur les minuscules points jaunes, il les recouvrit d'une languette d'or, légère comme un souffle. Puis il se tourna vers moi. "Diana", dit-il en me tendant la main. J'escaladai pour me poster devant lui, protégée par son corps formant une barrière. Il me donna un pinceau que je passai sur la feuille d'or pour la faire adhérer. Puis me montra comment il fallait la frotter délicatement avec le pouce afin que seule la galaxie qu'il avait créée demeurât visible.

À la fin du chantier, les restaurateurs gardèrent un petit coin sombre à l'angle nord-ouest de Grand Central Terminal, au point de jonction entre le plafond bleu ciel et le mur de marbre. Ce rectangle de vingt-deux centimètres par douze fut laissé tel quel intentionnellement.

Mon père m'expliqua que les restaurateurs d'art procédaient toujours ainsi, au cas où des historiens souhaiteraient étudier plus tard l'œuvre originale. Pour savoir quelle distance on a parcourue, il suffit de se rappeler d'où on est parti.

Chaque fois que je traverse cette gare, Grand Central Terminal, je pense à mon père. Et à ce soir où nous sommes partis d'ici main dans la main, les paumes brillantes comme des voleurs d'étoiles.

C'est vendredi 13 aujourd'hui, je ferais bien de rester sur mes gardes. Pour se rendre de Sotheby's, dont le siège est situé dans l'Upper East Side, à l'Ansonia dans l'Upper West Side, il faut prendre la ligne Q du métro jusqu'à Times Square puis la 1 pour remonter vers Manhattan, ce qui veut dire que je dois d'abord voyager dans la mauvaise direction avant de prendre la bonne.

Je *déteste* revenir sur mes pas.

En temps normal, j'aurais traversé Central Park à pied mais j'ai une ampoule au talon à cause de mes chaussures neuves – jamais je ne les aurais mises si j'avais su que je serais convoquée séance tenante par Kitomi Ito. Voilà pourquoi je me retrouve dans les transports en commun. Il y a un truc qui cloche et il me faut un moment avant de comprendre ce que c'est.

Tout est calme. D'habitude, je suis obligée de me frayer un chemin au milieu des grappes de touristes en train d'écouter un type ou une nana pousser la chansonnette en échange de quelques pièces – quand ce n'est pas un quatuor de violonistes. Mais aujourd'hui, le quai est désert.

Hier soir, les théâtres de Broadway ont annulé leurs représentations pour une période d'un mois après qu'une ouvreuse a été testée positive au Covid. Pour Finn, cette mesure de précaution est disproportionnée. Le New York-Presbyterian où il fait son internat n'a pas enregistré l'afflux de patients touchés par le coronavirus qui semble inonder l'État de Washington, l'Italie et la France. Il n'y avait que dix-neuf cas recensés dans la ville de New York, m'a-t-il expliqué hier soir pendant qu'on regardait le journal télévisé et que je me demandais à voix haute s'il fallait commencer à paniquer. "Lave-toi souvent les mains et évite de te toucher le visage, a-t-il ajouté. Tout va bien se passer."

Le métro pour Upper Manhattan est presque vide aussi. Je descends à la station 72ᵉ Rue et émerge à la surface, papillotant des yeux comme une taupe, avant d'adopter le pas pressé des New-Yorkais. L'Ansonia se dresse majestueusement, pareil à un djinn colérique pointant insolemment vers le ciel son menton haussmannien. Je reste un moment plantée sur le trottoir, perdue dans la contemplation de son toit mansardé et de son indolente silhouette étalée entre la 73ᵉ et la 74ᵉ Rue. Un magasin North Face et une boutique American Apparel occupent le rez-de-chaussée mais l'ambiance n'a pas toujours été aussi bourgeoise. Kitomi m'a raconté qu'à l'époque où elle y a emménagé avec Sam dans les années 1970, l'immeuble était un repaire de voyantes et de médiums et abritait même un club échangiste avec une salle à orgie, un bar et un buffet à volonté. *Avec Sam*, m'a-t-elle confié, *on y allait au moins une fois par semaine.*

Je n'étais pas née lorsque les Nightjars avaient vu le jour sous l'impulsion de Sam et de son cocompositeur, William Punt, flanqués de deux camarades d'école originaires de Slough, en Angleterre. Je n'étais toujours pas de ce monde l'année où leur premier album était resté trente semaines d'affilée dans le classement *Billboard*, ni quand leur petit quatuor cent pour cent britannique était passé dans l'émission *The Ed Sullivan Show*, enflammant une meute de jeunes Américaines vagissantes. Je n'existais toujours pas quand Sam avait épousé Kitomi Ito dix ans plus tard, ni quand le groupe s'était séparé quelques mois après la sortie de leur dernier album dont la pochette très esthétique montrait Kitomi et Sam entièrement nus, prenant la même pose que les corps représentés sur le tableau accroché au-dessus de leur lit. Et je n'étais toujours pas née lorsque Sam fut assassiné trois ans plus tard sur le perron de ce même immeuble, poignardé à la gorge par un déséquilibré qui l'avait précisément reconnu à cause de cette pochette iconique.

Mais comme tous les habitants de cette planète, je connais l'histoire dans ses moindres détails.

Le portier de l'Ansonia m'adresse un sourire poli. La concierge lève les yeux à mon approche.

— Je viens voir Kitomi Ito, dis-je d'un ton désinvolte en faisant glisser mon accréditation sur son bureau.

— Elle vous attend. Étage…

— Dix-sept, je sais.

De nombreuses célébrités ont habité à l'Ansonia – de Babe Ruth à Theodore Dreiser en passant par Toscanini et Natalie Portman –, mais Kitomi et Sam Pride sont très probablement les plus connues. Si mon mari était mort assassiné sur les marches notre immeuble, je n'aurais certainement pas vécu trente ans de plus à la même adresse, mais chacun voit midi à sa porte. Toujours est-il que Kitomi a finalement décidé de déménager, ce qui explique pourquoi la veuve la plus tristement célèbre de l'histoire du rock a mon numéro de portable dans sa liste de contacts.

C'est quoi, ma vie ? Cette question me traverse l'esprit tandis que je m'adosse à la paroi de la cabine d'ascenseur.

Avant, quand les gens me demandaient ce que je voulais faire quand je serais grande, j'avais un plan tout tracé dans la tête. Je voulais faire carrière dans un métier que j'aime, me marier avant trente ans et avoir eu tous mes enfants avant trente-cinq. Je voulais parler couramment français et avoir sillonné le pays de long en large par la Route 66. Mon père s'était moqué de ma liste. *Tu es bien la fille de ta mère*, avait-il plaisanté.

Je n'avais pas pris ça pour un compliment.

Cela dit, je suis déjà bien lancée sur les rails. Je travaille comme spécialiste adjointe chez Sotheby's – rien que ça ! – et Eva, ma chef, m'a clairement laissé entendre que je décrocherais une promotion dès que la vente aux enchères du tableau de Kitomi serait terminée. Je ne suis pas fiancée mais le week-end dernier je suis tombée en panne de chaussettes propres et, en allant fouiller dans la commode de Finn pour lui en piquer une paire, j'ai découvert une bague cachée tout au fond du tiroir où il range ses sous-vêtements. On part en vacances demain et il y a de fortes chances qu'il fasse sa demande là-bas. J'en suis tellement persuadée que j'ai sauté le repas de midi pour aller chez la manucure aujourd'hui.

Et j'ai vingt-neuf ans.

La porte de l'ascenseur donne directement dans le hall d'entrée de l'appartement, entièrement carrelé de marbre noir et blanc à la manière d'un échiquier géant. Kitomi fait son apparition dans le couloir. Elle porte un jean, une paire de rangers, un peignoir de soie rose et les fameuses lunettes en forme de cœurs violets qui sont devenues sa marque de fabrique. Une tignasse blanche auréole son visage. Elle m'a toujours fait penser à un roitelet avec son ossature délicate et sa silhouette frêle. Après l'assassinat de Sam, le chagrin a blanchi sa chevelure noire du jour au lendemain. En me remémorant ce détail, je revois les photos d'elle prises sur le trottoir en bas de l'immeuble, celles où elle cherchait à reprendre son souffle.

— Diana ! lance-t-elle comme si nous étions de vieilles copines.

Il y a un bref moment d'embarras lorsque je tends machinalement la main avant de me rappeler qu'on ne se salue plus comme ça. J'esquisse alors un drôle de petit signe.

— Bonjour, Kitomi.

— Je suis ravie que vous ayez pu venir aujourd'hui.

— Pas de problème. La plupart des vendeurs préfèrent qu'on leur apporte les papiers en mains propres.

Par-dessus son épaule, tout au bout d'un long couloir, je l'aperçois : le tableau de Toulouse-Lautrec qui m'a permis de faire la connaissance de Kitomi Ito. Elle sourit en voyant mon regard glisser aussitôt vers lui.

— C'est plus fort que moi, dis-je. Je ne me lasse pas de le contempler.

Le visage de Kitomi se crispe fugacement.

— Dans ce cas, suivez-moi, propose-t-elle en m'entraînant dans les entrailles de son appartement. Vous allez pouvoir l'admirer sous un meilleur angle.

Entre 1892 et 1895, Henri de Toulouse-Lautrec scandalisa le cercle des impressionnistes en s'installant dans un bordel pour y peindre des prostituées posant ensemble dans un lit. Son tableau *Le Lit*, l'un des plus célèbres de la série, est exposé au musée d'Orsay. D'autres ont été vendus dix et douze millions de dollars à des collectionneurs privés. Bien qu'appartenant de toute évidence à la même série, celui que possède Kitomi s'en détache à plusieurs égards.

D'abord, il ne représente pas deux femmes, mais un homme et une femme. Celle-ci est assise nue, adossée à la tête de lit, le drap enroulé autour de la taille. Accroché au-dessus d'elle, un miroir reflète le deuxième personnage du tableau : Toulouse-Lautrec en personne assis à l'autre bout du lit, également nu, les jambes entortillées dans un fouillis de draps. Il tourne le dos à l'observateur. Les deux personnages se dévorent du regard. C'est intime et voyeuriste, privé et public.

Sur la pochette du dernier album des Nightjars intitulé *Twelfth of Never*, Kitomi est adossée à la tête d'un grand lit. Seins nus, elle regarde fixement Sam dont la large carrure emplit le tiers inférieur du champ visuel. Au-dessus d'elle se trouve le tableau qu'ils reproduisent, à la place du miroir reflétant la scène dans l'œuvre originelle.

Tout le monde connaît la pochette de cet album. Tout le monde sait que Sam a fait l'acquisition de ce tableau dans une collection privée pour l'offrir à Kitomi le jour de leur mariage.

Mais seule une poignée de personnes sont au courant qu'elle est sur le point de s'en séparer au cours d'une vente aux enchères exceptionnelle organisée par Sotheby's. Et cette vente, c'est moi qui l'ai décrochée. La voix de Kitomi interrompt ma rêverie.

— Vous partez toujours en vacances ?

Lui aurais-je parlé de mes projets de voyage ? Ce n'est pas impossible. Ce qui m'étonne davantage, c'est qu'elle y ait prêté attention.

Après m'être éclairci la gorge (je ne suis pas payée pour me pâmer devant des œuvres d'art, je suis payée pour les vendre), j'affiche un sourire de circonstance.

— Oui, deux semaines seulement. Et dès que je rentre, je me lance à fond dans la préparation de votre vente.

C'est un bien étrange boulot que le mien : je suis censée convaincre nos clients de se séparer de leurs œuvres préférées pour que d'autres puissent les adopter, ce qui ressemble à une chorégraphie savamment orchestrée où je dois m'extasier devant l'œuvre en question tout en persuadant ses propriétaires qu'ils prennent la bonne décision en la mettant sur le marché.

— Si vous vous inquiétez au sujet du transport jusqu'à nos bureaux, rassurez-vous, dis-je. Je vous promets d'être là pour superviser l'emballage et je serai également là pour réceptionner le colis.

Je jette un coup d'œil au tableau.

— Nous allons lui trouver le foyer idéal, comptez sur moi. Bon. On s'occupe des papiers ?

Kitomi regarde par la fenêtre avant de se tourner vers moi.

— À ce propos, commence-t-elle.

— Comment ça, elle ne veut plus vendre ? lance Eva en me scrutant par-dessus les montures de ses fameuses lunettes en écaille.

Eva St Clerck est à la fois ma patronne, mon mentor et une légende à elle toute seule. Responsable des ventes du département art moderne et impressionniste, vaste marché mondial, elle incarne la personne que j'aimerais être à quarante ans. Jusqu'à aujourd'hui, j'avais pleinement apprécié mon statut de chouchoute, confortablement calée sous son aile experte.

Eva plisse les yeux.

— Je m'en doutais. Quelqu'un de chez Christie's l'a contactée.

Kitomi a déjà vendu d'autres œuvres d'art par l'intermédiaire de Christie's, le principal concurrent de Sotheby's. Pour être honnête, tout le monde croyait qu'elle leur confierait la vente du Toulouse-Lautrec. Mais c'était avant que je prenne une initiative que je n'aurais jamais dû prendre en tant que spécialiste adjointe, et que j'arrive à la convaincre de nous confier la vente.

— Christie's n'a rien à voir là-dedans…

— Phillips ? coupe Eva en haussant les sourcils.

— Ni l'un ni l'autre, non. Elle veut juste faire une pause, dis-je en guise d'explication. Cette histoire de virus l'inquiète.

— Pourquoi ? demande Eva, interloquée. Ce n'est pas comme si un tableau pouvait l'attraper.

— Non, mais des acheteurs réunis dans une salle des ventes, si.

— S'il n'y a que ça, je vais la rassurer tout de suite, déclare Eva. Les Clooney ont déjà manifesté leur intérêt, Beyoncé et Jay-Z aussi, bon sang.

— Kitomi est également préoccupée par la Bourse en chute libre. D'après elle, la situation va vite se dégrader. Bref, elle préfère attendre un peu... Jouer la carte de la prudence plutôt que de regretter par la suite.

Eva se masse les tempes.

— Tu es au courant qu'on a déjà ébruité la vente... ? Le *New Yorker* a carrément publié un article dessus.

— Elle a juste besoin d'un peu de temps.

Eva détourne les yeux, déjà prête à me chasser de son esprit.

— Tu peux y aller, lâche-t-elle.

En sortant de son bureau, je plonge dans le dédale de couloirs tapissés d'ouvrages que je consulte dès que je dois faire des recherches sur tel ou tel courant artistique. Ça fait six ans et demi que je travaille pour Sotheby's – sept si l'on compte le stage que j'ai effectué quand j'étais encore étudiante au Williams College. J'ai quitté l'université pour intégrer directement le master marché de l'art proposé par la célèbre maison de ventes aux enchères. J'ai commencé comme stagiaire diplômée avant d'être promue assistante au service des catalogues du département de l'art impressionniste. J'étais chargée de collecter un maximum d'informations sur les tableaux dont on nous confiait la vente. J'étudiais les œuvres sur lesquelles travaillait l'artiste à la même époque et vérifiais les prix de tableaux similaires. Il m'arrivait même de rédiger la première ébauche de la présentation figurant au catalogue. Bien que le reste du monde ait basculé dans l'ère du numérique, le secteur de l'art continue de fabriquer de magnifiques catalogues papier, brillants et raffinés. Leur importance est capitale. En tant que spécialiste adjointe, j'accomplis désormais d'autres missions sous les ordres d'Eva : je vais inspecter l'œuvre d'art dans son environnement et consigne ses éventuelles imperfections, de la même manière qu'on examine une voiture de location sous toutes ses coutures avant de signer le contrat ; je suis physiquement le tableau emballé tout au long de son transport depuis son ancien domicile jusqu'au siège ; et j'accompagne parfois ma patronne à des réunions avec de potentiels clients.

Jaillissant d'une porte que je suis en train de longer, une main m'attrape par l'épaule et m'attire à l'intérieur d'une petite pièce.

— Nom de Dieu, fais-je en m'écroulant à moitié sur Rodney.

Rodney est mon meilleur ami chez Sotheby's. Comme moi, il est entré dans la maison en tant que stagiaire diplômé. Mais contrairement à moi, il n'a pas atterri au service commercial. Rodney conçoit les espaces de présentation destinés à recevoir les œuvres d'art proposées à la vente et donne un coup de main pendant l'étape de fabrication.

— C'est vrai ce qu'on raconte ? demande-t-il sans préambule. T'as perdu le tableau des Nightjars ?

— D'abord, ce n'est pas le tableau des Nightjars. C'est celui de Kitomi Ito. Ensuite, merde, comment t'es déjà au courant ?

— Enfin, ma chérie, la rumeur est la force vitale de tout le secteur, ironise Rodney. Elle se propage plus vite que la grippe dans les salles de cet immeuble.

Il hésite un instant avant d'ajouter :

— Voire plus vite que le coronavirus.

— OK. Je n'ai pas *perdu* le Toulouse-Lautrec. Kitomi préfère juste attendre que les choses s'apaisent un peu.

Rodney croise les bras.

— Tu crois vraiment que ça va bientôt se calmer ? Le maire a décrété l'état d'urgence hier.

— Finn m'a dit qu'il n'y avait que dix-neuf cas en ville.

Rodney me dévisage avec un mélange de pitié et d'incrédulité, comme si je venais de lui annoncer que je croyais encore au père Noël.

— Je veux bien te donner un de mes rouleaux de papier-toilette, raille-t-il.

Pour la première fois depuis le début de notre échange, je jette un coup d'œil par-dessus son épaule. Six bandes de peinture dorée, chacune d'une nuance différente, recouvrent les murs.

— Laquelle tu préfères ? demande Rodney.

Je montre la bande du milieu.

— C'est vrai ? fait-il en plissant les yeux.

— C'est pour quelle occasion ?

— Une présentation de manuscrits médiévaux. Vente privée.

— Alors plutôt celle-ci, dis-je en désignant sa voisine – qui me semble parfaitement identique à la première – avant d'ajouter d'un ton suppliant : Monte avec moi à Sant Ambroeus.

C'est le café situé au dernier étage de l'immeuble. Je compte sur leur sandwich prosciutto-mozzarella pour m'aider à oublier la tête d'Eva lorsque je lui ai annoncé la nouvelle.

— Je peux pas. C'est popcorn pour moi, aujourd'hui.

Il y a du popcorn à faire éclater au micro-ondes dans la salle de pause. Il est en libre-service et sert de déjeuner quand on n'a pas le temps de faire une pause.

— Rodney... je suis foutue.

Il pose les mains sur mes épaules, m'oblige à pivoter et me pousse vers le mur d'en face recouvert d'un vaste panneau réfléchissant, vestige de la dernière installation.

— Qu'est-ce que tu vois ?

Je regarde mes cheveux que j'ai toujours trouvés trop roux, puis mes yeux, bleu acier. Mon rouge à lèvres a filé. Mon teint est d'un blanc neigeux, spectral. Et une tache bizarre macule le col de mon chemisier.

— Je vois quelqu'un qui peut dire adieu à sa promotion.

— C'est marrant, fait Rodney, parce que, moi, je vois quelqu'un qui part en vacances demain et qui devrait se foutre royalement de Kitomi Ito, d'Eva St Clerck et de Sotheby's. Pense plutôt aux cocktails de fruits exotiques, au décor paradisiaque, aux parties de "Et si on jouait au docteur" avec ton chéri...

— Les vrais docteurs ne font pas ce genre de trucs...

— ... et aux sorties plongée avec les monstres de Gila...

— Les iguanes marins.

— Peu importe.

Planté derrière moi, Rodney me serre les épaules. Son regard croise le mien dans le miroir.

— Diana, quand tu reviendras dans deux semaines, tout le monde sera passé à autre chose parce qu'il y aura eu un autre scandale entre-temps.

Il me gratifie d'un petit sourire moqueur.

— Alors va vite acheter de l'écran total et barre-toi d'ici.

Je ris en voyant Rodney attraper un rouleau de peinture puis recouvrir adroitement toutes les bandes dorées avec la couleur que j'ai choisie. Un jour, il m'a confié que les murs des maisons de ventes aux enchères pouvaient gagner plus de trente centimètres d'épaisseur à force d'être repeints.

En fermant la porte derrière moi, je me demande de quelle couleur était cette pièce à l'origine. Est-ce que quelqu'un ici s'en souvient seulement ?

Pour se rendre à Hastings-on-Hudson, dans la banlieue nord de New York, il faut prendre le train Metro-North à la gare Grand Central. Je me dirige donc de nouveau vers Midtown.

Cette fois-ci cependant, je passe par le hall principal de l'édifice, me poste pile sous le morceau de ciel que j'ai peint avec mon père puis laisse mon regard glisser sur le zodiaque inversé parsemé d'étoiles rosissant le plafond voûté. La nuque rejetée en arrière, j'observe la fresque jusqu'à ce qu'une sensation de vertige m'assaille et que la voix de mon père résonne presque à mes oreilles.

Ça fait quatre ans qu'il est mort, et chaque fois que je dois trouver le courage de rendre visite à ma mère, je passe par ici, comme si le souvenir de mon père me procurait une sorte d'immunité protectrice.

Je ne sais pas vraiment pourquoi je vais la voir. Ce n'est pas comme si elle me réclamait. Et ça ne fait pas non plus partie d'une espèce de routine que j'aurais instaurée... ma dernière visite remonte à trois mois.

Mais peut-être est-ce *précisément* pour cela que j'y vais aujourd'hui.

Les Greens sont une maison de retraite médicalisée située à quelques pas de la gare de Hastings-on-Hudson. C'est une des raisons pour lesquelles j'ai choisi cet établissement lorsque ma mère a brusquement réapparu après des années de silence absolu. Et bien sûr, elle n'a pas débarqué dégoulinante de tendresse maternelle. Elle représentait un problème qu'il fallait régler rapidement.

Le bâtiment en brique fait partie d'un quartier qu'on croirait tout droit importé de Nouvelle-Angleterre. Une rangée d'arbres borde la rue et une bibliothèque se dresse non loin de là. Les pavés forment un demi-cercle de plus en plus large devant l'entrée. Ce n'est qu'après avoir franchi la porte fermée à clé et sécurisée par un digicode, en arpentant les couloirs peints dans des couleurs différentes puis en découvrant les photos placardées sur les portes des logements des résidents que l'on prend conscience de la nature de l'endroit : un centre de soins pour les personnes atteintes de troubles de la mémoire.

Je signe le registre et dépasse une femme qui traverse d'un pas traînant la pièce inondée de lumière où se déroulent les ateliers d'arts plastiques. Toutes sortes de créations y sont exposées : tableaux, poteries, objets artisanaux. À ma connaissance, ma mère n'y a jamais participé.

De multiples aménagements ont été prévus pour faciliter le quotidien des résidents. Les portes qu'ils doivent emprunter ont des encadrements jaune d'or impossibles à louper. Les pièces destinées au personnel ou au rangement se fondent au contraire dans les murs tapissés de papier peint orné d'étagères en trompe-l'œil ou de décors végétalisés. Comme toutes les portes d'appartements se ressemblent, chacune se distingue par une grande photo représentant quelque chose d'évocateur pour l'occupant du logement : un membre de sa famille, un endroit particulier, un animal de compagnie chéri. Pour ma mère, il s'agit d'une de ses photos les plus célèbres : un réfugié arrivé de Cuba par radeau, portant dans ses bras le corps inerte de son fils mort de déshydratation. C'est à la fois lugubre et révoltant. Empreint d'un désespoir glaçant. En résumé, ce cliché condense à lui seul toute l'œuvre photographique d'Hannah O'Toole.

Des digicodes placés à l'extérieur et à l'intérieur du bâtiment sécurisent la porte d'entrée. (À l'intérieur, le clavier est constamment entouré d'une petite grappe de résidents qui, pareils à des zombies, jettent des coups d'œil par-dessus les épaules des visiteurs pour tenter d'apercevoir les chiffres tapotés, synonymes de liberté.) Les chambres individuelles ne sont pas fermées à clé. J'entre dans l'appartement de ma mère, propre et bien rangé. La télé est allumée – elle l'est *en permanence* – et diffuse un jeu. Ma mère est assise sur le canapé, les mains posées sur les genoux, comme si elle était au bal et attendait sagement qu'on vienne l'inviter à danser. Elle est plus jeune que la majorité des résidents. La mèche blanche qui strie sa chevelure brune lui donne des airs de mouffette. Je l'ai toujours connue comme ça. En apparence, elle n'a pas beaucoup changé depuis mon enfance. Seule son immobilité me frappe. Ma mère était toujours en mouvement : elle parlait avec animation en gesticulant, pivotait sur elle-même pour répondre à la question suivante, réglait l'objectif d'un appareil photo, se carapatait à l'autre bout du monde, loin de nous, pour capturer les images d'une révolution ou d'une catastrophe naturelle.

J'aperçois derrière elle la véranda protégée de cadres moustiquaires. C'est aussi pour cela que j'ai choisi cet établissement. Je me suis dit qu'une femme qui avait passé les trois quarts de sa vie en plein air détesterait être enfermée entre les murs d'une structure réservée aux personnes atteintes de troubles de la mémoire. La véranda est un endroit sûr car il n'y a aucun moyen de s'en échapper, mais elle offre une vue sur l'extérieur. Alors d'accord, il ne s'agit que d'une bande de gazon délimitée un peu plus loin par un parking, mais c'est mieux que rien.

Ça me coûte un bras d'avoir placé ma mère ici. Le jour où elle s'est matérialisée sur mon palier, encadrée par deux agents de police qui l'avaient embarquée alors qu'elle était en train d'errer dans Central Park en robe de chambre, je ne savais même pas qu'elle était rentrée à New York. Les flics avaient trouvé mon adresse dans son portefeuille, griffonnée sur le rabat déchiré d'une vieille enveloppe de carte de Noël. *Bonjour madame, connaissez-vous cette femme, par hasard ?* m'avait demandé l'un d'eux.

Je savais qui elle était, bien sûr. Mais je ne la *connaissais* absolument pas.

Lorsqu'il fut clairement établi que ma mère souffrait de démence, Finn m'a demandé ce que je comptais faire. *Rien*, j'ai répondu. Elle ne s'était presque jamais occupée de moi quand j'étais enfant, pourquoi aurais-je dû me sentir obligée de m'occuper d'elle maintenant ? Je me rappelle avoir remarqué son expression lorsqu'il s'est rendu compte que l'amour n'était peut-être pour moi qu'une histoire de contrepartie. Je ne voulais plus jamais revoir ça sur le visage de Finn, mais je connaissais aussi mes limites et je n'avais ni le temps ni le courage d'accompagner une personne atteinte d'un alzheimer précoce. J'ai donc pris les mesures nécessaires en m'entretenant avec le neurologue de ma mère puis en glanant des brochures dans plusieurs centres spécialisés. Les Greens arrivaient en première position, mais ils coûtaient cher. Finalement, j'ai vidé l'appartement de ma mère, vendu aux enchères les photos accrochées aux murs et obtenu ainsi une rente qui me permet de régler ses frais d'hébergement.

L'ironie de la situation ne m'a pas échappé : le parent qui me manque cruellement est celui qui n'est plus de ce monde alors que celui dont je pourrais facilement me passer me colle aux basques pour une période indéterminée.

Plaquant un sourire sur mon visage, je m'assieds sur le canapé à côté de ma mère. Bien que je puisse compter sur mes dix doigts le nombre de fois où je lui ai rendu visite depuis que je l'ai placée ici, les consignes du personnel résonnent encore distinctement dans mon esprit :

faites comme si elle vous connaissait ; même si elle ne se souvient pas de vous, elle suivra certainement le mouvement et se comportera comme si vous étiez une amie. Lors de ma première visite, ma mère m'avait demandé qui j'étais. Quand j'avais répondu *Ta fille*, elle était entrée dans un état de grande agitation et s'était écartée si brusquement qu'elle avait trébuché sur une chaise et s'était ouvert le front en tombant.

— Qui est-ce qui gagne à *La Roue de la fortune* ? je demande en m'installant tranquillement, comme si je venais la voir tous les jours.

Ses yeux se posent sur moi. Une lueur de confusion vacille, semblable à une veilleuse tremblotante, puis s'éteint rapidement.

— La femme au chemisier rose, répond-elle en fronçant les sourcils, s'efforçant visiblement de me situer. Vous êtes…

— La dernière fois que je suis venue, il faisait chaud dehors, dis-je pour lui indiquer que je ne suis pas une inconnue. Il fait bon aussi, aujourd'hui. On pourrait peut-être ouvrir la baie vitrée ?

Elle acquiesce d'un signe de tête et je me dirige vers la porte ouvrant sur la véranda tendue de toile moustiquaire. Le loquet qui la verrouille de l'intérieur est ouvert.

— Tu dois veiller à ce que ça reste toujours bien fermé, dis-je à ma mère.

Je ne suis pas inquiète : elle ne fuguera pas mais je n'aime pas l'idée que cette porte coulissante ne soit pas verrouillée.

— On va quelque part ? demande ma mère lorsqu'une bouffée d'air frais envahit le salon.

— Pas aujourd'hui. Mais moi, je pars en voyage demain. Je vais aux Galápagos.

— J'y suis allée, dit ma mère.

Son visage s'éclaire tandis qu'un fragment de mémoire se réveille.

— Il y a une tortue, là-bas, reprend-elle. Lonesome George. C'est la dernière de son espèce. Imaginez ce que ça doit faire d'être le dernier survivant d'une espèce, quelle qu'elle soit, dans le monde entier.

Pour une raison inexplicable, des larmes me nouent la gorge.

— Elle est morte, dis-je.

Ma mère incline la tête sur le côté.

— Qui ça ?

— Lonesome George.

— C'est qui, George ? demande-t-elle avant de plisser les yeux. Et vous, qui êtes-vous ?

Cette petite phrase-là me fait terriblement mal.

Je ne sais pas pourquoi je souffre tant à l'idée que ma mère ne se souvienne plus de moi alors qu'en réalité, elle n'a jamais vraiment su qui j'étais.

Quand Finn rentre de l'hôpital, je suis au lit, enfouie sous la couette. J'ai enfilé un bas de survêtement et ma chemise de flanelle préférée. Mon ordinateur portable est posé en équilibre instable sur mes genoux. Cette journée m'a littéralement *vidée*. Finn vient s'asseoir près de moi et s'adosse à la tête de lit. Ses cheveux blonds sont humides, signe qu'il s'est douché au New York-Presbyterian avant de rentrer. Interne en chirurgie, il porte encore une blouse qui met en valeur les courbes de ses biceps et dévoile les nuées de taches de rousseur constellant ses bras. Il jette un coup d'œil à l'écran puis au pot de glace vide calé contre moi.

— Waouh, murmure-t-il. *Out of Africa*... *et* vanille-pécan ? T'as sorti la grosse artillerie, dis donc.

Je pose la tête sur son épaule.

— J'ai eu une journée particulièrement merdique.
— Pas aussi merdique que la mienne, rétorque Finn.
— J'ai perdu un tableau.
— J'ai perdu une patiente.

Un grognement s'échappe de mes lèvres.

— T'as gagné. Comme d'habitude. Une urgence artistique n'est jamais mortelle.
— Non, j'ai vraiment *perdu* une patiente. Une vieille dame atteinte de DCL s'est fait la malle juste avant que je la conduise au bloc pour une ablation de la vésicule biliaire.
— Douceur chronique létale ?

Un sourire joue sur les lèvres de Finn.

— Démence à corps de Lewy.

Inévitablement, je pense à ma mère.

— Vous l'avez retrouvée ?
— Grâce aux vigiles, oui. Elle était à l'étage de la maternité.

Je ne peux pas m'empêcher de me demander ce qui l'a poussée dans cette direction : une espèce d'erreur de navigation interne ou peut-être l'ombre d'un souvenir, pareil à la queue d'un cerf-volant voletant tellement haut parmi les nuages qu'on le distingue à peine.

— OK, alors j'ai gagné, fais-je avant de lui donner la version abrégée de mon entrevue avec Kitomi Ito.

— Bon, lance Finn, dans le grand ordonnancement des choses, il n'y a rien de catastrophique. Tu peux encore décrocher ta promotion et devenir spécialiste quand elle se décidera à vendre.

Ce que j'aime le plus chez Finn (en fait, il y a plein d'autres choses que j'adore chez lui et celle-ci en est une parmi tant d'autres), c'est que ça ne l'étonne pas que mon avenir soit déjà tout tracé dans ma tête. Parce que c'est pareil pour lui. Cerise sur le gâteau, son plan et le mien concordent parfaitement : d'abord une carrière professionnelle réussie puis deux enfants puis une ferme rénovée dans le Nord de l'État de New York. Une Audi TT. Un springer anglais pure race, mais aussi un bâtard qu'on aura recueilli. Six mois à l'étranger. Un compte bancaire assez rempli pour pouvoir acheter des pneus neige ou une nouvelle maison sans être obligés de se serrer la ceinture. Un siège au conseil d'administration d'un foyer pour SDF, d'un hôpital ou d'une fondation pour la recherche contre le cancer – n'importe quelle association œuvrant à sa manière pour un monde meilleur. Et pour terminer, un bel accomplissement qui ferait entrer mon nom dans la postérité – au moins locale.

(J'avais espéré que la vente du tableau de Kitomi Ito me permettrait de cocher cette dernière case.)

Si l'on compare le mariage à un joug destiné à faire avancer deux personnes dans la même direction, alors mes parents ressemblaient à ces bœufs tiraillant chacun de leur côté. Quant à moi, j'étais coincée au milieu. Je ne comprendrai jamais comment deux personnes peuvent se passer la bague au doigt sans se rendre compte un seul instant que leurs envies sont diamétralement opposées.

Mon père rêvait d'une famille ; pour lui, l'art n'était qu'un moyen de subvenir à mes besoins. Ma mère rêvait d'art ; pour elle, une famille n'était qu'une distraction. Pour moi, l'amour compte par-dessus tout. Mais aucune passion, si dévorante soit-elle, ne réussirait à combler pareil abîme.

La vie bascule souvent quand on s'y attend le moins, c'est vrai, mais rien ne nous interdit de cheminer avec un plan dans la poche. À cette fin, alors que bon nombre de nos amis continuent de courir à grands frais après les diplômes, éliminent d'un glissement de pouce d'éventuelles conquêtes ou cherchent à savoir ce qui peut bien allumer l'étincelle du bonheur, Finn et moi, nous avons des *projets*. Mieux : nous n'avons pas seulement programmé nos vies de la même manière mais nous partageons aussi les mêmes rêves, la même liste de choses à faire. Courir un marathon. Savoir reconnaître un bon cabernet. Regarder tous les films figurant au Top 250 du classement IMDb. Aller admirer les champs de tulipes en Hollande. Apprendre à faire du surf. Voir une aurore boréale. Prendre notre retraite à cinquante ans. Visiter tous les sites classés au patrimoine mondial de l'Unesco.

On a décidé de commencer par les Galápagos. Un voyage horriblement cher pour deux New-Yorkais de la génération Y. Rien que les billets d'avion coûtent les yeux de la tête. Mais ça fait quatre ans qu'on met de l'argent de côté et j'ai réussi à trouver sur internet une offre intéressante qui correspond à notre budget. On passera tout notre séjour sur la même île au lieu d'en visiter une ribambelle dans le cadre de croisières exorbitantes.

Quelque part sur une plage de sable noir, Finn posera un genou à terre et je plongerai dans l'océan de ses yeux en murmurant *oui, commençons le reste de nos vies*.

Bien que je n'aie jamais dévié de la trajectoire que je me suis fixée, j'ai parfois l'impression de faire du surplace en attendant la prochaine étape. J'ai un boulot, mais toujours pas de promotion. J'ai un amoureux, mais toujours pas de famille. C'est un peu comme quand Finn joue à un de ses jeux vidéo et qu'il n'arrive pas à passer au niveau supérieur. Je visualise, j'exprime, j'essaie de m'adresser directement à l'univers. Finn a raison. Ce n'est pas une petite anicroche, en l'occurrence les tergiversations de Kitomi, qui me fera dérailler.

Qui *nous* fera dérailler.

Il pose un baiser sur le sommet de mon crâne.

— Je suis désolé que tu aies perdu ton tableau.

— Je suis désolée que tu aies perdu ta patiente.

Il a distraitement mêlé ses doigts aux miens.

— Elle toussait, dit-il dans un murmure.

— Je croyais qu'elle était à l'hôpital pour sa vésicule.

— Oui. Mais elle toussait. Tout le monde l'entendait. Et je…

Il lève sur moi un regard honteux.

— J'étais mort de trouille.

Je serre sa main dans la mienne.

— Tu as cru qu'elle avait le Covid ?

— Ouais, répond-il en secouant la tête. Alors au lieu d'aller directement dans sa chambre, je suis d'abord passé voir deux autres patients. Je suppose qu'elle en a eu marre d'attendre… et elle est partie.

Il marque une pause, esquisse une grimace.

— Elle avait une *toux de fumeuse*, on devait lui retirer la vésicule biliaire et, au lieu de penser à sa santé, j'ai pensé à la mienne.

— Arrête de culpabiliser.

— Je ne peux pas. J'ai prêté serment, Diana. C'est un peu comme si un pompier refusait d'entrer dans un bâtiment en feu sous prétexte qu'il y fait trop chaud.

— Je croyais qu'il n'y avait que dix-neuf cas dans toute la ville de New York.

— Pour le moment. Mais mon maître de stage nous a fait flipper en disant que les urgences seraient débordées d'ici lundi. Il m'a fallu une heure pour mémoriser les consignes pour enfiler et retirer correctement les EPI.

— Heureusement qu'on part en vacances. Je crois qu'on a vraiment besoin de faire un break, tous les deux.

Comme Finn ne dit rien, je continue :

— J'ai hâte de me retrouver sur une plage avec toi et d'avoir l'impression que tout ça est à des millions de kilomètres de nous.

Silence.

— *Finn...*

Il s'écarte pour pouvoir me regarder dans les yeux.

— Diana, commence-t-il, tu devrais y aller quand même.

Cette nuit-là, après que Finn a sombré dans un sommeil agité, je me réveille avec un mal de tête. Je me lève pour prendre de l'aspirine puis file sans bruit au salon où je soulève l'écran de mon ordinateur. Le maître de stage de Finn leur a fait comprendre dans des termes sans équivoque qu'il était *fortement déconseillé* de prendre des congés en ce moment. À partir de maintenant, tout le monde devait se tenir prêt à intervenir.

Je ne mets évidemment pas sa parole en doute mais je ne peux pas m'empêcher de repenser à la gare déserte et ça me paraît bizarre. La ville semble vide... plutôt que pleine de gens malades.

Mes yeux volettent de gros titre en gros titre : De Blasio décrète l'état d'urgence.

Le maire de la ville de New York prévoit un millier de cas d'ici la semaine prochaine.

La NBA et la NHL annulent leurs saisons.

Le Metropolitan Museum a fermé ses portes à tous les visiteurs.

Dehors, l'horizon commence à rougeoyer. J'entends le vrombissement d'une voiture. On dirait un samedi ordinaire à New York. Sauf qu'apparemment, nous sommes dans l'œil du cyclone.

Un jour, alors que j'étais enfant, mon père et moi avions accompagné ma mère qui allait photographier les ravages de la sécheresse dans le Midwest. Une tornade nous a surpris pendant notre séjour. Le ciel avait viré au jaune, pareil à un vieil hématome. Nous nous sommes réfugiés dans le sous-sol du bed and breakfast et nous sommes tapis contre des cartons étiquetés *Décorations de Noël* et *Linge de table*. Ma mère était restée au rez-de-chaussée avec son appareil photo. Lorsque les hurlements du vent ont cessé, elle est sortie et je l'ai suivie. Elle n'a pas paru étonnée de me voir là.

Il n'y avait pas le moindre bruit – aucun être humain, aucune voiture et, bizarrement, ni oiseaux ni insectes. Comme si nous étions sous cloche.

C'est fini ? ai-je demandé.

Oui, m'a-t-elle répondu. *Et non.*

Des mains se posent soudain sur mes épaules. Je n'ai pas entendu Finn approcher.

— C'est mieux comme ça, dit-il.

— Tu veux dire, que je parte en vacances toute seule ?

— Que tu sois dans un endroit où je n'ai pas à m'inquiéter pour toi. On ne sait jamais ce que je pourrais ramener de l'hôpital. En fait, je ne sais même pas si je vais pouvoir rentrer à la maison.

— Ils disent tous que ce sera terminé dans deux semaines.

Ils. Les présentateurs des journaux télévisés qui répètent comme des perroquets les déclarations du porte-parole du gouvernement qui lui-même répète celles du président.

— Oui, je sais. Mais mon maître de stage ne tient pas le même discours.

Je repense à la station de métro, quelques heures plus tôt. À Times Square, déserté par les touristes. Je n'ai pas envie de faire des réserves de gel hydroalcoolique ou de masques FFP2. J'ai vu les chiffres en France et en Italie, mais les victimes sont toutes des personnes âgées. Je veux bien prendre certaines précautions, mais je suis jeune et en bonne santé. Ce n'est pas facile de savoir ce qu'il faut croire. *Qui* il faut croire.

Puisque la pandémie semble encore loin de Manhattan, il y a fort à parier qu'elle soit encore plus discrète dans un archipel perdu au milieu de l'océan Pacifique.

— Et si tu tombes en rade de PQ ?

— C'est *ça* qui t'inquiète ? réplique Finn en serrant légèrement mes épaules et j'entends un sourire dans sa voix. Je volerai des rouleaux à l'hôpital si des bagarres éclatent dans les supérettes du quartier, promis.

L'idée de partir sans lui ne me plaît pas du tout. Ce n'est pas normal. Et ça l'est encore moins d'envisager d'emmener une amie à sa place – de toute manière, je n'en connais aucune qui accepterait de partir deux semaines comme ça, à l'improviste. D'un autre côté, la suggestion de Finn répond à un aspect pratique que je ne peux ignorer. J'ai déjà posé mes congés. Je sais qu'on pourra demander un avoir pour le billet d'avion de Finn. En revanche, dans le contrat de notre séjour à prix imbattable, il est stipulé en petits caractères qu'aucun remboursement ne sera effectué. Inutile de discuter. Ce serait franchement stupide de perdre autant d'argent, surtout quand la simple idée de retourner au boulot lundi matin intensifie mon mal de tête. Je pense à Rodney qui me voit déjà avec mon masque et mon tuba au milieu des iguanes.

— Je t'enverrai des photos, promets-je à Finn. Tellement que tu seras obligé d'augmenter la mémoire de ton téléphone.

Il se penche vers moi jusqu'à ce que je sente ses lèvres dans le creux de mon cou.

— Amuse-toi pour nous deux, murmure-t-il.

La peur m'assaille soudain, si forte qu'elle m'oblige à me lever d'un bond pour me blottir dans ses bras.

— Tu seras là quand je reviendrai, dis-je d'un ton catégorique, parce que l'idée que cette phrase puisse être une question m'est insupportable.

Un sourire étire les lèvres de Finn.

— Tu ne réussirais pas à te débarrasser de moi même si tu en avais très envie.

Pour être franche, je ne garde aucun souvenir de mon voyage jusqu'aux Galápagos.

La faute, sans doute, au puissant somnifère que j'ai gobé tout de suite après l'embarquement. Je me souviens d'avoir préparé mes affaires et retiré *in extremis* les guides touristiques de mon bagage à main pour les glisser dans ma valise. Je me souviens d'avoir vérifié à trois reprises que j'avais bien pris mon passeport. Je me souviens que Finn a été bipé par l'hôpital et qu'il m'a embrassée en disant :

— Les chutes de Victoria.

— Tu as déjà oublié mon nom, ai-je plaisanté.

— C'est le prochain site classé par l'Unesco que nous visiterons. À la différence que c'est moi qui m'envolerai pour le Zimbabwe et toi qui resteras ici. Ça me paraît équitable.

— Marché conclu, ai-je promis, parce que je savais qu'il ne partirait pas sans moi.

Après ça, ce ne sont que bribes et fragments : la folle agitation qui régnait à l'aéroport, comme si c'étaient les fêtes de fin d'année et pas un week-end ordinaire du mois de mars ; la bouteille d'eau que j'achète avant d'embarquer et que je termine pendant le vol, le magazine *People* que je n'ai jamais ouvert ; le choc des roues sur le tarmac qui m'arrache à une rêverie tissée d'informations glanées de-ci de-là sur ma destination. Encore à moitié ensuquée, je traverse d'un pas traînant ce territoire inconnu qu'est l'aéroport de Guayaquil. Je dois passer une nuit sur le continent avant de prendre un vol de correspondance pour les Galápagos.

De mon arrivée en Équateur, je ne garde que deux choses en mémoire : la compagnie aérienne a perdu ma valise, et quelqu'un vérifie ma température avant de m'autoriser à entrer dans le pays.

Mon vocabulaire espagnol est trop limité et je n'ai pas assez de réseau pour expliquer que mon avion en partance pour les îles décolle tôt le lendemain mais ça ne doit pas être la première fois que ce genre de choses arrive. Je remplis un formulaire de réclamation bagage perdu. Vu le nombre de personnes qui font la même chose que moi, j'ai peu d'espoir de récupérer ma valise à temps. Quelle guigne d'avoir déplacé les guides touristiques à la dernière minute ! Tant pis. Je découvrirai les sites par moi-même – pas besoin de lire à quoi ils ressemblent puisque je serai sur place. J'ai mon matériel de survie dans mon *tote bag* : brosse à dents et dentifrice, chargeur, plus un maillot de bain que j'ai ajouté précisément pour parer à ce genre d'éventualité. Je reviendrai à l'aéroport demain matin et m'envolerai pour Baltra, une petite île des Galápagos située au nord de Santa Cruz, puis je prendrai un bus pour attraper le ferry qui me conduira jusqu'à Isabela où je séjournerai deux semaines. Avec un peu de chance, ma valise me rattrapera quelque part en cours de route.

Après avoir pris une douche, je me tresse les cheveux puis me connecte au réseau wi-fi merdique de l'hôtel pour tenter de joindre Finn en FaceTime. Il ne répond pas mais quelques minutes plus tard, mon téléphone sonne et son visage apparaît sur l'écran, caché derrière une visière en plastique et un masque chirurgical.

— Ça y est, t'es arrivée ! lance-t-il.

— Eh oui. Mais ma valise n'a pas eu cette chance.

— Waouh. Tu veux dire que non seulement j'ai renoncé à des vacances au paradis, mais j'ai aussi fait une croix sur des vacances où tu vas devoir te balader nue toute la journée, c'est ça ?

Je souris.

— J'espère ne pas être obligée d'en arriver là.

Une sensation de fatigue et de grande solitude me submerge brusquement.

— Tu me manques, dis-je à mi-voix.

Une sirène d'ambulance se met à hurler dans le micro. Finn détourne les yeux vers la gauche.

— Faut que j'y aille.

— Tu le vois, ça y est ? Le virus ?

Son regard rencontre le mien. Derrière l'écran en plexiglas, je distingue de légers cernes sous ses yeux. Il est 22 heures. Une pensée me traverse l'esprit : pendant que je dormais dans un avion, lui bossait sans relâche. Ça fait douze heures qu'il n'a pas quitté l'hôpital.

— Je ne vois que lui, répond-il avant que la communication ne soit coupée.

Le lendemain matin, le vol pour Baltra puis le voyage en bus à destination de Santa Cruz se passent sans incident. Une otarie me bloque juste l'accès au ferry censé me conduire à ma destination finale.

Elle est allongée sur le ponton éclaboussé de soleil, semblable à une limace musculeuse aux moustaches frémissantes. Je m'approche d'elle pour prendre une photo que j'enverrai à Finn mais à l'instant où je m'apprête à appuyer sur l'écran, sa tête et le haut de son corps se redressent brusquement tandis que ses yeux se posent sur moi.

Je m'élance et saute par-dessus sa queue au moment où elle émet un son, mi-couinement, mi-rugissement, qui me pousse presque à lâcher mon téléphone.

Mon cœur bat encore à cent à l'heure quand j'arrive près du bateau. Je jette un coup d'œil par-dessus mon épaule, persuadée que la bête me poursuit mais elle a retrouvé son immobilité, étalée comme un gros chien paresseux en travers des lattes de bois blanchies par le soleil.

Il n'y a que deux liaisons par jour en direction d'Isabela et, contrairement à ce que je pensais, le ferry de l'après-midi est loin d'être bondé. En fait, il n'y a que moi et deux autres passagers. Dans un espagnol approximatif, je demande à l'homme qui m'aide à monter à bord s'il s'agit du bon bateau. Il me répond d'un bref hochement de tête. Je choisis un siège sur le pont. Très vite, l'embarcation prend le large et Santa Cruz s'amenuise derrière nous.

Les Galápagos sont composées d'un chapelet d'îles jetées dans l'océan, pareilles à une poignée de pierres précieuses éparpillées sur du velours. À mes yeux, elles sont à l'image du monde tel qu'il était à l'origine : des montagnes trop jeunes pour s'émousser en pentes douces, des vallées gorgées de brume, des volcans effilochant le bandeau du ciel. Certaines de ces îles sont toujours hérissées de lave, d'autres sont encerclées d'eaux paisibles bleu turquoise, d'autres encore sont balayées par de grosses vagues ourlées d'écume. Quelques-unes d'entre elles, comme Isabela, sont habitées. D'autres, accessibles uniquement par bateau, n'abritent qu'un extravagant assortiment de créatures ayant toutes évolué sur place.

Deux heures durant, je suis éclaboussée, secouée, bringuebalée sur des eaux agitées. L'un des passagers, sans doute un étudiant parti faire le tour du monde avec son sac à dos, a le teint dangereusement verdâtre. Le troisième passager est une gamine à la peau mate et lisse, probablement originaire des îles. Elle doit avoir douze ou treize ans et porte un uniforme de collégienne : un polo avec le blason de son école brodé sur la poitrine, assorti à un pantalon noir. Malgré la chaleur, une veste molletonnée à manches longues complète sa tenue. Les épaules courbées, elle tient contre elle un sac de sport en toile. Je remarque ses yeux rougis. *Fichez-moi la paix*, semble-t-elle hurler en silence, de tout son corps.

Le regard fermement rivé à la ligne d'horizon, je m'efforce de ne pas vomir. Et rédige mentalement un SMS à l'intention de Finn : *Tu te souviens du jour où on a pris le ferry à Bar Harbor pour aller au mariage de ton colocataire en Nouvelle-Écosse et que tout le monde était malade à bord ?*

Contre toute attente, le ferry ne va pas jusqu'à Isabela. Il s'arrête à une bouée et, de là, le jeune baroudeur, la collégienne et moi partageons un bateau-taxi pour le dernier tronçon du voyage. Puerto Villamil n'est plus très loin. Je plisse les yeux pour mieux voir la plage de sable fin bordée de palmiers. Tout à coup, l'étudiant assis près de moi laisse échapper un rire ravi.

— Hé ! s'exclame-t-il en m'attrapant par la manche avant de pointer son index sur l'eau.

Un manchot minuscule nage à côté du bateau.

À mesure que nous approchons, la masse de terre se fragmente en perceptions parcellaires : rafales de vent chaud et piaillements de pélicans ; un homme grimpant au sommet d'un cocotier puis lançant les noix à un garçon posté au pied de l'arbre ; un iguane marin clignant son œil jaune de dinosaure. Une certitude s'impose à moi alors que nous nous dirigeons vers le quai : aucun endroit au monde ne pourrait être plus différent de New York. Tout paraît exotique et intemporel, indolent et isolé. On dirait qu'ici, personne n'a entendu parler de la pandémie.

Au même moment, j'aperçois une foule amassée sur le ponton, prête à prendre d'assaut le bateau-taxi. Tous ces gens ressemblent à des touristes cuits par le soleil qui se replongeraient déjà dans l'ambiance de leur pays d'origine, se bousculant et s'invectivant. Un type brandit une liasse de billets en direction de notre conducteur. Le pauvre semble dépassé par les événements.

— Qu'est-ce qui se passe ? je demande en me tournant vers lui.

— *La isla está cerrada.*

Cerrada. Je farfouille mentalement dans mon vocabulaire d'espagnol plus que rudimentaire avant d'avouer :

— Je ne comprends pas.

La fille est murée dans le silence, le regard fixé sur le bout du ponton. Le jeune aventurier me jette un coup d'œil puis reporte son attention sur la cohue. Il s'adresse en espagnol à notre conducteur qui lui répond par un flot de mots dont aucun ne me parle.

— L'île ferme ses portes, m'explique-t-il.

Comment une île peut-elle *fermer ses portes* ?

— Ils bloquent les départs et les arrivées pendant deux semaines. À cause du virus, ajoute-t-il en pointant le menton vers la horde de touristes agglutinée sur l'embarcadère. Ils veulent tous rentrer à Santa Cruz.

La gamine ferme les yeux, comme si elle n'avait plus envie de les voir.

Je n'imagine même pas comment tous ces gens vont pouvoir s'entasser sur ce petit rafiot. Le conducteur demande quelque chose en espagnol.

— Il veut savoir si on a l'intention de repartir, traduit le jeune gars en jetant un coup d'œil au ferry, toujours amarré un peu plus loin. C'est le dernier bateau qui partira de l'île.

Je n'aime pas les imprévus.

Je pense à Finn qui m'a poussée à quitter New York. À la chambre déjà payée qui m'attend à quelques pas de ce ponton. S'ils ont décidé de fermer l'île aux touristes pendant deux semaines, cela veut dire que c'est le temps qu'il faudra pour venir à bout du virus. Je pourrais choisir de me colleter avec cette horde agressive pour obtenir une place sur un vol à destination de New York et me terrer ensuite dans notre appartement pendant que Finn sera au boulot.

Après avoir parlementé en espagnol avec le conducteur du bateau, le jeune type se tourne vers moi.

— Je lui ai dit que vous voudriez sûrement repartir.
— Pourquoi ?

Il hausse les épaules.

— Parce que vous ressemblez à quelqu'un qui préfère jouer la carte de la sécurité.

Quelque chose dans sa remarque me pique au vif. Ce n'est pas parce qu'il y a un léger hic que je ne suis pas capable de m'adapter.

— Bah, en fait, tu te trompes. Je reste.

Le baroudeur hausse les sourcils.

— C'est vrai ? Merde, alors, marmonne-t-il, sans réussir à dissimuler totalement son admiration.

— Et toi, qu'est-ce que tu comptes faire ?

— Je repars. J'ai déjà passé une semaine aux Galápagos.

— Pas moi, dis-je, comme si j'avais besoin de me justifier.

— Vous faites ce que vous voulez, conclut-il.

Deux minutes plus tard, je descends du bateau-taxi en compagnie de l'adolescente et nous posons le pied ensemble sur l'île d'Isabela. L'écheveau de touristes paniqués s'écarte et ondoie autour de nous comme une houle en se bousculant pour embarquer à bord du petit bateau. Je souris timidement à l'adolescente qui reste impassible. Au bout d'un moment, je me rends compte qu'elle ne marche plus à côté de moi. Jetant un coup d'œil en arrière, je l'aperçois. Assise sur un banc en bois près de la jetée, son sac de sport posé à côté d'elle, elle essuie les larmes qui coulent sur son visage.

Au même instant, le bateau-taxi s'éloigne du quai.

Et tout à coup, je réalise qu'en voulant paraître plus cool que ce que je ne suis en réalité, je viens d'échouer délibérément sur une île.

Je n'ai jamais voyagé complètement seule. Petite, il m'est arrivé de suivre mon père quand il partait restaurer des œuvres d'art loin de la maison : dans des musées à

Los Angeles, Florence, Fontainebleau. Plus tard, à l'université, j'allais passer les vacances de printemps aux Bahamas avec mes copines de chambrée. J'ai travaillé tout un été au Canada avec des amis. Je m'envole pour Seattle et Los Angeles en compagnie d'Eva quand il s'agit d'attirer dans nos filets des clients potentiels ou d'estimer des pièces pour de futures ventes aux enchères. Avec Finn, on a parcouru l'Acadia National Park en voiture, sauté dans un avion pour Miami à l'occasion d'un long week-end et je lui ai servi de cavalière à un mariage dans le Colorado. J'ai rencontré des femmes qui s'obstinent à vouloir explorer seules les endroits les plus reculés de la planète, comme si cette forme d'indépendance belliqueuse était encore plus instagrammable que les célèbres sites exotiques qu'elles visitent. Mais moi, je ne suis pas comme ça. J'aime l'idée de partager des souvenirs. J'aime bien savoir que quand je me tournerai vers Finn en disant : *Tu te rappelles la fois où on était à Cadillac Mountain et...* je n'aurai pas besoin de terminer ma phrase.

Tu vis une aventure. Voilà ce que j'essaie de garder à l'esprit.

Après tout, ma mère faisait ça naturellement, dans des coins nettement moins civilisés.

Lorsque je lance un nouveau coup d'œil en direction de la jetée, la fille a disparu.

Je glisse la bandoulière du cabas en toile sur mon épaule et commence à m'éloigner du quai. Les petits bâtiments de la bourgade s'imbriquent les uns dans les autres comme les pièces d'un puzzle : des murs de brique couronnés d'un toit de chaume, une façade en plâtre badigeonnée d'un rose éclatant, une arche en bois surmontée d'une enseigne BAR/RESTAURANT. Aucun édifice ne ressemble à son voisin. Ils partagent cependant un point commun : toutes leurs portes sont soigneusement fermées.

La isla está cerrada.

Seules présences vivantes, les iguanes terrestres traversent en se dandinant la route ensablée.

Je longe une *farmacia*, une boutique et plusieurs *hostales*. Il n'y a pas d'autre rue que celle-ci. J'en conclus que si je continue à avancer, je croiserai forcément mon hôtel.

Alors je marche, et repère un peu plus loin le garçon que j'avais aperçu depuis le bateau, celui qui réceptionnait les noix de coco.

— *Hola*, je lance en souriant avant de montrer la route d'un geste ample. Casa del Cielo… ?

L'homme perché dans le cocotier atterrit derrière moi dans un petit bruit mat.

— Casa del Cielo, répète-t-il. *El hotel no está lejos, pero no están abiertos.*

Je lui souris de toutes mes dents même si je n'ai pas compris un traître mot de ce qu'il vient de me dire.

— *Gracias !*

Mais qu'est-ce qui m'a pris de m'aventurer dans un pays dont je ne parle pas la langue ?

Oh. C'est vrai. J'étais censée venir avec Finn qui parle espagnol, lui.

Je lui adresse un petit salut poli de la main puis continue à avancer dans la direction qu'il a pointée du doigt. Au bout de quelques centaines de mètres, j'aperçois un panneau en bois blanchi sur lequel est gravé le nom de mon hôtel.

J'arrive devant la porte d'entrée au moment où quelqu'un en sort. C'est une vieille femme au visage creusé de rides, pareil à un drap froissé. Ses yeux noirs pétillent de vivacité. Elle porte une robe en cotonnade avec le logo de l'hôtel brodé au-dessus de son sein gauche et parle à une personne restée à l'intérieur qui lui répond en espagnol. Elle me sourit avant de disparaître à l'angle du bâtiment.

Une autre femme fait alors irruption. Plus jeune, les cheveux noués en une longue tresse qui danse dans son dos. Elle tient à la main un trousseau de clés et entreprend de verrouiller la porte derrière elle.

Ce qui paraît très étrange, pour un hôtel.

— *Discúlpame*, dis-je. Je suis bien à la Casa del Cielo ?

La femme bascule la tête en arrière comme pour inspecter le toit avant d'acquiescer.

— *Estamos cerrados*, déclare-t-elle en se tournant vers moi. Fermé.

Je cligne des yeux. Peut-être font-ils une sieste l'après-midi. Peut-être tous les commerces de l'île ferment-ils à... (je consulte ma montre) 16 h 30.

Après avoir tiré sur la porte d'un coup sec, la femme commence à s'éloigner. Paniquée, je m'élance à sa poursuite en lui criant d'attendre une seconde. Elle fait volte-face pendant que je fouille dans mon sac à la recherche de la confirmation de ma réservation d'hôtel, la preuve imprimée de mes deux semaines d'hébergement réglées d'avance.

Elle me prend la feuille des mains, la lit soigneusement. Une avalanche d'espagnol coule alors de ses lèvres dont je ne comprends qu'un seul mot : *coronavirus*.

— Quand allez-vous rouvrir ?

Ses épaules s'affaissent dans cette attitude universelle signifiant : *C'est vraiment pas de bol.*

Puis elle enfourche un vélo et s'éloigne en pédalant, me laissant seule devant un hôtel délabré qui m'a demandé de payer une chambre à laquelle je n'aurai pas accès, dans un pays dont je ne parle pas la langue, sur une île où je vais rester bloquée pendant deux semaines avec pour seul bagage, ou presque, une brosse à dents.

Je m'aventure derrière le bâtiment accolé à l'océan. Le ciel se pare de couleurs tendres et diffuses. Quelques iguanes marins s'écartent sur mon passage. Je vais m'asseoir sur un affleurement de roche volcanique et sors mon téléphone pour appeler Finn.

Mais il n'y a pas de réseau.

J'enfouis mon visage dans mes mains.

Ce n'est pas comme ça que j'ai l'habitude de voyager. Je réserve des chambres d'hôtel, j'emporte des guides touristiques et j'utilise les miles cumulés lors de mes voyages aériens. Je vérifie trois fois que j'ai bien pris mon passeport et mon permis de conduire. L'idée de devoir errer comme une âme en peine à la recherche d'un hôtel sans avoir la certitude de trouver une chambre me donne la nausée.

Un jour où ma mère était partie photographier des buffles d'eau sur une plage du Sri Lanka, un tsunami avait déferlé sur l'île. *Les buffles, nous avait-elle raconté, ont détalé vers les collines avant même qu'on comprenne ce qui se passait. Les flamants roses sont allés se poser sur les hauteurs. Les chiens refusaient de mettre le nez dehors. Quand tout le monde s'enfuit dans une seule et même direction, c'est généralement pour une bonne raison*, avait-elle conclu.

Je sursaute en sentant une main sur mon épaule. La vieille femme que j'ai croisée en arrivant devant l'hôtel se tient derrière moi. Elle me sourit et ses lèvres se retroussent sur des gencives en grande partie édentées. *"Ven conmigo"*, dit-elle. Je ne bouge pas, alors elle tend vers moi une main osseuse et m'oblige à me lever.

M'agrippant fermement comme si j'étais une fillette qui apprend à marcher, elle m'entraîne dans la rue sablonneuse de Puerto Villamil. Je sais que ce n'est pas prudent de suivre une inconnue. D'un autre côté, elle n'a pas vraiment le profil d'une tueuse en série. Et puis je n'ai pas le choix. Alors je marche à côté d'elle d'un pas mécanique. Nous avançons entre les boutiques barricadées, les restaurants fermés et les bars silencieux qui cèdent peu à peu la place à de petites habitations proprettes. Certaines ont l'air plus luxueuses, tapies derrière des murets en plâtre et des portails. De vieux vélos rouillés reposent contre les façades de leurs voisines. Des cours tapissées de coquillages concassés encerclent quelques-unes d'entre elles.

La femme se dirige vers l'une de ces maisonnettes, semblable à un cube de béton enrobé d'un crépi jaune pâle. Autour des piliers de la petite véranda en bois s'enroulent d'épaisses lianes couvertes de fleurs. Au lieu de monter les marches, elle m'entraîne vers l'arrière de la maison qui file en pente douce jusqu'à l'océan. Dans la cour, une petite table de bistrot métallique côtoie un hamac en corde. Quelques plantes en pot complètent le décor. Une ouverture percée dans la murette permet d'accéder directement à la plage. Les vagues s'écrasent en chuchotant sur le sable.

Lorsque je fais volte-face, l'inconnue est entrée dans la maison par une porte vitrée coulissante et me fait signe d'approcher. Je pénètre dans un logement minuscule qui semble à la fois habité et inhabité. Des nattes de coton posées çà et là habillent le sol. Il y a quelques meubles : un vieux canapé tendu d'un affreux tissu à carreaux marron, une table basse en bois flotté. Une autre table bancale, juste assez grande pour deux, sur laquelle trône une conque irisée de pourpre garnie d'une pile de serviettes en papier. Il y a un réfrigérateur, un four et une gazinière. Mais il n'y a pas un seul livre sur les étagères, pas de nourriture dans les placards ouverts, pas de tableaux aux murs.

— Toi, dit-elle en anglais et, dans cette langue, sa voix semble plus dure. Rester ici.

Je sens mes yeux s'embuer.

— Merci. Je peux payer. *Dolares*.

Elle hausse les épaules, comme si c'était parfaitement normal qu'une inconnue recueille une touriste égarée et que l'argent n'était pas un problème. Mais encore une fois, c'est peut-être la normalité à Isabela. Elle sourit en se tapotant la poitrine.

— Abuela, dit-elle.

Je lui rends son sourire.

— Diana.

Ce logement est un petit mystère. Après avoir découvert un matelas pour deux personnes, je cherche des draps dans une armoire à linge et déniche trois T-shirts moelleux et délavés, ensevelis sous une pile de serviettes de toilette. L'un est orné d'un drapeau que je ne connais pas, le deuxième d'un chat noir et le dernier d'un logo d'entreprise estampillé sur la poitrine. Le même sigle figure sur un carton contenant plusieurs centaines de cartes postales publicitaires surdimensionnées. Les photos d'un volcan, d'une tortue, d'une plage rocailleuse et d'un fou à pieds bleus et aux petits yeux ronds et brillants se déploient autour de l'inscription G2 TOURS. Dans l'armoire balafrée de la chambre à coucher, je trouve une paire de tongs trop grandes pour moi, un masque et un tuba. Dans un tiroir de la salle de bains, un tube de dentifrice à moitié vide côtoie un flacon d'ibuprofène générique. Le réfrigérateur recèle quelques condiments – de la moutarde, du Tabasco – mais rien de consistant à se mettre sous la dent.

C'est d'ailleurs ça qui me pousse à quitter la sécurité et le confort relatifs de l'appartement. Lorsqu'il me devient impossible d'ignorer les grognements de plus en plus bruyants de mon estomac, je décide de partir à la recherche de nourriture et d'une connexion téléphonique à peu près fiable. Mais d'abord, je troque le T-shirt que je porte depuis deux jours contre celui orné du logo, que je noue à la taille. Je sors ensuite par la baie vitrée coulissante et me retrouve au bord du monde.

L'océan flirte avec la grève, la recouvrant rapidement pour mieux se retirer. Un mouvement attire mon attention : la dentelle d'une saillie rocailleuse s'anime soudain – ce que je prenais pour des pierres est en réalité un fatras d'iguanes marins glissant dans les vagues, plongeant dans les flots. Je m'efforce de suivre leurs déplacements mais je les perds de vue au moment où enfle une nouvelle vague. En me protégeant les yeux d'une main, j'essaie de repérer une autre île à l'horizon mais je ne distingue qu'une bande brumeuse à l'endroit où fusionnent le ciel et la mer. Je comprends parfaitement comment un capitaine de navire a pu, un jour, placer ce point sur une carte et croire qu'il était possible de franchir cette ligne pour basculer de l'autre côté.

Je me sens soudain loin, très loin de ma réalité quotidienne.

Il semblerait qu'il n'y ait personne d'autre que moi sur la plage mais je devine peu à peu quelqu'un en train de courir au loin et, en tendant bien l'oreille, je perçois des cris d'enfants qui jouent dans les parages. En me retournant vers la maison, je distingue une silhouette à l'étage – Abuela, sans doute – derrière un pâle rideau.

Je pourrais la rejoindre là-haut et lui faire comprendre que j'ai faim avec quelques gestes. Abuela me ferait asseoir et me préparerait à manger, j'en suis sûre. Mais ce serait abuser de sa gentillesse : après tout, elle m'a déjà offert le gîte. Pour avoir traversé la petite ville à pied, je sais cependant que tous les commerces sont fermés. Peut-être y a-t-il un restaurant ou un marché de l'autre côté ? Réveillant les Elizabeth Gilbert, Amelia Earhart et Sally Ride qui sommeillent en moi, je pars vers l'inconnu.

Il n'y a qu'une seule route pour sortir de la bourgade et elle serpente entre les cactus, les buissons hirsutes et quelques étangs saumâtres. Une bande de flamants roses marchent sur l'eau, les boucles de leurs cous forment des messages secrets tandis qu'ils immergent leur tête pour pêcher des crevettes. À certains endroits, la route bordée de pierres noires se rétrécit. À d'autres, elle est jonchée de feuilles mortes. Un camaïeu de vert, de rouge et d'orangé habille le paysage. J'ai l'impression d'avancer dans un tableau de Gauguin. Et tout le long du chemin, mon téléphone n'a qu'une barre de réseau.

Finn va se faire un sang d'encre si je n'arrive pas à le joindre. En même temps, il sait que le réseau wi-fi n'est pas terrible aux Galápagos. Je le lui ai expliqué hier, au téléphone, avant que la communication ne soit coupée. Et tous les guides de voyage le signalent, précisant au passage qu'il vaut mieux ne rien espérer de mieux qu'une connexion hasardeuse dans les hôtels… la meilleure solution étant encore d'éteindre son téléphone afin de profiter pleinement de son séjour. Pour Finn et moi, c'était le paradis. Mais on se projetait toujours *ensemble* dans cette bulle de solitude.

Si la situation était inversée, s'il était coincé quelque part sans réseau, je serais folle d'inquiétude. Je me console en répétant les mêmes phrases en boucle : il sait que je suis arrivée à bon port ; ça ne fait qu'un jour qu'on ne s'est pas donné de nouvelles ; je trouverai bien un moyen de le joindre demain.

Je marche depuis une vingtaine de minutes. Le soleil commence à basculer. Dans la lumière rasante, les bras tortueux des cactus deviennent des inconnus lancés à ma poursuite. Je sursaute quand des iguanes détalent devant moi. Je ferais mieux de rebrousser chemin avant qu'il ne fasse trop sombre et que je ne retrouve plus ma route. J'ai presque accepté l'idée de devoir aller me coucher avec la faim au ventre quand j'aperçois une petite cahute un peu plus loin. Je plisse les yeux sans toutefois parvenir à déchiffrer la pancarte.

Lorsque j'arrive enfin à la lire, je dois me faire une raison : ce n'est ni un restaurant, ni un magasin d'alimentation. *CENTRO DE CRIANZA DE TORTUGAS GIGANTES*. Il y a une traduction à l'intention des touristes : CENTRE D'ÉLEVAGE DE TORTUES GÉANTES. Au cas où ce ne serait pas assez clair, la photo d'un bébé tortue sortant de son œuf orne la pancarte.

Comme il n'y a pas de portail, j'entre dans la cour. Le bâtiment principal est fermé pour la nuit (ou peut-être plus longtemps ?). Plusieurs enclos sont disposés en fer à cheval autour de moi et chacun d'eux est cerné d'une murette en béton sur laquelle je pourrais facilement m'accouder mais assez haute pour empêcher les tortues de se carapater.

J'approche d'un des enclos et me retrouve nez à nez avec une créature aux airs préhistoriques. Ses yeux bridés me regardent fixement tandis qu'elle marche vers moi sur ses pattes boursouflées en sortant le cou de sa carapace bosselée. J'observe sa tête plate et sa peau de dinosaure, ses longs doigts crochus, son nez à la Voldemort. Elle ouvre la bouche et tire une langue longue comme une lance.

Amusée, je pose les coudes sur le muret tandis qu'elle fait demi-tour puis traverse l'enclos sablonneux pour rejoindre une autre tortue posée un peu plus loin. Avec des mouvements maladroits et une lenteur subaquatique, elle escalade la carapace de sa congénère et l'immobilise pour permettre l'accouplement. Le mâle que j'observe depuis quelques minutes incline vers sa partenaire son cou parcouru de tendons saillants. Ses pattes épaisses semblent gainées d'une cotte de mailles. Un grognement s'échappe de sa bouche – c'est le seul son qu'il émettra tout au long de son existence.

— Profite bien, vieux, dis-je à mi-voix avant de me détourner pour leur laisser un peu d'intimité.

Des centaines de tortues de toutes les tailles peuplent les parcs voisins. Elles sont empilées à la manière d'une collection de casques de soldats. Certaines sommeillent, d'autres se déplacent avec une surprenante agilité. D'autres encore affichent un air blasé en émergeant lourdement d'une mare tapissée d'algues vert fluo ou en ramenant des tiges d'herbe jusqu'à leur bec. Même les moins massives me font penser à des vieillards avec leurs cous fripés et leurs crânes lisses.

Dans l'un des enclos, quelques-unes sont occupées à mâchonner des petites pommes vertes, apparemment tombées d'un arbre planté derrière l'enceinte bétonnée du parc. Je regarde les reptiles broyer les fruits à l'aide de leurs puissantes mâchoires.

Mon estomac gronde. L'arbre me fait de l'œil.

Je ne suis pas du genre à manger des baies sauvages ramassées au hasard d'une balade. Je suis une New-Yorkaise pur jus, nom d'un chien, et en gros la nature me paraît dangereuse. En même temps, si les tortues mangent ces fruits, c'est qu'ils ne sont pas toxiques. Logique, non ?

Les pommes sont hors de ma portée. Les branches qui pendent dans le parc ont déjà été dépouillées par les bestioles voraces, alors je monte sur la murette pour en cueillir une.

— *Cuidado !*

Surprise, je pivote et manque basculer dans l'enclos. L'obscurité s'est installée comme un voile, projetant des ombres qui m'empêchent de voir qui m'a interpellée. Je n'hésite qu'un court instant avant de me retourner vers le pommier.

Mes doigts ont juste le temps d'effleurer la peau du fruit. L'instant d'après, mes pieds décollent du mur, je perds l'équilibre et m'étale de tout mon long sur le sol sablonneux. La silhouette menaçante d'un homme se tient au-dessus de moi. Il vocifère en espagnol mais je ne vois pas son visage dans le noir. Il se penche vers moi, me saisit par le poignet.

Qu'est-ce qui m'a pris de croire que je ne risquais rien en me baladant toute seule sur une île inconnue ?

Aurais-je échappé à une pandémie pour me faire agresser ici ?

Je me débats comme un beau diable. L'homme émet un grognement lorsque je lui décoche un bon coup de poing dans les côtes. Son étreinte se resserre.

— Ne me faites pas mal ! Je vous en supplie !

Il retourne mon poignet et je ressens soudain une brûlure au bout des doigts, à l'endroit où ils sont entrés en contact avec la pomme. Ma peau est rouge et cloquée.

— Trop tard, réplique l'homme dans un anglais impeccable. Vous vous êtes fait mal toute seule.

DEUX

Je me relève péniblement en me tenant la main. La douleur irradie la pulpe de mes doigts.

— Elles sont toxiques rien qu'au toucher, ajoute-t-il. Les pommes.

— Je ne savais pas.

— Vous auriez dû, marmonne-t-il. Il y a des pancartes partout.

Des pommes empoisonnées, comme dans un conte de fées. Sauf que mon prince est coincé à New York et que la méchante sorcière est un Galapagueño d'un mètre quatre-vingts visiblement incapable de contrôler sa colère. Je risque un coup d'œil en direction des tortues qui continuent de festoyer gaiement. Le type suit mon regard.

— Vous n'êtes pas une tortue, lance-t-il comme s'il lisait dans mes pensées.

J'ai l'impression que mes doigts sont en feu.

— Toxiques comment ? je demande, gagnée par la panique. Est-ce qu'il faut que j'aille à l'hôpital ?

Est-ce qu'au moins il y a un hôpital ?

Il attrape ma main, examine mes doigts. Il a les cheveux bruns, les yeux encore plus noirs et porte un short de sport et un débardeur trempé de sueur.

— Ça va partir. Les cloques, la sensation de brûlure. Au besoin, trempez vos doigts dans l'eau froide.

Son regard se pose sur ma poitrine. Libérant ma main d'un geste brusque, je croise les bras.

— Où est-ce que vous avez eu ça ? demande-t-il.
— Quoi donc ?
— Le T-shirt.
— On me l'a prêté. Ma valise s'est perdue.

Lorsqu'il fronce les sourcils, les rides de son visage se creusent.

— Vous êtes en vacances, lâche-t-il d'un ton bourru.

Évidemment.

Il prononce ces mots comme si la présence d'une étrangère sur Isabela – en l'occurrence, moi – l'offensait personnellement. Le tourisme a beau être la principale source de revenus du pays, tous ses habitants ne partagent visiblement pas la même conception de l'hospitalité.

— Je suis navré de devoir vous annoncer la nouvelle, mais tout est fermé pendant deux semaines sur l'île. Y compris cet endroit.

— Vous êtes bien là, vous, pourtant.

— J'habite ici et je rentre chez moi. D'ailleurs, je vous conseille d'en faire autant. Vous n'avez pas entendu parler de la pandémie ?

À ces mots, je perds patience.

— Si, si, j'en ai entendu parler. Mon fiancé est en première ligne : il est soignant.

— Et donc, vous avez décidé d'apporter le virus ici.

Et donc ce type me prend pour Mary Typhoïde. Il me soupçonne de vouloir délibérément nuire aux autres, alors que j'essaie au contraire de me protéger.

— *Maldita turista*, bougonne-t-il. Vous vous fichez de ce qui peut bien arriver, du moment que vous profitez de vos vacances.

J'écarquille les yeux. Il m'a peut-être évité une intoxication alimentaire mais il n'en reste pas moins un vrai connard.

— Je n'ai pas le Covid, si vous voulez tout savoir. Cela dit, je propose d'appliquer sans plus tarder les règles de distanciation physique en mettant toute la longueur de l'île entre nous.

Sur ce, je tourne les talons et commence à m'éloigner. Un cœur bat dans ma main blessée qui tressaute au rythme de mes pas. Je refuse de me retourner pour voir s'il me suit des yeux ou s'il est déjà reparti chez lui. Je ne m'arrête pas avant d'avoir atteint l'entrée du centre. Juste à côté de la pancarte que j'ai vue en arrivant se tient un autre panneau orné d'une pomme barrée d'une grosse croix rouge. *CUIDADO ! LOS MANZANILLOS SON NATIVOS DE LAS ISLAS GALÁPAGOS. SOLAMENTE LAS TORTUGAS GIGANTES SON CAPACES DE DIGERIR ESTAS MANZANITAS VENENOSAS.* L'avertissement en espagnol est suivi d'une traduction impeccable : ATTENTION ! LE MANCENILLIER EST UNE VARIÉTÉ D'ARBRE ENDÉMIQUE AUX GALÁPAGOS. SEULES LES TORTUES GÉANTES PEUVENT DIGÉRER SES PETITES POMMES VÉNÉNEUSES.

J'entends un ricanement étouffé. Je lève les yeux. Le type se tient à trois mètres de moi, les bras croisés. L'instant d'après, je le vois s'enfoncer dans les entrailles de l'île, jusqu'à ce que l'obscurité l'engloutisse.

Il fait nuit quand j'arrive à l'appartement. Contrairement à la ville où panneaux publicitaires et vitrines dispensent toujours un peu de lumière, ici, le noir est total. J'avance à la lueur de la lune qui ricoche comme une pierre à la surface de l'océan. Arrivée sur le lambeau de plage face à la maisonnette d'Abuela, je retire mes baskets et trempe mes pieds jusqu'aux chevilles puis me penche pour immerger mes doigts irrités dans l'eau fraîche. Mon estomac proteste de nouveau.

Je me dirige vers la murette qui sépare le jardinet de la plage et sors mon téléphone. Niché dans le creux de ma paume, il brille comme une étoile et cherche en vain un signal.

Je rédige un SMS à l'intention de Finn : *Tu me manques*, avant d'effacer les lettres une à une. Finalement, je trouve que c'est encore pire d'essayer d'envoyer un texto quand on sait d'avance qu'il ne partira pas.

Si Finn était là, on serait rentrés à l'hôtel en rigolant tout le long du chemin. On se serait moqués des pommes empoisonnées et des autochtones mal embouchés.

Si Finn était là, il m'aurait donné la moitié de la barre de céréales qu'il glisse dans son sac cabine chaque fois qu'il prend l'avion, juste au cas où.

Si Finn était là, je serais peut-être fiancée et je m'apprêterais à entamer une nouvelle tranche de vie planifiée par mes soins.

Mais Finn n'est pas là.

Tout l'intérêt de partir en voyage avec un proche, c'est qu'on ne risque pas d'oublier d'où l'on vient et qu'on a une bonne raison de rentrer quand on commence à se perdre dans les lumières de Paris ou dans la beauté majestueuse d'un safari et qu'une question se met à vous trotter dans la tête : *Et si je restais là pour toujours ?*

En l'occurrence, je n'ai pas de chambre d'hôtel, je meurs de faim, je me suis brûlé le bout des doigts en touchant un arbre local toxique. En clair, rien ne me retient à Isabela. Si ce n'est l'impossibilité matérielle de partir.

Je me suis tellement éloignée de ma zone de confort que je n'ai plus qu'une envie : me recroqueviller en position fœtale et pleurer. J'entre dans le petit appartement par la baie vitrée, allume une lampe. Sur la table de la cuisine, une assiette est posée à côté du gros coquillage, recouverte d'un torchon propre. De délicieux effluves viennent me chatouiller les narines. Lorsque je soulève le tissu, la table tangue légèrement. L'assiette contient plusieurs *quesadillas*, toutes farcies d'un mélange de tomates, oignons et fromage. J'avale les six petites crêpes à la suite, sans prendre le temps de m'asseoir.

J'attrape ensuite la boîte remplie de cartes postales siglées G2 Tours, pose la pile sur le comptoir de la cuisine. Puis je sors un stylo de mon sac en toile, griffonne sur une carte le mot *GRACIAS* suivi de mon prénom, et me dirige pieds nus vers l'entrée principale de la maison. L'intérieur est plongé dans l'obscurité, alors je glisse le message sous la porte en songeant qu'il y a peut-être une Abuela pour chaque connard habitant sur cette île.

De retour dans mon logement, j'écris une autre carte postale à Finn. Puis je me déshabille, me glisse entre les draps et m'endors sous la caresse timide de l'air brassé par le ventilateur fixé au plafond.

Cher Finn,

Ça fait vraiment suranné de t'écrire une carte postale mais je me dis que si l'île est un désert technologique, le courrier doit forcément fonctionner, tu ne crois pas ? Avant toute chose, rassure-toi : je vais bien. Il n'y a pas la moindre trace du virus ici. Les ferries n'assureront plus aucune navette pendant les deux prochaines semaines, sans doute pour préserver les choses telles qu'elles sont. Ce ne sera pas les vacances que j'avais imaginées : le tourisme (et toutes les activités commerciales qui en découlent) est au point mort. Heureusement, une adorable vieille dame a proposé de me louer une chambre. Il n'y a rien de mieux que de loger chez l'habitant, tu ne crois pas ? Je vais juste être obligée d'explorer Isabela seule... ce qui veut dire que je serai incollable quand on reviendra ensemble.

Tout est magnifique ici, c'est incroyable. Même un peintre n'arriverait pas à capturer tant de beauté dans un tableau, l'éclat des pierres noires sous le soleil, le bleu turquoise de l'eau. Tout a l'air tellement... sauvage et inachevé. Les iguanes se baladent partout, ils sont ici chez eux. Je serais prête à parier qu'ils sont plus nombreux que les habitants humains.

À propos d'humains, j'espère que tu vas bien. Je suis dégoûtée de ne pas pouvoir entendre ta voix. Oui, même quand tu chantes sous la douche.

Je t'embrasse très fort,
Diana

J'ai été douée très tôt pour les activités artistiques – déjà à l'école maternelle, postée devant mon premier chevalet. Mon père était le peintre de la famille, il restaurait des plafonds ornés de fresques et des toiles gigantesques, mais il était le premier à protester quand on parlait de lui comme d'un créateur. Non, lui se voyait plutôt comme un recréateur. J'étais en première année à Williams lorsqu'un de mes tableaux fut choisi pour faire partie de l'exposition étudiante. Tout fier, mon père enfila le seul costume de sa garde-robe pour assister au vernissage.

Ma mère, elle, ne vint pas. Retenue quelque part en Somalie, elle photographiait la guerre civile qui faisait rage à l'époque.

Mon père contempla mon tableau pendant vingt minutes. Il l'étudia comme si on venait de lui annoncer que le monde allait passer en noir et blanc et que c'était sa dernière chance d'admirer les couleurs. À plusieurs reprises, je vis sa main se crisper tandis qu'il tendait le bras vers le cadre avant de le laisser retomber. Finalement, il se tourna vers moi. *Tu as l'œil de ta mère*, déclara-t-il.

Le semestre suivant, au lieu de m'inscrire à d'autres cours de peinture, je remplis mon emploi du temps avec des modules d'histoire de l'art et des cours de marketing et de communication. Je ne voulais surtout pas qu'on me compare à ma mère toute ma vie, parce que je n'avais aucune intention de lui ressembler. Tant pis si cela m'obligeait à trouver une autre branche du monde de l'art sur laquelle me percher.

Je ne fus pas surprise d'avoir été sélectionnée pour faire un stage d'été chez Sotheby's au terme de ma dernière année d'études. Mes résultats étaient excellents et j'avais construit tout mon cursus universitaire dans l'optique d'intégrer leur programme de formation. Le premier jour, je fus conduite dans une grande salle remplie de stagiaires aux yeux aussi brillants que les miens. Je pris place à côté d'un homme noir qui, contrairement au reste d'entre nous affublés de blazers classiques et de pantalons coupés sur mesure, arborait une chemise en soie mauve et une jupe mi-longue parsemée de roses énormes. Lorsqu'il croisa mon regard intrigué, je détournai rapidement la tête, reportant mon attention sur le devant de la pièce où les responsables des différents départements, debout en rang d'oignons, faisaient l'appel des stagiaires.

— Si je n'avais pas envie qu'on me regarde, je n'aurais pas choisi cette tenue, ironisa-t-il à voix basse. McQueen.

— Diana, répondis-je en lui tendant la main.

— Oh, mais non, mon chou. C'est le nom du styliste qui a dessiné ma jupe : Alexander McQueen.

Il me tendit une main couverte de bagues. Du vernis argenté recouvrait ses ongles.

— Moi, je m'appelle Rodney.

Puis il me détailla de la tête aux pieds, ou plutôt de la raie impeccable qui séparait mes cheveux à mes talons ni trop hauts ni trop bas.

— Middlebury ? demanda-t-il finalement.

— Williams.

— Mmm, fit-il d'un air dubitatif, comme si je pouvais me tromper sur le nom de mon université. C'est ta première fois ?

— Ouais. Et toi ?

— Deuxième. J'étais déjà là l'été dernier. Ils te font bosser comme un husky à trois pattes enrôlé dans la course de l'Iditarod, mais d'après ce qu'on m'a dit, c'est encore pire chez Christie's.

Il haussa un sourcil avant d'ajouter :

— Tu sais comment ça marche, j'imagine ?

Je secouai la tête.

— C'est un peu comme le Choixpeau dans Harry Potter. Ils annoncent ton nom, et ensuite ton service. Pas de négociation possible, précisa-t-il en se penchant vers moi. J'ai un master en stylisme et, l'an dernier, j'ai été affecté aux *grands vins*. Qu'est-ce que j'y connais en pinard, franchement ? Et non, avant que tu poses la question, on n'a pas le droit d'y goûter.

— L'impressionnisme, murmurai-je. Voilà ce que j'aimerais.

Rodney laissa échapper un petit ricanement.

— Alors attends-toi à atterrir au service exploration spatiale.

— Instruments de musique, renchéris-je en souriant.

— Sacs à main.

Il plongea la main dans une besace dont il sortit un paquet emballé dans du papier d'aluminium.

— Tiens, dit-il en détachant un morceau de gâteau. Noie ton chagrin tout de suite.

— Les gâteaux adoucissent toujours la vie, déclarai-je en mordant à belles dents dans la pâtisserie.

— Surtout les brownies au cannabis.

Je faillis m'étouffer. Rodney me donna une petite tape dans le dos.

Diana O'Toole, appela une voix au même instant.

— Oui ! balbutiai-je en me levant d'un bond.

Collections privées.

Je baissai les yeux sur Rodney qui me força à prendre le reste du brownie.

— Ça aurait pu être tapis et carpettes, murmura-t-il. Vas-y, régale-toi.

Je ne terminai pas le brownie à l'herbe alors même que j'en aurais eu tout le loisir, assise à l'accueil, derrière le bureau où l'on m'avait confié la tâche de répondre au téléphone et diriger les visiteurs vers les étages d'une maison que je ne connaissais pas encore. Entre deux appels à transférer, j'épluchais la rubrique nécrologique du *New York Times*, entourant d'un cercle rouge les avis de décès de gens riches susceptibles de posséder des biens de valeur à mettre en vente. Et puis un après-midi, un bonhomme presque aussi large que haut vint se planter devant moi, tenant dans une main un cadre enveloppé d'un drap.

— Je viens voir Eva St Clerck, déclara-t-il.

— Je peux vous proposer un rendez-vous, répondis-je.

— Je crois que vous ne comprenez pas bien. Ceci est un Van Gogh.

Il commença à déballer le tableau et je retins mon souffle, m'attendant à voir apparaître les coups de pinceau hachés et les épais blocs de couleur, caractéristiques du peintre néerlandais. Au lieu de quoi, je me retrouvai devant une aquarelle.

Van Gogh a peint plus d'une centaine d'aquarelles, c'est vrai. Mais je ne vis pas l'explosion chromatique qui aurait pu confirmer l'origine du tableau. En plus, il n'était pas signé.

Ce n'était évidemment pas au département dans lequel je travaillais, et encore moins à moi, d'estimer l'œuvre.

D'un autre côté... Mes pensées s'emballèrent. *Et si c'était l'occasion de faire des étincelles ? Si je devenais la brillante stagiaire qui avait identifié un Van Gogh dans son jus, accédant ainsi au rang de légende chez Sotheby's ?*

— Un instant, s'il vous plaît.

Saisissant d'une main le combiné du téléphone, je composai le numéro d'Eva St Clerck qui était à l'époque spécialiste senior de l'art impressionniste et moderne. Après m'être présentée, je commençai à lui expliquer la situation.

— Nom de Dieu de merde, coupa Eva avant de raccrocher.

Deux minutes plus tard, elle sortit en trombe d'un ascenseur et marcha vers nous d'un pas décidé.

— Monsieur Duncan, lança-t-elle d'un ton glacial. Comme je vous l'ai déjà dit la semaine dernière et la semaine précédente et il y a trois semaines, nous ne pensons pas que ce tableau soit une œuvre originale de…

— Elle a dit le contraire, l'interrompit l'homme en pointant un doigt sur moi.

Mes yeux s'arrondirent.

— C'est faux.

— *Elle*, intervint Eva, n'est personne. Elle serait incapable d'estimer la valeur d'un sandwich au jambon, alors une œuvre d'art…

Je clignai des yeux. Ainsi parlait la femme pour qui j'avais rêvé de travailler cet été-là. Ouf, je l'avais échappé belle.

Une main se referma soudain autour de mon bras.

— Debout.

J'étais tellement absorbée par la scène qui se jouait devant moi que je n'avais pas vu mon *vrai* patron arriver de l'autre côté. Spécialiste senior des collections privées,

Jeremiah était chargé de me trouver des missions, par exemple jouer à la standardiste.

— On a besoin de toi, tout de suite.

— Mais l'accueil…

— Je m'en fous, lâcha-t-il en m'entraînant vers une enfilade de couloirs aussi labyrinthique qu'un terrier de lapin. Les Vanderbilt sont en train de décider à qui ils vont confier la vente de leur propriété. C'est soit nous, soit Christie's. Tout le monde est sur le pont.

Jeremiah poussa la porte d'une salle de conférences. Une flopée de spécialistes en ventes immobilières braquèrent sur moi des regards hagards. "C'est la stagiaire ?" demanda l'un d'eux. On me conduisit à un ordinateur. Là, je reçus comme consigne de saisir les centaines et les centaines de pages de notes référençant les œuvres d'art, les biens et les possessions faisant partie de la propriété. Tandis que je tapais l'inventaire en veillant à ne rien oublier, le groupe derrière moi affinait des arguments susceptibles de convaincre les Vanderbilt de choisir Sotheby's plutôt que Christie's.

Pendant plusieurs jours, je répertoriai les huiles de maîtres hollandais, les Rolls Royce et les calèches dorées tout en écoutant Jeremiah et les autres spécialistes imaginer la présentation idéale pour une vente de cette envergure. Chaque fois que je pénétrais dans cette pièce, une espèce de courant électrique m'enveloppait. J'eus alors la confirmation dont j'avais tant besoin : le frisson provoqué par l'art existait bien en dehors de l'acte de création lui-même.

Les Vanderbilt choisirent Sotheby's la veille de mon dernier jour de stage. Il y eut du champagne, des discours et une salve d'applaudissements pour moi, la scribouillarde qui avait trimé jour et nuit, week-end compris, pour terminer le sale boulot.

Peu importait ce qu'Eva St Clerck pensait de moi.

Après avoir chapardé une bouteille de Moët, j'entraînai Rodney dans les toilettes pour handicapés pour que nous trinquions ensemble. Nous étions devenus inséparables au fil de l'été. Affecté à l'art islamique, il avait réussi par je ne sais quel tour à convaincre son maître de stage de le laisser s'incruster dans l'équipe de créatifs chargée d'aménager les salles et les estrades accueillant les ventes aux enchères. Le week-end, on déambulait au Met et à Whitney et on s'était fixé pour mission de dénicher les meilleures tartines à l'avocat de la ville. C'est moi qui lui ai conseillé de prendre une bonne cuite quand son amoureux l'a larguée par texto. De son côté, il m'a traînée dans les ventes privées et a joué à la bonne fée en m'incitant à troquer mes chinos contre des pièces ultra soldées signées Ralph Lauren et Max Mara.

— Aux grands vins ! lançai-je en approchant le goulot de mes lèvres.

— À *nous*, les futurs diplômés du master Sotheby's, cuvée 2013, rectifia Rodney.

Nous projetions d'intégrer ensemble le cursus "marché de l'art" de la maison. Puis nous nous ferions embaucher pour de bon et partirions à la conquête du monde de l'art.

De mon côté, j'avais aussi très envie qu'Eva St Clerck sache qui j'étais, et de quoi j'étais capable.

Neuf ans et quelques promotions plus tard, Eva St Clerck sait qui je suis : je suis la petite protégée qui a décroché la vente du Toulouse-Lautrec de Kitomi Ito… et l'a perdue.

Lorsque je me réveille le lendemain matin, un soleil dodu flotte dans le ciel, dégageant une chaleur si étouffante que même l'air semble suffoquer. J'enfile le maillot que j'ai glissé dans mon cabas sur une curieuse impulsion, attrape une serviette de bain et marche jusqu'au bord de l'eau, accélérant la cadence en sentant chauffer mes plantes de pied. Les cloques sur mes doigts ont dégonflé, la pulpe est toute calleuse.

La différence de température entre l'air brûlant et l'eau fraîche me coupe le souffle. Prenant une grande inspiration, je me jette dans les rouleaux, nage trois longues brasses puis plonge. Je remonte à la surface, les cheveux plaqués en arrière, et me laisse dériver sur le dos en fermant les yeux. Le sel sèche sur mes joues, ma peau tiraille.

Combien de temps pourrais-je rester ainsi, en apesanteur, aveugle ? Où échouerais-je ?

Je laisse la gravité emporter mes jambes et plisse les yeux pour contempler l'horizon. Est-ce que Finn se trouve de ce côté-là ?

J'ai l'impression de vivre un épisode de dissonance cognitive : je suis ici, dans ce paradis tropical, alors qu'une moitié de monde plus loin, la ville de New York se prépare à affronter une pandémie.

Quand on se trouve au cœur du désert, on a du mal à imaginer que des inondations ravagent d'autres coins de la planète.

Je sors de l'eau, m'enveloppe dans la serviette et essore ma queue de cheval. Tout à coup, je sens les petits cheveux se dresser sur ma nuque, comme si quelqu'un m'épiait. Je fais volte-face mais à part moi, il n'y a personne sur la plage. En pivotant vers l'appartement, je crois déceler un mouvement mais tout redevient immobile avant même que je me rapproche de la maisonnette.

Je m'aperçois sous la douche que je n'ai ni savon ni shampooing. Et bien sûr, toujours rien à manger puisque j'ai dévoré tout ce que m'avait apporté Abuela hier soir. Le corps et les cheveux juste rincés, j'enfile mon jean de la veille et un T-shirt propre pioché dans la pile de l'armoire puis me mets en route pour Puerto Villamil, en espérant trouver une boutique ouverte. J'aimerais faire quelques provisions de nourriture, acheter ce qui me manque vraiment et trouver un bureau de poste pour timbrer et envoyer à Finn la carte postale que je lui ai écrite. Si je n'arrive ni à l'appeler ni à communiquer avec lui par SMS ou e-mails, il recevra au moins du courrier, comme au bon vieux temps.

Puerto Villamil, hélas, est une ville fantôme. Bars, restaurants, auberges, boutiques – tout est éteint, fermé. Une porte grillagée et cadenassée bloque l'entrée du bureau de poste. L'espace d'un instant terriblement angoissant, je me demande si je n'ai pas loupé quelque chose... Peut-être dormais-je à poings fermés quand les habitants de l'île ont tous été évacués. Peut-être qu'il n'y a plus personne, à part moi. Au même moment, je distingue une silhouette mouvante à l'intérieur d'une des échoppes plongées dans l'obscurité.

Je frappe à la porte mais la femme de la boutique se contente de secouer la tête.

— *Por favor...*

Après avoir posé le carton qu'elle tient dans les mains, elle vient m'ouvrir.

— *No perteneces aquí. Hay toque de queda.*

Apparemment, je me trouve dans une supérette. Des paniers remplis de fruits sont alignés sur le comptoir et des étagères frugalement garnies de denrées séchées bordent quelques allées étroites. Je sors des billets de ma poche.

— J'ai de l'argent.

— Fermé, dit-elle d'un ton hésitant.

— S'il vous plaît…

Son visage se détend et elle lève la main en écartant les doigts. Cinq articles ? Cinq minutes ? Je pointe l'index sur un fruit jaune posé dans une corbeille du comptoir. Une goyave, peut-être ? La femme s'en empare.

— Du savon ? je lui demande ensuite. *Sopa ?*

Elle attrape une boîte de soupe sur une étagère.

Bon, je prends aussi mais je pourrai difficilement m'en servir sous la douche. Je fais semblant de me laver les cheveux, passe les mains sous mes aisselles et elle hoche la tête avant d'ajouter une savonnette Ivory à mon tas de courses. Je récite ensuite la courte liste de mots espagnols ayant trait à la nourriture que j'ai apprise par cœur : *agua, leche, café, huevo.* Il y a peu de produits frais, le choix est donc limité. Comment les habitants d'Isabela seront-ils ravitaillés en denrées périssables telles que le lait et les œufs ? Le seront-ils seulement ? Chaque fois que je parviens péniblement à prononcer le nom de trois aliments, deux ne sont pas disponibles. Les résidents avaient dû être informés de la fermeture imminente de l'île et se sont dépêchés de faire des réserves.

— *Pasta ?* dis-je finalement et elle dégote trois paquets de *penne rigate*.

Il y a pire destin que celui d'être condamné à ne manger que des pâtes.

— Timbres ? je tente encore en brandissant la carte postale, le doigt pointé sur l'angle du haut.

Elle secoue la tête avant de me montrer le bureau de poste fermé, de l'autre côté de la rue.

Une petite pile de journaux repose sur le comptoir. Je ne comprends pas les gros titres en espagnol mais la photo parle d'elle-même : dans une église italienne, un prêtre est occupé à bénir des rangées de cercueils abritant tous des victimes du Covid-19.

Voilà ce qui est en train d'arriver aux États-Unis. Voilà ce que Finn va devoir affronter.

Et moi, je suis coincée ici.

La propriétaire de la boutique me tend la main, le geste universel pour réclamer de l'argent. Je sors ma carte bancaire et elle secoue de nouveau la tête. Je n'ai pas d'argent équatorien et n'ai toujours pas trouvé de distributeur automatique. Je tire deux billets de vingt dollars que je m'empresse de lui tendre avant qu'elle ne renâcle, ramasse mes achats et quitte la boutique avec mon sac en plastique tandis qu'elle referme à clé derrière moi.

J'ai parcouru la moitié de la rue principale quand j'entends mon téléphone tinter. Je le sors vite de ma poche. Un torrent de messages inonde l'écran, tous signés Finn.

Je t'ai perdue.

Coucou ?

J'ai essayé de t'appeler en FaceTime mais... ?

Wi-fi pourri ? Je réessaierai demain.

Il m'a adressé un chapelet de messages avant de comprendre enfin que je n'avais pas de réseau. Dans son dernier SMS, il dit qu'il m'enverra plutôt un mail, en espérant que je trouverai un cybercafé.

Je balaie du regard les vitrines soigneusement barricadées des commerces bordant la rue. Un rire désabusé s'échappe de mes lèvres.

Il semblerait toutefois que je me tienne dans le seul endroit de la ville qui reçoive un signal parce qu'en ouvrant ma boîte mail, je découvre le message de Finn. Je vais m'asseoir en tailleur au bord de la route et commence à lire ses mots comme s'ils étaient une oasis en plein désert.

À : DOToole@gmail.com
De : FColson@nyp.org

Je n'arrive pas à croire que ça ne fait que deux jours. Ici, les écoles, les bars et les restaurants sont déjà fermés. On recense neuf cent vingt-trois cas uniquement à Manhattan. Dix morts. Le métro est vide. New York ressemble à une coquille vide, comme si tout le monde se cachait.

Je dis ça mais je n'en sais rien, en fait, vu que je n'ai pas quitté l'hôpital. Même les internes en chirurgie ont été réquisitionnés. Tu te souviens que je me plaignais tout le temps de mon statut d'interne junior parce que je me coltinais les gardes de nuit et les consultations aux urgences alors que les internes seniors réalisaient de vraies opérations – et tu me répondais chaque fois qu'il fallait être patient, qu'un jour mon tour viendrait ? Eh ben non. Je suis en quatrième année d'internat mais ça ne veut plus rien dire, tout ça. Il n'y a plus personne dans les blocs opératoires. Toutes les interventions programmées – et même les opérations urgentes comme les appendicectomies et les ablations de la vésicule biliaire – ont été annulées parce que le service de soins intensifs postopératoires est rempli de patients Covid. Les internes sont devenus inutiles, je suppose, raison pour laquelle on a tous été réaffectés à l'unité Covid.

Dans les faits, c'est la seule maladie qu'on voit. Le problème, c'est que j'ai suivi un cursus de chirurgien et que je me retrouve soudain à la place d'un interne en médecine générale censé soigner une maladie infectieuse et je ne sais pas du tout comment m'y prendre.

Je ne suis pas le seul, d'ailleurs.

J'entame ma trente-quatrième heure de garde alors que mon service devait durer douze heures parce qu'on manque de personnel pour s'occuper de tous les patients. C'est un flot ininterrompu. Ils ont du mal à respirer et quand ils arrivent à l'hôpital, ils sont déjà foutus. Ils essaient de reprendre leur souffle mais l'air qu'ils s'efforcent d'aspirer ne va nulle part et leurs poumons s'abîment encore plus. C'est un vrai cercle vicieux. En temps normal, ce type de patient est placé sous assistance respiratoire à l'aide de canules nasales à haut débit qui permettent d'insuffler dix fois plus d'oxygène mais dans le cas du Covid, ce genre de dispositif disperserait le virus partout. Alors à la place, on utilise des masques sans réinspiration ou de fines canules nasales. Qui sont inefficaces. Rien ne marche dans notre boîte à outils. Les gens tombent comme des mouches parce qu'ils manquent d'oxygène et on n'a pas d'autre choix que de les intuber. C'est la solution la plus risquée parce qu'on ne peut pas placer un patient sous respirateur sans s'asperger nous-mêmes de virus, et ce n'est pas une image.

D'où la nécessité de nous protéger avec une espèce d'armure – mais même ça, on en manque. Maintenant, juste pour aller voir un patient, je dois enfiler une charlotte, un masque FFP2, une visière en plastique, une blouse jetable par-dessus ma tenue de chirurgien, plus deux paires de gants. On a reçu des vidéos pour nous aider à bien mémoriser les différentes étapes de l'habillement et des observateurs nous surveillent pour s'assurer qu'on n'oublie rien avant de partir au front. Ça me paraît tellement ridicule de me dire que ce filtre minuscule posé sur mon visage est la seule barrière de protection contre ce virus. On met six minutes à enfiler notre EPI mais il nous en faut douze pour le retirer parce que le risque de contamination est beaucoup plus important à ce moment-là. Ça tient chaud, ça démange, c'est moche et je me demande souvent ce que ressentent les patients quand ils nous voient débarquer là-dedans – on se protège comme s'ils avaient la peste.

Ce qui n'est peut-être pas si éloigné de la réalité.

On évite de s'attarder dans les chambres. On ne touche un patient qu'en cas de nécessité absolue. Personne ne sait vraiment combien de temps le virus continue à être actif sur les surfaces, alors on suppose le pire. Quand on ressort d'une chambre, on enlève nos gants, on les jette à la poubelle et on se lave les mains. Ensuite, on jette la charlotte et on se lave les mains. On met la blouse dans un conteneur en plastique et on se lave les mains. On retire la visière et on se lave les mains. On est obligés de réutiliser les masques FFP2 parce que les réserves fondent à vue d'œil. Alors on les enlève et on les range dans des petites boîtes en plastique étiquetées à notre nom. Et on se relave encore une fois les mains. En Italie, les médecins portent des combinaisons Hazmat comme s'ils allaient bosser dans un réacteur nucléaire alors que, moi, je nettoie ma visière avec une putain de lingette.

J'ai des crevasses aux doigts, les jointures de mes phalanges saignent.

Je ne devrais pas me plaindre.

Aujourd'hui, j'ai dû effectuer une cricothyrotomie d'urgence sur un patient Covid. Il était en train de partir, quelques minutes de plus et c'était l'arrêt cardiaque. J'ai appelé l'USIR, l'équipe respiratoire, mais le cou du type était trop épais et l'anesthésiste n'arrivait pas à visualiser correctement le site pour l'intuber rapidement. Il n'y avait que moi, l'anesthésiste, l'infirmière et le patient en train de suffoquer. J'ai été obligé d'intervenir, je n'avais pas le choix. J'ai fait la crico pour libérer les voies respiratoires et l'intuber avant qu'il ne soit trop tard. J'étais mort de trouille parce que si tu commets la moindre erreur, si tu passes à côté d'un détail, tu peux te faire contaminer.

J'ai dû serrer mes mains l'une contre l'autre pour les empêcher de trembler avant de pratiquer l'incision. Et tout au long de la procédure, je me suis répété qu'il fallait faire ça bien, être rapide et efficace pour pouvoir me tirer de là et me désinfecter au plus vite.

Dès que ça a été terminé, on a foutu le camp comme si on avait le feu aux fesses, l'anesthésiste et moi. J'ai retiré mon équipement dans le bon ordre, je me suis bien frotté les mains, je me suis même aspergé de Purell et, brusquement, je me suis rendu compte que l'infirmière était restée dans la chambre, au milieu de toutes les molécules virales qui flottaient dans l'air. Elle avait vingt-cinq ans, maximum. Elle caressait le bras du patient et je l'ai vue essuyer une larme sur la joue de l'homme alors qu'il dormait à poings fermés. Il était dans le coma artificiel, il ne pouvait pas l'entendre, pourtant elle lui parlait.

Moi, je pestais parce que j'étais obligé de porter une combi d'astronaute jetable que j'avais constamment peur de déchirer et pendant ce temps cette jeune infirmière prodiguait de vrais soins au patient.

C'est là que je me suis dit : mais merde, c'est elle, l'héroïne de l'histoire.

Je ne sais pas pourquoi je te raconte tout ça. Mais ça fait du bien de savoir que tu es à l'écoute.

Je ne saurais pas dire combien de temps je suis restée là, assise dans la rue principale de Puerto Villamil, à lire et relire le mail de Finn, la nuque et le sommet du crâne mijotant au soleil. Sa description de New York et de l'hôpital semble irréelle, dystopique. Comment tant de choses peuvent-elles changer en l'espace de quarante-huit heures ?

Mes préoccupations personnelles – pas de chambre d'hôtel, la faim qui me tenaille – me paraissent tellement futiles et indécentes, tout à coup. Il est hors de question que je me plaigne à Finn. J'écris plutôt :

Sur cette île, tout est sublime. On ne sait pas où donner de la tête : l'eau est tellement limpide qu'on voit les poissons nager à fleur de sable. Les roches volcaniques ont des formes incroyables. Les iguanes se baladent dans la rue principale.

J'ajoute : *En plus, les gens sont hyper accueillants.*

Je décris aussi l'otarie vautrée sur le ponton de Santa Cruz et la traversée tumultueuse en ferry, omettant délibérément de mentionner la horde paniquée de touristes croisée lors de notre arrivée à Isabela.

Le seul bémol (à part l'absence de réseau), c'est que tu n'es pas là.

Je ne lui dis pas que même si j'en avais envie, je serais dans l'incapacité de rentrer à New York.

J'appuie sur la touche *envoyer*.

Et fixe l'écran en retenant mon souffle, jusqu'à ce qu'un message apparaisse : *Pas d'accès internet.*

Dans le domaine des ventes aux enchères, les présentations vidéo ne peuvent jamais rivaliser avec un catalogue papier. Les clients doivent avoir la possibilité de contempler les photos somptueuses et de lire le texte indiquant la provenance de l'objet proposé à la vente. Ils apprécient également son importance par la place qu'il occupe à l'intérieur du catalogue. Après avoir décroché le master marché de l'art proposé par Sotheby's et suivi un stage d'une année, j'ai été embauchée comme assistante à la conception des catalogues du département art impressionniste et moderne. Mon travail consistait à rédiger les textes accompagnant les photos. Le spécialiste présente les tableaux. Moi, j'avais pour mission de leur donner vie.

La bibliothèque de Sotheby's n'a rien d'une bibliothèque traditionnelle. Elle se compose plutôt d'une multitude d'étagères tapissant les murs de tous les couloirs, à tous les étages de l'immeuble. À l'époque où je m'occupais des catalogues, je passais une bonne partie de mon temps à explorer ce fonds documentaire pour tenter de rassembler les éléments déjà existants sur la valeur d'une pièce, savoir à combien s'étaient vendues des œuvres similaires et glaner d'autres anecdotes à glisser dans mes textes. Quand on veut attirer l'attention d'un acheteur potentiel sur une œuvre spécifique, il suffit parfois de trouver un détail qui fera tilt, une histoire qui la rendra unique : ce tableau a été peint la veille de la rencontre de l'artiste avec le mentor qui le soutiendra tout au long de sa vie ; c'est son premier tableau à l'huile ; cette scène a été inspirée par Degas, Gauguin, Cézanne. Chaque phrase du texte était minutieusement relue et corrigée, formulée de manière à capter l'intérêt de l'acheteur et l'inciter à tourner les pages.

Concrètement, ça voulait dire que j'avais rarement l'occasion de m'asseoir, sauf pour taper mes corrections. Je passais le plus clair de mes journées à faire la navette entre les différents spécialistes à qui je soumettais les maquettes et les textes corrigés, puis répétais la même opération auprès de l'équipe marketing et du service fabrication chargé d'envoyer le catalogue à l'imprimerie. Les délais étaient toujours très serrés : il fallait impérativement récupérer le catalogue imprimé à temps pour préparer la vente.

Voilà pourquoi un jour je pris la décision de ne pas attendre l'ascenseur bloqué à un autre étage. Je travaillais chez Sotheby's depuis trois ans et ma patronne, Eva St Clerck, avait été promue directrice des ventes du département art impressionniste et moderne. Le temps pressait, j'étais censée lui apporter un document urgent et décidai donc de descendre par l'escalier de secours. Dans ma précipitation, je ratai une marche et dégringolai le reste, freinant instinctivement ma chute en tendant le bras gauche.

J'atterris en vrac sur le palier, collants déchirés et genoux écorchés. Clouée au sol, je n'avais pourtant qu'une idée en tête : remonter au pas de course dans mon bureau pour enfiler la paire de collants neufs rangés dans un tiroir – je n'avais en effet aucune envie d'endurer le regard scrutateur d'Eva St Clerck et son sourcil arqué en signe de déception. Mais quand je voulus me relever, je faillis m'évanouir, terrassée par une onde de douleur.

Après avoir repris mon souffle, je réussis à extraire mon portable de la poche de ma veste et tapai d'une seule main un SMS à l'intention de Rodney. *Au secours.*

Lorsqu'il me localisa dans la cage d'escalier, j'étais adossée au mur, jambes écartées, et soutenais mon bras gauche à l'aide de ma main droite. Rodney m'aida à me mettre debout puis m'accompagna aux ascenseurs les plus proches.

— Direction les urgences, annonça-t-il en examinant mon poignet avant de grimacer. C'est pas normal, cet angle-là.

— Je peux pas partir. Eva…

— N'a aucune envie d'être poursuivie en justice parce que tu es tombée dans l'escalier en essayant de gagner les faveurs de Sa Majesté.

Au rez-de-chaussée, Rodney m'entraîna dans le hall d'accueil puis vers la sortie. Les urgences du New York-Presbyterian se trouvaient à quelques rues de l'immeuble. Les sirènes des ambulances hurlaient dans le quartier sans relâche.

La salle d'attente était à moitié pleine : quelques mères berçaient de jeunes enfants en pleurs, un vieux monsieur souffrait d'une vilaine toux, un couple visiblement énervé conversait à voix basse en espagnol, un homme en tenue de chantier pressait une serviette ensanglantée sur sa cuisse entaillée. L'infirmière chargée d'orienter les patients me posa quelques questions et, trois quarts d'heure plus tard, mon nom fut appelé.

— Tu veux que je vienne avec toi ? me demanda Rodney.

Malgré une grosse envie d'accepter, je décidai de me comporter en adulte et secouai la tête.

— Super, plaisanta mon ami, je voulais trop terminer de lire ce *People* de 2006.

Je disparus derrière une double porte. On me conduisit dans un petit box protégé par des rideaux. Là, je m'assis sur un lit à roulettes en m'efforçant de ne pas bouger le bras. J'avais l'impression qu'un feu couvait sous ma peau et soudain, c'en fut trop : la douleur, le catalogue à terminer, un bras peut-être cassé. Les larmes inondèrent mes joues, mon nez se mit à couler et quand j'essayai d'attraper un mouchoir avec ma main droite alors que je suis gauchère, la boîte posée à côté du lit tomba par terre et mes sanglots redoublèrent.

Bien évidemment, le médecin apparut à ce moment-là. Il était grand. Une mèche blonde retombait sans cesse sur ses yeux.

— Mademoiselle O'Toole ? Je suis le docteur Colson, interne en… débita-t-il en parcourant mon dossier. Vous avez fait une chute, c'est ça ?

Il me lança un regard, haussa les sourcils.

— Vous ne vous sentez pas bien ?

— Si je me sentais bien, hoquetai-je, je ne serais pas aux urgences.

— Racontez-moi ce qui s'est passé.

Je m'exécutai pendant qu'il manipulait délicatement mon coude et mon poignet, bougeant mon bras avec précaution et suspendant ses gestes dès que je retenais mon souffle, transpercée par la douleur. Ses doigts étaient chauds et ses gestes sûrs. Il me posa des questions en poursuivant son examen. Vérifia que je n'avais pas de commotion cérébrale, inspecta mon genou éraflé et l'hématome qui fleurissait sur ma hanche.

— Vous êtes toujours aussi pressée ? demanda-t-il finalement.

Désarçonnée, j'oubliai quelques instants mon inconfort.

— Je crois, oui.

Pour la première fois depuis qu'il était entré dans le box, ses yeux rencontrèrent les miens.

— C'est plutôt une qualité, je suppose, tant qu'on sait où on va.

— Est-ce que c'est votre manière à vous de me dire que je peux rentrer chez moi à condition de prendre deux comprimés d'aspirine et d'appeler l'hôpital demain matin pour faire un point ?

— Non. Vous ne partirez pas avant d'avoir passé une radio de contrôle.

Un demi-sourire retroussa un coin de ses lèvres.

— La mauvaise nouvelle, enchaîna-t-il, c'est que je serais prêt à parier qu'il y a une fracture. La bonne, c'est que si vous êtes en état de plaisanter, vous ne mourrez sûrement pas pendant mon service.

— Génial, murmurai-je.

— Ça l'est, en effet. Je n'ai pas du tout envie de voir la moyenne de mes évaluations s'effondrer sur Yelp.

Il écarta légèrement les rideaux pour s'entretenir avec une infirmière qui passait devant le box.

— On va vous descendre à la radio et je reviendrai vous voir tout à l'heure, annonça-t-il.

J'acquiesçai d'un signe de tête.

— Mon ami est dans la salle d'attente. Est-ce que quelqu'un peut le prévenir ?

Il se redressa.

— Je vais aller expliquer la situation à votre moitié.

— C'est juste un collègue, rectifiai-je. Il s'appelle Rodney. C'est lui qui m'a amenée ici. Vous le reconnaîtrez facilement : c'est le seul à porter des vêtements haute couture dans la salle d'attente.

Le docteur eut un sourire amusé.

— Qui ne craquerait pas pour un héros en Prada ?

Il s'écoula une bonne heure entre la radio, la lecture des résultats et le retour du Dr Colson dans le box. Allongée sur le lit métallique, je m'efforçais de ne pas bouger le bras. Il me montra les clichés sur un iPad, la ligne blanche et nette de la fracture.

— C'est une fracture simple, expliqua-t-il.
— Ce n'est pas le ressenti que j'en ai.
— Ce que je veux dire, c'est que vous n'avez pas besoin de consulter un chirurgien orthopédiste. Je vais vous poser un plâtre et vous pourrez repartir.

Il me montra comment lever le bras en écartant bien le pouce et me demanda de rester dans cette position pendant qu'il m'enfilait délicatement une espèce de chaussette pareille à un long gant de soirée. Il attrapa ensuite un rouleau de coton blanc qui lui servit à envelopper mon bras de bas en haut puis de haut en bas à la manière d'une momie, et me bombarda de questions pendant toute la durée des soins. Depuis combien de temps travaillais-je chez Sotheby's ? Qu'avais-je fait comme études ? Que préférais-je, l'art moderne ou l'impressionnisme ? J'appris qu'il était en première année d'internat en chirurgie et qu'il effectuait une garde de deux semaines aux urgences. C'était son premier plâtre, m'avoua-t-il enfin.

— Moi aussi, répliquai-je.

La fibre de verre qu'il venait d'appliquer était déjà en train de durcir. Pour la dernière couche, il me proposa plusieurs couleurs : bleu, orange fluo, camouflage ou rose fuchsia.

— Parce que j'ai le droit de *choisir* ?

Il sourit.

— Petit cadeau réservé à nos nouveaux clients.

— Rose. Rodney dira sûrement que ça va jurer avec ma garde-robe mais tant pis.

— Choisissez une couleur dont vous ne risquez pas de vous lasser, sachant que vous allez garder votre plâtre pendant six semaines, conseilla-t-il. Si vous voulez quelque chose qui va avec tout, optez plutôt pour du bleu. En plus, c'est la couleur de vos yeux.

Il rougit en prononçant ces mots et baissa vite la tête pour se concentrer sur la dernière bande de plâtre.

Lorsqu'il eut terminé, je réussis à pivoter légèrement mon poignet pour admirer son travail.

— Pas mal pour un novice, fis-je. Ça vaut largement cinq étoiles sur Yelp.

Il rit.

— Waouh.

— Bon. Ça y est, c'est fini ?

— Une dernière chose, répondit-il en sortant un feutre noir de la poche de sa blouse blanche. Est-ce que vous m'autorisez à signer votre plâtre ?

Je hochai la tête en souriant.

FINN, écrivit-il avant d'ajouter un numéro de téléphone.

— Au cas où il y aurait des complications, dit-il en rencontrant mon regard.

— J'ai comme l'impression que ça ressemble à une violation de la charte du patient hospitalisé, un truc dans le genre.

— Ça pourrait, oui, si vous étiez ma patiente. Heureusement pour moi, enchaîna-t-il en me tendant les documents de sortie, vous ne l'êtes plus.

Je regagnai la salle d'attente quelques minutes plus tard. Dans l'intervalle, nous nous étions donné rendez-vous le lendemain soir pour dîner ensemble et je ne sentais presque plus les pulsations douloureuses dans mon bras. Rodney était allongé sur une rangée de quatre chaises. Il me lança un regard, aperçut la signature sur mon plâtre et murmura : *"Toi alors…"*

Après avoir lu le mail de Finn, je prends la décision de rentrer aux États-Unis, dussé-je y aller à la nage. Je passe récupérer mon cabas à l'appartement puis prends de nouveau le chemin de Puerto Villamil. Les signes de vie sont rares sur l'île mais je trouverai plus facilement une solution pour regagner le continent en restant dans le centre.

Au bout d'une demi-heure d'attente sur la jetée, une petite embarcation crachotante fait son apparition. Il n'y a qu'une personne à bord, je ne distingue que les contours de sa silhouette. Je remonte rapidement le ponton en agitant les bras tandis que l'homme saute du bateau et me tourne le dos pour attacher la corde à une bitte d'amarrage.

— *Hola*, fais-je d'un ton hésitant en me demandant ce que je vais bien pouvoir baragouiner après cette entrée en matière.

L'homme se redresse, essuie ses mains humides sur son short. Lorsqu'il se retourne, je reconnais le type qui m'a sermonnée hier, au centre d'élevage des tortues.

— *No es cierto*, marmonne-t-il en fermant les yeux un instant, comme s'il avait le pouvoir de me faire disparaître d'un battement de paupières.

Bon. Au moins, je sais qu'il parle anglais.

— Re-bonjour, dis-je en souriant. Je voudrais savoir s'il me serait possible de louer votre bateau.

Il secoue la tête.

— Désolé, ce n'est pas mon bateau, lâche-t-il en me frôlant, apparemment pressé de partir.

— C'est vous qui le pilotez, pourtant, j'insiste en courant pour le rattraper. Écoutez, je sais que nous sommes partis du mauvais pied, vous et moi. Mais il s'agit d'une urgence.

Il s'arrête net, croise les bras. Je ne me laisse pas impressionner.

— Je vous paierai. Votre prix sera le mien si vous acceptez de m'emmener à Santa Cruz. Il ne me reste plus beaucoup d'argent liquide mais il doit bien y avoir des distributeurs, là-bas.

Le type me fixe en plissant les yeux.

— Pourquoi Santa Cruz ?

— Parce que c'est à côté de l'aéroport. Je dois absolument rentrer chez moi.

— Même si vous réussissiez à aller là-bas, tous les avions sont cloués au sol.

— Je vous en supplie…

Les traits de son visage s'adoucissent, à moins que ce ne soit une impression.

— Je ne peux pas vous emmener là-bas, martèle-t-il. Nous vivons une période de confinement strict. Des brigades de police sont chargées de faire respecter la loi.

Je peine à retenir mes larmes.

— Je sais ce que vous pensez : vous me prenez pour une touriste débile. J'aurais dû prendre le dernier ferry, c'est vrai. Vous avez raison. Mais je ne peux pas rester ici je ne sais combien de temps alors que les gens que j'aime sont bloqués à...

Mes mots s'évaporent. Je déglutis péniblement avant de demander :

— Vous n'avez jamais commis d'erreur dans votre vie ?

Il tressaille comme si je l'avais giflé.

— Écoutez, personnellement, je me fous totalement de ce qui peut bien m'arriver. En revanche, si vous vous faites arrêter en essayant d'aller à Santa Cruz, vos efforts n'auront servi à rien.

Son regard glisse sur moi, depuis mes cheveux jusqu'à mes baskets.

— J'espère que vous trouverez une solution.

Sur un bref hochement de tête, il tourne les talons, m'abandonnant seule sur la jetée.

À la fin de l'après-midi, je ne me pose plus une mais deux questions : existe-t-il un moyen de quitter cette île ? Et suis-je la seule personne à vivre ici ?

J'ai beau savoir que ce n'est pas le cas, j'ai toutefois la sensation d'être le dernier être humain sur Terre. Depuis que le type du centre d'élevage des tortues m'a envoyée balader, je n'ai pas croisé âme qui vive. La partie de la maison occupée par Abuela est comme figée, plongée dans l'obscurité. La plage est entièrement déserte. Même s'il n'y a plus de touristes à Isabela et que les gens se montrent prudents à cause du coronavirus, j'ai malgré tout la sensation d'avoir été parachutée dans le décor d'une dystopie. Un décor de rêve, certes, mais totalement abandonné.

Je me surprends à marcher dans la même direction qu'hier, vers le centre d'élevage, mais je me perds en chemin et me retrouve sur un sentier tapissé de planches de bois qui s'enfonce dans la mangrove. Au-dessus de ma tête, les arbres décolorés par le soleil déploient leurs branches sinueuses aux longs doigts recourbés. C'est désert et étrangement beau, le genre d'endroit où surgit la sorcière dans les contes de fées. En l'occurrence, il n'y a que moi et un iguane perché sur la rambarde de la promenade. Lorsque je passe à côté de lui, sa crête écailleuse se redresse.

En apercevant une pancarte Concha de Perla, ma mémoire se réveille. J'avais corné cette page dans le guide qui se balade quelque part avec ma valise pour me rappeler de visiter cet endroit avec Finn. C'est un site de plongée : des bras de lave encerclent une petite portion d'océan, formant un lagon naturel. Je n'ai ni masque ni tuba mais j'ai chaud, je dégouline de sueur et j'ai soudain très envie de piquer une tête pour me rafraîchir.

Je lis attentivement le panneau en repensant aux pommes vénéneuses mais aucun avertissement ne me freine dans mon élan. Le sentier se termine par un petit ponton clos en surplomb. Deux otaries sont allongées sur les planches. Autour d'elles, une bande de bois humide dessine leurs silhouettes, rappelant vaguement une scène de crime. Elles ne bougent pas d'un poil lorsque je passe à côté d'elles pour m'appuyer sur la rambarde et jeter un coup d'œil à l'eau, verte mais limpide. Une famille de tortues marines nage juste à mes pieds.

Bon. Quitte à être le seul être humain sur Terre, autant que ce soit dans ce genre d'endroit.

Je retire mes baskets du bout des pieds, enlève mes chaussettes et cache le tout sous le banc du ponton. Ça fait un peu exhibitionniste de se déshabiller là mais il n'y a personne et j'ai trop peu de vêtements pour me permettre de les mouiller. En brassière et culotte, je commence à descendre les marches s'enfonçant dans le lagon. Je laisse l'eau clapoter autour de mes tibias puis plonge dans une partie peu profonde du bassin.

Une sensation de fraîcheur enveloppe ma peau et quand je me redresse j'arrive presque à toucher le fond sablonneux du bout des orteils. Des palétuviers festonnent le bassin. Des coulées de lave tracent des ombres opaques à travers les ondulations de l'eau. Certaines d'entre elles, énormes, transpercent la surface, semblables à des crocs ébréchés. Après avoir pataugé quelques minutes, je décide de nager en direction des affleurements de roche volcanique. Le soleil tape fort, ses rayons enserrent mon crâne à la manière d'une couronne. Je m'allonge sur le dos et me laisse flotter, contemplant à travers mes paupières mi-closes les nuages filant dans le ciel.

Tout à coup, quelqu'un me pousse et je sursaute violemment. Je bois la tasse, me relève en crachotant. Deux manchots barbotent devant moi, visiblement aussi surpris que moi.

— Salut, vous, dis-je à mi-voix en esquissant un sourire.

Ils sont grands comme mes avant-bras, vêtus de leur élégant smoking, deux points jaunes en guise de pupilles. J'avance lentement une main vers eux pour les inviter à nager plus près. L'un d'eux disparaît sous l'eau et refait surface à ma gauche.

L'autre me pince si fort que le sang afflue à fleur de peau. Un cri s'échappe de mes lèvres.

— Nom de Dieu !

Je bats des jambes pour m'éloigner de la bestiole, agrippant d'une main mon épaule. Ce n'est qu'une égratignure mais ça fait mal.

Toutes les histoires de manchots qu'on raconte aux enfants me reviennent en mémoire. Quel leurre de faire croire que ces bestioles sont gentilles et câlines ! Peut-être qu'en réalité, la notion de territoire est importante chez les manchots. Peut-être me suis-je introduite par effraction dans la partie du lagon qu'ils se sont appropriée. Après avoir mis une bonne distance entre eux et moi, je continue à m'éloigner du ponton pour me rapprocher des racines enchevêtrées des palétuviers.

Je fais le tour en nageant lentement, craignant de croiser d'autres manchots. La sensation d'être observée m'assaille de nouveau.

Je porte une culotte et un soutien-gorge, l'équivalent d'un maillot deux pièces, mais je n'ai malgré tout pas très envie d'être surprise ici dans cette tenue. À deux reprises, je jette un coup d'œil par-dessus mon épaule. Même à cette distance, je vois le ponton, toujours désert.

Splash.

Le bruit retentit dans mon dos et quand je fais volte-face des gerbes d'eau brouillent mon champ de vision.

Je me retourne et ça recommence.

Cette fois, je pivote rapidement et me retrouve face au regard curieux d'une otarie. Trente centimètres nous séparent, elle et moi.

Ses yeux noirs sont expressifs, ses moustaches frémissent. Son corps immergé ressemble à une masse de muscles compacte et mouvante. Sa queue s'agite vigoureusement pour la maintenir en équilibre.

Une nageoire plate comme une planche s'abat soudain sur l'eau et l'otarie m'éclabousse de nouveau.

Je lui rends la pareille.

Nous nous mesurons du regard, immobiles. Son nez frissonne. Puis elle frappe de nouveau l'eau avec sa nageoire, m'aspergeant copieusement.

J'éclate de rire tandis que l'animal s'arcboute et plonge avant de réapparaître à quelques mètres. Tout sourire, je me jette en arrière comme elle et m'enfonce sous l'eau. Une poignée de secondes plus tard, je remonte à la surface en repoussant les mèches de cheveux plaquées sur mon visage. L'otarie se trouve à une trentaine de centimètres. Cette fois, je retiens mon souffle et fais une pirouette sous l'eau en gardant les yeux ouverts. Elle m'imite.

C'est un peu comme si nous conversions, toutes les deux.

Nous jouons ensemble joyeusement, chacune reproduisant les gestes de l'autre. Rattrapée par la fatigue, je commence à nager en direction du ponton. L'otarie me suit. Nous émergeons sous les planches de la jetée, hors d'haleine. Ma compagne de jeu sent le poisson.

Lentement, je tends la main vers elle dans l'espoir qu'elle se laissera caresser, maintenant que nous avons sympathisé. Mais alors que je m'apprête à toucher la soie de sa fourrure mouillée, une goutte de sang se matérialise dans le creux de ma paume.

Sous le choc, je ramène ma main vers moi. Me serais-je coupée sur un piton rocheux ? À moins que ce ne soit le manchot... Au même moment, une deuxième goutte s'écrase dans l'eau et se dilue comme une giclée de teinture.

En levant les yeux, je me rends compte que ça vient de là-haut, du ponton. Je gravis les marches glissantes. Une gamine est assise, adossée à l'un des poteaux d'angle. Elle est jeune, à la lisière de l'adolescence. Aussi surprise que moi de croiser un autre être humain, elle baisse précipitamment la manche de son sweat-shirt, mais j'ai le temps d'apercevoir une échelle d'entailles sur son avant-bras, dont l'une saigne encore.

— Ça va ?

Je marche vers elle. Elle ramène les genoux contre sa poitrine et glisse les mains dans les poches de son sweat.

Je n'ai jamais pratiqué l'automutilation mais je me souviens qu'une fille de mon lycée se scarifiait. Sa mère mourait lentement d'un cancer des ovaires et un jour nous nous étions retrouvées sur un banc, devant le bureau de la conseillère d'orientation. En lui coulant un regard de biais, j'avais vu qu'elle triturait des cicatrices sur son avant-bras. Les marques m'avaient aussitôt rappelé les traits que mon père traçait sur l'embrasure de la porte de ma chambre chaque fois qu'il me mesurait. Voyant que je l'observais, la fille s'était figée et m'avait lancé un *Quoi ?* bougon.

Les cheveux de la gamine assise sur le ponton sont rassemblés en une tresse hirsute. Elle ne pleure pas, mais a plutôt l'air agacé que quelqu'un ait osé pénétrer sur son territoire secret.

— Qu'est-ce que vous faites là ? me demande-t-elle d'un ton accusateur.

— Je nage, dis-je en sentant mes pommettes s'empourprer – je viens de penser à ce que j'ai sur moi, et surtout à ce que je n'ai pas.

Je tends le bras pour attraper mon T-shirt d'emprunt caché sous le banc et l'enfile rapidement.

— C'est fermé, lance la gamine et soudain je sais pourquoi son visage me dit quelque chose : c'était la troisième passagère du ferry, hier. Celle qui pleurait.

— Tu t'es blessée ?

— Tout est fermé sur l'île, insiste-t-elle, ignorant ma question. À cause du virus, il y a un couvre-feu à 14 heures.

Je lève les yeux vers le soleil, suspendu assez bas dans le ciel. Voilà pourquoi l'île a des allures de ville fantôme.

— Je n'étais pas au courant, dis-je sincèrement avant de froncer les sourcils. Mais s'il y a un couvre-feu, qu'est-ce que tu fais là ?

Elle se lève, les mains toujours enfoncées dans les poches.

— Moi, je m'en fous, lâche-t-elle avant de s'élancer en courant sur les planches du sentier.

— Attends !

J'essaie de la suivre mais le bois me brûle les pieds et je suis obligée de m'arrêter en grimaçant dans une flaque d'ombre. Lorsque je regagne le ponton pour enfiler mon jean et mes baskets, l'otarie s'est volatilisée à son tour.

J'ai déjà parcouru la moitié du chemin quand une pensée me traverse l'esprit : cette mystérieuse gamine m'a parlé anglais.

Les éclats de voix me parviennent avant même que j'arrive chez Abuela. Ma logeuse se trouve sur la véranda et s'efforce de raisonner un homme apparemment furibond. Chaque fois qu'elle lui effleure le bras pour essayer de le calmer, il déverse sur elle un déluge d'espagnol.

— *Hé*, je lance en pressant le pas tandis qu'Abuela plie comme un roseau sous la colère de son interlocuteur. Laissez-la tranquille !

Tous deux pivotent vers moi d'un seul mouvement, interloqués.

— Encore vous ? fais-je en reconnaissant l'homme... pour la troisième fois.

— Mêlez-vous de vos affaires. Vous ne...

— Ce sont mes affaires, justement. Qu'est-ce qui vous donne le droit de hurler sur une femme qui est...

— Ma grand-mère, coupe-t-il.

Le visage d'Abuela se plisse en une myriade de ridules.

— *Mijo*, murmure-t-elle en lui tapotant le bras. Gabriel.

— Diana, dis-je en secouant la tête. Votre grand-mère m'a gentiment proposé un logement parce que l'hôtel où j'étais censée séjourner est fermé.

— C'est mon logement, déclare l'homme.

Est-ce qu'il veut me mettre à la porte ? Est-ce la raison de leur dispute ?

— *Mon* logement, répète-t-il comme si j'avais des problèmes de compréhension. Que vous squattez.

— Je peux payer, dis-je en fouillant dans la poche de mon jean.

Lorsqu'elle me voit sortir ma maigre liasse de billets, Abuela secoue la tête et repousse la main que je tends vers eux. Son petit-fils, Gabriel, se tourne vers elle en murmurant quelques mots : *"Tómalo ; no sabes por cuánto tiempo serán las cosas así."*

Abuela acquiesce en silence en pinçant les lèvres. Puis elle prend les billets que j'ai arrachés de la liasse, les plie et les glisse dans la poche de sa robe.

Elle s'adresse ensuite à Gabriel en le foudroyant des yeux et, pendant un court moment, il daigne prendre un air gêné.

— Ma grand-mère veut que je vous dise que j'ai déménagé il y a un mois et qu'elle est libre de proposer le logement à qui elle veut, traduit-il finalement.

Il me dévisage en plissant les yeux.

— Pourquoi est-ce que vous n'êtes pas *dans* l'appartement ?

— Excusez-moi, j'ai un peu de mal à vous suivre. Est-ce que je peux rester ou pas ?

— Il y a un couvre-feu – son regard s'attarde sur mes cheveux mouillés. Vous dégoulinez. Sur *mon* T-shirt.

Ma parole, tout est un affront personnel pour ce type !

L'expression de Gabriel change brusquement.

— *Jesucristo*, jure-t-il en me frôlant pour s'éloigner à grandes enjambées en direction de la rue.

Je le suis des yeux. Il attrape quelqu'un par les épaules. On dirait qu'il hésite entre serrer la personne dans ses bras et l'étrangler.

Je vois le soulagement l'envahir, remporter la victoire. Ses bras enlacent et étreignent tandis que, sur la véranda, les yeux d'Abuela s'emplissent de larmes. Elle se signe furtivement.

Je ne comprends pas ce que dit Gabriel car il parle espagnol mais sous cet angle, j'aperçois le visage de la personne qu'il serre contre lui. C'est la gamine du ponton à la Concha de Perla. Les manches de son sweat-shirt masquent encore ses poignets et ses yeux rivés aux miens m'implorent en silence de ne pas dévoiler son secret.

TROIS

Au cours des jours suivants, j'instaure une petite routine. Je commence par un footing matinal. Je cours sur la plage, aussi loin que possible. Je fais de grandes balades à pied : je dépasse le centre d'élevage des tortues et Concha de Perla, j'emprunte des sentiers qui me conduisent au cœur d'Isabela et sur ses falaises côtières. Il m'arrive de croiser des locaux qui me saluent d'un léger signe de tête sans toutefois m'adresser la parole. Je ne sais pas s'ils gardent leurs distances à cause du virus ou parce que je suis une étrangère. Je regarde les pêcheurs quitter la jetée de Puerto Villamil à bord de petits *pangas* pour aller attraper de quoi nourrir leurs familles.

Je me réveille avant le lever du soleil et ne me couche jamais plus tard que 8 heures du soir. De toute manière, je ne peux passer que la moitié de la journée dehors. Après le couvre-feu de 14 heures, je reste à l'intérieur, je lis sur ma liseuse Kindle – jusqu'à ce que j'aie épuisé mon stock de livres téléchargés. Je me faufile ensuite dans le jardin sablonneux grand comme un mouchoir de poche contigu à la plage. Allongée dans le hamac, je me balance en observant les crabes Sally Lightfoot qui cavalent sur la grève pour éviter d'être happés par le ressac.

De temps en temps, Abuela m'apporte à manger. Ça me change agréablement des pâtes qui constituent la base de mon alimentation.

Je ne croise ni son petit-fils, ni l'adolescente.

Je commence à parler toute seule. Ma voix est éraillée à force de ne pas servir. Il m'arrive parfois de réciter des poèmes que j'ai appris au lycée en parcourant le désert épineux qui occupe le centre de l'île : *Si le monde et le temps ne couraient à l'abîme / Chère, être prude alors n'y serait point un crime**. Il m'arrive de fredonner quand j'essore mes habits lavés dans le lavabo, et que je les étends au soleil brûlant. Je prête parfois l'oreille à la musique orchestrée par l'océan tandis que mon chant s'élève pardessus son rugissement.

Toujours, Finn me manque.

Je n'ai pas encore réussi à lui parler mais je lui écris une carte tous les soirs. J'espère trouver des timbres pour pouvoir les expédier, et peut-être même, en ville, une boutique de téléphonie mobile où l'on m'indiquerait la marche à suivre pour envoyer des textos à l'international. J'aurais également besoin de vêtements parce que ce n'est pas l'idéal de devoir rincer tous les soirs ma maigre garde-robe. Les rares magasins encore ouverts ont des horaires fantaisistes et il semblerait que j'arrive toujours au mauvais moment. En me baladant dans le centre, j'ai repéré des signes de vie sporadiques à la pharmacie, dans une gargote à chawarmas et à l'église. Je décide d'aller retenter ma chance un peu plus tard à Puerto Villamil.

---

* Traduction du poème d'Andrew Marvell, *To His Coy Mistress*, *À sa prude maîtresse*, par Louis Lanoix. *(Toutes les notes sont de la traductrice.)*

Juste avant l'aube, je pars courir jusqu'à ce que mes poumons s'enflamment. Arrivée devant un monolithe de lave noire dressé vers le ciel, je me laisse tomber dans le sable et regarde les étoiles s'éteindre une à une, telles les étincelles d'un feu de cheminée. La mer monte quand je rebrousse chemin. L'eau efface mes empreintes. Je jette un coup d'œil par-dessus mon épaule : c'est comme si je n'étais jamais passée par là.

De retour à l'appartement, je prends une autre carte postale vierge dans la boîte G2 Tours et je vais m'installer dehors, dans le hamac, pour terminer ma dernière missive à Finn. Un mouvement au bord de l'eau attire soudain mon regard. Dans la brume irisée de bleu, les rochers ressemblent à des êtres humains et les êtres humains à des monstres. Je ne peux pas m'empêcher d'aller voir ce que c'est de plus près. Je suis presque arrivée au bord de l'eau quand je reconnais la jeune fille de Concha de Perla. Tenant d'une main un sac-poubelle, elle se redresse comme si elle avait perçu ma présence derrière elle. Une bouteille en plastique ornée d'une étiquette avec des caractères chinois pend entre ses doigts.

— Comme si ça ne suffisait pas que la flotte de pêche chinoise vienne braconner dans nos eaux, lance-t-elle dans un anglais impeccable. Il faut aussi qu'ils jettent leurs merdes par-dessus bord.

Elle se tourne vers moi et pointe le menton vers le reste de la plage où d'autres bouteilles sont venues s'échouer, charriées par la marée.

Puis elle reprend sa tâche, comme si c'était parfaitement normal de ramasser les déchets alors que l'aube pointe à peine. Comme si je ne l'avais pas surprise en train de se scarifier et d'essuyer les foudres de Gabriel.

— Est-ce que ton frère sait que tu es là ?

Ses grands yeux noirs papillotent.

— Mon frère ? répète-t-elle avant d'émettre un rire amer. Ce n'est pas mon frère. Et ça n'a pas vraiment d'importance qu'il sache ou pas. On est sur une île. Je pourrais pas partir bien loin, même si j'en avais envie.

Quand j'étais au lycée avec cette fille qui s'automutilait, nos chemins n'arrêtaient pas de se croiser. Sans doute se croisaient-ils déjà avant mais je n'y prêtais pas attention. Toujours est-il qu'un jour, alors qu'elle arrivait en face de moi dans le couloir, je l'ai abordée. *Tu ne devrais pas faire ça*, ai-je commencé. *Tu peux te faire très mal, tu sais.*

Elle m'a ri au nez.

C'est le but.

J'observe l'adolescente occupée à collecter d'autres bouteilles en plastique qu'elle jette dans le sac-poubelle.

— Tu parles super bien anglais, fais-je remarquer.

Elle me coule un regard de biais.

— Je sais.

— Je ne voulais pas te...

Je m'interromps, craignant de la vexer involontairement en choisissant mal mes mots.

— C'est juste que c'est cool d'avoir quelqu'un à qui parler, dis-je finalement avant de me baisser pour ramasser une bouteille que je fourre dans son sac. Je m'appelle Diana, au fait.

— Beatriz.

Vue de près, elle a l'air plus âgée que ce que je croyais – disons quatorze ou quinze ans. Menue, avec des traits anguleux et des yeux insondables. Elle porte le même sweat-shirt avec les manches bien tirées sur les poignets et l'écusson d'une école brodé sur la poitrine. Elle ignore superbement ma présence et je devrais sans doute la laisser tranquille. D'un autre côté, je me sens seule et je l'ai vue en train de s'entailler délibérément la peau quelques jours plus tôt. Il n'y a peut-être pas que moi qui ai besoin de parler à quelqu'un.

Compte tenu de nos précédents échanges, je pressens qu'elle aura tendance à battre en retraite plutôt qu'à s'épancher. Je m'efforce donc de choisir soigneusement mes mots, avec l'impression de tendre une miette de pain à un oiseau sans savoir s'il va s'enfuir à tire-d'aile ou se rapprocher en sautillant.

— Tu ramasses toujours les déchets sur cette plage ? fais-je d'un ton désinvolte.

— Il faut bien que quelqu'un le fasse.

Sa réponse résonne dans mon esprit. Je pense à l'armada de touristes qui, comme moi, envahit les Galápagos tout au long de l'année. Bien sûr, c'est une manne financière. Mais quelques semaines sans bateaux ni visites guidées ne seront peut-être pas une mauvaise chose. La nature profitera de cette parenthèse pour se ressourcer.

— Et ça, là, dis-je pour relancer la conversation, c'est ton école ?

Je pointe le doigt sur ma poitrine, à la place de l'écusson sur son sweat-shirt.

— Tomás de Berlanga ?

Elle hoche la tête.

— C'est à Santa Cruz. Mais elle est fermée à cause du virus.

— Tu habites là-bas ?

Elle commence à marcher. Je lui emboîte le pas.

— Pendant l'année scolaire, j'habite chez une famille à Santa Cruz, répond-elle à voix basse. Enfin, *j'habitais*.

— Mais tu es née ici, c'est ça ?

Beatriz plante son regard dans le mien.

— Je ne me sens pas chez moi, ici.

Moi non plus, dis-je en silence.

Je continue de la suivre le long de la plage.

— Donc, on peut dire que tu es en vacances.

Un ricanement s'échappe de ses lèvres.

— Ouais. Comme vous. Vous êtes en vacances aussi, non ?

L'ironie de ses propos me désarçonne. Il est vrai que ce n'est pas tout à fait ce que j'avais imaginé le jour où j'ai décidé de passer des vacances aux Galápagos.

— Comment ça se fait que tu ne sois pas scolarisée sur l'île ?

— Je suis inscrite à Santa Cruz depuis l'âge de neuf ans. C'est un peu une école pilote. Ma mère m'a envoyée là-bas parce que ça me permettra de quitter définitivement les Galápagos, et aussi parce que mon père ne voulait pas en entendre parler.

Ses explications me rappellent mes parents. Deux cercles séparés qui ne s'entrecroisaient même pas pour m'offrir un abri dans leur espace commun, comme dans un diagramme de Venn.

— C'est ton père, c'est ça ? Gabriel ?

Beatriz soutient mon regard.

— Oui, malheureusement.

J'essaie de calculer rapidement. Il a l'air tellement jeune pour avoir une fille de son âge. Il ne doit pas être beaucoup plus vieux que moi.

Elle poursuit son chemin.

— Pourquoi est-ce qu'il te disputait ?

Elle pivote vers moi.

— Pourquoi est-ce que vous me suivez ?

— Je ne te suis pas, dis-je avant de me rendre compte qu'elle a raison : je la suis bel et bien. Désolée. Le truc, c'est que... ça fait plusieurs jours que je n'ai pas eu de vraie conversation avec quelqu'un. Je ne parle pas espagnol.

— *Americana*, marmonne-t-elle.

— Je n'étais pas censée venir ici toute seule. Mon copain a été obligé d'annuler à la dernière minute.

Cette information l'intrigue : je le vois dans ses yeux. Alors je continue :

— À cause de son travail. Il est médecin.

— Pourquoi vous êtes restée, alors ? demande-t-elle. Quand vous avez su que l'île était confinée ?

Pourquoi, en effet ? Il ne s'est écoulé que quelques jours et pourtant, je peine à m'en souvenir. Parce que je me suis dit que ce serait bien de tenter l'aventure ?

— Si je pouvais partir ailleurs, n'importe où, je n'hésiterais pas une seconde, déclare Beatriz.

— Pourquoi ?

Elle rigole, mais il y a de l'amertume dans son rire.

— Je déteste Isabela. En plus, mon père veut me faire vivre dans une bicoque encore en travaux sur notre exploitation agricole.

— Il est *agriculteur* ?

Elle est sortie toute seule, cette question teintée d'incrédulité.

— Il était guide touristique. Mais plus maintenant.

Sans doute parce qu'il était aimable comme une porte de prison avec ses clients...

— L'entreprise avait été créée par mon grand-père, poursuit Beatriz. Mon père a mis la clé sous la porte après sa mort. Il habitait dans le logement où vous êtes en ce moment, mais il est parti s'installer dans les montagnes, dans un endroit sans eau, sans électricité et sans connexion internet...

— Internet ? Parce qu'il y a internet sur cette île ? fais-je en brandissant la carte postale que je tiens toujours à la main. Je n'arrive pas à envoyer mes mails, je n'ai pas non plus réussi à appeler mon copain... alors je lui écris. Mais je ne trouve pas de timbres... et je ne sais même pas si le service postal est encore opérationnel...

Beatriz tend la main vers moi.

— Passez-moi votre téléphone.

Je m'exécute. Elle tape sur l'écran pour vérifier les réglages.

— L'hôtel a le wi-fi, annonce-t-elle en désignant de la tête un bâtiment lointain. J'ai entré leur mot de passe mais ça déconne plus souvent que ça marche. En plus, s'ils sont fermés, ils ont dû éteindre leur modem. Si vous n'arrivez toujours pas à vous connecter, vous devriez essayer d'acheter une carte SIM en ville.

Je récupère mon téléphone et Beatriz se penche pour ramasser une autre bouteille. Une vaguelette solitaire mouille son bras et elle relève sa manche avant de se rappeler les stries laissées par la lame de rasoir. Aussitôt, elle plaque sa paume sur les marques rouges et relève le menton, comme pour me mettre au défi de faire une remarque.

— Merci, dis-je d'un ton hésitant. D'avoir accepté de me parler.

Elle hausse les épaules.

— Si jamais tu as envie de... je ne sais pas, papoter encore un peu...

Je m'interromps. Mes yeux glissent sur son bras et je termine ma phrase :

— Je n'ai pas prévu de bouger dans les prochains jours.

Son visage se ferme.

— C'est bon, lâche-t-elle en tirant le tissu trempé sur son poignet.

Elle baisse les yeux sur la carte postale, toujours dans ma main.

— Je peux la poster, si vous voulez.

— C'est vrai ?

Nouveau haussement d'épaules.

— On a des timbres. Je ne sais pas si la poste fonctionne mais les pêcheurs ont le droit de quitter l'île pour aller vendre le poisson qu'ils attrapent, alors peut-être qu'ils transportent aussi du courrier jusqu'à Santa Cruz.

— Ce serait... génial, dis-je en la gratifiant d'un sourire.

— Pas de problème. Bon, je ferais mieux d'aller rejoindre mon geôlier.

En levant les yeux, je m'aperçois que nous avons marché jusqu'au centre-ville.

— Ton père ?

— *Tanto monta, monta tanto*, répond-elle.

Je me demande si Gabriel surveille sa fille comme le lait sur le feu parce qu'il sait qu'elle se scarifie. Je me demande s'il n'est pas désemparé plutôt qu'en colère. Une question sort de ma bouche.

— Tu ne pourrais pas aller vivre avec ta mère ?

Beatriz secoue la tête.

— Elle est partie quand j'avais dix ans.

Un flot de sang envahit mon visage.

— Je suis sincèrement désolée, dis-je dans un murmure.

L'adolescente rigole.

— Elle n'est pas morte. Elle est sur un bateau de croisière National Geographic en Basse-Californie, à baiser avec son mec. Bon débarras.

Sur ce, Beatriz jette le sac sur son épaule et s'avance au milieu de la rue principale, dispersant dans son sillage des iguanes apeurés.

La propriétaire de Sonny's Sunnies parle anglais et vend bien plus que des lunettes de soleil et des sarongs. On trouve aussi dans son échoppe des T-shirts, des bikinis fluos, des cartes SD pour les appareils photos et ô miracle : des cartes SIM internationales – sauf qu'il n'y en a plus pour le moment. Incroyable d'avoir la poisse à ce point. Sonny est exactement là où Beatriz m'a dit que je la trouverais, dans la rue principale de Puerto Villamil, juste avant midi. La porte est grande ouverte. Elle est assise devant la caisse et s'évente à l'aide d'un magazine. Tout est rond chez elle – son visage, ses bras, son ventre rebondi. Elle me jette un coup d'œil par-dessus un masque brodé. *"Tienes que usar una mascarilla"*, lance-t-elle. Je la regarde d'un air hébété. Le seul mot qui m'évoque quelque chose dans cette phrase désigne un produit de maquillage et je ne suis pas maquillée.

— Je... *no habla español*, dis-je d'un ton hésitant.

Les yeux de Sonny s'illuminent aussitôt.

— Oh, vous êtes la *turista*, s'exclame-t-elle, puis désignant son propre visage : Il vous faut un masque.

J'inspecte rapidement l'intérieur de la boutique.

— Il me faut plein d'autres choses, dis-je en commençant à former une petite pile sur le comptoir.

Quelques T-shirts des Galápagos, deux shorts, un sweat-shirt, un maillot deux pièces, un masque en tissu décoré de petits piments rouges. Je rajoute un guide touristique contenant une carte d'Isabela. Lorsque je montre mon téléphone à Sonny, elle m'indique une carte SIM qui me permettra de passer des appels locaux via un réseau national. Je décide de l'acheter aussi, même si je ne vois pas à qui je pourrai téléphoner ou envoyer des textos dans le coin. Non, dit-elle finalement, elle ne vend pas de timbres.

Une fois mes achats terminés, je dégaine ma carte bancaire.

— Est-ce qu'il y a un distributeur de billets sur l'île ?

— Eh non, répond Sonny en posant ma carte sur un de ces vieux engins qui impriment les coordonnées sur du papier carbone. Pas de distributeur ici.

— Une banque, alors ?

— Non. Et vous ne pouvez pas vous servir de votre carte pour obtenir de l'argent liquide.

Je compte le peu d'argent qu'il me reste après avoir réglé Abuela. Trente-trois dollars. Moins ma place de ferry pour rentrer à Santa Cruz... Mon cœur se met à battre plus fort tandis que je me livre à quelques opérations de calcul mental. Que se passera-t-il si j'épuise mes maigres réserves avant la fin de mon séjour ? Je dois encore tenir une semaine et demie...

Ma crise d'angoisse est interrompue par le tintement de la cloche. Une autre femme portant un masque et un garçonnet dans les bras pénètre dans le magasin. L'enfant se tortille comme un ver en braillant le nom de Sonny jusqu'à ce que la nouvelle venue le pose par terre. Il se rue alors vers la propriétaire, s'accroche à sa jambe à la manière d'un mollusque. Sonny le soulève et le cale sur sa hanche.

La femme qui le tenait dans ses bras débite une rafale de mots que je ne comprends pas avant de remarquer ma présence.

J'ai l'impression de l'avoir déjà vue quelque part, mais où ? Tout à coup, elle se tourne vers la propriétaire des lieux et sa longue tresse brune virevolte dans son dos. C'est la femme que j'ai croisée devant l'hôtel le jour de mon arrivée, une certaine Elena, c'était écrit sur son badge. C'est elle qui m'a informée que l'hôtel était fermé.

— Vous êtes encore là ?

— J'habite chez... Abuela, dis-je d'un air gêné.

Abuela signifie grand-mère en espagnol. Et je ne connais même pas le vrai nom de ma logeuse.

— *La plena !* grommelle Elena en levant les bras au ciel avant de quitter la boutique dans un claquement de porte.

— Vous habitez dans l'ancien logement de Gabriel Fernandez ? me demande Sonny, et quand j'acquiesce, elle part d'un éclat de rire. Elena est furieuse parce qu'elle aurait adoré dormir dans son lit.

Le rouge me monte aux joues.

— Je ne suis pas… je ne… J'ai quelqu'un aux États-Unis, je bafouille en secouant la tête.

Sonny hausse les épaules.

— OK, dit-elle.

À : DOToole@gmail.com
De : FColson@nyp.org

Je vérifie mon téléphone toutes les deux secondes pour voir si tu m'as envoyé un texto. Je sais que ce n'est pas ta faute, mais j'aimerais être sûr à cent pour cent que tu vas bien. En plus, j'ai vraiment besoin de recevoir des bonnes nouvelles.

Ce virus, c'est comme une tempête qui ne se calme jamais. D'un point de vue purement rationnel, on sait que ce n'est pas possible que ça dure comme ça éternellement. Pourtant si, ça continue. Et ça empire.

Certains patients atteints du Covid arrivent avec des symptômes facilement reconnaissables : ils ont de la fièvre, des douleurs à la poitrine, ils toussent, ont perdu l'odorat, se plaignent d'avoir un goût métallique dans la bouche, sont en hypoxie et ont peur.

Ceux chez qui les symptômes sont moins évidents arrivent avec des maux de ventre et vomissent.

Ceux qui te contaminent n'ont aucun symptôme et se pointent aux urgences parce qu'ils se sont coupé le doigt en ouvrant un bagel en deux.

Mon maître de stage dit qu'il faut partir du principe qu'à l'hôpital, tout le monde a le Covid.

Il n'a pas tout à fait tort.

Mais bizarrement, les urgences ne sont pas débordées. Personne ne *débarque* plus sans une bonne raison, les gens angoissent trop. On ne sait jamais, le type assis à côté de toi dans la salle d'attente parce qu'il s'est cassé la jambe a peut-être le Covid sans aucun symptôme de la maladie. Et si tu as le malheur de tousser, même à cause d'un simple rhume, tout le monde te regarde comme si tu étais un terroriste.

Comme plus personne ne prend le risque de venir à l'hôpital, la plupart des patients arrivent en ambulance et sont déjà en détresse respiratoire.

Je bosse dans un des services de soins intensifs réservés aux malades du Covid. Il y a un boucan d'enfer dans cette unité. Des bips et des sonneries retentissent pour signaler le moindre changement dans les signes vitaux. Les respirateurs font du bruit chaque fois qu'ils inspirent à la place des patients. En revanche, les visites ne sont pas autorisées. Ça fait bizarre de ne croiser aucune femme en pleurs, aucun proche au chevet des malades.

Oh, et puis les traitements changent tous les jours. Tel jour, on administre de l'hydroxychloroquine et le lendemain : oups, non, on arrête. Un autre jour, on essaie le Remdesivir mais les antibiotiques ne sont plus d'actualité. Un médecin insiste pour essayer le Lipitor parce qu'il réduit l'inflammation. Un autre teste le Lasix qu'on réserve normalement aux patients souffrant d'insuffisance cardiaque, pour essayer d'éliminer le liquide qui enveloppe les poumons des patients Covid. Certains médecins pensent que l'ibuprofène aggrave la maladie, même si personne ne sait vraiment pourquoi. Donc ils préfèrent donner du paracétamol. Tout le monde aimerait savoir si le plasma de convalescent pourrait être efficace mais on n'en a pas assez pour tirer des conclusions.

Quand je ne suis pas auprès d'un patient, je lis des études pour voir ce que d'autres médecins proposent ailleurs, je recherche les essais cliniques déjà proposés. On a l'impression de tester tout et n'importe quoi pour voir si quelque chose fonctionne.

Aujourd'hui, j'ai soigné une patiente dont les poumons saignaient. D'habitude, on lui aurait administré mille milligrammes de stéroïdes pour stopper l'hémorragie mais mon chef tergiversait parce que quelques études réalisées sur la grippe donneraient à penser que les stéroïdes aggraveraient la progression du Covid. Je le regardais batailler pour essayer de prendre une décision et pendant tout ce temps je n'arrêtais pas de me demander : est-ce que c'est vraiment important, vu que, de toute manière, elle va très certainement mourir ?

Mais je n'ai rien dit. J'ai quitté la chambre et continué mes visites. Écouté des poumons incapables d'expulser l'air et des cœurs qui battaient à peine. Vérifié les signes vitaux et le volume des fluides en espérant que les patients que j'examinais se débarrasseraient du virus avant que les lits viennent à manquer. Un navire de la marine marchande transportant mille lits a été affrété mais il n'arrivera pas à New York avant le mois d'avril et, selon les chiffres, les hôpitaux de la ville n'auront plus un seul lit disponible d'ici quarante-cinq jours.

> Ça ne fait qu'une semaine que tout a commencé.
> J'ai décidé de ne plus écouter les infos. De toute manière, je les vis en direct live.
> Nom de Dieu, j'aimerais tant que tu sois là.

En 2014, à la bibliothèque publique de New York, l'une des rosaces en plâtre s'est décrochée du plafond de la Rose Main Reading Room et s'est écrasée au sol. L'équipe municipale chargée d'évaluer les dégâts a profité de l'occasion pour inspecter le plafond de la salle adjacente, la Blass Catalog Room. À la suite de cet examen, les moulures décoratives du plafond ont été rénovées et soumises à des tests de poids et de résistance. Le ciel en trompe-l'œil réalisé en 1911 par James Wall Finn n'a toutefois pas pu être restauré du fait de sa fragilité. On a donc demandé à mon père de recréer les fresques sur une toile destinée à tapisser le plafond. Il lui a fallu près d'un an pour venir à bout de cette mission. Le résultat est facile à décrocher et simplifiera les futurs travaux de retouches.

Mon père dirigeait les opérations le jour où les toiles ont été mises en place en 2016. Ultra perfectionniste, il a tenu à monter tout en haut d'une échelle pour montrer de quelle manière le pourtour de la toile devait s'aligner à la frise sculptée de faunes et de chérubins dorés qui l'encadrait.

Ce jour-là, je me trouvais à East Hampton, dans la résidence secondaire d'une femme qui avait confié à Sotheby's la vente aux enchères d'un tableau de Matisse. Le protocole de la maison prévoyait la présence d'un de ses représentants tout au long du transport de l'œuvre et comme je venais d'être promue spécialiste adjointe au service art impressionniste et moderne, on m'avait confié cette mission sans grand intérêt. J'étais censée me rendre sur place avec une voiture de fonction. Je rejoindrais là-bas le transporteur. Consignerais sur une photocopie les éventuels accrocs, craquelures et autres défauts. Surveillerais attentivement l'emballage, assisterais au chargement dans la fourgonnette et retournerais au bureau avec la voiture de fonction.

L'opération prit cependant une tout autre tournure. Notre cliente nous avait prévenus que sa femme de ménage serait là pour nous accueillir. Ce qu'elle avait omis de nous dire, c'est que son mari serait là aussi. Ce dernier n'était pas au courant que sa femme avait décidé de vendre le Matisse et n'avait pour sa part aucune envie de s'en séparer. Il insista pour voir le contrat et lorsque j'accédai finalement à sa demande, il décréta qu'il allait appeler son avocat. Je lui suggérai de joindre d'abord son épouse.

Tout au long de la discussion, mon téléphone vibra dans ma poche.

Lorsqu'enfin je répondis, je ne reconnus pas le numéro affiché sur l'écran.

Diana O'Toole ? Margaret Wu à l'appareil. Je suis médecin à l'hôpital Mount Sinaï... Je vous appelle parce que votre père a eu un accident.

Je sortis de la maison des Hamptons dans un état second, totalement indifférente au propriétaire, toujours en communication avec son avocat, et aux employés du transporteur qui attendaient mon signal pour emballer le tableau. Je grimpai dans la voiture de fonction et demandai au chauffeur de me conduire à Mount Sinaï. Sur la route, j'appelai Finn avec qui je sortais depuis plusieurs mois. Il me rejoindrait à l'hôpital.

Mon père s'était cogné la tête en tombant d'une échelle. Il souffrait d'une hémorragie cérébrale et avait été directement transporté au bloc opératoire. Je voulais être auprès de lui pour lui tenir la main. Je voulais lui dire que tout allait bien se passer. Je voulais que mon visage soit la première chose qu'il voie en salle de réveil.

La circulation dans Long Island était cauchemardesque, comme d'habitude. En pleurs sur la banquette arrière, je conclus un pacte avec une puissance supérieure. *Je Vous donnerai tout ce que Vous voulez*, promis-je, *si Vous me permettez d'arriver à l'hôpital avant que mon père ne se réveille.*

En voyant Finn se lever dès que les portes vitrées de l'hôpital s'ouvrirent devant moi, je *sus*. Je devinai à l'expression de son visage, à la vitesse à laquelle ses bras m'enveloppèrent. *Tu n'aurais rien pu faire*, murmura-t-il.

Le monde peut se transformer en un battement de cœur. La vie est toujours un pari incertain, jamais une valeur sûre. Voilà ce que j'appris ce jour-là.

On m'autorisa à aller voir le corps de mon père. Une bonne âme avait bandé sa tête. Il avait l'air endormi mais sa main était glacée lorsque je voulus la toucher, comme un banc en marbre en hiver où l'on a aucune envie de s'attarder, même si l'on est épuisé. Je pensai à la manière dont son cœur avait dû tressauter au moment où il avait perdu l'équilibre. Je me demandai si c'était la dernière image qu'il avait vue, ce ciel sorti de ses mains.

Finn resta près de moi pendant que je signais les papiers, que j'écoutais les questions concernant les funérariums en clignant des yeux, que je répondais à la manière d'un automate. Finalement, une infirmière me remit un sac en plastique frappé du logo de l'hôpital. À l'intérieur, il y avait le portefeuille de mon père, ses lunettes de lecture, son alliance. Identité, vision, cœur : voilà tout ce que nous laissons derrière nous.

Dans le taxi qui nous ramenait chez nous, Finn garda son bras autour de moi tandis que je serrais le sac contre ma poitrine. J'attrapai soudain ma besace pour récupérer mon téléphone et cherchai le dernier texto envoyé par mon père, deux jours plus tôt. *Tu es occupée ?*

Je n'avais pas répondu. Parce que oui, j'étais occupée. Parce que j'avais prévu d'aller dîner chez lui le week-end suivant. Parce qu'il avait souvent envie de papoter en pleine journée, alors que j'étais au boulot et que je n'avais pas le temps. Parce que ma liste de choses à faire ne cessait de s'allonger et qu'il passait après.

Pas une seule fois je n'avais pensé que je n'aurais plus l'occasion de lui répondre. L'histoire de notre vie était une suite de phrases juxtaposées, sans parenthèses.

Tu es occupée ?

Non, tapotai-je dans le taxi. J'appuyai sur "envoyer" et fondis en larmes.

Finn chercha un mouchoir dans sa poche mais n'en trouva pas. Je fouillai alors dans la poche de mon manteau et sortis une feuille de papier, l'impression du tableau dont j'étais partie surveiller l'emballage et le transport ce matin même, mille ans plus tôt. J'examinai les flèches et les cercles rouges indiquant les rayures et les éclats sur le cadre, l'accroc sur la toile, comme si tous ces signes avaient une signification secrète.

Comme si nous ne portions pas tous des cicatrices invisibles à l'œil nu.

Cher Finn,

Bon, ici, c'est toujours magnifique et je suis toujours la seule touriste de l'île. Le matin, je vais courir ou me balader mais l'après-midi, tout est fermé et on n'a pas le droit de sortir. Ce qui me semble un peu exagéré, compte tenu de l'isolement naturel de l'endroit.

Je tombe parfois nez à nez avec une otarie ou je partage un banc avec un iguane et ça me surprend toujours autant de pouvoir les observer d'aussi près, de savoir qu'il n'y a ni mur ni clôture entre nous, et pourtant je ne me sens pas du tout en danger. La faune était là avant nous et, d'une certaine manière, les bêtes regardent d'un œil un brin condescendant les humains qui partagent désormais leur territoire. Je me demande comment ce serait si je n'étais pas toute seule à m'extasier devant eux. Je veux dire, les gens d'ici ne leur prêtent même plus attention. Je suis leur seul public.

L'arrière-petite-fille de la femme qui me loue une chambre parle anglais. C'est une ado. Je me sens moins seule quand je discute avec elle. J'espère que ça lui procure le même sentiment.

De temps en temps, j'arrive à capter une miette de réseau et l'un de tes mails atterrit dans ma messagerie – comme un cadeau de Noël.

Est-ce qu'au moins tu reçois mes cartes postales ?

Je t'embrasse fort,
Diana

Quand Beatriz arrive sur la plage le lendemain matin armée de son sac-poubelle, seul membre d'une équipe de recyclage, je suis assise au bord de l'eau, occupée à construire un château de sable orné de tourelles dégoulinantes.

Je l'aperçois du coin de l'œil mais ne me retourne pas. Je la sens qui m'observe tandis que je ramasse une poignée de sable mouillé et le laisse s'écouler entre mes doigts pour monter une tour bosselée.

— Qu'est-ce que tu fais ? demande-t-elle.

— À ton avis ?

— Ça ressemble même pas à un château, ton truc, lance-t-elle d'un ton moqueur.

Je me redresse.

— T'as raison, dis-je en tendant la main vers son sac en plastique. Je peux ?

Elle me donne le sac. Des bouts de fil de fer, des morceaux de bâche ligotés par les algues, des lambeaux de papier d'aluminium se mêlent aux bouteilles jetées par les pêcheurs chinois. Il y a aussi une tong abîmée, des bouteilles de soda en plastique vert, des gobelets rouges de la marque Solo. Un filet d'oranges bleu électrique et une langue de caoutchouc. Je sors ce bric-à-brac et m'en sers pour façonner des drapeaux que je plante sur la tour de mon château, et aussi une douve, un pont-levis.

— C'est des déchets, lâche Beatriz.

Pourtant, elle s'assoit en tailleur à côté de moi. Je hausse les épaules.

— Les déchets d'une personne peuvent devenir des objets d'art pour une autre. Il y a un artiste coréen – il s'appelle Choi Jeong Hwa – qui utilise des matériaux recyclés pour monter ses installations. Il a fabriqué un poisson monumental avec des sacs en plastique… et un immeuble entier avec des portes qu'on avait jetées. Il y a aussi un Allemand, HA Schult, qui crée des personnages à taille réelle entièrement composés de détritus.

— Jamais entendu parler d'eux, marmonne Beatriz.

J'arrache la lanière de la tong pour fabriquer une voûte.

— Et Joan Miró ? Il a passé la dernière partie de sa vie à Majorque et, tous les matins, il allait se balader sur la plage, comme toi, pour ramasser les déchets qu'il compressait ensuite dans ses sculptures.

— Comment ça se fait que tu saches tout ça ?

— C'est mon métier. L'art.

— Ça veut dire que… tu peins ?

— Plus maintenant. Je travaille pour une boîte qui organise des ventes aux enchères. J'aide les gens à vendre leurs collections d'œuvres d'art.

Son visage s'éclaire.

— Ah, t'es la personne qui dit : *J'ai un dollar ici, un, qui dit deux…* ?

Je souris. Son imitation de commissaire-priseur est assez réussie.

— Je travaille plutôt en coulisses. Les commissaires-priseurs sont un peu les rock stars de notre secteur d'activité.

Beatriz ramasse une poignée de coquillages minuscules qu'elle égrène le long de la douve.

— Je me souviens de ce commissaire-priseur britannique pour qui on craquait toutes, Niles Barclay. Pendant les ventes, j'étais généralement au téléphone avec un collectionneur qui n'était pas présent physiquement et j'étais chargée de relayer ses offres. Mais un jour, je me suis retrouvée à jouer le rôle de l'assistante de Niles Barclay. J'ai dû monter sur l'estrade avec lui. Je notais le prix de vente de chaque objet sur la fiche de renseignements une fois les enchères terminées et, ensuite, je lui tendais la fiche suivante qu'il devait lire à voix haute pour lancer la vente. Une fois, nos mains se sont effleurées.

Je marque une pause, laisse échapper un rire amusé.

— Il m'a dit : *Merci, Donna* avec son accent anglais incroyable. Il avait oublié mon prénom mais sur le coup, j'ai pensé : *Oh là là, c'est presque ça.*

— T'as dit que t'avais un petit copain, fait remarquer Beatriz.

— J'en avais un, oui. Enfin, j'en ai un. Mais on s'est accordé un écart chacun. Le mien, c'était Niles Barclay, le sien Jessica Alba. Aucun de nous deux n'a profité de son joker pour le moment. Et toi ? dis-je en lui lançant un regard.

— Moi, quoi ?

— Tu as un petit copain ?

Elle rougit et secoue la tête en tapotant le sable de plus belle.

— J'ai posté ta carte.

— Merci.

— Je pourrais passer, si tu veux, ajoute-t-elle. Je pourrais venir chez toi de temps en temps les récupérer, si tu comptes en écrire d'autres.

Je la dévisage pour tenter de savoir s'il s'agit d'un service qu'elle me propose ou d'un besoin qu'elle ressent.

— Ce serait super, dis-je prudemment.

Nous travaillons un moment dans un silence détendu, aménageant des allées, des contreforts et des appentis crénelés. Lorsque Beatriz s'étire pour plonger la main dans le sac-poubelle, sa manche dévoile quelques centimètres de peau. Plusieurs jours se sont écoulés depuis que je l'ai surprise en train de se scarifier. Les fines lignes rouges s'estompent déjà, telles les marques des plus hautes eaux après une inondation.

— Pourquoi est-ce que tu fais ça ? je demande à voix basse.

Je m'attends à ce qu'elle se lève et prenne la fuite, comme l'autre jour. Au lieu de quoi, elle creuse un sillon dans le sable à l'aide de son pouce.

— Parce que c'est le genre de douleur qui a un sens, murmure-t-elle en s'écartant pour nouer d'un air concentré deux bouts de fil de fer.

— Tu sais, Beatriz, si tu veux…

— Si je créais des trucs avec des détritus, coupe-t-elle en mettant un terme à la discussion à peine amorcée, je ferais des choses utiles.

Je cherche son regard. *On n'a pas fini de parler de l'automutilation*, dis-je avec mes yeux. Mais je prends un ton désinvolte pour demander :

— Comme quoi ?

— Un radeau, dit-elle en déposant une feuille dans la douve que nous remplissons à tour de rôle parce que le sable ne cesse d'absorber l'eau.

— Et tu partirais où ?

— N'importe où.

— Au collège ?

Elle hausse les épaules.

— La plupart des enfants se réjouiraient de ces vacances impromptues.

— Je ne suis pas comme les autres, réplique Beatriz.

Elle ajoute une touffe de cheveux en plastique jaune à l'espèce de bonhomme en fil de fer qu'elle vient de fabriquer.

— Quand je suis ici... j'ai l'impression de régresser.

Je connais bien ce sentiment. Et je le déteste. Mais encore une fois, certaines situations échappent parfois à tout contrôle.

— Tu devrais peut-être essayer... de l'accepter ?

Elle me jette un regard.

— Et *toi*, combien de temps tu vas rester ?

— Je resterai jusqu'à ce qu'on m'autorise à repartir.

— Voilà, fait Beatriz.

En l'entendant prononcer ce simple mot, je me rends compte à quel point il est important pour moi d'envisager une *issue*. De savoir que tout cela n'est qu'un interlude et que, le moment venu, je retournerai auprès de Finn, je retrouverai mon travail et le projet de vie élaboré quand j'avais l'âge de Beatriz. Il y a une différence énorme entre savoir qu'on vit une situation temporaire et ignorer totalement la suite du programme.

Tout est une question de contrôle, ou du moins d'une illusion de contrôle.

Le genre de douleur qui a un sens.

Beatriz plante sa petite figurine au sommet du château : un personnage dans un bâtiment sans porte ni fenêtre ni échelle, un édifice entouré d'une profonde tranchée.

— La princesse de la tour ? je suggère. Qui attend qu'on vienne la délivrer ?

Elle secoue la tête.

— C'est des conneries, les contes de fées. La vérité, c'est qu'elle est entièrement faite de déchets et qu'elle est bloquée ici, seule.

Avec mon ongle, je dessine une porte à l'arrière du château. Puis j'enroule une algue autour d'une cuillère en plastique que j'habille ensuite d'un emballage de bonbon et je place mon personnage à côté de celui de Beatriz : un visiteur, un complice, un ami. Je lève les yeux sur elle en murmurant :

— Plus maintenant.

À : DOToole@gmail.com
De : FColson@nyp.org

Les Noirs et les Hispaniques sont les plus durement touchés. Ils occupent tous des postes essentiels, que ce soit dans les supermarchés, les services de tri postal – merde, ce sont même eux qui font le ménage à l'hôpital. Tous ces gens prennent les transports en commun, ce sont eux les plus exposés au virus et ils sont souvent plusieurs générations à vivre sous le même toit, donc si un ado qui bosse comme livreur pour Uber Eats contracte le Covid sans développer aucun symptôme, il sera peut-être responsable de la mort de son grand-père. Mais il y a encore plus inquiétant : ces patients-là arrivent toujours trop tard. Ils repoussent leur départ à l'hôpital parce qu'ils ont peur de tomber sur la police, peur de se faire expulser. Alors ils attendent de ne plus pouvoir respirer pour appeler une ambulance et quand ils arrivent enfin, il n'y a plus rien à faire.

Aujourd'hui, j'ai regardé une femme d'origine hispanique désinfecter une chambre. Elle fait partie de l'équipe d'entretien de l'hôpital. Je me suis demandé si quelqu'un avait pris la peine de lui dire qu'elle devait se déshabiller à l'entrée de son appartement et prendre une douche avant d'embrasser ses enfants.

On a enfin reçu une nouvelle cargaison d'EPI. Le problème, c'est qu'au lieu d'envoyer des masques FFP2 qui nous font cruellement défaut, ils ont expédié des gants. Des milliers et des milliers de gants. C'est le chef du service chirurgie qui a réceptionné la marchandise. Tous les internes le craignent, c'est vraiment un type intimidant, mais aujourd'hui, il a craqué et je l'ai vu se mettre à chialer comme un bébé.

On a trouvé une nouvelle astuce : coucher les patients sur le ventre. C'est le *tummy time* des bébés, en version adultes. Depuis 2013, des études montrent régulièrement une baisse de la mortalité grâce à cette technique mais c'est la première fois qu'on l'utilise autant. On la met en pratique pendant plusieurs heures d'affilée, à condition bien sûr que le patient supporte cette position. Quand on connaît le fonctionnement des poumons, on sait qu'ils ont plus de place pour se dilater quand on est allongé sur le ventre. Le flux sanguin et le taux d'oxygène s'équilibrent alors suffisamment, ce qui permet de retarder un certain temps l'intubation. On a constaté que les malades semblaient capables de supporter une forte diminution du taux d'oxygène donc maintenant, au lieu de surveiller uniquement les mesures d'échanges gazeux, on cherche plutôt à repérer les patients qui s'épuisent à respirer, et c'est ceux-là qu'on intube. Voilà au moins un point positif. Le revers de la médaille, c'est que si quelqu'un décompense et qu'il faut l'intuber après une période d'essai sans intubation, il ou elle mourra certainement parce que si les poumons ont déjà été endommagés par une respiration rapide, la ventilation intervient trop tard. Concrètement, on a carrément l'impression de jouer à la roulette russe avec des vies humaines.

Parmi les trois patients que je suivais et qui sont décédés aujourd'hui, l'une était bonne sœur. Elle voulait recevoir les derniers sacrements mais aucun prêtre n'a voulu rentrer dans sa chambre pour les lui donner.

Désolé s'il y a des fautes : j'enferme mon téléphone dans un sac congélation quand je suis à l'hôpital. Je désinfecte les factures que je trouve dans la boîte aux lettres avec une lingette. Une infirmière m'a dit qu'elle avait lavé ses brocolis à l'eau chaude et au savon. Je ne me souviens pas de mon dernier vrai repas.

J'aimerais tellement être sûr que tu reçois bien mes messages. Et j'aimerais tellement que tu me répondes.

Cher Finn,

J'aimerais pouvoir te dire que je remue ciel et terre pour essayer de te joindre, mais c'est le serpent qui se mord la queue puisque, de toute façon, je n'y arrive pas. Tu te souviens quand on se disait que ce serait hyper romantique d'être complètement déconnectés du monde ? Ce n'est pas ce que je ressens en ce moment, seule à l'extérieur, à frapper de toutes mes forces pour qu'on me laisse entrer.

Je me livre nécessairement à une étrange introspection. J'ai l'impression d'évoluer dans un univers parallèle où je sais qu'il se passe plein de choses ailleurs, mais je ne peux ni réagir, ni commenter, ni même être affectée par ces choses. LOL : la terre continue-t-elle seulement de tourner, sachant que je n'en fais pas vraiment partie ?

L'adolescente dont je t'ai parlé dit qu'être là, pour elle, c'est régresser. Je sais bien que je devrais plutôt me réjouir d'être à l'abri et en bonne santé dans un endroit paradisiaque que des millions de gens rêvent de visiter. Je sais que c'est le moment idéal pour en profiter : c'est le marasme côté boulot et, toi, tu es coincé à l'hôpital. Je sais aussi que quand on est plongé dans le tourbillon de la vie, on a rarement l'occasion d'appuyer sur le bouton Pause pour réfléchir au sens de cette vie, justement. Le problème, c'est que ce n'est vraiment pas facile de prendre du recul et d'apprécier l'instant présent sans se laisser envahir par des questions angoissantes, du genre : et si le bouton Pause était remplacé par le bouton Stop ?

C'est dingue, j'ai un mal fou à lâcher prise. Il faut absolument que je trouve une occupation.

Ou que je trouve un avion. Oui, ce serait bien aussi, un avion.

Plein de bisous,
Diana

Je suis sur l'île depuis un peu plus d'une semaine quand Abuela m'invite à déjeuner.

C'est la première fois que je mets les pieds chez elle. C'est lumineux et chaleureux. Un fouillis de plantes encombre les rebords de fenêtres, les murs sont peints en jaune et un plaid au crochet recouvre le canapé. Un crucifix en céramique est accroché au-dessus du poste de télévision. Des effluves appétissants flottent dans la pièce. Abuela se dirige vers une poêle posée sur la gazinière. Elle remue le contenu à l'aide d'une spatule qu'elle brandit ensuite en direction de la table pour me faire signe de m'asseoir.

— *Tigrillo*, annonce-t-elle un moment plus tard en posant une assiette devant moi.

Bananes plantains, fromage, poivron vert, oignons et œufs. D'un geste, elle m'invite à goûter et je m'exécute. C'est délicieux. Visiblement satisfaite, Abuela se retourne vers la gazinière pour remplir une deuxième assiette. Elle va manger avec moi, c'est bien. Mais la voilà qui appelle :

— Beatriz !

Beatriz est ici ? Ça fait quatre jours que je ne l'ai pas vue, depuis que nous avons construit le château de sable ensemble.

S'est-elle encore enfuie de la ferme de son père ?

Un chapelet de mots fuse derrière une porte close à l'autre bout du salon. Je n'en comprends pas le sens mais j'entends la colère qu'ils véhiculent. Abuela marmonne entre ses dents en posant l'assiette sur la table, puis plante les mains sur ses hanches d'un air contrarié.

— Je m'en occupe, d'accord ? dis-je en me levant.

J'attrape l'assiette et marche vers la porte. Frappe doucement. La voix étouffée débite une autre salve d'espagnol.

— Beatriz ? fais-je en me penchant en avant. C'est Diana.

Comme elle ne réagit pas, je tourne la poignée. Allongée sur le lit recouvert d'un simple édredon de coton blanc, l'adolescente contemple d'un regard absent le ventilateur au plafond. Des larmes échappées de ses yeux glissent dans ses cheveux. On dirait qu'elle ne se rend même pas compte qu'elle est en train de pleurer. Je pose l'assiette sur une commode et vais m'asseoir près d'elle.

— Parle-moi, dis-je d'un ton suppliant. Je peux peut-être t'aider.

Elle roule sur le côté et je ne vois plus que son dos.

— Laisse-moi tranquille, lance-t-elle en pleurant de plus belle.

Au bout d'un moment, je me lève et referme la porte derrière moi. Abuela cherche mon regard, le cœur au bord des yeux.

— Je crois qu'elle a besoin d'aide, dis-je à mi-voix mais Abuela se contente d'incliner la tête et mon inquiétude se dissout dans la traduction.

La porte d'entrée s'ouvre brusquement et le père de Beatriz déboule dans la pièce. *"Ella no puede seguir haciendo esto"*, gronde-t-il. Abuela fait un pas vers lui, pose une main sur son bras.

Il fonce droit vers la chambre. Sans réfléchir, je lui barre le chemin.

— Laissez-la tranquille, dis-je.

Gabriel sursaute et je comprends alors qu'il n'avait pas remarqué ma présence, aveuglé par la colère et la détermination.

— *Porqué está ella aqui ?* demande-t-il à Abuela avant de se tourner vers moi. Qu'est-ce que vous fichez ici ?

— On peut discuter ? En privé ?

Il me regarde d'un air perplexe.

— Je suis occupé, grommelle-t-il en essayant de me contourner pour s'emparer de la poignée.

Consciente de ne pas pouvoir le retenir très longtemps et persuadée qu'Abuela parle aussi bien anglais que je parle espagnol, je baisse la voix pour lui demander :

— Vous savez que votre fille se scarifie ?

Ses yeux déjà presque noirs s'assombrissent encore.

— Ça ne vous regarde pas.

— Je voudrais juste l'aider. Elle est tellement... triste. Perdue. Son école lui manque. Ses amis aussi. Elle a l'impression qu'il n'y a rien pour elle, ici.

— Je suis là, moi, rétorque Gabriel.

Je préfère ne pas répondre. Et si c'était précisément ça, le problème ?

Un muscle tressaute dans sa mâchoire. Il lutte pour ne pas perdre son sang-froid.

— Qu'est-ce qui vous fait croire que j'écouterais les conseils d'une *Colorada* ?

Je ne sais pas du tout ce que ça veut dire mais je pressens qu'il ne s'agit pas d'un compliment.

Vous devriez m'écouter parce que j'ai eu cet âge-là, je réponds *in petto. Et parce que ma mère m'a abandonnée, moi aussi.*

Mais d'autres mots sortent de ma bouche :

— Parce que je suppose que, vous, vous êtes expert en adolescentes ?

Mes paroles produisent exactement l'effet que mon intervention physique n'a pas produit : sa colère retombe instantanément. Dans ses yeux, les étincelles s'éteignent et ses poings se desserrent.

— Je ne suis expert en rien, admet-il, et tandis que mon esprit assimile cette confession, il fait un pas de côté et ouvre la porte.

Je ne sais pas trop à quoi je m'attendais de la part de Gabriel mais je dois avouer que son attitude me surprend : il entre dans la chambre, s'assoit presque timidement sur le lit. Effleure les cheveux éparpillés sur le visage de Beatriz jusqu'à ce qu'elle consente à se retourner et lève sur lui des yeux gonflés, rougis par les larmes.

Je sens une ombre dans mon dos. L'instant d'après, Abuela les rejoint dans la chambre. Elle se tient derrière Gabriel, une main posée sur son épaule, complétant la chaîne familiale.

J'ai l'impression de jouer dans une pièce de théâtre, sauf que personne ne m'a donné de rôle. Je m'éclipse discrètement, sors de la maison sans bruit.

Une idée m'assaille tandis que je m'éloigne : il n'y a rien de pire que l'isolement.

À : DOToole@gmail.com
De : FColson@nyp.org

Avant que le maire n'annonce la fermeture de tous les commerces non essentiels de la ville aujourd'hui, je me suis arrêté au Starbucks en allant au boulot. J'étais en blouse et je portais un masque, évidemment. Je ne me déplace plus nulle part sans masque. En me voyant, la serveuse m'a lancé d'un ton blagueur : *J'espère au moins que vous ne vous occupez pas des patients atteints du Covid*. Quand je lui ai répondu que si, elle a reculé d'un bon mètre, je n'exagère pas. Elle a carrément fait un bond en arrière. Si on me traite comme ça – alors que je ne suis même pas malade –, je te laisse imaginer ce que doit ressentir un malade du Covid, enfermé seul dans une chambre avec pour toute compagnie la sensation d'être stigmatisé. Tu n'es plus un être humain. Tu es une statistique.

Le service des soins intensifs réservé aux patients covidés, anciennement celui des soins intensifs du service chirurgie, se résume à une longue file de patients placés sous respirateurs. T'as l'impression d'être dans un film de science-fiction quand tu rentres dans la salle. Comme si ces corps parfaitement immobiles n'étaient plus que des caissons en train d'incuber un truc terrifiant. Ce qui n'est pas entièrement faux.

On a pris un peu de recul par rapport à l'intubation parce que l'expérience nous a montré qu'un patient placé sous respirateur a moins de chances de s'en sortir. Aujourd'hui, je serais capable de reconnaître les poumons d'un patient covidé dans mon sommeil (et certains jours, j'ai l'impression que c'est ce que je fais vraiment). Imagine le cercle vicieux : quand tu n'arrives pas à respirer à fond, tu respires plus vite. Or, tu ne peux pas inspirer et expirer trente fois par minute très longtemps, ça t'épuise rapidement. Si tu ne peux plus respirer, tu perds connaissance. Si tu perds connaissance, tu ne peux plus protéger tes voies respiratoires et donc tu risques de faire une fausse route. Résultat des courses : tu te retrouves intubé.

On administre de l'étomidate et de la succinylcholine avant d'insérer le GlideScope dans la gorge des patients et gonfler le ballonnet, parce qu'il y a un léger décalage entre le geste et le résultat quand on met quelqu'un sous respirateur. Dans l'idéal, il faut à la fois songer au confort du patient et le maintenir en capacité d'ouvrir les yeux pour qu'il puisse suivre des consignes simples. Le problème, c'est que les malades du Covid manquent tellement d'oxygène qu'ils délirent ; on doit alors augmenter les doses de sédatifs pour pouvoir contrôler leur respiration et s'assurer qu'ils ne s'opposent pas à l'action de la machine. En clair, ça signifie qu'il faut leur injecter d'importantes doses de propofol ou de Precedex ou de midazolam, une sorte de kétamine de la sédation, associées à des analgésiques comme le Dilaudid ou le fentanyl contre la douleur. S'ils sont agités, on est obligés de les immobiliser en leur administrant du rocuronium ou du cisatracurium pour les empêcher de respirer en plus du ventilateur, ce qui provoquerait involontairement d'autres séquelles. On les bourre de médicaments... mais pas une seule de ces molécules ne combat le virus.

> Merde. Je donnerais n'importe quoi pour t'entendre me raconter ta journée. Pour lire dans tes pensées. Pour savoir si je te manque autant que tu me manques.
>
> J'espère que non, en fait. Je ne sais pas où tu te trouves au moment où je t'écris mais tout ce que je souhaite, c'est que ce soit mieux qu'ici.

En sortant par la baie vitrée pour aller courir sur la plage le lendemain matin, je manque percuter Gabriel. Il tient dans les bras un grand carton rempli de fruits et de légumes dont certains me sont inconnus. Je dois rêver, c'est sûr, mais non : il tend une main vers moi pour éviter la collision.

— C'est pour vous, déclare-t-il.

Je ne sais pas trop quoi dire, mais je le débarrasse du carton.

Il passe une main dans ses cheveux et les mèches qu'il a ébouriffées restent dressées d'un côté.

— *J'essaie* de vous présenter des excuses.

— Et ? Comment ça se passe ?

Deux taches rouges colorent ses pommettes.

— Je n'aurais pas dû... vous parler comme je l'ai fait hier.

— Je voulais juste aider Beatriz.

— Je ne sais pas comment m'y prendre avec elle, confie-t-il d'une voix sourde. Je ne savais pas qu'elle se scarifiait. C'est vous qui me l'avez appris. Et maintenant, je ne sais pas ce qu'il y a de pire : qu'elle se fasse mal ou que je n'aie rien remarqué.

— Elle prend bien soin de tout cacher. Elle ne voulait surtout pas que quelqu'un soit au courant.

— Pourtant... vous l'étiez, vous.

— Je ne suis pas psychologue. Y aurait-il quelqu'un à qui elle pourrait se confier, ici ?

Il secoue la tête.

— Sur le continent, peut-être. Il n'y a même pas d'hôpital, sur l'île.

— Dans ce cas, vous devriez essayer de lui parler.

Il avale sa salive, détourne les yeux.

— Et si le fait d'en parler la pousse à faire quelque chose de plus grave que... que des entailles sur la peau ?

— Je ne crois pas que ça fonctionne comme ça, dis-je en pesant mes mots. J'ai connu une fille qui faisait ça quand j'étais plus jeune. J'ai tout de suite eu envie de l'aider. À l'époque, une conseillère pédagogique m'avait dit que si j'essayais de lui parler, ça ne l'inciterait pas à s'automutiler encore plus ni à commettre un acte plus... radical... au contraire, ça pourrait l'encourager à envisager d'arrêter.

— Beatriz refuse de discuter avec moi, objecte Gabriel. Tout ce que je dis déclenche sa colère.

— Je ne pense pas que sa colère soit dirigée contre vous. Je crois qu'elle en veut à...

J'esquisse un geste vague avant de terminer :

— Tout ça. Aux circonstances.

Il penche légèrement la tête.

— Elle m'a parlé de votre château de sable. Des artistes qui créent leurs œuvres... avec des déchets.

Il marque une pause, s'éclaircit la gorge.

— Elle ne m'avait pas adressé plus de deux ou trois mots d'affilée depuis son retour il y a une semaine mais hier soir, elle était intarissable, elle n'a pas arrêté de plaider votre cause.

Son regard accroche le mien.

— La voix de ma fille m'avait manqué.

Dans la rubrique des excuses, celle-ci fait son petit effet. Il me dévisage avec intensité, comme s'il voulait ajouter quelque chose mais qu'il ne trouvait pas les bons mots. Je me dérobe en baissant les yeux sur le carton que j'ai gardé dans les mains.

— C'est trop, dis-je.

— Ça vient de ma ferme, explique-t-il avant d'ajouter, l'ombre d'un sourire aux lèvres : je n'ai pas réussi à vous dégoter de distributeur d'argent, alors…

Je laisse échapper un rire surpris.

— Tout le monde est au courant des affaires de tout le monde, ici ?

— À peu près, oui, répond-il en haussant les épaules. Évitez de les laisser au soleil.

Il tend le bras derrière moi et fait coulisser la baie vitrée pour que j'aille déposer mon chargement à l'intérieur. Je pose délicatement le carton sur la table de la cuisine en me demandant si je dois lui reparler de Beatriz. Hier soir, j'étais persuadée que l'adolescente fuyait un père trop autoritaire mais je n'en suis plus aussi sûre, à présent. Soit Gabriel est un comédien extraordinaire, soit il est aussi désemparé que sa fille.

Son regard tombe sur la boîte de cartes postales vierges posée sur la table.

— Vous vous en servez pour quoi ?

— En fait, c'est ma réserve de papier à lettres. J'écris à mon amoureux.

Gabriel hoche la tête.

— Super. Au moins, elles auront servi à quelque chose.

— Oh, attendez une minute ! fais-je en tournant les talons.

Je fonce dans la chambre et reviens quelques instants plus tard avec la pile de T-shirts tout doux, impeccablement pliés, que je m'étais appropriés.

— Je ne les aurais pas empruntés si j'avais su qu'ils vous appartenaient.

— Ce ne sont pas les miens, réplique-t-il sans esquisser le moindre geste pour m'en débarrasser. Vous n'avez qu'à les brûler, si ça vous fait plaisir.

Il m'observe avant d'exhaler un soupir.

— Ma femme dormait dans ces T-shirts. Ça ne m'a pas dérangé que vous les portiez. C'est juste que... j'ai eu l'impression qu'un fantôme piétinait ma tombe.

Le mot *femme* est sorti de sa bouche comme la lame d'un couteau.

Tout à coup, il se penche en avant et manipule le pied branlant de la table.

— J'aurais dû réparer ça avant que vous ne vous installiez.

— Vous ne pouviez pas savoir. En plus, si mes souvenirs sont bons, l'idée ne vous réjouissait guère.

— Il n'est pas impossible que je... comment vous dites, déjà ? Que j'aie jugé le livre à sa jaquette ?

J'esquisse un sourire.

— À sa couverture.

Je l'entends encore se moquer de moi, la touriste, l'Américaine. Un fond d'indignation se remet à bouillir mais je m'efforce de garder à l'esprit que chaque fois que nos chemins se sont croisés j'ai moi aussi tiré de mauvaises conclusions à son sujet.

Il déchire un morceau du carton de fruits et légumes, le plie et s'en sert pour caler la table.

— Je repasserai dans l'après-midi pour la réparer correctement, annonce-t-il.

— Beatriz pourrait venir avec vous. Enfin, si elle en a envie.

Il baisse le menton.

— Je lui poserai la question.

Quelque chose fleurit entre nous, quelque chose de délicat et de déconcertant – un nouveau départ tacite, une volonté mutuelle de s'accorder le bénéfice du doute au lieu de continuellement s'attendre au pire.

Gabriel penche la tête sur le côté.

— Je vous laisse à vos occupations matinales, déclare-t-il avant de s'éloigner.

— Attendez ! fais-je au moment où sa main agrippe le montant de la porte vitrée. Si vous êtes guide touristique, pourquoi détestez-vous autant les touristes ?

Il se retourne lentement vers moi.

— Je ne suis plus guide touristique.

— Dans ce cas, puisque l'île est fermée, techniquement... je ne suis pas une touriste.

Il sourit et j'assiste alors à une véritable métamorphose. C'est comme la première fois que l'on voit une étoile filante. Tous les soirs qui suivent, on scrute le ciel dans l'espoir d'en apercevoir une autre et on est tellement déçu quand on n'en voit pas.

— OK, alors je pourrais peut-être vous faire visiter mon île, un de ces jours, propose-t-il.

Je m'appuie contre la table. Pour la première fois depuis une semaine, elle est stable.
— Avec plaisir, dis-je.

QUATRE

Beaucoup de gens pensent que passer ses vacances en solo sans rien faire du tout, c'est le paradis.

Pas moi.

Je ne vais pas au cinéma toute seule. Quand je me promène à Central Park, c'est généralement en compagnie de Finn ou de Rodney. Quand je dors à l'hôtel lors d'un déplacement professionnel, je préfère manger dans ma chambre plutôt que d'aller au restaurant.

Si l'idée de se retrouver seul sur une île déserte peut paraître romantique, la réalité est beaucoup moins séduisante. Mes matinées à la plage m'emplissent de joie parce que Beatriz m'y rejoint presque tous les jours. Elle me suit ensuite jusqu'à l'appartement pour prendre la carte quotidienne adressée à Finn. J'invente des prétextes pour traîner devant la porte d'Abuela dans l'espoir d'entamer l'une de nos drôles de conversations mimées, et aussi parce que ça se termine toujours par une invitation à dîner. Je trouve des questions à poser à Gabriel : a-t-il une idée de la date à laquelle l'île sortira de son confinement ? Quand pourrai-je prendre le ferry qui me ramènera sur le continent ?

À deux reprises, j'ai réussi à capter un signal réseau. J'ai vite appelé Finn mais il n'a pas répondu. Un jour, un flot de SMS et d'e-mails a inondé ma messagerie mais un magma de signes et de symboles incompréhensibles avait remplacé les phrases. Dès que j'en ai la possibilité, j'envoie des messages dans le vide. *Je n'aurais pas dû partir. Tu me manques. Je t'aime.* Ici aussi, je pourrais hurler dans un canyon et ne recevoir qu'un écho en guise de réponse.

Il y a des jours où je ne prononce pas un seul mot à voix haute, où je fais la navette entre l'appartement et la plage, incapable de rester en place, ou bien je vais courir juste pour ne plus penser à Finn, au temps qui s'est écoulé depuis que j'ai entendu sa voix pour la dernière fois, à mon travail, à mon avenir. À chaque heure qui passe, tout devient plus flou, comme si la pandémie était une nappe de brouillard surgie de nulle part qui transforme tout sur son passage.

Quand je n'ai rien d'autre à faire, je m'assieds seule et médite sur mon éloignement forcé.

Cher Finn,

J'ai réfléchi à ce qui s'est passé au travail. Si la situation est vraiment catastrophique à New York, alors peut-être que Kitomi a eu raison de vouloir repousser la vente aux enchères. D'un autre côté, si c'est vraiment la cata là-bas, Sotheby's aura plus que jamais besoin de cette vente.

Et moi, je n'aurai peut-être plus de boulot en rentrant.

Ça me fait… tout drôle de me dire ça. J'ai tellement l'impression d'avoir toujours su ce que je voulais faire et qui je voulais être quand je serais grande que je ne me vois absolument pas exercer un autre métier que le mien. Ce n'est pas comme si j'avais toujours rêvé en secret de devenir astronaute et que c'était le moment idéal pour changer de cap. Non, le cap que j'avais pris dans le monde de l'art me plaisait bien.

Une dernière réflexion : parfois, j'observe les crabes Sally Lightfoot mouchetant de points orange fluo le noir velouté de la roche volcanique ou je contemple sous l'eau les motifs dessinés par les taches blanches sur le dos d'une raie et je me dis que l'art est partout, dès lors qu'on y prête attention. Mais merde, qu'est-ce que tu me manques.

Plein de bisous,
Diana

Je ne m'attendais pas à éprouver de la sympathie pour Kitomi Ito.

Comme tout le monde, je ne voyais en elle que le personnage qu'on lui avait attribué : la méchante dans la légende des Nightjars, la discrète psychologue-transformée-en-sirène qui avait ensorcelé Sam Pride et provoqué la séparation de ce qui passe pour être encore le plus grand groupe de l'épopée du rock and roll. Quoi qu'elle ait bien pu accomplir depuis – l'ouverture d'un ashram et l'écriture, par exemple, de trois best-sellers sur l'éveil de la conscience –, les gens ne gardent en mémoire que son influence sur Sam Pride. Certains fans absolus des Nightjars la tiennent même pour responsable de son assassinat, arguant que Sam avait quitté le Royaume-Uni pour venir s'installer à New York à cause d'elle.

En toute franchise, je ne m'attendais pas non plus à ce que ma patronne m'entraîne chez Kitomi Ito pour convaincre cette dernière de confier la vente à Sotheby's.

Mais cela faisait déjà un petit moment qu'Eva laissait entendre qu'on devrait me confier de nouvelles responsabilités, puisque j'avais été promue spécialiste adjointe en art impressionniste et moderne. Elle m'emmena donc à des réunions avec des collectionneurs d'art et leurs gestionnaires de collection – pas parce qu'elle appréciait ma compagnie, non, mais parce qu'elle souhaitait me préparer en vue d'une nouvelle promotion.

J'étais à la fois flattée et galvanisée. Si je réussissais à décrocher le poste de spécialiste, accédant ainsi au rang de vice-présidente adjointe avant l'âge de trente ans, j'aurais pris quelques longueurs d'avance sur < plan de carrière idéal.

Depuis plusieurs semaines, Eva menait une cour assidue à Kitomi pour tenter de l'attirer dans ses filets, l'invitant à déjeuner chez Jean-Georges et au Modern. Vu l'œuvre que Kitomi comptait proposer aux enchères – un original de Toulouse-Lautrec doté d'une valeur historique unique –, je me demandais parfois s'il lui était déjà arrivé de devoir se préparer à manger. Phillips et Christie's, nos principaux concurrents, lui offraient aussi sans nul doute des repas gastronomiques. C'était ainsi que l'on tissait une relation avec un vendeur potentiel, dans l'espoir que le premier objet qu'ils mettraient en vente ne serait pas le dernier. Ça s'appelait un investissement à long terme et, dans le métier, tout le monde se livrait à ce petit jeu.

Qu'Eva m'ait ordonné de l'accompagner ne signifiait aucunement qu'elle s'était prise d'une soudaine affection pour moi. Elle restait à mes yeux la chef intouchable et terriblement efficace qui me servait de modèle absolu

— mais bon sang, qui croyais-je duper ? Je rêvais de traverser un jour, comme Eva, le hall d'accueil de Sotheby's en entendant dans mon sillage les chuchotements des stagiaires. Je voulais que mon nom soit à jamais lié à quelques grandes œuvres d'art. Je voulais faire partie des quarante plus grosses fortunes de moins de quarante ans.

— Diana, quand nous serons là-bas, commença Eva alors que nous étions assises à l'arrière de la voiture qui nous emmenait à l'Ansonia, vous ne parlerez pas. Compris ?

— Compris.

— Je ne veux même pas vous entendre dire bonjour. Un hochement tête suffira.

— Et si elle…

— Ça n'arrivera pas, trancha Eva.

L'Ansonia occupait toute la surface d'un pâté de maisons, pareil à une *grande dame** surveillant l'effervescence d'un bal qu'elle refusait d'honorer de sa présence. L'appartement de Kitomi Ito se trouvait au dernier étage. À ma grande surprise, elle nous attendait en personne lorsque les portes de l'ascenseur s'ouvrirent. Eva lui serra la main en souriant.

— Je vous présente Diana O'Toole. Elle travaille comme spécialiste adjointe au sein de notre équipe.

Kitomi était beaucoup plus petite que ce que j'avais imaginé – elle dépassait à peine le mètre cinquante. Elle portait un peignoir brodé qui effleurait le sol par-dessus un jean et un T-shirt blanc. Avec, bien sûr, ses légendaires lunettes violettes.

---

* En français dans le texte original.

— Enchantée, dit-elle avec un léger accent.

Je l'avais vue des centaines de fois aux côtés de Sam Pride et des Nightjars sur des photos et dans des clips vidéo granuleux mais je ne l'avais jamais entendue parler.

Elle était associée à un groupe de musique mythique et, bizarrement, on ne connaissait pas le son de sa voix.

J'ouvris la bouche pour dire bonjour mais la refermai précipitamment, me contentant d'un sourire.

Kitomi avait préparé au salon un service à thé japonais : des tasses sans anse encerclaient des théières trapues décorées de fleurs délicatement peintes à la main. Après avoir longé le salon, elle nous entraîna à sa suite dans un petit couloir qui nous mena jusqu'au tableau accroché au mur. Mon regard fut comme aimanté et je sentis des papillons voleter dans mon estomac, provoquant les mêmes frissons que lorsque je me retrouve pour la première fois en face d'une œuvre d'art célèbre. Diffuses sur le pourtour de la toile, les taches de couleur devenaient plus nettes au centre, à l'endroit où étaient représentés les amants. Leurs regards étaient soudés, peints avec la plus grande application. Tout à coup, je fus propulsée *là-bas*, expérimentant un voyage dans le temps comme seul l'art peut en proposer : j'imaginais le peintre en train de mélanger les couleurs sur sa palette ; je sentais l'onctueux parfum des roses éparpillées sur les draps ; j'entendais des martèlements sourds dans les chambres voisines où les prostituées contentaient leurs clients.

Pour préparer au mieux cette vente, mon travail avait en partie consisté à assimiler un maximum d'informations sur Henri de Toulouse-Lautrec et son œuvre, de manière à pouvoir évaluer la place de ce tableau au sein du courant impressionniste. J'avais ainsi passé plusieurs semaines à compulser des ouvrages au bureau, dans les bibliothèques publiques de New York, aux universités de Columbia et de New York. Né en France d'un comte et d'une comtesse cousins germains, Toulouse-Lautrec était atteint de dysplasie osseuse. Sa petite taille – un mètre cinquante-deux – associée à un torse d'adulte, des jambes d'enfant et un sexe prétendument surdimensionné, aurait été la conséquence directe de cette maladie. Sa décision de devenir artiste provoqua l'embarras de son père. Sa mère, elle, s'inquiétait plutôt du qu'en-dira-t-on. Affublé d'une réputation d'homme à femmes, Toulouse-Lautrec entretient une première liaison avec Marie Charlet, jeune modèle de dix-sept ans. Suzanne Valadon, une autre de ses maîtresses, tente de se suicider lorsque leur idylle prend fin. On soupçonne Rosa la Rouge, prostituée à la chevelure flamboyante également modèle de Lautrec, de lui avoir transmis la syphilis qui finira par le tuer.

Comme bien d'autres artistes, le peintre est fasciné par Montmartre, ce quartier parisien jadis symbole de bohème, grouillant de cabarets et de filles de joie. Le Moulin Rouge lui passe commande d'une série d'affiches et lui réserve une place à vie. Pendant plusieurs semaines d'affilée, il emménage dans des maisons closes pour peindre la réalité quotidienne des travailleuses du sexe : les longues heures d'ennui, les bilans de santé, les relations amoureuses en dehors des échanges tarifés. Ce qui le passionne par-dessus tout, c'est observer les différences de comportement d'une personne dans un environnement donné puis quand elle se retrouve seule – cette fenêtre qui sépare la performance sociale du moi nu ; ce fossé entre la sphère privée et le cadre professionnel.

L'œuvre de Toulouse-Lautrec est dite picturale. Elle se compose de longs coups de pinceau hachurés. Ses tableaux ressemblent davantage à des images floues qu'à des instantanés, comme si l'on parcourait une foule des yeux et que, tout à coup, le regard se posait sur un détail : le visage verdâtre et légèrement menaçant d'une femme, les bas vermillon d'une danseuse. Lautrec s'intéresse plus aux individus qu'au décor qui les entoure. Il trouve toujours un élément pittoresque qu'il s'attache à grossir, laissant le reste s'effacer dans un flottement confus. Son regard n'a rien de romanesque. Il est au contraire objectif et pragmatique.

Autour de 1890, il peint une série de tableaux intitulée *Le Lit* représentant des prostituées dans un lit, savourant de paisibles moments d'intimité. Les femmes sont peintes dans des tons pastel parce qu'elles se poudraient pour avoir un teint diaphane et paraître jeunes et en bonne santé. Plus lumineux, le décor crée un contraste entre l'endroit où elles se trouvent et leur activité. *Ce que vous voyez*, semble dire Lautrec, *n'est pas ce qu'on vous donnera vraiment.*

Le tableau de Kitomi Ito appartenait à cette série, c'était évident. Il possédait toutefois une singularité de taille : Toulouse-Lautrec s'était inclus lui-même dans le cadre.

À côté de moi, Eva retint son souffle. Elle aussi découvrait le tableau pour la première fois.

En l'entendant s'éclaircir la gorge, je me forçai à sortir de ma rêverie. J'avais du pain sur la planche. Eva m'avait chargée de vérifier l'état du tableau et c'était une sacrée responsabilité : la peinture s'écaillait-elle par endroits ? Le bois du cadre était-il sain ? Pour terminer, la signature. Ressemblait-elle aux autres : *T-Lautrec*, avec le *T* et le tiret formant presque un *F*, l'angle aigu, net du *L*, la minuscule boucle au niveau de la barre du *t*. Pendant que je procédais à ces vérifications, Eva accomplissait sa mission, à savoir convaincre Kitomi Ito qu'elle faisait le bon choix en confiant la vente du tableau à Sotheby's.

Nous savions que Kitomi s'était adressée plusieurs fois à Christie's par le passé. Pour le Toulouse-Lautrec cependant, elle avait sollicité l'avis de plusieurs maisons. "Il est stupéfiant", déclara Eva. Lorsqu'elle prononça cette phrase, je ne regardais pas le tableau mais le visage de Kitomi Ito. À cet instant, elle me fit penser à une mère qui, ayant pris la décision de faire adopter son bébé, était en train de se rendre compte que la séparation serait plus douloureuse que ce qu'elle avait imaginé.

— Sam disait toujours qu'il arrêterait de donner des interviews à l'âge de quatre-vingts ans, raconta Kitomi. Il ne prendrait plus jamais la pose devant l'objectif d'un appareil photo. Il voulait aller s'installer dans le Montana et élever des moutons.

— Vraiment ? fit Eva.

Kitomi haussa les épaules.

— On n'en saura jamais rien.

Car trente-cinq ans plus tôt, son mari avait été assassiné. Elle pivota sur ses talons et nous entraîna de nouveau dans le couloir, jusqu'à la table dressée pour le thé.

— Y a-t-il une raison particulière qui vous a poussée à vouloir vous séparer de ce tableau ? demanda Eva.

Kitomi leva les yeux sur elle.

— Je déménage.

Je vis Eva se livrer à de rapides supputations. Si Kitomi quittait New York, sans doute voudrait-elle vendre d'autres objets de cet appartement.

Le thé fumait en face de moi, exhalant un parfum d'herbe verte.

— C'est du sencha, annonça Kitomi. Et il y a aussi des sablés écossais. C'est Sam qui m'a rendue accro à *ça*.

Assise les mains croisées sur les genoux, j'écoutais d'une oreille distraite les questions intéressées d'Eva : *Avez-vous déjà fait estimer le tableau ? A-t-il été déplacé ? Y a-t-il eu un travail de restauration ? Avec quels autres partenaires du marché de l'art traitez-vous d'ordinaire ? Est-ce que quelqu'un s'occupe de gérer votre collection ? Qu'attendez-vous de cette vente aux enchères ?*

— Tout ce que je veux, conclut Kitomi, c'est que la vente de ce tableau m'aide à refermer un chapitre pour pouvoir en entamer un nouveau.

Ses paroles résonnèrent comme le craquement d'un os brisé, net et irrémédiable.

Eva se lança dans la présentation de la campagne marketing qu'elle et d'autres cadres avaient peaufinée depuis le premier appel de Kitomi. La stratégie consistait à mettre en avant le nom de Sam Pride tout au long de la vente car tout le monde le sait : les célébrités génèrent de la valeur ajoutée – ce qui expliquait en partie pourquoi la propriété et les biens des Vanderbilt s'étaient aussi bien vendus quelques années plus tôt : le nom de l'illustre famille figurait dans tous les descriptifs.

— Chez Sotheby's, nous sommes d'abord et avant tout experts en art. Nous rappellerons donc naturellement les grands moments de la vie de Toulouse-Lautrec en les replaçant dans leur contexte historique, nous présenterons l'œuvre aux cinq premiers collectionneurs d'art impressionniste et moderne dans le monde et nous mettrons le tableau en couverture du catalogue. Mais nous savons aussi que ce tableau est unique en son genre. Il ne ressemble à aucun autre objet jamais mis en vente dans notre maison parce qu'il est le lien entre deux icônes de deux époques distinctes. Ce n'est pas seulement Toulouse-Lautrec qu'il convient de mettre en lumière. C'est aussi Sam Pride. À quel moment ce tableau est-il entré dans sa vie ? C'est ce que nous aimerions souligner lors de la vente.

Le visage de Kitomi resta impassible.

— Parce que c'était en 1982, poursuivit Eva, à la sortie de l'album avec la pochette sur laquelle figure le tableau. Nous projetons également de réunir les derniers membres des Nightjars en guise de mise en bouche avant la vente. L'idée étant que l'art engendre l'art.

Eva plongea la main dans sa sacoche en cuir pour soumettre à Kitomi la version définitive de la synthèse officielle : le prix estimé du tableau – plusieurs millions de dollars – qui serait communiqué au public, notre idée de sa véritable valeur sur le marché et le prix de réserve, c'est-à-dire le montant confidentiel fixé par Sotheby's au-dessous duquel le tableau ne serait pas vendu.

Je me levai et m'apprêtai à demander où étaient les toilettes lorsque l'avertissement d'Eva me revint en mémoire : interdiction formelle d'ouvrir la bouche. Kitomi leva la tête, les yeux pareils à deux boutons noirs.

— Au bout du couloir, dit-elle. À gauche.

J'acquiesçai en silence avant de m'éclipser. Mais au lieu d'aller aux toilettes, je me retrouvai devant le tableau.

L'œuvre de Toulouse-Lautrec s'intéresse essentiellement au mouvement. Il commence par peindre des chevaux. Puis se concentre sur les danseurs, le monde du cirque et les courses cyclistes. Même ses peintures plus tardives dégagent une atmosphère dynamique. *La Danse au Moulin Rouge*, l'un de ses tableaux les plus connus, se déploie autour d'une perspective du sol légèrement penchée, procurant au spectateur une sensation de vertige et de griserie. Alors que son œil est attiré successivement par le rouge des bas de la danseuse, puis par le rose de la robe d'une élégante puis par l'homme qu'elle regarde et enfin par le froufroutement du jupon d'une autre danseuse cachée derrière lui, cette multitude de plans lui donne le tournis, comme s'il évoluait lui aussi dans cette salle bruyante et que de menus détails retenaient son attention au fil de sa déambulation.

Par contraste, le tableau de Kitomi est une ode à l'immobilité.

On y découvre ce moment après l'amour charnel, quand on n'est plus unie à son amant mais qu'on le sent encore pulser à l'intérieur de soi, comme le sang.

Ce moment où l'on doit réapprendre à respirer.

Ce moment où rien n'est plus important que ce qui vient de se passer.

La chevelure rousse du modèle est l'une des seules taches de couleur sur l'arrière-plan brun clair, comme du carton. Le fond est blanc, entrelacé de touches pastel. La femme, Rosa la Rouge, se tient assise, à moitié nue. Au-dessus d'elle, un miroir reflète le regard franc de l'homme qui lui fait face, en bas à droite du tableau : Lautrec en personne, tourné sur le côté, dont on peut voir le profil et l'épaule dénudée, ainsi que la barbe et la monture métallique des lunettes. D'une pâleur verdâtre, l'épaule de l'artiste est la seule autre giclée de couleur dans le tableau. Symbolise-t-elle la maladie, comme ses jambes arquées cachées sous les draps ? Ou la jalousie que lui inspirait cette femme qui finirait par causer sa perte ?

À moins que ce ne fût l'apparition fugace du cœur d'un homme décrit par ses congénères comme quelqu'un de distant.

Au prix d'un effort, je m'éloignai du tableau et continuai d'avancer. Je passai un peu plus loin devant une porte ouverte. Toutes les personnes qui avaient vu la pochette de l'ultime album des Nightjars montrant Kitomi et Sam Pride dans ce grand lit auraient immédiatement reconnu la pièce. Le seul élément manquant était évidemment le tableau qui était accroché au-dessus de Kitomi sur la photo.

La chambre contenait à présent des objets qui ne s'y trouvaient pas à l'époque. D'un côté du lit, une table de chevet avec une pile de livres, un verre d'eau à moitié plein, des lunettes de lecture violettes, un tube de crème pour les mains. Il n'y avait qu'une seule chose sur l'autre table de nuit, une alliance d'homme. Une paire de pantoufles, également pour homme, était soigneusement alignée sur le parquet.

Je reculai brusquement et poursuivis mon chemin. J'avais encore plus l'impression d'être une voyeuse que le jour où j'avais contemplé Kitomi à moitié nue sur la pochette de l'album. Lorsque je sortis des toilettes quelques minutes plus tard, celle-ci avait pris ma place devant le tableau.

— Le cousin d'Henri était étudiant en médecine, lança-t-elle sans préambule. Il l'avait fait entrer dans un bloc opératoire pour qu'il puisse peindre des interventions chirurgicales.

Elle se tourna vers moi, le regard souriant.

— Chaque fois que je pense à lui, c'est son prénom qui me vient à l'esprit, jamais son nom de famille. Après tout, il est resté des années au-dessus de mon lit.

Je fis quelques pas vers elle. Devais-je lui dire que je savais déjà tout cela ? Non : Eva m'avait ordonné de garder le silence.

— Il avait été placé dans un sanatorium pour soigner sa syphilis et son alcoolisme, et comme il voulait prouver aux médecins qu'il était parfaitement sain d'esprit pour pouvoir sortir, il a peint de mémoire des scènes de cirque. Malheureusement, ses cures ne l'ont pas empêché de mourir à trente-six ans.

Elle eut un petit rictus avant d'ajouter :

— Certaines personnes brillent trop fort pour durer dans le temps.

Elle parlait si bas que je devais tendre l'oreille pour l'entendre.

— Cette vente aux enchères, c'est comme une amputation. Mais emporter le tableau dans le Montana ne me semble pas être la bonne solution.

Le Montana.

Je repensai à ses paroles, son désir de tourner la page.

Cette femme qui se tenait à côté de moi, compris-je alors, ne souhaitait ni cassure nette ni nouvelle vie. Cette femme était tellement attachée à son défunt mari qu'elle allait réaliser son rêve pour lui.

Eva va me tuer. Voici la pensée qui me traversa alors. Pourtant, je pivotai vers Kitomi et déclarai : "J'ai une idée."

Sur le chemin d'el muro de las Lágrimas, le mur des Larmes, Beatriz et moi contournons les restes d'une sirène. Hier, elle était allongée sur la grève, à l'endroit où se rencontrent sable sec et sable mouillé. Des écailles de coquillages recouvraient sa queue. Une touffe d'algues emmêlées lui servait de chevelure. Mais aujourd'hui, l'eau a presque entièrement recouvert notre sculpture de sable.

— Je parie qu'il n'en restera plus rien à l'heure du couvre-feu, déclare Beatriz.

— Les moines tibétains passent des mois à dessiner des mandalas dans le sable puis ils les effacent d'un coup de balai et vont répandre le sable dans une rivière.

L'adolescente me jette un regard incrédule.

— *Pourquoi ?*

— Parce que c'est l'éphémère qui les intéresse.

Beatriz contemple les reliques de notre création.

— C'est le truc le plus débile que j'aie jamais entendu, décrète-t-elle avant de ramasser sa bouteille d'eau pour se remettre à marcher. Tu viens ou quoi ?

Aujourd'hui, elle m'emmène sur le site d'une ancienne colonie pénitentiaire. C'est une randonnée de deux heures dans un décor aride hérissé de broussailles, de cactées... et de pommes empoisonnées. Bien que nous soyons parties tôt, le soleil cogne déjà fort, ma chemise trempée de sueur me colle au dos et je sens chauffer la fine bande de cuir chevelu exposée par ma raie au milieu.

Beatriz se méfie encore un peu de moi mais il lui arrive de baisser sa garde. J'ai même réussi à la faire rire une ou deux fois. C'est peut-être idiot de croire qu'elle se sent moins triste quand nous sommes ensemble mais au moins, je l'ai à l'œil. Et d'après ce que j'ai pu voir, il n'y a pas de nouvelles entailles sur ses bras.

— Je pensais qu'un artiste était censé laisser une trace derrière lui pour que tout le monde s'en souvienne, reprend Beatriz.

— Une création n'a pas nécessairement besoin d'être terminée et accrochée au mur pour qu'on se souvienne de l'artiste qui l'a réalisée, fais-je observer. Ça te dit quelque chose, Banksy ? C'est un artiste de street art et un activiste britannique. Sotheby's, la boîte où je travaille, a vendu une de ses toiles en 2018. Le tableau s'appelait *Girl with Balloon*, *La Petite Fille au ballon*. Quelqu'un l'a acheté 1,4 million de dollars… mais après le coup de marteau final, la toile a glissé hors du cadre, découpée en lanières. Sur son compte Instagram, l'artiste a écrit *going, going, gone** avant d'expliquer qu'il avait inséré une déchiqueteuse dans le cadre au cas où l'œuvre serait vendue aux enchères.

— Tu y étais ?

— Non. Ça s'est passé en Angleterre.

— Quel gaspillage d'argent.

— En fait, le tableau a pris de la valeur après avoir été découpé. Parce que ce n'était pas l'objet, la vraie création artistique, c'était l'acte de destruction en lui-même.

Beatriz me lance un regard.

* Dans le contexte : "Adjugé, vendu, disparu !"

— Quand est-ce que tu as su que tu voulais vendre des objets d'art ?

— À l'université, dis-je avec sincérité. Avant, je me voyais plutôt artiste.

— C'est vrai ?

— Ouais. Mon père était conservateur d'art. Il restaurait des fresques et des tableaux abîmés.

— Comme le Banksy ?

— Un peu, oui. Sauf que personne n'a recollé les bandelettes du tableau. Les restaurateurs travaillent généralement sur des œuvres très anciennes qui tombent littéralement en miettes. Il m'emmenait souvent sur ses chantiers quand j'étais petite. Il m'autorisait à peindre de minuscules fragments qui ne risquaient pas de compromettre l'ensemble. Je suis sûre qu'il ne l'a jamais dit à ses chefs. C'étaient les plus beaux jours de ma vie, ceux où il m'embarquait avec lui. Il me posait des questions et j'avais l'impression que mes réponses comptaient vraiment : *À ton avis, Diana, est-ce qu'on devrait plutôt utiliser le violet ou l'indigo ? Est-ce que tu arrives à compter le nombre de doigts sur ce sabot ?*

Je sens planer l'ombre noire qui surgit chaque fois qu'un souvenir de mon père refait surface. Sens la fumée âcre de l'injustice parce qu'il me manque tant et qu'il n'est plus là, alors que ma mère, elle…

— Il te laisse encore peindre avec lui ?

— Il est mort. Il y a quatre ans.

— Je suis désolée, murmure Beatriz en me glissant un regard.

— Moi aussi.

Nous marchons un moment en silence.

— Pourquoi est-ce que tu ne peins plus ? demande-t-elle finalement.

— Je n'ai pas le temps.

La vérité, c'est que je ne prends pas le temps parce que je n'en ai pas envie.

Je me souviens précisément du jour où j'ai définitivement remisé mon matériel, la boîte à chaussures contenant les tubes de peinture acrylique arthritiques et la palette tapissée de plusieurs épaisseurs d'inspiration craquelée, semblables aux cernes d'un arbre. C'était après l'exposition étudiante à Williams, lorsque mon père m'avait dit que mes tableaux lui rappelaient le travail de ma mère. Pour une raison qui m'échappe, je n'avais pu me résoudre à jeter mes outils et la boîte m'avait suivie à New York, toujours bien fermée. Je l'avais rangée dans la penderie, sur l'étagère du haut, derrière une pile de sweat-shirts de l'université que je ne portais plus mais que je n'arrivais pas à donner à une association caritative, une paire de chaussures de randonnée d'hiver jamais utilisées et un carton rempli de vieilles déclarations d'impôts.

Beatriz me dévisage d'un air compatissant.

— C'est parce que tu n'étais pas très douée ? demande-t-elle. Que tu as arrêté de peindre ?

Je ris.

— Je pourrais te répondre qu'à partir du moment où quelqu'un laisse intentionnellement une trace derrière lui, c'est de l'art. Même si ce n'est pas joli.

Elle tire le bas de ses manches sur ses poignets. Même par cette chaleur, elle préfère marcher avec un sweat à manches longues plutôt que de découvrir ses bras lacérés.

— Pas toujours, murmure-t-elle.

Je m'immobilise.

— Beatriz...

— Des fois, je me souviens même plus d'elle. Ma mère.

— Je suis sûre que ton père pourrait...

— Je ne *veux* pas me souvenir d'elle. Mais après coup, je me dis...

Sa voix se brise.

— Je me dis que je suis peut-être facile à oublier.

Je l'attrape par le bras et remonte doucement sa manche. Nous fixons ensemble l'échelle de cicatrices. Les plus anciennes sont argentées, les plus récentes d'un rouge rageur.

— C'est pour ça que tu te scarifies ? je demande doucement.

Pendant une fraction de seconde, je crains qu'elle ne rentre dans sa coquille, au lieu de quoi elle se met à parler d'une voix pressante et sourde.

— La première fois, oui, sans doute. Ensuite... j'ai arrêté pendant un moment. C'était plus facile de penser à autre chose au collège. Mais juste avant que je revienne ici...

Elle secoue la tête, avale sa salive.

— Comment ça se fait que les personnes qui ne remarquent même pas ton existence sont celles à qui tu penses tout le temps ?

— Ma mère n'était jamais à la maison quand j'étais petite. En fait, j'étais persuadée qu'elle *cherchait* des prétextes pour partir en voyage et s'éloigner de moi.

Les mots caracolent dans un souffle, comme libérés après avoir été longtemps enfermés dans une bulle de colère. Je crois que je n'ai encore jamais partagé ça avec quelqu'un. Pas même avec Finn.

Beatriz me dévisage d'un air interdit, comme si mes traits n'étaient plus assemblés de la même manière.

— Elle est partie avec le photographe d'un bateau de croisière National Geographic, elle aussi ? raille-t-elle.

— Non. Elle a juste décidé que tout ce qui se trouve sur cette planète – et je n'exagère pas – était plus important que moi. Et aujourd'hui, elle est atteinte de démence et ne sait même pas qui je suis.

— Oh… ça craint.

Je hausse les épaules.

— C'est comme ça. Ce qu'il faut savoir, c'est que si quelqu'un t'abandonne, ce n'est pas toi qui as un problème, c'est celui ou celle qui part.

Je me tais alors que nous arrivons devant un mur surgi de la terre calcinée. Constitué de pierres volcaniques, il nous domine de toute sa hauteur, un bon six mètres, et s'étire à perte de vue. Apparemment, il ne sert strictement à rien.

— Les prisonniers l'ont construit dans les années 1940 et 1950, explique Beatriz. Il n'avait aucune utilité. On les forçait à travailler pour les punir. Un tas de détenus sont morts en construisant ce mur.

— C'est sinistre, fais-je remarquer.

Il y a deux façons de voir un mur. Soit on le construit pour tenir à l'écart les gens qui nous font peur, soit on le construit pour enfermer les gens qu'on aime.

Dans les deux cas, on creuse un fossé.

— Il n'y avait qu'un seul bateau de ravitaillement par an, à l'époque, poursuit-elle. Les détenus et les gardiens crevaient de faim. Pour survivre, ils étaient obligés de chasser des tortues terrestres. La rumeur raconte qu'une foule de fantômes hante cet endroit et qu'on peut les entendre pleurer à la nuit tombée, raconte Beatriz avant de conclure : ça fait grave flipper.

Je m'approche, marche le long du mur. Certaines pierres sont ornées de symboles, de lettres, dates, motifs, de bâtonnets barrés pour compter les jours.

Si l'art s'incarne dans un objet façonné par des mains d'hommes qui nous obligent à les garder en mémoire bien longtemps après leur départ, alors ce mur en est une manifestation criante. Qu'il soit inachevé ou démoli par endroits ne le rend pas moins remarquable.

Je sursaute en sentant mon téléphone vibrer au fond de ma poche. Ça fait tellement longtemps. Je le sors en poussant un cri de surprise. Le nom de Finn s'affiche sur l'écran.

— Oh non, j'y crois pas ! C'est toi ? C'est vraiment toi ?

— Diana ? Franchement, ça tient du miracle !

Sa voix grésille, entrecoupée par les parasites. Mais comme je l'aime, cette voix ! Mes yeux s'emplissent de larmes tandis que je m'efforce d'entendre ce qu'il dit :

— Raconte-moi… et tout… toi… trop longtemps.

Je ne comprends qu'un mot sur deux, alors je presse mon oreille contre le téléphone et décide de longer le mur pour tenter de capter un signal plus puissant.

— Tu m'entends, là ? Finn ?

— Oui, oui, répond-il d'une voix empreinte de soulagement. Merde, c'est tellement bon de t'entendre.

— J'ai reçu tes e-mails…

— Je me demandais s'ils arrivaient à destination...

— Le réseau est merdique, ici. Je t'ai envoyé des cartes postales.

— Je n'ai rien reçu pour le moment. C'est quand même dingue qu'il n'y ait pas de connexion internet.

— Je sais...

Mais je n'ai pas envie de parler de ça et surtout, j'ignore combien de temps durera ce signal ténu, presque magique. Alors je change vite de sujet.

— Comment ça va ? On dirait que...

— Je n'ai pas de mots pour décrire ce qui se passe ici, Di. C'est... sans fin.

— Mais tu es en bonne santé, dis-je d'un ton catégorique, comme s'il n'y avait pas d'autre option possible.

— Qui sait, réplique Finn. J'ai lu que Guayaquil était durement touchée. Ils empilent les cadavres dans les rues.

À ces mots, je sens mon estomac se nouer.

— Je n'ai vu aucun malade ici. Tout le monde porte des masques et il y a un couvre-feu.

— J'aimerais pouvoir en dire autant, soupire Finn. J'ai l'impression de passer mes journées à construire un barrage avec des sacs de sable pour nous protéger d'une vague et quand je sors de l'hôpital, je m'aperçois qu'en fait, c'est un putain de tsunami et qu'on n'a pas la moindre chance de l'endiguer.

Sa voix tressaute.

Mon regard glisse sur une virgule de nuages dans le ciel, le soleil qui ricoche sur l'océan, au loin. Une photo de carte postale. À quelques centaines de kilomètres d'ici, le virus tue tellement rapidement qu'on ne sait plus où entreposer les corps, mais comment deviner pareille tragédie quand on est ici ? Je pense aux étagères vides de l'épicerie, aux gens qui cultivent leurs légumes sur les hauts plateaux, comme Gabriel, aux pêcheurs qui transportent le courrier sur le continent, au tourisme évaporé du jour au lendemain. Sur une île, l'inaccessibilité est souvent un inconvénient majeur, mais ça peut aussi être une chance.

La voix de Finn tremblote, retentit et se tait par intermittence.

— Les femmes enceintes... accouchent presque seules... aux soins intensifs, le seul moment où les visites sont autorisées pour la famille... meurent dans l'heure qui suit.

— Je ne t'entends presque plus... Finn...

— Rien ne change et...

— Finn ?

— ... tous morts, dit-il d'une voix soudain nette et claire. Chaque fois que j'arrive à m'échapper pour rentrer à la maison et que tu n'es pas là, j'ai l'impression de recevoir une autre gifle en pleine figure. Tu ne peux pas savoir à quel point c'est dur d'être seul en ce moment.

Pourtant, si. Je le sais.

— C'est toi qui m'as encouragée à partir, dis-je à voix basse.

Le silence s'installe.

— C'est vrai, admet Finn. En fait, je croyais sûrement que... que tu ne m'écouterais pas.

Dans ce cas, tu aurais mieux fait de te taire. En même temps que je ravale cette réplique acerbe, un mélange de culpabilité, de frustration et de colère me picote les yeux. *Je ne lis pas dans tes pensées, moi.*

Ce qui prend soudain la forme d'un problème plus préoccupant, et c'est comme une graine de doute qui se met à croître dès l'instant où on l'a plantée.

— Di... a ? Est-ce... toujours... ?

Je n'ai pas bougé d'un pouce et pourtant, le signal s'est volatilisé. La communication est coupée, je glisse le téléphone dans ma poche et reviens lentement sur mes pas. Assise à l'ombre du mur, Beatriz est en train de frotter le bout pointu d'un morceau de basalte contre le ventre arrondi d'une autre pierre.

— C'était ton petit copain ? demande-t-elle.
— Ouais.
— Tu lui manques ?
— Oui, dis-je en m'asseyant à côté d'elle.

Je la regarde dessiner un hashtag sur une pierre puis colorier un carré sur deux à la manière d'un échiquier.

— Qu'est-ce que tu fais ?

Elle me jette un coup d'œil avant de répondre :

— Je crée.

Je m'adosse aux pierres anguleuses du mur. Il y a d'innombrables manières de laisser son empreinte sur terre : on peut se scarifier, graver, créer. Toutes réclament peut-être une forme de rétribution, un morceau de celle ou celui qui laisse sa trace : sa chair, sa force, son âme.

Je ramasse une pierre et entreprends de graver mon prénom sur une autre. Lorsque j'ai terminé, j'écris BEATRIZ sur une deuxième. Puis je me lève, retire quelques cailloux et gratte des petits paquets de sable à la surface du mur, libérant un espace pour caler les pierres gravées.

— Et toi, qu'est-ce que tu fais ? demande Beatriz.

J'essuie mes mains sur mes cuisses.

— Je crée.

Elle se met debout et me suit tandis que je recule de quelques pas. Gris pâle, les pierres que j'ai gravées se détachent du mur sombre. De là où nous nous tenons, elles sont invisibles. Mais quand on se rapproche, on ne peut pas les louper. Il faut juste prendre un peu de recul.

J'étais avec mon père le jour où j'ai découvert pour la première fois un tableau impressionniste. C'était au Brooklyn Museum. Il avait posé ses mains sur mes yeux et m'avait guidée tout près du *Parlement de Londres* de Monet. *Que vois-tu ?* avait-il chuchoté en ôtant ses mains.

Postée à quelques centimètres de la toile, je ne voyais que des taches. Des gouttes roses et mauves et des traces de pinceau.

Il me cacha de nouveau les yeux et m'éloigna du tableau. *Abracadabra*, murmura-t-il avant de retirer de nouveau ses mains.

Cette fois, j'aperçus des bâtisses, du brouillard, un ciel nocturne. Une ville. Tout était là depuis le début, j'étais juste trop près pour bien voir.

De retour dans le présent, je plisse les yeux pour repérer les fragments de pierre plus clairs en pensant qu'avec la création artistique, ça marche dans les deux sens. Parfois, on a besoin de prendre du recul pour trouver la bonne perspective. D'autres fois, on est incapable de dire ce qu'on regarde tant qu'on n'a pas le nez dessus.

Je me tourne vers Beatriz. Elle a levé son visage vers le soleil. Ses yeux sont fermés, sa gorge est tendue, comme offerte en sacrifice.

— Ce serait un bon endroit pour mourir, déclare-t-elle.

Cher Finn,

Quand tu recevras cette carte, tu auras sûrement oublié ce que tu as dit lors de notre brève conversation tant attendue.

Je n'ai pas choisi de partir sans toi.

Si tu ne voulais pas que je parte seule aux Galápagos, pourquoi as-tu suggéré l'idée ?

Je ne peux pas m'empêcher de songer à tout ce que tu as bien pu me dire sans le penser vraiment.

Diana

Toulouse-Lautrec ne s'est pas souvent peint mais quand il l'a fait, il s'est toujours efforcé de camoufler ses jambes difformes. Dans le tableau *Au Moulin Rouge*, il se place à l'arrière-plan, à côté de son cousin beaucoup plus grand, et dissimule ses jambes derrière un groupe de clients attablés. Dans un autoportrait, il ne représente que son buste. Une célèbre photo le montre déguisé en clown, comme pour condamner ouvertement tous ceux qui ne s'attachaient qu'à son physique disgracieux, véhiculant ainsi une fausse image de lui.

Toutes ces raisons font du tableau de Kitomi Ito une pièce unique. C'est le seul où Toulouse-Lautrec se met à nu, au sens propre comme au figuré, peut-être pour dire que l'amour dévoile et rend vulnérable. Mais ce n'est pas la seule différence avec ses autres œuvres. Contrairement à la plupart de ses tableaux exposés après sa mort à Albi, son lieu de naissance, dans un musée ouvert par sa mère, celui-ci a disparu de la circulation jusqu'en 1908. Un certain Maurice Joyant, ami de Toulouse-Lautrec et marchand d'art, l'a en effet gardé en sa possession. L'artiste lui avait confié le tableau assorti d'une consigne explicite : il ne pouvait être vendu qu'à une personne prête à renoncer à tout par amour.

La première propriétaire de la toile fut Coco Chanel qui la reçut en cadeau de la part de Boy Capel. Ce riche aristocrate avait acheté le tableau pour la détourner de son premier amant, Étienne Balsan. Chanel tomba éperdument amoureuse de Capel qui finança son incursion dans la mode et ses premières boutiques à Deauville et à Biarritz. Leur relation fut ardente et passionnée, malgré l'infidélité chronique de Capel qui épousa une aristocrate et prit une deuxième maîtresse. Lorsqu'il mourut peu avant Noël 1919, Coco Chanel habilla ses fenêtres de crêpe noir et recouvrit son lit de draps sombres. *Je perdais tout en perdant Capel*, déclara-t-elle un jour. *Il a laissé en moi un vide que les années n'ont jamais réussi à combler.*

Quelques années plus tard, Chanel eut une liaison avec le duc de Westminster qui l'invita à bord de son yacht, *The Flying Cloud**. Longtemps après cet épisode, le duc prêta son bateau à un ami qui cherchait un refuge pour une escapade amoureuse. L'ami en question n'était autre qu'Édouard VIII, brièvement roi d'Angleterre, transi d'amour pour la divorcée américaine Wallis Simpson. Bien qu'ils n'aient finalement pas utilisé le yacht, les deux amants entamèrent une liaison qui poussa le roi à abdiquer. Quelques mois plus tard, en 1937, Édouard VIII acheta le Toulouse-Lautrec pour l'offrir à Wallis Simpson, négociant le prix avec Coco Chanel

---

* *Le Nuage Volant.*

par l'intermédiaire de leur ami commun, le duc de Westminster. La couturière ne pouvait plus le garder chez elle parce qu'il lui brisait le cœur, expliqua-t-elle alors.

En 1956, Wallis Simpson se mit à jalouser Marilyn Monroe à qui elle reprochait de lui avoir volé la une des journaux. Partant du principe qu'il était préférable de caresser ses ennemis dans le sens du poil, elle invita sa rivale à prendre le thé. Là, Monroe tomba en admiration devant le tableau de Toulouse-Lautrec. En 1962, alors que Joe DiMaggio tentait de persuader l'actrice de bien vouloir l'épouser à nouveau, il réussit à convaincre Wallis Simpson de lui vendre le tableau et l'offrit à Marilyn trois jours avant sa mort.

L'histoire ne dit pas dans quelles circonstances le chemin de Sam Pride croisa celui de Joe DiMaggio, toujours est-il qu'en 1972, Pride racheta le tableau au joueur de baseball et l'offrit à Kitomi comme cadeau de mariage. Il resta accroché au-dessus de leur lit jusqu'au jour où Pride fut assassiné, puis Kitomi l'installa dans le couloir de leur appartement.

Il y a un petit cercle lisse sur le cadre, là où Kitomi l'effleure chaque fois qu'elle passe devant, comme attirée par un aimant ou une statue qu'on caresse pour se porter chance.

Dans le domaine artistique, la *provenance* est un joli mot pour désigner l'origine d'une œuvre. C'est la trace écrite, la chaîne d'indices, le trait d'union entre le passé et le présent. C'est le lien entre l'artiste et le collectionneur d'art actuel. La provenance du tableau de Kitomi Ito est une dévotion à l'état brut, si exacerbée qu'elle brûle la terre en y semant de la tragédie et démolit celles et ceux qui l'éprouvent. À commencer bien sûr par l'homme qui avait attrapé la syphilis dans les bras de sa maîtresse… mais qui la contemplait depuis le coin du tableau d'un air farouchement pénétré comme pour lui dire : *Pour toi, mon amour, je serais prêt à tout recommencer.*

À : DOToole@gmail.com
De : FColson@nyp.org

Six de mes patients sont morts aujourd'hui.

Leurs familles ont été autorisées à venir leur dire au revoir une heure avant leur décès – et c'est un progrès par rapport à la semaine dernière où les adieux se faisaient via FaceTime.

La dernière patiente était sous ECMO. Tout le monde parle des respirateurs, de leur stock qui s'amenuise à vue d'œil, mais personne ne parle de l'ECMO, l'assistance respiratoire extracorporelle qu'on utilise quand les poumons sont tellement endommagés que même le respirateur ne marche plus. Une canule de gros calibre est insérée dans le cou du patient, une autre dans l'aine et le sang pompé passe par une machine qui fait en quelque sorte office de cœur et de poumons. On ajoute à cela une sonde de Foley, une sonde rectale et une sonde nasogastrique pour alimenter le patient. En résumé, on externalise complètement les fonctions corporelles.

Cette femme avait vingt ans. VINGT ANS. C'est quoi, ces conneries qui circulent, comme quoi le virus ne tuerait que les personnes âgées ? Ceux qui racontent ça ne bossent pas dans un service de soins intensifs.

Aucun de mes six patients morts aujourd'hui n'avait plus de trente ans. Il y avait deux femmes d'origine hispanique qui avaient développé une nécrose intestinale induite par le coronavirus et nécessitant une résection chirurgicale. Elles ont survécu à l'opération mais sont décédées à la suite de complications. Il y avait aussi un homme de vingt-huit ans en surpoids. Je dis bien en surpoids, pas obèse. Une autre, une ambulancière, est morte d'une hémorragie alvéolaire. J'ai bien cru qu'un autre de mes patients allait s'en sortir jusqu'au moment où ses pupilles ont éclaté : l'héparine qu'on lui injectait pour permettre à l'ECMO de faire son travail en évitant la formation de caillots sanguins avait provoqué une hémorragie cérébrale.

Pourquoi est-ce que je te raconte tout ça ? Parce que j'ai besoin d'en parler à *quelqu'un*. Et parce que c'est plus facile que de te dire ce qu'il *faudrait* vraiment que je te dise.

À savoir la chose suivante : je suis désolé de t'avoir dit ça au téléphone, l'autre jour. C'est ma faute si tu es coincée sur cette île, j'en suis conscient. C'est juste que, merde à la fin, rien ne marche comme ça devrait marcher.

Des fois, je m'assieds, j'écoute le ronron de l'appareil ECMO et je pense : *Le cœur de cette personne est à l'extérieur de son corps et ça ne me surprend pas plus que ça.*

Parce que le mien aussi.

Ça fera deux semaines demain que je suis arrivée à Isabela. La veille de cette date anniversaire, Abuela me prépare un dîner d'adieu. Gabriel vient avec Beatriz qui se pend à mon cou au moment où je prends congé d'eux. Je lui ai donné mon adresse et mon numéro de téléphone pour que nous restions en contact. Ce soir-là, Gabriel me raccompagne à la porte de son ancien logement.

— Qu'est-ce que vous allez faire quand vous serez rentrée chez vous ?

Je hausse les épaules.

— Continuer ma vie.

Je ne suis toutefois plus très sûre de ce que cela signifie. Je ne sais pas si j'aurai encore du travail et l'idée de revoir Finn m'angoisse un peu, après notre étrange conversation téléphonique.

— Bon, fait Gabriel, j'espère qu'elle en vaut la peine, alors. Votre vie.

— Je fais tout pour, dis-je et nous nous souhaitons bonne nuit.

Je rassemble mes affaires en deux temps trois mouvements – il faut dire que je n'ai pas grand-chose à mettre dans mon sac. Puis je nettoie les plans de travail de la cuisine, plie les serviettes que j'ai lavées et m'endors en rêvant à mes retrouvailles avec Finn. D'habitude, j'aurais vérifié les informations de mon vol retour mais sans internet, je n'ai plus qu'à espérer que tout ira bien.

Le lendemain matin, lorsque j'ouvre la vitre coulissante avec mon sac plein à craquer sur l'épaule, prête à traverser la ville pour attendre le ferry sur le quai, je tombe nez à nez avec Gabriel et Beatriz. C'est la première fois que je vois l'adolescente arborer une mine aussi réjouie. Elle m'enlace affectueusement.

— Tu restes, dit-elle.

Jetant un coup d'œil à son père par-dessus sa tête, je me détache de son étreinte puis pose les mains sur ses épaules.

— Beatriz, tu sais que c'est impossible. Mais je te promets de...

— Elle a raison, coupe Gabriel et je sens tout au fond de moi une sourde vibration résonner comme un diapason.

Je consulte ma montre.

— Je ne voudrais pas rater le ferry...

— Il n'y a pas de ferry, tranche encore Gabriel. Le confinement est prolongé.

Je cligne des yeux.

— Quoi ? Mais... pour combien de temps ?

— Je ne sais pas. Ce qui est sûr, c'est qu'il n'y a aucun vol pour Santa Cruz... et rien non plus pour Guayaquil. Le gouvernement a interdit tous les avions en provenance de l'étranger.

Je laisse la bandoulière de mon sac glisser jusqu'à mon coude.

— Si je comprends bien, je ne peux pas rentrer chez moi, j'articule, et c'est comme si on m'arrachait douloureusement les mots de la gorge.

— Vous ne pouvez pas rentrer *tout de suite*, corrige Gabriel.

— Ce n'est pas possible, dis-je à mi-voix. Il doit bien y avoir une solution.

— Il n'y en a qu'une, intervient Beatriz, radieuse : partir à la nage.

— Il faut absolument que je rentre à New York. Qu'est-ce que je vais faire pour mon travail ? Et *Finn*... Je ne peux même pas le prévenir...

— Ta patronne ne t'en voudra pas puisque, de toute manière, tu n'as aucun moyen de rentrer chez toi, fait sagement observer Beatriz. Et tu n'auras qu'à appeler ton amoureux avec le téléphone fixe d'Abuela.

Abuela a une ligne fixe ? Et ils ont attendu tout ce temps pour me le dire ?

Ma vie pourrait se résumer à une succession de poteaux téléphoniques défilant l'un après l'autre, repères physiques et nécessaires des accomplissements réalisés. Sans carte routière pour visualiser les prochaines étapes, je suis perdue. Je ne me sens pas à ma place ici et je n'arrive pas à chasser la sensation que, chez moi, le monde continue d'avancer sans se soucier de savoir où je suis. Si je ne trouve pas le moyen de rentrer bientôt, je ne réussirai jamais à rattraper mon retard.

Ça fait deux semaines que je vis sur une île et pourtant, c'est la première fois que je me sens totalement larguée en pleine mer.

Après m'avoir dévisagée, Gabriel s'adresse à sa fille en espagnol. Beatriz me débarrasse du cabas qui pend toujours à mon bras et va le poser dans l'appartement pendant qu'il m'entraîne à l'étage, chez Abuela. Quand nous entrons, elle est assise sur le canapé, absorbée par une *telenovela*. Gabriel lui adresse quelques mots dans cette langue que je ne maîtrise pas.

Nom de Dieu… me voici de nouveau coincée dans un pays où je n'arrive même pas à communiquer.

Il me guide ensuite vers la chambre à coucher et me montre le téléphone sur la table de chevet. Je le fixe d'un air hébété.

— Qu'est-ce qu'il y a ?

— Je ne sais pas comment appeler aux États-Unis.

Il décroche le combiné, enfonce quelques touches.

— C'est quoi, son numéro ?

Je lui dicte les chiffres. Il me tend le combiné. Trois sonneries, puis : *Finn à l'appareil. Vous connaissez la chanson.*

Lorsque je lève les yeux, la porte se referme sur Gabriel.

— Salut, dis-je d'une voix forte. C'est moi. Mon vol a été annulé. En fait, tous les vols sont annulés. Je ne peux pas rentrer et je ne sais pas du tout quand la situation se débloquera. Je suis désolée. Je suis vraiment désolée, putain.

Un sanglot s'enroule comme une liane autour de mes phrases.

— Tu avais raison. Je n'aurais jamais dû partir.

Je suis furax. Contre Finn qui m'a poussée à venir ici. Contre moi-même qui ne l'ai pas envoyé se faire foutre quand il m'a dit d'en profiter. On aurait perdu un peu de fric pour des vacances annulées, et alors ? Dans le grand tableau de la vie, mieux vaut perdre de l'argent que de perdre du temps.

Je n'ai pas les idées claires, j'en suis consciente. Parce qu'objectivement, Finn n'est pas le seul responsable de la situation. J'aurais pu répliquer que si la situation devait se dégrader, je préférais rester pour l'affronter à ses côtés plutôt que de m'enfuir sans lui dans un endroit préservé. Et un peu plus tard, lorsque j'ai appris que l'île était confinée, j'aurais pu avoir l'intelligence de remonter dans le ferry qui venait de me déposer à Isabela au lieu de m'entêter à vouloir rester.

Mais ce qui me fiche encore plus en rogne, c'est que Finn ne pensait pas un mot de ce qu'il disait quand il m'a encouragée à partir. De mon côté, j'ai fini par accepter l'idée alors que je n'avais en réalité qu'une seule envie : rester. Ça fait des années que nous sommes ensemble, Finn et moi, et malgré cela, aucun de nous n'a été foutu de lire entre les lignes. Voilà ce qui m'énerve le plus.

À ma grande surprise, je ne trouve rien d'autre à ajouter. Nous n'avons pas eu l'occasion de nous parler depuis un bout de temps, pourtant. Mais Finn est submergé par la réalité alors que je vis dans une antichambre du paradis. *Méfie-toi de ce que tu souhaites...* Quand on est coincé au paradis, ça peut vite se transformer en enfer.

— Je te préviendrai dès que j'en saurai plus, dis-je finalement. Même si je me demande comment je pourrai bien en savoir plus. C'est juste dingue, comme situation. Je continuerai à t'envoyer des cartes postales. Voilà. J'ai pensé que ce serait bien de te prévenir.

Je fixe le combiné pendant quelques instants avant de raccrocher. Et me rends compte trop tard que je ne lui ai même pas dit que je l'aimais.

Lorsque je regagne le salon, Gabriel est assis sur le canapé à côté d'Abuela. Il se lève en me voyant.

— Tout va bien ?

— Messagerie vocale.

— Vous allez rester dans l'appartement, bien sûr, dit-il comme pour se rattraper après la réaction qu'il avait eue en apprenant où je logeais la première fois.

— Je n'ai pas d'argent...

Cet aveu réveille en moi une nouvelle inquiétude. J'ai beau frôler l'overdose de pâtes, l'idée de ne plus avoir un sou pour m'acheter de quoi manger m'emplit d'angoisse.

— On ne vous laissera pas mourir de faim, ajoute Gabriel, devinant mes pensées.

Il se penche pour déposer un baiser sur la joue d'Abuela.

— Je ne veux pas laisser Beatriz seule trop longtemps.

Il sort et traverse la véranda. Je lui emboîte le pas. Tandis qu'il dévale les marches et que je me dirige vers l'arrière de la maison pour regagner l'appartement, je l'interpelle. Il se retourne, me décoche un regard légèrement impatient.

— Pourquoi faites-vous ça, Gabriel ?
— Quoi donc ?
— Pourquoi êtes-vous gentil avec moi ?

Un sourire étire ses lèvres, semblable à un éclair dans un ciel obscurci.

— Je peux toujours essayer de jouer un peu plus au *cabrón*, lance-t-il avant de traduire en me voyant froncer les sourcils : au connard, si vous préférez.

— Non mais sérieusement.

Il hausse les épaules.

— Avant, vous étiez une touriste. Maintenant, vous êtes une des nôtres.

Ce que j'aimerais faire : me glisser sous la couette et faire semblant de croire qu'en me réveillant, je m'apercevrai que tout cela n'était qu'un cauchemar. Je courrai alors jusqu'au ponton, sauterai à bord du ferry et entamerai le premier tronçon de mon voyage jusqu'à New York.

Ce que je fais à la place : j'accompagne Beatriz et Gabriel qui vont se baigner dans un petit trou d'eau à l'intérieur des terres. Si je reste seule, déclare Beatriz, je vais ressasser mes idées noires. Je ne peux guère la contredire : c'est exactement pour cela que je l'ai entraînée dans chacune de mes excursions la semaine dernière, quand c'était *elle* qui avait besoin de se changer les idées. Le masque et le tuba glissés autour de son bras rebondissent sur sa hanche au rythme de ses pas.

— On va où ? je demande.

— On pourrait te le dire, répond Beatriz, mais le problème, c'est qu'on serait obligés de t'éliminer après.

— Elle n'a pas complètement tort, renchérit Gabriel. Une grande partie de l'île est interdite d'accès à cause de la pandémie. Si les gardes forestiers vous croisent, c'est vous qui devrez payer l'amende.

— Ou c'est toi qui devras dire adieu à ta licence de guide touristique, lance Beatriz par-dessus son épaule.

L'espace d'un instant, Gabriel se raidit.

— Licence que je n'utilise plus, de toute manière.

L'adolescente pivote sur un talon et se met à marcher à reculons.

— Est-ce qu'on va oui ou non dans un endroit secret où tu emmenais souvent tes clients ?

— Nous allons dans un endroit secret où j'allais souvent quand j'étais gosse, corrige Gabriel.

Finalement, nous débouchons sur un étang saumâtre rempli d'une eau rubigineuse, couronné de broussailles et de monceaux de branches mortes biscornues. C'est loin d'être le plus beau site d'Isabela. Beatriz se déshabille. Elle garde son bas de maillot de bain, un haut de plongée à manches longues et laisse le reste de ses vêtements en tas. Puis elle enfile son masque, place le tuba entre ses lèvres et plonge dans la lagune boueuse.

— Je crois que je vais vous attendre ici, dis-je.

Occupé à retirer son T-shirt, Gabriel se tourne vers moi en souriant.

— Qui juge le livre à sa couverture, aujourd'hui ?

Il enlève ses chaussures et se jette à l'eau. Je me déshabille à contrecœur et, une fois en maillot de bain, saute à mon tour. Le fond se dérobe sous mes pieds alors que je ne m'y attends pas et l'eau m'engloutit brusquement. Avant que j'aie le temps de céder à la panique, une main puissante m'attrape par le bras et m'aide à remonter à la surface.

— Ça va ? demande Gabriel pendant que je toussote.

Je hoche la tête en continuant de crachoter. Mes doigts se crispent sur son épaule. D'aussi près, j'aperçois une tache de rousseur sur son lobe d'oreille gauche. Puis contemple la pointe de ses cils.

D'un battement de jambes vigoureux, je me libère et me mets à nager dans la direction prise par Beatriz.

Gabriel me dépasse rapidement. Il nage mieux que moi et file droit sur un mur de racines de palétuviers enchevêtrées auprès duquel tangue le tuba de Beatriz. Elle relève la tête à notre approche, ses yeux immenses derrière l'écran de plastique. Le tuba glisse de ses lèvres lorsqu'elle grimpe à une échelle naturelle composée de racines puis disparaît dans un repli broussailleux. Au bout d'un moment, sa tête émerge de nouveau.

— Alors ? lance-t-elle à mon adresse. Allez, viens !

J'essaie de la suivre mais mon pied n'arrête pas de glisser sur les branches immergées. Les mains de Gabriel se posent carrément sur mes fesses et me poussent vers le haut. Je pivote vers lui pour lui décocher une œillade offusquée.

— Quoi ? dit-il en haussant les sourcils d'un air innocent. Ça a marché, non ?

Il a raison : je me suis hissée au-dessus de l'eau. Je me cogne le genou et m'égratigne la cuisse mais quelques minutes plus tard, je me retrouve de l'autre côté du boqueteau de palétuviers, face à un lagon jumeau. Dans celui-ci, l'eau est presque magenta. Un banc de sable trône au milieu, pareil à une oasis. Une douzaine de flamants roses se tiennent sur l'îlot. Pliés comme des origamis, ils plongent leur tête dans le bassin pour pêcher leur repas.

— *Voilà*, déclare Gabriel dans mon dos, c'est ce que je voulais vous montrer.

— C'est incroyable. Je n'ai jamais vu d'eau de cette couleur.

— *Artemia salina*, énonce Beatriz. C'est un crustacé, une petite crevette très appréciée des flamants qui lui doivent leur couleur rose. C'est parce qu'elles vivent en grande quantité dans le lagon que l'eau est de cette couleur. J'ai appris ça à l'école.

Dès qu'elle évoque les cours, son visage change. Ses épaules en mouvement perpétuel se figent étrangement.

Nous sommes toutes les deux coincées à Isabela : je ne peux pas rentrer chez moi et Beatriz, elle, ne peut pas retourner au collège.

Ses doigts triturent le bord des manches de son top de plongée, le tirent d'un coup sec sur ses poignets.

Comme si son revirement d'humeur était contagieux, Gabriel se rembrunit à son tour.

— *Mijita*, dit-il à mi-voix.

Beatriz l'ignore. Elle remet le tuba dans sa bouche puis plonge dans le bassin rose et bat des pieds pour s'éloigner de nous le plus vite possible avant de refaire surface de l'autre côté de l'oasis.

— Ne le prenez pas personnellement, dis-je à Gabriel.

Il soupire en passant une main dans ses cheveux mouillés.

— Je ne trouve jamais les bons mots.

— Je ne sais pas si ça existe, les *bons mots* qu'il faut dire dans telle ou telle circonstance.

— En tout cas, il y en a des *mauvais* et c'est ce qui sort généralement de ma bouche, réplique Gabriel.

— Je n'ai pas vu de nouvelles entailles.

— Je sais qu'elle se confie à vous et vous ne voudrez sûrement pas me parler de vos conversations.

J'acquiesce en silence en repensant à ce que m'a dit Beatriz au sujet de sa mère. Je n'ai pas envie de briser ce lien de confiance.

Gabriel inspire profondément, comme pour rassembler son courage.

— Mais vous me le diriez si elle parlait suicide ?

— Bien sûr que oui, voyons, dis-je précipitamment. Mais je ne pense pas que ce soit pour cela qu'elle se scarifie. Si vous voulez mon avis, dans son cas... c'est l'exact opposé d'un geste suicidaire. C'est au contraire pour se rappeler qu'elle est ici.

Il me dévisage comme s'il avait du mal à saisir mes mots. Puis il incline la tête et confesse dans un murmure :

— Je suis content que vous restiez. Même si c'est égoïste de ma part.

Il fait allusion au lien ténu que Beatriz et moi avons réussi à tisser. Elle a besoin d'une confidente et je suis là pour elle. Mais il y a autre chose derrière ses paroles, une ombre projetée sur mes sensations. Mes joues s'enflamment et je me détourne rapidement vers les flamants.

— Qu'est-ce que c'est ? je demande en pointant le doigt sur de petits oiseaux mouchetés de gris et de blanc qui sautillent sur le sable entre les pattes des volatiles. Des pinsons ?

Si Gabriel remarque que j'essaie de changer de sujet avec la délicatesse d'un boulet de canon, il s'abstient de tout commentaire.

— Des oiseaux moqueurs, répond-il.

— Oh. Et moi qui voulais ramener ma science avec Darwin, je plaisante en souriant.

Les Galápagos sont évidemment célèbres pour leurs pinsons… et Charles Darwin. Des paragraphes entiers lui sont consacrés dans tous les guides touristiques perdus avec ma valise. Darwin a débarqué dans l'archipel en 1835 à bord du HMS *Beagle*. Il n'avait que vingt-six ans et, détail surprenant, se réclamait de la mouvance créationniste qui croit que toutes les espèces ont été conçues par Dieu. Aux Galápagos, le jeune Darwin se mit à repenser la manière dont la vie était apparue là, sur cette langue de roche volcanique. Il avait toujours cru que les créatures peuplant ces îles étaient arrivées à la nage en provenance d'Amérique du Sud. Mais très vite, il se rendit compte que chaque île possédait ses propres spécificités climatiques et géologiques, que les conditions de vie y étaient très inhospitalières et que des espèces distinctes les peuplaient. C'est en étudiant les différences physiques observées chez les pinsons qu'il mit au point sa théorie de la sélection naturelle : les espèces changent pour s'adapter à leur environnement… et les adaptations destinées à faciliter la vie sont celles qui subsistent dans le temps.

— Tout le monde croit que Darwin a développé sa théorie en observant les pinsons, déclare Gabriel, mais c'est faux.

Je me tourne vers lui.

— N'allez surtout pas dire ça à mon prof de SVT.

— Votre prof de quoi ?

J'agite une main.

— C'est une appellation pompeuse pour les cours de biologie. Bref, j'ai appris à l'école que les pinsons changeaient d'aspect en fonction des îles. Vous voyez ce que je veux dire, je suppose ? Le pinson vivant sur l'île où les larves se cachent à l'intérieur des troncs sera équipé d'un long bec alors que sur une île voisine il aura des ailes plus puissantes parce qu'il devra voler plus longtemps pour trouver de la nourriture…

— Ça, c'est vrai, admet Gabriel. Le problème, c'est que Darwin était assez nul comme naturaliste. Il recueillait des pinsons mais ne les baguait pas correctement. En revanche, il ne l'a peut-être pas fait exprès mais il a bagué correctement tous les moqueurs.

Il lance un caillou et un oiseau moqueur s'envole à tire-d'aile.

— Il existe quatre espèces différentes de *sinsontes* aux Galápagos. Darwin les a toutes répertoriées. Il a mesuré leur taille et la longueur de leur bec. À son retour en Angleterre, un ornithologue a remarqué que les moqueurs étaient très différents d'une île à l'autre. Les modifications qui les aidaient à s'adapter aux conditions climatiques ou topographiques d'une île avaient été transmises de génération en génération parce que les oiseaux qui en bénéficiaient étaient ceux qui vivaient assez longtemps pour se reproduire.

— La survie du plus fort, fais-je remarquer.

Assis sur le banc de sable, nous regardons les flamants roses marcher dans l'eau à la file indienne. Beatriz plonge et refait surface inlassablement au fond du lagon. Les lèvres de Gabriel remuent en silence. Un instant intriguée, je m'aperçois qu'il compte les secondes dès qu'elle disparaît sous l'eau.

— Est-ce qu'il vous est déjà arrivé de penser aux animaux qu'on ne connaîtra jamais ? Ceux qui n'ont *pas* survécu ?

Les yeux de Gabriel ne quittent pas la surface du lagon, jusqu'à ce que Beatriz émerge de nouveau.

— L'histoire est écrite par les vainqueurs, dit-il sobrement.

CINQ

On m'a annoncé hier que le confinement de l'île était prolongé. Aujourd'hui, je décide donc d'aller en ville pour tenter de transférer de l'argent depuis mon compte new-yorkais. La banque est fermée mais près des pontons plusieurs tables drapées de couleurs éclatantes ont été dressées sous un barnum. Tous masqués, les habitants de l'île déambulent dans les allées, examinant les marchandises et bavardant entre eux. L'installation ressemble à un marché aux puces.

En entendant mon nom, je me retourne et aperçois Abuela qui me fait signe d'approcher.

Bien qu'elle et moi ne parlions pas la même langue, j'ai appris quelques phrases en espagnol et le reste de nos échanges se compose de gestes, de sourires et de hochements de tête. J'ai appris qu'elle travaillait comme femme de ménage à l'hôtel où j'étais censée séjourner. Depuis le confinement, elle profite de ces vacances inopinées et prend plaisir à cuisiner entre deux feuilletons télévisés.

Elle se tient derrière une table pliante recouverte d'une nappe brodée. Quelques tabliers soigneusement pliés côtoient un carton rempli de vêtements pour homme et deux paires de chaussures. Il y a aussi un moule à gâteau et une petite cagette de fruits et légumes semblable à celle que Gabriel m'a apportée l'autre jour. Un magazine de mots mêlés est ouvert devant elle. Une liasse de cartes postales G2 (à croire qu'elles sont partout sur l'île) sert de marque-pages.

Avec un large sourire, Abuela montre du doigt le fauteuil pliant derrière la table.

— Oh, non… Vous, asseyez-vous ! dis-je.

Avant qu'elle ait le temps de répondre, une femme s'approche de nous. Elle soulève une paire de chaussures, vérifie la pointure sur la languette et interroge Abuela à travers son masque.

Quelques phrases sont échangées puis la femme pose sur la table un grand cabas rempli de bocaux de confiture, d'ail mariné et de piments rouges. Abuela prélève un pot de confiture et un bocal de piments. La femme fourre les chaussures dans son sac puis se dirige vers la table voisine.

En promenant un regard circulaire, je me rends compte que les transactions vont bon train sous la tente mais qu'il n'y a aucun échange d'argent. Les habitants d'Isabela ont imaginé un système de troc afin de pallier la chaîne d'approvisionnement défaillante en provenance du continent. Abuela me tapote le bras, désigne la chaise puis s'éloigne dans l'allée pour jeter un coup d'œil aux marchandises exposées sur les autres tables.

Je repère des étagères en plastique croulant sous les vêtements d'occasion, des bottes de pluie rangées par taille, des ustensiles de cuisine, des articles de papeterie. Certaines tables grincent sous le poids de pains et de gâteaux faits maison, de bocaux de betteraves rouges et de piments bananes. Il y a des morceaux d'agneau fraîchement découpés et des poulets plumés. Sonny, la propriétaire de Sonny's Sunnies, a apporté un vaste choix de maillots de bain, de piles, de livres et de magazines. Venu avec sa glacière remplie de la pêche du jour, un homme enveloppe un poisson dans du papier journal pour une femme qui lui tend en échange un bouquet d'herbes aromatiques.

Je ferais bien du troc, moi aussi. Mais le problème, c'est que je n'ai pas de vêtements en trop, je ne cultive pas de légumes, je n'élève pas d'animaux et je ne peux rien cuisiner qui vaille la peine d'être échangé.

Je passe une main dans mes cheveux, lisse ma queue de cheval. Pourrais-je obtenir quelque chose contre un chouchou ?

Au même instant, une nuée de gamins se déploient entre les rangées de tables. Un petit gars traîne derrière eux, pareil à la queue d'un cerf-volant. Il a les joues rouges et s'efforce visiblement de rattraper les plus grands dont le chef de file brandit une bande dessinée écornée. Sous mes yeux, un autre gamin tend son pied devant le petit qui trébuche et fait un vol plané avant d'atterrir tête la première sous une table. Sa chute interrompt la course poursuite. Roulant sur le dos, il se redresse et se met à brailler après le gamin qui tient toujours la bande dessinée. Bien qu'il parle espagnol, j'entends son zozotement. Le caïd de la clique se moque de lui puis déchire le livre en deux et le lui jette à la figure avant de prendre ses jambes à son cou.

Le gamin assis par terre regarde autour de lui pour voir si quelqu'un a été témoin de son humiliation. Lorsque ses yeux croisent les miens, je lui fais signe d'approcher.

Il s'avance vers moi à petits pas, cramponné à sa bande dessinée. Il a la peau marron foncé et une tignasse noir corbeau qui accroche le soleil. Son masque en tissu est orné du symbole de la Lanterne Verte.

Mue par une impulsion, je tire une des cartes postales G2 glissées dans le magazine d'Abuela et cherche le crayon qu'elle utilisait pour débusquer les mots cachés. Je retourne la carte et commence à dessiner le garçonnet avec des traits rapides et sûrs.

L'été précédant mon entrée à l'université, j'ai passé un mois à faire des portraits de touristes dans la vieille ville d'Halifax. J'ai ainsi pu récolter de quoi payer mon séjour en auberge de jeunesse avec mes amis et m'amuser toutes les nuits dans les bars. Je n'ai plus vendu une seule de mes créations depuis. Toutes les vacances suivantes, je les ai passées à étoffer mon CV pour décrocher un stage chez Sotheby's.

Chaque artiste part d'un point particulier. Pour moi, ce sont les yeux. À partir du moment où j'arrive à m'en emparer, le reste coule tout seul. Alors je cherche les paillettes de lumière dans les pupilles du garçonnet, dessine le frémissement des cils et la ligne droite des sourcils. Au bout d'un moment, je tire sur l'élastique de mon masque pour le décoller légèrement de mon visage et lui fais signe de m'imiter.

Ses quatre dents de devant sont tombées alors bien sûr, je croque son sourire. Et parce que la confiance en soi est un super-pouvoir, je l'habille d'une cape semblable à celle du héros de sa bande dessinée déchirée.

Mes gestes un brin rouillés au début se fluidifient rapidement. Quand j'ai terminé, je lui tends la carte postale – un dessin miroir.

Ravi, il court vers le fond de la tente et montre la carte à une femme, probablement sa mère. Quelques-uns des garçons qui le chicanaient tout à l'heure se rapprochent, curieux de voir ce qu'il tient dans les mains.

Je m'assieds, satisfaite, et me laisse aller contre le dossier de la chaise.

Un peu plus tard, le garçon revient me voir avec un fruit que je n'ai encore jamais vu nulle part, gros comme un poing, hérissé de pointes minuscules. Il le pose timidement sur la table, me remercie d'un signe de tête et retourne comme une flèche vers le stand de sa mère.

Je scrute l'intérieur du barnum, à la recherche d'Abuela, lorsqu'une voix grêle s'élève à côté de moi.

— *Hola.*

La fillette postée en face de moi est mince comme un fil. Ses pieds nus sont couverts de poussière, ses cheveux sont tressés. Elle me tend une orange à la peau verte criblée de fossettes.

— Oh, mais je n'ai rien à troquer, dis-je sur un ton d'excuse.

La gamine fronce les sourcils puis tire une autre carte du magazine d'Abuela. Elle me tend le rectangle de papier, repousse ses nattes sur ses épaules, prend la pose.

J'ai peut-être quelque chose, après tout.

Lorsque je quitte la *feria* en compagnie d'Abuela deux heures plus tard, mon porte-monnaie n'est pas plus garni mais je suis l'heureuse propriétaire d'un chapeau de paille à large bord, d'un short de sport et d'une paire de tongs. Abuela me prépare à manger : côtelettes d'agneau, patates bleues et gelée de menthe reçue en échange d'un portrait. Pour le dessert, je mange le fruit à la peau épineuse que m'a donné le garçonnet, une *guanábana*.

Rassasiée, je prends congé d'Abuela pour aller faire une sieste chez moi.

C'est la première fois que je désigne ainsi, machinalement, l'appartement.

À : DOToole@gmail.com
De : FColson@nyp.org

C'est fou : *tout* est fermé. Tous les vols ont été annulés, aucun avion ne décolle ni n'atterrit et personne ne sait combien de temps ça va durer. C'est sans doute plus sûr comme ça. Même si tu trouvais le moyen de rentrer aux États-Unis, ce serait une vraie galère. Tu serais sûrement obligée de rester confinée quelque part pendant deux semaines parce que même à l'hôpital nous manquons de tests de dépistage pour les personnes qui arrivent avec des symptômes de la maladie.

Si tu veux tout savoir, même si tu étais à la maison, tu serais seule parce que je n'y suis jamais. La plupart des internes vivant avec leur famille séjournent à l'hôtel pour éviter de les contaminer accidentellement. J'ai beau avoir l'appartement pour moi tout seul, à peine rentré, j'enlève ma blouse dans l'entrée, je la fourre dans la panière à linge sale et je file sous la douche où je me frotte jusqu'à m'irriter la peau.

Tu connais Mme Riccio, la voisine du 3C ? En arrivant hier soir, j'ai croisé un tas d'inconnus qui entraient et sortaient de chez elle. Elle est morte du

Covid. La dernière fois que je lui ai adressé la parole, c'était il y a cinq jours devant les boîtes aux lettres. Elle était auxiliaire de vie et avait une trouille bleue d'attraper le virus. "Faites bien attention à vous", voilà les derniers mots que je lui ai dits.

L'une de mes patientes – qui avait été extubée sans problème mais plusieurs de ses organes étaient défaillants et je savais qu'elle ne passerait pas la journée – a connu un bref moment de lucidité quand je suis passé la voir dans sa chambre. J'étais dans ma tenue de pseudo-cosmonaute et comme elle ne voyait pas bien mon visage, elle m'a pris pour son fils. Elle m'a pris par la main et m'a dit qu'elle était incroyablement fière de moi. Ensuite, elle m'a demandé de la serrer dans ses bras une dernière fois, en guise d'adieu. Je n'ai pas pu refuser.

Elle était seule dans sa chambre, elle allait mourir comme ça. Je me suis mis à chialer derrière ma visière tout en me disant : OK, si tu l'attrapes, tu verras bien et puis voilà.

J'ai prêté serment, c'est vrai. Je ferai tout pour soulager les souffrances et tout le tintouin. Mais je ne me rappelle pas m'être engagé à risquer ma peau pour accomplir mon devoir.

Un jour, on a vu un film tous les deux, je ne me souviens plus du titre. C'était l'histoire d'un jeune soldat de la Première Guerre mondiale. Il avait à peine vingt ans et se battait dans une tranchée aux côtés d'une nouvelle recrue de dix-huit ans. Les balles sifflaient tout autour d'eux et il fumait tranquillement sa clope pendant que l'autre tremblait comme une feuille. Quand le gamin lui a demandé : "Comment tu fais pour ne pas avoir peur ?", l'autre a répondu : "Tu ne peux pas avoir peur de mourir quand tu es déjà mort."

Ce qui doit arriver finit forcément par arriver, voilà ce que je pense.

J'ai lu que l'Empire State Building sera illuminé en rouge et blanc pour rendre hommage au personnel de santé, cette semaine. On n'en a rien à foutre de l'Empire State Building et des gens qui tapent sur des casseroles tous les soirs à 19 heures. De toute manière, la plupart d'entre nous ne verront ni n'entendront jamais rien, vu qu'on est à l'hôpital, en train d'essayer de sauver des malades qui ne peuvent pas être sauvés. Tout ce qu'on veut, nous, c'est que tout le monde porte un masque. Mais il y en a encore pour clamer que le port du masque est une atteinte grave à l'intégrité physique des personnes. À ça, je ne trouve qu'une seule chose à rétorquer : on n'a plus d'intégrité physique quand on est mort.

Excuse-moi. J'ai besoin d'évacuer mais tu n'es pas obligée de me lire. De toute manière, tu ne reçois sûrement pas mes mails.

Dans le cas contraire, sait-on jamais : la maison de retraite de ta mère n'arrête pas d'appeler.

Quelques jours plus tard, pendant que Beatriz prépare des tortillas avec son arrière-grand-mère, je demande la permission d'utiliser de nouveau le téléphone pour laisser un message à Finn. Gabriel m'a montré quels numéros composer pour les appels à l'étranger mais les communications coûtent cher et je ne voudrais surtout pas qu'Abuela en supporte les frais. Je m'efforce donc d'être brève et dis simplement à Finn que je vais bien et que je pense à lui. Je coucherai tout le reste sur les cartes postales que Beatriz continue d'envoyer pour moi.

Puis j'appelle la maison de retraite de ma mère. Je n'ai reçu ni courriels ni messages vocaux de leur part depuis que je suis ici mais peut-être est-ce lié aux défaillances du réseau internet puisque Finn m'a dit qu'ils avaient laissé plusieurs messages sur le répondeur de notre téléphone fixe. La dernière fois que l'établissement a essayé de me joindre avec une telle obstination, un problème comptable était en cause : le virement mensuel censé régler la prise en charge médicale et les frais d'hébergement n'avait pas été effectué. La direction s'était jetée sur l'affaire comme un chien sur un os et ne m'avait pas lâchée tant que je n'avais pas effectué un nouveau virement. Il sera plus difficile de réparer une erreur bancaire depuis une île confinée.

Je compose le numéro du centre. Une standardiste me répond.

— Diana O'Toole à l'appareil. La fille d'Hannah O'Toole. Je crois que vous avez essayé de me joindre ?

— Patientez un instant, je vous prie.

Une poignée de secondes plus tard, une autre voix retentit.

— Bonjour, Janice Fleisch à l'appareil, la directrice des Greens. Je suis heureuse de vous entendre enfin.

Je perçois une pointe de reproche dans son ton. Surtout, ne pas s'énerver.

Je jette un coup d'œil vers le plan de travail de la cuisine. Abuela est en train de montrer à une Beatriz peu enthousiaste comment incorporer le saindoux à la farine avant de pétrir la pâte. Enroulant le cordon du téléphone autour de moi, je me retourne et courbe les épaules pour tenter d'avoir un peu d'intimité.

— Il y a eu un problème avec le virement bancaire ? Parce que je ne suis pas à New York en ce mo…

— Non, non. Tout va bien de ce côté-là. En fait, nous faisons face à une… épidémie de Covid dans notre établissement et votre mère a été contaminée.

Tout en moi se fige. Ma mère est déjà tombée malade mais jusqu'à présent, personne ne s'était donné la peine de me prévenir.

— Est-ce qu'elle est… est-ce qu'elle doit être hospitalisée ?

Peut-être ont-ils besoin de ma permission ?

— Il y a dans le dossier de votre mère des instructions concernant l'acharnement thérapeutique, me rappelle la directrice, une manière délicate de signaler que même si son état de santé venait à se dégrader, on ne la transporterait pas à l'hôpital et aucune procédure de réanimation ne serait entreprise. Plusieurs de nos résidents ont contracté le virus mais je peux vous assurer que nous faisons tout pour les soulager. Dans un esprit de transparence, nous avons pensé que…

— Est-ce que je peux la voir ?

Que pourrais-je faire d'ici, de toute façon ? Pourtant, quelque chose me dit que si ma mère est vraiment très malade, je le saurai rien qu'en la voyant.

Je pense à Mme Riccio, la voisine du 3C.

— Les visites ne sont pas autorisées pour le moment.

À ces mots, un éclat de rire hystérique s'échappe de ma gorge. Comme si je pouvais aller la voir.

— Écoutez, je suis bloquée à l'étranger. Le réseau téléphonique fonctionne de manière très aléatoire. Il y a forcément une solution. *Je vous en prie.*

J'entends un bruit étouffé, une conversation inintelligible.

— Si vous rappelez au numéro que je vais vous communiquer, annonce finalement la directrice, l'une de nos auxiliaires de vie vous recontactera par FaceTime.

Je fouille la pièce des yeux, à la recherche d'un stylo. Un feutre est accroché au tableau blanc fixé sur le réfrigérateur. Je l'attrape et inscris les chiffres sur le dos de ma main.

Ma main tremble lorsque je raccroche. Je sais que les personnes contaminées par ce virus ne meurent pas nécessairement. Je sais aussi qu'elles sont nombreuses à succomber.

En me voyant sur un écran, ma mère ne me reconnaîtra peut-être pas. Elle pourrait s'agiter, juste parce qu'elle se sentirait obligée de parler à quelqu'un qu'elle n'arrive pas à situer.

Mais j'ai vraiment besoin de la voir de mes propres yeux.

Cette idée m'obsède tellement que j'en oublie presque où je suis : dans un endroit qui ne dispose pas des outils technologiques permettant de concrétiser mon souhait.

Je compose le nouveau numéro sur mon téléphone mais évidemment, il n'y a pas de réseau.

— Merde ! dis-je d'un ton agacé.

Abuela et Beatriz relèvent la tête.

— Désolée, fais-je en me précipitant sur la véranda, brandissant l'appareil dans toutes les directions, comme si je pouvais attirer le wi-fi par cette simple opération.

Rien.

Je repose le téléphone d'un geste sec, me frotte les yeux.

Elle a été une mère absente, et aujourd'hui c'est moi qui suis une fille absente. Serait-ce un retour de manivelle ? Ne doit-on aux autres que l'attention qu'ils vous ont eux-mêmes prodiguée ? Ou est-ce se rendre aussi coupable qu'eux de croire cela ?

Si elle meurt et que je ne suis pas là…

Oui, et alors ?

Alors tu n'auras plus à te soucier d'elle.

Cette pensée vibre dans mon esprit, honteuse et sournoise.

— Diana.

Je lève les yeux. Gabriel se tient devant moi, un marteau à la main. Depuis combien de temps est-il là ?

— Ma mère est malade, dis-je d'une traite.

— Je suis désolé.

— Elle a le Covid.

Instinctivement, il recule d'un pas puis passe sa main libre sur sa nuque.

— Elle vit dans une maison de retraite médicalisée et je suis censée l'appeler en FaceTime mais mon idiot de téléphone ne marche jamais ici et…

Je m'essuie les yeux, en proie à un mélange de colère et d'embarras.

— C'est *nul*. Franchement nul.

199

— Essayez avec le mien, propose Gabriel.

Il sort son téléphone mais le problème ne vient pas des appareils. Le problème, c'est cette île pourrie. Le réseau cellulaire local a l'air de bien fonctionner mais tout ce qui nécessite plus de débit se perd dans les limbes.

Gabriel tapote sur son écran.

— Venez avec moi, dit-il finalement.

Je lui emboîte le pas. Il marche tellement vite que je dois trottiner pour garder la cadence. Quelques minutes plus tard, il s'arrête devant l'hôtel où j'avais réservé une chambre. J'ai déjà essayé de pirater le wi-fi, comme me l'avait conseillé Beatriz, mais je n'ai jamais capté de réseau, probablement parce que l'hôtel est fermé. Cette fois cependant, Elena nous attend devant la porte avec un trousseau de clés.

— Elena, lance Gabriel. *Gracias por venir aquí.*

Deux fossettes creusent les joues de la jolie brune tandis qu'elle caresse sa longue tresse des deux mains.

— *Cualquier cosa por ti, papi,* susurre-t-elle.

Je me penche vers lui en murmurant :

— Ai-je vraiment envie de savoir…

— Nan, coupe Gabriel au moment où Elena glisse son bras dans le sien et se presse contre lui.

Elle me jette un coup d'œil par-dessus son épaule et tourne la tête si brusquement que sa tresse me cingle le bras.

Un hôtel privé de ses clients reste-t-il un hôtel ? Le hall paraît petit et sent le renfermé jusqu'à ce qu'Elena allume les néons et le ventilateur fixé au plafond.

Puis elle passe derrière le comptoir de la réception et active le modem, jacassant en espagnol avec Gabriel pendant que nous patientons. On dirait qu'elle parle de son bronzage ou d'un soutien-gorge ou quelque chose dans ce goût-là parce qu'elle écarte le tissu de son haut et baisse les yeux sur son épaule lisse avant de décocher à Gabriel un sourire ensorceleur.

— Euh... Ça y est, c'est bon ?

Elle me dévisage comme si elle avait totalement oublié ma présence. Lorsqu'elle acquiesce d'un signe de tête, je cherche la connexion sur mon téléphone. Compose le numéro des Greens griffonné sur ma main et me dirige vers une petite salle encombrée de tables drapées de nappes de coton bigarrées.

Un visage apparaît sur l'écran. Je plisse les yeux. À l'autre bout du fil, mon interlocutrice se réduit à un regard au-dessus d'un masque, le tout protégé par une visière en plastique. Un calot recouvre ses cheveux.

— C'est Verna, dit-elle en agitant la main.

Son prénom me dit quelque chose. C'est l'une des aides-soignantes de l'établissement.

— On commençait à se demander si vous alliez rappeler un jour.

— Problème technique, dis-je en guise d'explication.

— Votre mère est fatiguée, elle a de la fièvre mais elle tient le coup.

Elle soulève l'appareil qu'elle tient à la main et l'image change. De loin, j'aperçois ma mère assise sur son canapé devant la télé allumée, comme d'habitude. Mon cœur qui battait à coups redoublés se calme un peu.

Qu'avais-je si peur de voir ? La vulnérabilité, peut-être. Ma mère m'a toujours fait penser à une bourrasque qui balayait ma vie et s'éloignait sans me laisser le temps de

201

retrouver mes repères. Si je l'avais vue au lit, immobile et silencieuse, j'aurais tout de suite su que c'était grave.

— Bonjour, Hannah, lance l'aide-soignante. Vous pouvez regarder par là, s'il vous plaît ? Me faire un petit coucou ?

Ma mère se tourne vers elle. Mais ne bouge pas la main.

— C'est vous qui avez pris mon appareil photo ? gronde-t-elle d'un ton accusateur.

— Nous le chercherons tout à l'heure, répond gentiment Verna, même s'il n'y a jamais eu d'appareil photo dans la chambre de ma mère, aux Greens. Votre fille est en ligne. Vous voulez lui dire bonjour ?

— Pas le temps. On doit sauter dans le convoi de presse pour rallier le village kurde. S'il part sans nous...

Elle se met à tousser.

— Sans...

La quinte de toux s'intensifie et le téléphone vacille quelques instants avant d'atterrir sur une surface plane. L'écran s'obscurcit, j'entends ma mère qui continue de cracher ses poumons. Le visage masqué de Verna réapparaît sur l'écran.

— Je vais devoir vous laisser. Mais nous prenons bien soin d'elle, ne vous inquiétez pas.

Et la communication est coupée.

Je fixe l'écran vide. Comment savoir si ma mère délire à cause de la fièvre ou s'il s'agit juste d'une crise de démence ?

Bon. Très bien. Si son état se dégrade, ils rappelleront chez nous. Et Finn trouvera un moyen de me tenir au courant.

Finn.

J'essaie aussitôt de le joindre également en FaceTime. Autant profiter au maximum de la connexion internet. Les sonneries se succèdent. Je l'imagine penché au-dessus d'un patient, percevant la vibration de son portable au fond de sa poche mais dans l'impossibilité de répondre.

Je rédige alors un texto : *Ma mère a le Covid. Son état est stable pour le moment.*

J'ai essayé de t'appeler parce que j'avais du wi-fi mais tu étais sans doute en train de bosser.

J'aimerais tant que tu sois là avec moi.

Je rempoche mon téléphone avant de retourner à la réception. Tout dans le langage corporel d'Elena trahit son envie de plaquer Gabriel contre un mur, n'importe lequel. Tout dans le langage corporel de celui-ci semble farouchement s'opposer à l'idée. Dès qu'il me voit, le soulagement se peint sur son visage.

— *Gracias*, Elena, dit-il en se penchant pour la gratifier d'un rapide baiser sur la joue mais elle pivote la tête au dernier moment et presse ses lèvres contre celles de Gabriel.

— *Hasta luego*, Gabriel, souffle-t-elle.

À peine avons-nous franchi la porte qu'il se tourne vers moi.

— Votre mère ?

— Elle est malade. Elle tousse.

Ses sourcils se froncent un bref instant.

— Donc, ça ne va pas si mal que ça ? Elle devait être drôlement contente de vous voir.

Elle n'a pas la moindre idée de qui je suis. Les mots se bousculent sur le bout de ma langue. Au lieu de quoi, je demande tout à trac :

— C'est une de vos ex, Elena ?

— Elena, c'est plutôt une très mauvaise décision d'un soir pas comme les autres, confesse Gabriel. Je n'ai jamais eu beaucoup de chance en amour.

— Eh bien moi, j'étais sûre à quatre-vingt-dix-neuf pour cent que mon amoureux allait me demander en mariage pendant notre séjour ici. Alors en parlant de chance...

— OK, vous avez gagné.

— Disons plutôt qu'on a perdu tous les deux.

Gabriel ne tourne pas dans la ruelle qui conduit à la maison d'Abuela mais continue à marcher vers la ville, en direction des quais.

— Je ne voudrais surtout pas vous faire remarquer que vous vous êtes trompé de chemin, mais...

— Non, je sais. Je me disais juste que... ça vous ferait peut-être du bien de vous changer les idées.

Nous nous arrêtons sur la jetée, devant un chapelet de *pangas*, les petits bateaux de pêche dotés d'une coque en aluminium.

— Et Beatriz ?

— Je lui ai déjà envoyé un SMS. Ma grand-mère est avec elle.

Mettant une main en visière, il croise mon regard avant d'ajouter :

— Je vous ai promis de vous montrer mon île, non ?

Il monte dans un bateau puis tend la main pour m'aider à le rejoindre.

— Où allons-nous ?

— Aux *túneles* de lave. Ils sont situés dans la partie occidentale d'Isabela, à environ trois quarts d'heure d'ici.

— On va enfreindre le couvre-feu.

Il farfouille sous l'assemblage de planches faisant office de banquette, sort une clé et met le contact. Puis il lève les yeux sur moi, un demi-sourire au coin des lèvres.

— Et ce n'est pas tout. Notre destination est interdite d'accès même aux habitants de l'île, explique-t-il. C'est quoi déjà, l'expression favorite des *Americanos* ? *Go big or go home.* Fais les choses en grand ou rentre chez toi.

Je rigole mais au fond de moi, une petite voix murmure : *Si seulement c'était possible.*

— C'est dangereux de pêcher ici, m'explique Gabriel.

Il manœuvre habilement le *panga* emprunté à un ami sous de fines arches de lave ciselées par les éruptions volcaniques. Nous nous faufilons dans les méandres comme un fil dans le chas d'une aiguille, la marée nous charriant parfois vers les parois rocheuses dans les étroits goulots. Des colonnes surgissent de l'eau, coiffées de passerelles tapissées de cactées et de broussailles. Quelques-uns de ces ponts naturels se sont effondrés dans l'océan.

— Ici, les pêcheurs attrapent du thon rouge, du *blanquillo*, de la morue, de l'espadon. Mais certains de mes amis venus pêcher dans le coin ne sont jamais revenus. La faute aux contre-courants... ils sont imprévisibles. Si le moteur du bateau tombe en panne pour une raison quelconque, on peut être happé par un de ces courants qui avancent à la vitesse de trois mètres par seconde.

— Vous voulez dire que... qu'ils sont morts ? je demande, interloquée.

Gabriel hoche la tête.

— Je vous l'ai dit tout à l'heure. C'est dangereux.

Il navigue tranquillement dans ce décor très *steampunk*, dédale de pitons rocheux et de rubans basaltiques.

— Regardez, là, sur la lave *aa* !

— La lave quoi ?

Il tend le doigt.

— La coulée rugueuse et bosselée. Les coulées qui ressemblent à du magma encore en fusion s'appellent *pahoehoe*.

En suivant son doigt pointé, j'aperçois deux fous à pieds bleus. Face à face, ils s'inclinent à gauche puis à droite, se dandinant en cadence, semblables à des métronomes jumeaux. Ils se donnent ensuite de grands coups de bec dans une cacophonie de pincements et de claquements.

— Ils vont s'entretuer…

— Non, ils vont plutôt s'accoupler, réplique Gabriel.

— Pas s'il garde *ce machin* dressé comme ça, dis-je à mi-voix.

Il rit.

— Ce type connaît son affaire. Plus les oiseaux vieillissent, plus le bleu de leurs pattes s'intensifie. Ce n'est pas sa première partie de chasse…

Il me faut quelques instants pour comprendre.

— Son coup d'essai, je corrige avec un sourire amusé.

Je le regarde sauter du bateau et le tirer sur la plage.

— Je sais que Beatriz apprend l'anglais à l'école mais vous, où avez-vous appris à le parler aussi bien ?

— C'était une obligation dans mon travail, répond Gabriel en glissant de nouveau la main sous la banquette.

Quelques instants plus tard, il me lance un masque et un tuba.

— Vous savez comment vous en servir, oui ?

Je hoche la tête.

— Mais je n'ai pas mis de maillot de bain.

Avec un haussement d'épaules, il enlève ses tongs et avance dans l'eau tout habillé. Les vaguelettes clapotent autour de ses hanches, de sa taille. Il finit par plonger et remonte à la surface en secouant ses cheveux emmêlés. Puis il bloque le masque de plongée sur son front.

— Trouillarde, lance-t-il en m'éclaboussant.

Le ciel se reflète sur la surface ondulante de l'eau, le sable crisse sous mes pieds comme du sucre. Mon short flotte autour de mes cuisses, mon T-shirt me colle à la peau, c'est une sensation étrange mais je m'y habitue en barbotant dans l'eau. Gabriel plonge quelques mètres plus loin. Soudain, je le sens qui me tire par la cheville.

— *Vamos*, dit-il et lorsqu'il replonge, je l'imite.

Le monde sous-marin est une explosion de couleurs et de textures : anémones parées de teintes éclatantes, semblables à des bijoux, cordons de coraux, frondes d'algues ondoyantes. Pendant un petit moment, nous suivons une otarie qui s'amuse à tapoter Gabriel avec sa queue. Celui-ci me serre la main en pointant le doigt sur une tortue fendant les eaux avec des mouvements fluides. L'instant d'après, un hippocampe surgit devant mon masque, point d'interrogation translucide ourlé de rose fluo avec un nez en forme de trompette.

Gabriel remonte à la surface en m'entraînant dans son sillage.

— Retenez votre souffle, ordonne-t-il avant de nous propulser vers le fond en quelques puissants battements de pieds, sans lâcher ma main.

Là, un affleurement rocheux tapisse le sable, piqueté d'étoiles de mer et d'une colonie ondulante de poulpes. Gabriel se tortille jusqu'à ce que nous nous retrouvions, immobiles, devant une fine crevasse percée dans la roche. À l'intérieur, je distingue deux petits triangles argentés. Des yeux ? Je m'approche pour tenter de voir ce que c'est. Quand je bouge, l'un des triangles se déplace et je me fige, tétanisée : je suis en train de contempler le bout des ailerons d'un requin à pointes blanches assoupi.

Dès que l'information parvient à mon cerveau, je m'écarte tellement vite qu'un écran de bulles se forme autour de moi. Sans vérifier si Gabriel me suit, je nage de toutes mes forces vers le rivage. Lorsque je m'affale sur le sable en arrachant mon masque et mon tuba, il est juste derrière moi.

— Bordel de merde, c'était un *requin*, fais-je, à bout de souffle.

— Pas de ceux qui vous tueraient, dit-il avant de laisser échapper un petit rire. Enfin, il goûterait peut-être une bouchée mais c'est tout.

— Nom de Dieu, je gémis avant de basculer sur le sable.

Gabriel vient s'asseoir à côté de moi. Il respire fort, lui aussi. Il retire son T-shirt détrempé et jette la boule de tissu dégoulinante. Lorsqu'il s'allonge sur le dos, le soleil ricoche sur le médaillon qu'il porte autour du cou.

— C'est quoi, votre collier ?

— Un trésor de pirate, répond Gabriel.

En croisant mon regard dubitatif, il hausse les épaules.

— Aux XVIIᵉ et XVIIIᵉ siècles, les pirates utilisaient le canal entre Isabela et l'île Fernandina pour échapper aux Espagnols après avoir pillé leurs galions. À l'époque, c'était un endroit où l'on pouvait disparaître facilement.

Ça l'est encore, me dis-je.

— Les pirates savaient que les galions naviguaient depuis le Pérou jusqu'au Panamá et, après avoir volé leurs réserves d'or, ils venaient le cacher sur Isabela.

Il hausse un sourcil.

— Ils ont aussi massacré presque toutes les tortues terrestres de l'île qui sont aujourd'hui une espèce en voie d'extinction et ont laissé derrière eux des ânes, des chèvres et des rats. Mais tout cela n'est pas très intéressant par rapport à l'histoire d'un gamin de sept ans qui creusait pour trouver un trésor caché.

Je me dresse sur un coude, captivée.

— C'était en 1995, à Estero Beach, une plage toute proche d'el muro de las Lágrimas. Deux voiliers ont surgi de nulle part, transportant à leur bord une horde de Français venus explorer Isabela, en quête de trésors oubliés. Je leur ai donné un coup de main pendant plusieurs jours. Enfin, j'avais l'impression de les aider alors qu'en réalité, je devais plutôt les gêner. Finalement, ils ont trouvé un coffre. Je les ai aidés à le déterrer.

Mon regard se pose sur le médaillon.

— Et il y avait ça à l'intérieur ?

— Je n'ai pas la moindre idée de ce qu'il y avait à l'intérieur, avoue Gabriel en riant. Ils l'ont emporté encore cadenassé. Mais ils m'ont donné ça pour me remercier. Si ça se trouve, ça venait d'une boîte de céréales.

Je lui donne une tape sur l'épaule. Il emprisonne ma main pour m'empêcher de recommencer et la serre légèrement, les yeux rivés aux miens.

— À propos de remerciements, reprend-il, Beatriz...
— Est une gamine formidable.

Il lâche ma main avant de reprendre la parole en pesant soigneusement ses mots.

— Quand elle rentrait du collège, il y avait toujours un mur entre nous. Chaque fois que j'essayais de l'abattre, chaque fois que je m'en approchais, je sentais une chaleur brûlante de l'autre côté... comme un brasier, vous voyez. Si on pense qu'il y a le feu derrière une porte, on évite de l'enfoncer parce que les flammes risquent de tout consumer, ravivées par une nouvelle bouffée d'oxygène.

Il trace une ligne entre nous dans le sable.

— La semaine dernière, la chaleur m'a paru moins intense.

— Elle est en colère, j'admets dans un murmure. Elle a été arrachée de sa zone de confort. Ce n'est pas juste, et ce n'est pas sa faute. Quand on ne voit pas de lumière au bout du tunnel, on a du mal à continuer d'avancer.

— Je sais. Pourtant, j'essaie de faire des choses avec elle pour lui changer les idées... Je l'emmène faire des balades sur l'île. Mais je vois bien qu'elle me suit sans entrain, comme si c'était une corvée.

Il se frotte le front.

— Elle a vécu avec sa mère pendant des années, et Dieu seul sait ce que Luz lui a raconté à mon sujet. Ensuite, elle est partie au collège. Mais quand le virus a débarqué, elle m'a appelé et m'a supplié de rentrer sur l'île.

Là, je ne comprends plus.

— Je croyais qu'on l'avait *obligée* à revenir ici.

— Elle avait déjà passé des vacances scolaires dans sa famille d'accueil. Presque toutes, en fait, poursuit Gabriel. Mais cette fois, je ne sais pas, elle a peut-être eu peur du virus ? Toujours est-il que j'ai pris ça comme un cadeau. J'étais juste heureux qu'elle ait envie de revenir. Je me disais que si on passait du temps tous les deux, elle finirait bien par se rendre compte que je ne suis pas un monstre.

L'ombre d'un sourire joue sur ses lèvres lorsqu'il ajoute :

— J'aimerais tellement pouvoir faire ce que vous faites naturellement.

— Parler avec elle ?

— Faire en sorte qu'elle se sente bien avec moi, lâche-t-il en esquissant une grimace. C'est pathétique, je sais.

Je secoue la tête.

— Quand on perd quelque chose d'important, on souffre forcément, dis-je d'un ton circonspect. En ce moment, Beatriz a l'impression d'avoir perdu sa mère, ses amis, son avenir.

Je marque une pause avant de reprendre :

— Tout ça pour dire qu'elle doit avoir ses raisons de vous maintenir à distance. On ne risque pas de souffrir si on met des barrières autour de soi pour éviter de s'attacher.

Le regard de Gabriel se soude au mien. La petite graine du doute que je décèle dans ses yeux est le seul apaisement que je peux lui offrir : juste la possibilité de croire que la réserve de Beatriz ne veut pas obligatoirement dire qu'elle le déteste, mais peut-être bien le contraire.

Tout à coup, un iguane marin se faufile entre nous. Je m'écarte précipitamment en poussant un hurlement. Gabriel se moque de moi tandis que le gros lézard se jette dans l'eau à une vitesse surprenante, oscillant quelques instants à la surface avant de plonger.

— Vous pouvez m'expliquer pourquoi ces bestioles n'ont pas peur de moi alors qu'elles me terrorisent ?

— Elles ont été les maîtres des lieux bien avant les humains, réplique Gabriel.

— Ça ne m'étonne pas : ces trucs ressemblent à des bébés dinosaures.

— Vous devriez voir les iguanes terrestres à San Cristóbal. Pendant la saison des amours, ils deviennent rouge et bleu turquoise. On les surnomme les iguanes de Noël. C'est comme ça qu'ils attirent les femelles.

Il pointe le menton vers l'eau avant d'ajouter :

— Mais je préfère les iguanes marins.

Je me rallonge sur le sable, les yeux levés vers le ciel.

— Je me demande bien pourquoi...

— À l'origine, il n'y avait que des iguanes terrestres. Les premiers ont échoué ici par hasard il y a dix millions d'années. Ils arrivaient d'Amérique du Sud et voyageaient sur des plaques de terre détachées du continent. Le problème, c'est qu'il n'y avait aucune végétation, à l'époque. Leur seule nourriture se trouvait dans l'océan. Leur corps s'est donc transformé peu à peu pour qu'ils plongent plus facilement. Des glandes salines ont poussé autour de leurs narines pour expulser le sel quand ils nagent sous l'eau. Leurs poumons se sont développés pour leur permettre de prendre de plus grandes inspirations et plonger plus profondément.

Gabriel se tourne vers moi et se redresse sur un coude. D'un geste très lent, il suit du bout du doigt la courbe de ma gorge.

— L'évolution est faite de compromis, poursuit-il d'une voix sourde. Quand les humains ont commencé à parler, leur gorge s'est allongée pour faire de la place à la langue, et cette mutation a engendré des risques. La nourriture devait voyager plus loin pour atteindre l'œsophage... tout en évitant de passer par le larynx.

Son pouce s'immobilise à la base de mon cou, là où frémit mon pouls. Je déglutis.

— Donc, contrairement aux animaux, nous sommes désormais capables de chanter, de parler et de crier... mais contrairement à eux, nous risquons de mourir étouffés si la nourriture fait fausse route.

Il me fixe en silence, comme si son geste proche de la caresse le surprenait autant que moi.

— On est obligé de renoncer à certaines choses si l'on veut avancer, conclut-il.

Je m'éclaircis la gorge en me redressant précipitamment.

Il m'imite et la parenthèse éclate comme une bulle de savon.

Avant que j'aie le temps d'analyser ce qui vient de se passer, Gabriel se lève d'un bond. Un bateau s'approche du rivage en crachotant puis s'immobilise là où les vagues se brisent. Portant une main à mon front pour me protéger du soleil, j'aperçois un homme vêtu d'un uniforme kaki et coiffé d'un chapeau à large bord. Lorsqu'il est suffisamment près, je plisse les yeux pour déchiffrer les inscriptions de l'écusson d'allure très officielle cousu sous son épaule.

— Gabriel ! interpelle le nouveau venu. *Qué estás haciendo aquí ?*

— Je vous présente Javier, lance Gabriel à mon adresse.

Malgré le ton parfaitement neutre de sa voix, je le sens tendu, tout à coup.

— C'est un garde forestier, ajoute-t-il.

L'avertissement de Beatriz le jour où nous sommes allés nager dans le bassin aux oiseaux moqueurs me revient en mémoire : si un garde forestier surprend quelqu'un dans un site fermé au public à cause du Covid, il lui donnera une amende. Et si la personne prise en flagrant délit est guide touristique, elle risque de perdre sa licence professionnelle.

Gabriel noie le garde forestier sous un torrent d'espagnol. Je ne saurais dire s'il essaie de l'amadouer, s'il fait l'innocent ou s'il tente de justifier notre présence ici.

Gratifiant Javier d'un large sourire, j'interromps son soliloque :

— *Hola.* Tout est ma faute. C'est moi qui ai supplié Gabriel de m'emmener ici…

Je ne sais pas si le garde forestier parle anglais. Tout ce que j'espère, c'est que mon babillage le divertira au moins provisoirement. Ma ruse a l'air de fonctionner : le regard de Javier se pose sur moi.

— Vous, lance-t-il. Vous étiez à la *feria*.

Des gouttes de sueur perlent entre mes omoplates. Était-ce illégal de faire du troc là-bas ? Si c'est le cas, les gardes forestiers s'en prendront-ils aux habitants de l'île ou uniquement à la touriste ? Et si je n'ai pas de quoi payer la contravention, que se passera-t-il ?

Il n'y a ni hôpital ni distributeur d'argent sur l'île. Mais vu ma chance, il doit bien y avoir une cellule de prison opérationnelle.

— Vous avez dessiné des portraits, reprend l'homme.

— Euh… oui, en effet.

Je sens les yeux de Gabriel glisser sur moi à la manière d'un coup de pinceau.

— Mon fils vous a donné une *guanábana*.

Le garçonnet malmené par les autres gamins.

— Vous avez du talent, poursuit Javier en esquissant un sourire. Mais surtout… vous êtes gentille.

Les deux compliments empourprent mes joues.

— Gabriel, enchaîne le garde forestier en reportant son attention sur le père de Beatriz, tu sais bien que si je te voyais ici, je serais obligé de signaler l'infraction. Mais si je tourne le dos et que tu disparais, je pourrais croire à une illusion d'optique, *sí* ?

— *Por supuesto*, murmure Gabriel.

Il attrape son T-shirt raidi par le sel séché, l'enfile. De mon côté, je ramasse les masques et les tubas et le suis jusqu'à notre *panga*. Les vaguelettes bruissent autour de mes chevilles tandis qu'il tient l'embarcation pour me laisser monter à bord puis la pousse vers le large et saute dedans avant d'allumer le moteur.

Je reste silencieuse jusqu'à ce que nous ayons quitté la crique et traversé les méandres des *túneles*. La coque du bateau claque sur les lames de l'océan.

— On a eu chaud, dis-je finalement.

Gabriel hausse les épaules.

— Je savais que c'était risqué de vous emmener ici.

— Alors pourquoi vous l'avez fait ? Il aurait pu vous confisquer votre licence de guide.

— Parce que c'est ça, Isabela, répond Gabriel. Et il faut que vous visitiez cette île.

Sur le chemin du retour pour Puerto Villamil, aucun de nous ne revient sur ce qui s'est passé juste avant l'irruption de Javier. Au lieu de ça, je me surprends à penser aux os creux des oiseaux, aux longs cous des girafes. À l'homochromie des rainettes, aux insectes qui se déguisent en brindilles. Je pense aux filles qu'on arrache à leur abri douillet pour les jeter dans l'inconnu, aux hommes qui dissimulent des secrets aussi abyssaux que les fonds océaniques et aux avions cloués au sol.

Les animaux ne sont pas les seuls à devoir s'adapter pour survivre.

Cher Finn,

Beatriz, l'ado dont je t'ai déjà parlé, m'a raconté qu'avant l'arrivée des services postaux aux Galápagos, les marins mettaient leurs lettres dans un tonneau situé à Post Office Bay sur l'île de Floreana. Les baleiniers qui faisaient escale là-bas triaient le courrier, récupéraient les lettres en partance pour leur port d'attache et allaient les remettre en mains propres à leurs destinataires. Il s'écoulait parfois plusieurs années avant que le courrier soit distribué mais les marins n'avaient pas d'autre moyen pour communiquer avec les gens qu'ils laissaient derrière eux.

Beatriz m'a dit qu'aujourd'hui des bateaux de croisière viennent à Floreana. Les touristes déposent des cartes postales dans le tonneau et ramassent celles que d'autres ont laissées pour les poster une fois qu'ils sont rentrés chez eux.

Le tonneau est petit. Je ne tiendrais certainement pas dedans. Sinon, je m'y serais volontiers glissée en espérant que quelqu'un me ramène jusqu'à toi.

Je t'embrasse fort,
Diana

Le jour de ma rencontre avec Kitomi Ito et plus précisément lorsque je me suis retrouvée seule avec elle face au tableau, j'ai compris ce qui clochait dans l'argumentaire de Sotheby's, et j'ai su pourquoi le contrat risquait fort de nous échapper au profit de nos concurrents, Christie's ou Phillips. Tout le monde se focalisait sur Sam Pride qui avait acheté la toile. Mais personne n'avait pris le temps de penser à la personne à qui il l'avait offerte ni pourquoi.

Dès que j'ouvris la bouche, les mots coulèrent à une rapidité inouïe. Eva risquait de nous interrompre d'un instant à l'autre et si ma boss m'entendait saboter délibérément son plan d'action pour le Toulouse-Lautrec, il y avait de fortes chances que je sois fichue à la porte avant même que l'ascenseur n'atteigne le rez-de-chaussée.

— Et si nous placions cette vente sous le signe de l'intimité au lieu de mettre en avant la célébrité de son ancien propriétaire ? demandai-je d'une traite. J'ai l'impression que toute la vie de votre mari a été un immense spectacle – y compris sa mort, sauf votre respect. Ce tableau, en revanche, ne faisait pas partie du grand déballage. Il était juste pour vous, et pour lui.

Comme Kitomi demeurait silencieuse, je pris une longue inspiration et me jetai à l'eau :

217

— S'il ne tenait qu'à moi, je n'utiliserais pas cet argument pour présenter la vente dans notre catalogue. Je ne réunirais pas non plus les Nightjars. En fait, je ne ferais pas de publicité du tout autour de l'événement. J'organiserais plutôt une vente privée dans une salle au décor sobre, avec un bon éclairage et un seul canapé. Et ensuite, j'enverrais des invitations à George et Amal, à Beyoncé et Jay-Z, à Meghan et Harry et aux autres couples qui vous viennent à l'esprit. La possibilité de venir admirer le tableau doit être perçue comme un privilège. Une sorte de clin d'œil à leurs propres histoires d'amour, chacune éternelle à sa manière.

Je me tournai de nouveau vers le tableau pour contempler la vulnérabilité dans les yeux du couple, et cette certitude inébranlable qu'ils pouvaient se confier leurs fragilités en toute sécurité.

— Ce n'est pas le couple qui fait la meilleure offre qui repartirait avec le tableau, madame Ito. En fait, c'est vous qui choisiriez le couple le plus à même de perpétuer l'histoire d'amour. C'est vous qui proposez la toile à l'adoption. Il me paraît donc logique que ce soit à vous de choisir ses nouveaux propriétaires... et non à une maison de vente aux enchères.

Kitomi me dévisagea un long moment sans mot dire.

— Eh bien, dit-elle finalement tandis qu'un sourire se dessinait sur ses lèvres. Elle n'a donc pas perdu sa langue.

Au même instant, la voix d'Eva s'abattit entre nous comme un couperet.

— Qu'est-ce qui se passe par ici ?

— Votre collègue me proposait juste une autre manière d'appréhender la vente, répondit Kitomi.

— Mon *assistante* n'est pas habilitée à proposer quoi que ce soit, rétorqua Eva avant de me jeter un regard tranchant comme une lame de rasoir. Je vous rejoindrai dans la voiture, ajouta-t-elle à mon adresse.

Le chauffeur n'avait pas encore refermé la portière derrière elle qu'Eva me tombait dessus à bras raccourcis.

— Qu'est-ce que vous n'avez pas compris dans "Vous ne parlerez pas", Diana ? Parmi tous les trucs débiles et inconséquents que vous auriez pu dire, il a fallu que vous alliez chercher la chose la plus… la plus…

Elle s'interrompit, le visage rubicond, la poitrine frémissante.

— Vous êtes consciente que votre salaire provient des ventes aux enchères prestigieuses organisées par la maison, n'est-ce pas ? Des ventes qui génèrent des rentrées d'argent indécentes et garantissent la survie de l'entreprise ? Cette petite lettre d'amour d'un romantisme mièvre va nous faire passer pour des gamins de maternelle par rapport au spectacle grandiose que propose certainement Christie's… Seigneur Dieu, je ne serais même pas étonnée d'apprendre qu'ils lui ont promis de rendre un hommage posthume à Sam Pride lors du gala annuel du Kennedy Center Ho…

La sonnerie de son téléphone lui coupa le sifflet. Avant de prendre l'appel, elle me fixa en plissant les yeux, m'intimant de garder le silence sous peine de représailles sanglantes.

— Kitomi, lança-t-elle d'un ton sirupeux. Nous étions justement en train de parler de la très m…

Elle se tut, haussa les sourcils d'un air ahuri.

— Eh bien, c'est d'accord ! Votre confiance est un

honneur pour la maison Sotheby's. Nous serons ravis d'organiser la vente de votre tableau...

Elle s'interrompit de nouveau pour écouter Kitomi.

— Absolument, approuva-t-elle quelques instants plus tard. Pas de problème.

Après avoir raccroché, Eva contempla son téléphone, sourcils froncés.

— On a le contrat, lâcha-t-elle finalement.

Je laissai passer quelques instants avant de demander :

— C'est une... bonne nouvelle, non ?

— Kitomi impose deux conditions : elle veut une vente aux enchères réservée aux couples. Et elle tient absolument à ce que vous vous occupiez du projet.

Là, je tombai des nues. Mon heure de gloire était arrivée. J'étais en train de vivre le moment que je raconterais encore dans des années, lorsque des journalistes m'interrogeraient sur mon parcours professionnel. Je voyais déjà Beyoncé en train de me serrer dans ses bras après avoir remporté l'enchère. J'imaginais aussi un bureau idéalement situé dans un angle de l'immeuble où Rodney et moi nous enfermerions à l'heure du déjeuner pour partager les plats de chez Halal Guys en échangeant les derniers potins.

En sentant une bouffée de chaleur monter le long de mon cou, je me retournai. Et découvris Eva en train de me regarder fixement, comme si elle me voyait pour la première fois.

À : DOToole@gmail.com
De : FColson@nyp.org

Avant que j'oublie : les Greens ont encore appelé et laissé un message sur le répondeur du fixe.

Il date de soixante-douze heures, cela dit, parce que je ne suis pas rentré de l'hôpital entre-temps.

On n'a objectivement pas le droit de nous imposer des gardes aussi longues mais il y a belle lurette que le règlement ne s'applique plus. C'est le jour de la Marmotte qui recommence encore et encore. On a tous une routine bien établie. Un interne de première année, quatre infirmières et moi. Mon boulot consiste à poser des voies veineuses centrales et des cathéters artériels et à prendre en charge les comorbidités de certains patients. J'insère des drains thoraciques quand l'air envahit leurs poumons à cause des respirateurs. J'appelle les familles qui veulent qu'on leur lise des résultats d'analyses qu'elles ne comprennent pas sur les taux d'oxygénation, de pression artérielle, les niveaux de ventilation. *J'espère qu'elle va vite se rétablir*, me disent certains à propos d'une de mes malades et, moi, je ne sais pas quoi répondre parce qu'elle est très loin de la voie de la guérison. Elle est même dans un état critique. Tout ce que j'espère, c'est qu'on puisse la désintuber bientôt et qu'aucun orage cytokinique ne la renverra à la case départ. Comme les familles ne sont pas autorisées à rendre visite à leurs proches, elles ne les voient pas reliés à des câbles et à des machines. Elles ne se rendent pas compte de la gravité de leur état. Pour elles, le patient qu'on essaie de sauver pétait la forme il y a encore une semaine. Il n'était pas question de maladie chronique ni rien. Aux infos, on leur rabâche que le taux de survie au Covid est de 99 %, que ce n'est pas plus grave qu'une grippe.

Je n'arrête pas de penser à une patiente depuis quelque temps. Elle a été hospitalisée en même temps que son mari. Il est mort. Pas elle. Quand on l'a extubée, ses enfants – des adultes – n'ont pas voulu lui annoncer la nouvelle. Ils avaient trop peur qu'elle s'effondre, qu'elle se mette à pleurer et que ses poumons ne tiennent pas le coup. Elle s'est remise petit à petit jusqu'à son transfert en rééducation, persuadée que son mari était encore en isolement à l'hôpital. Cette femme ne quitte pas mes pensées. Depuis le début, elle croit que leur séparation est temporaire. Je me demande si elle sait maintenant que c'est définitif.

Merde, Diana, reviens vite.

Allongée dans mon lit le soir, il m'arrive de penser : *Qu'est-ce que j'ai voulu prouver ? Pourquoi n'ai-je pas rebroussé chemin, pourquoi n'ai-je pas repris le ferry pour retourner à l'aéroport ?*

Allongée dans mon lit le soir, il m'arrive de penser : *Quel genre de compagne étais-je ce jour-là, si Finn n'était pas au centre de mes préoccupations tandis que j'hésitais entre rester et repartir ?*

D'ailleurs, quel genre de compagne suis-je encore aujourd'hui, sachant qu'il n'est pas continuellement au centre de mes préoccupations ? Qu'il vit un enfer et que je me la coule douce dans un autre hémisphère ?

Mon grand-père paternel a combattu pendant la Seconde Guerre mondiale et en rentrant chez lui, il n'était plus tout à fait le même. Il buvait beaucoup, errait dans la maison au beau milieu de la nuit. Un jour, en entendant le moteur de la voiture pétarader, il s'est jeté à terre avant de fondre en larmes. Quand j'étais petite, on m'expliquait que c'était la guerre qui l'avait transformé, qu'elle lui avait laissé une cicatrice invisible mais indélébile. Une fois, j'ai demandé à ma grand-mère de me raconter ses souvenirs de la guerre. Elle a réfléchi un long moment avant de répondre : *On avait du mal à trouver des bas nylon.*

Une partie de moi pense que sa réponse aurait fait plaisir à mon grand-père, qui risquait sa peau tous les jours pour que sa femme puisse continuer à vivre à peu près normalement. Mais une autre partie ne peut ignorer à quel point mon propre quotidien est futile, et combien c'est un privilège d'être celle qui se trouve de l'autre côté de l'océan.

Ces jours-ci, quand je nage dans des bassins transparents comme du gin, que je marche au milieu de montagnes tendues de velours vert ou que je fais frire une tortilla dans une poêle en fonte, j'oublie pendant de longues parenthèses que le monde souffre.

Je ne sais pas si c'est une chance, ou une malédiction.

Beatriz propose de m'emmener visiter les *trillizos*, trois tunnels de lave effondrés au cœur de l'île. Nous nous mettons en marche avant l'aube. Le lever du soleil est une œuvre d'art, une explosion de couleurs à couper le souffle que nous admirons en grimpant vers les hauts plateaux. Cela fait un peu plus de trois semaines que je suis arrivée à Isabela et la beauté de cette île ne cesse de me surprendre.

— Tu as quel âge ? me demande Beatriz au moment où le dernier trait de rose dans le ciel se fait avaler par un reflet violacé.

— Je vais fêter mes trente ans le 19 avril. Et toi ?
— J'ai quatorze ans. Mais psychologiquement, je suis plus âgée.

Je ris de bon cœur.

— T'es une vieille bique, oui.

Nous avançons en silence. D'un ton désinvolte, je lui demande si elle a des nouvelles de ses camarades de collège. Ses épaules se raidissent.

— Je peux pas aller sur les réseaux avec la connexion internet pourrie.

— C'est vrai. Ça doit être frustrant.

Beatriz marche sans me regarder.

— Le point positif, c'est que je ne vois pas ce que les autres racontent sur moi.

Je m'arrête.

— Parce que c'est un souci pour toi, d'habitude ?

Est-ce pour cette raison qu'elle se scarifie ? Parce qu'elle est victime de harcèlement ? Je n'ai pas appris beaucoup de choses sur elle depuis que je l'ai croisée sur le ferry, le jour de mon arrivée. Elle garde jalousement ses secrets comme si sa vie en dépendait. Ce qui n'a rien d'étonnant : les adolescents n'aiment guère se confier.

Je me suis demandé un moment si je ne devrais pas essayer d'arranger les choses entre Beatriz et Gabriel. Parce que, de mon point de vue, tout vient d'une incompréhension mutuelle. Mais vu l'état chaotique de mes relations aux autres, je me suis dit que j'étais mal placée pour mettre mon grain de sel.

Les e-mails de Finn sont désormais plus courts et empreints d'un désarroi grandissant.

La nuit dernière et celle d'avant, je me suis réveillée en sursaut, persuadée d'avoir entendu la voix de ma mère.

— Quand est-ce que tu as parlé à ta mère pour la dernière fois ? demande Beatriz comme si elle s'était immiscée dans mon esprit.

— Je lui ai rendu visite avant de venir ici. Mais je ne peux pas vraiment dire que nous ayons eu une conversation. Disons qu'elle parle en me regardant et, moi, j'essaie juste de suivre.

— Tous les ans, ma mère m'envoyait une carte pour mon anniversaire avec de l'argent à l'intérieur. Mais l'an dernier, elle a arrêté.

La bouche de Beatriz prend un pli dur.

— Elle ne voulait pas de moi, lâche-t-elle.

— Pourtant, elle t'a gardée.

— Quand on tombe enceinte à dix-sept ans et que le mec te dit qu'il va t'épouser, c'est plutôt normal, je trouve.

Je range dans un coin cette information concernant Gabriel.

— L'amour inconditionnel, pour moi, c'est de la connerie, poursuit Beatriz. En réalité, il y a toujours une condition.

— C'est faux. Mon père m'aimait sans condition.

Mais est-ce bien la vérité ? La question mérite d'être posée. On partageait la même passion pour les arts visuels et la peinture, lui et moi. Mais si je m'étais passionnée pour la géologie ou le rock alternatif, aurions-nous été aussi proches ? Si ma mère n'avait pas été absente, aurait-il été aussi attentionné ?

— Et Finn, dit Beatriz. Faut pas l'oublier. Comment tu as su que c'était *le bon* ?

— En fait, je n'en sais rien, dis-je d'un ton bravache. Je ne suis pas mariée avec lui.

— Mais s'il t'avait demandée en mariage ici, tu n'aurais pas dit oui ?

Je réponds d'un hochement de tête.

— Avant, je croyais que l'amour était censé ressembler à une décharge d'électricité statique, un truc hyper spectaculaire avec des éclairs et du tonnerre et tous les petits cheveux qui se dressent sur ta nuque. J'ai eu des petits copains avec qui ça s'est passé comme ça, à l'université. Mais avec Finn… c'est tout le contraire. Il est tranquille. Et rassurant. Comme… un bruit blanc.

— Il te donne envie de dormir ?

— Non. Avec lui, tout est plus… facile.

En prononçant ces mots, j'éprouve pour Finn un élan d'amour si violent que mes genoux flageolent.

— Et donc, c'est la première fois que tu ressens ça pour quelqu'un ? insiste Beatriz, intriguée.

Elle ne me regarde toujours pas mais une bande rouge zèbre ses pommettes et je me rends compte soudain que ce n'est pas vraiment mon histoire qui l'intéresse. Sans cette pandémie, Beatriz serait au collège aujourd'hui, peut-être en train de confier à une amie son coup de cœur pour un garçon de sa classe.

Puis je me souviens de ce qu'elle m'a dit à propos des réseaux sociaux et des critiques qu'elle subissait continuellement. Les paroles de Gabriel me reviennent également en mémoire : Beatriz l'avait supplié de rentrer à Isabela.

Tout à coup, elle se met à courir et s'immobilise devant un trou béant qui semble s'enfoncer jusqu'aux entrailles de la Terre. Il mesure une vingtaine de mètres de diamètre. Une échelle souple est attachée au bord du gouffre, entourée de plusieurs cordes épaisses. Un tapis de fougères et de mousse recouvre les parois qui s'étrécissent vers un trou noir. Je jette un coup d'œil à l'intérieur : c'est sombre et insondable.

— Les gens descendent en rappel tout au fond, explique Beatriz.

J'ai l'impression que le goulet se resserre autour de moi, et je ne suis même pas à l'intérieur.

— Il est hors de question que je descende là-dedans.

— Essaie au moins de descendre à mi-chemin. Allez !

Elle pose les pieds sur les barreaux de bois humide en enroulant les cordes autour de son bras par mesure de précaution et commence sa descente. Je la suis prudemment. Le tunnel se rétrécit tandis que la végétation exhale une odeur piquante et capiteuse. Je me concentre sur ma progression : poser fermement un pied, puis l'autre et descendre plus bas, encore plus bas.

Beatriz s'enfonce dans les profondeurs du puits et disparaît bientôt de mon champ de vision. Je l'appelle. Sa voix monte jusqu'à moi.

— Viens, Diana, c'est magique !

Plus nous descendons, plus il fait chaud, comme si nous approchions de l'enfer. La verdure cède la place à la roche basaltique, poreuse et légère, chatoyante dans la pâle lueur du dehors. Je continue de progresser méthodiquement et réprime de justesse un cri apeuré en sentant la main de Beatriz s'enrouler autour de ma cheville.

— Plus que trois barreaux, annonce-t-elle, et on sera en bas de l'échelle.

Elle se décale pour que nous puissions nous tenir côte à côte.

— Lève les yeux, murmure-t-elle.

J'obéis. Le ciel, tout là-haut, est une tache d'espoir minuscule. Lorsque je regarde de nouveau vers le bas en inspirant, j'ai l'impression d'avaler de l'air expulsé par la bouche d'une autre personne. Au début, je ne vois rien dans cette gorge ténébreuse et puis soudain, je distingue les pupilles brillantes de Beatriz. Rien d'autre. C'est comme si nos deux cœurs ne faisaient qu'un.

— Rappelle-moi pourquoi nous sommes là, dis-je à voix basse.

— Nous sommes dans le ventre d'un volcan. Nous pourrions nous cacher là pour toujours.

Pendant un petit moment, j'écoute le gémissement du vent qui souffle à une bonne trentaine de mètres au-dessus de nos têtes. Un truc humide goutte sur mon front. C'est terrifiant d'être ici et en même temps il y a presque quelque chose de sacré. Comme si on avait remonté le temps à petits pas. Et qu'on se préparait à renaître.

C'est l'endroit idéal pour confier un secret.

Je murmure : *Action ou vérité* puis retiens mon souffle en attendant la réaction de Beatriz.

— Vérité, lâche-t-elle.

— Ton père m'a dit que tu voulais rentrer sur l'île alors qu'en réalité, tu n'as pas envie d'être ici.

— C'est quoi, ta question ? demande Beatriz.

Comme je ne réponds pas, elle soupire.

— Il y a une part de vérité dans tout ce que tu viens de dire, admet-elle finalement.

J'attends la suite de ses explications dans ce cocon obscur mais elle préfère prendre la main.

— Action ou vérité, lance-t-elle.

— Vérité.

— Si tu pouvais revenir trois semaines en arrière, remonterais-tu dans le ferry pour rentrer chez toi ?

— Je ne sais pas.

Les mots sont sortis tout seuls et c'est physiquement douloureux de prononcer cette phrase à voix haute – la vérité est parfois aussi tranchante qu'un couteau.

Depuis que je suis ici, je n'ai cessé de me répéter que j'avais fait une belle bêtise en décidant de rester. Mais il y a aussi une petite partie de moi, toute neuve, qui se dit que c'était peut-être écrit. Que je suis coincée ici parce que l'univers a décidé que Beatriz avait besoin de quelqu'un à qui se confier. Et qu'il fallait que je sois séparée de Finn pour réfléchir objectivement à notre relation, à ses forces et à ses faiblesses.

L'amour inconditionnel, c'est de la connerie.

— Action ou vérité. Est-ce qu'il y a une personne dans ton collège avec qui tu aimerais être en ce moment ?

Je me suis déjà demandé si, lorsque je ne serais plus là, Beatriz retournerait dans sa famille d'accueil à Santa Cruz. Retrouverait-elle son *crush* ? Cesserait-elle de se scarifier ? Serait-elle heureuse ?

— Oui, lâche-t-elle dans un souffle à peine audible. Mais elle n'a pas envie d'être avec moi.

Elle.

Je perçois le rythme saccadé de sa respiration. Elle pleure mais je fais semblant de ne rien remarquer pour ne pas la mettre mal à l'aise.

229

— Parle-moi d'elle, dis-je tout doucement.

— Ana Maria est la fille de ma famille d'accueil, murmure Beatriz. Elle a deux ans de plus que moi. Je crois que j'ai toujours su ce que je ressentais pour elle mais je n'ai jamais rien dit, jusqu'à ce qu'on nous annonce que le collège allait sûrement fermer à cause du virus. J'avais du mal à respirer rien qu'à l'idée de ne plus la voir, par exemple au petit-déjeuner ou en rentrant des cours. Alors je l'ai embrassée.

Elle se recroqueville autour des cordages de l'échelle.

— Ça ne s'est pas bien passé, c'est ça ?

— Si, pourtant. Au début. Elle m'a rendu mon baiser. Pendant trois jours ça a été… parfait, raconte-t-elle avant de secouer la tête. Après ça, elle m'a dit qu'elle ne pouvait pas continuer, que ses parents la tueraient s'ils savaient. Elle m'a dit qu'elle m'aimait, mais pas de cette manière.

Elle avale sa salive.

— Et que j'étais une… une erreur.

— Oh, Beatriz.

— Ses parents voulaient que je reste chez eux pendant le confinement. Je leur ai dit que mon père n'était pas d'accord. Comment est-ce que j'aurais pu vivre sous le même toit qu'elle en faisant comme si tout allait bien ?

— Qu'est-ce que tu comptes faire quand le collège rouvrira ?

— Je ne sais pas, avoue Beatriz. J'ai tout gâché. Je ne peux pas retourner là-bas. Et ici, il n'y a rien pour moi.

Il y a quelque chose pour toi, ici, ai-je envie de rectifier. *Tu ne vois juste pas ce que c'est.*

— Tu vas le dire à mon père ? chuchote-t-elle dans la pénombre.

— Non, je te le promets. Mais j'espère que, toi, tu lui diras un jour.

Nous nous accrochons à l'échelle dans cette gorge brûlante du monde. Sa respiration redevient régulière, en contrepoint de la mienne.

— Action ou vérité, lance-t-elle d'une voix à peine audible. Est-ce que tu aimerais parfois revivre différemment certains moments de ta vie ?

Oui. Voilà la vérité.

Mais… pas les trois semaines qui viennent de s'écouler. Non, plutôt celles qui les ont précédées. Plus je passe de temps sur cette île, plus je réussis à analyser en toute lucidité l'enchaînement d'événements qui m'a amenée ici. Ça peut paraître bizarre mais le fait d'être dépossédée de tout – de mon travail et de mon amoureux, de ma langue maternelle et même de mes vêtements – a révélé l'essence de ma personnalité, et celle-ci me paraît plus concrète que tout ce que j'ai essayé d'être pendant des années. C'est un peu comme si, coupée net dans mon élan, je réussissais enfin à me jauger objectivement. Et ce que je vois là, sous mes yeux enfin dessillés, c'est une femme qui cavale depuis si longtemps après un objectif qu'elle a oublié pourquoi elle se l'est fixé au départ.

Et je trouve ça terrifiant.

— Action.

Un battement de cœur.

— Lâche l'échelle, ordonne Beatriz.

— Certainement pas.

— Dans ce cas, c'est moi qui vais le faire.

J'entends ses doigts se détacher de l'échelle de corde, sens le souffle d'air lorsqu'elle bascule en arrière.

— Non ! je hurle en réussissant sans trop savoir comment à la retenir pour un bout de son T-shirt.

Les cordes se resserrent autour de mon bras libre tandis que je sens son poids mort pendre dans le vide.

Ne lâche pas ne lâche pas ne lâche pas

— Bea, dis-je d'un ton monocorde, accroche-toi à moi. Tu peux faire ça ? Tu peux faire ça pour moi ?

Au bout de ce qui me paraît une éternité, je sens ses doigts se refermer autour de mon avant-bras. Je saisis son poignet pour assurer la prise, jusqu'à ce qu'elle se soit suffisamment rapprochée pour attraper l'échelle. Quelques instants plus tard, elle se blottit contre moi dans un sanglot et j'enroule un bras autour d'elle.

— Tout va bien, dis-je d'un ton apaisant. Ça va aller.

— J'avais envie de savoir ce que ça ferait, hoquette-t-elle, de tout lâcher.

Je caresse ses cheveux en pensant : *Il ne faut pas se fier à ses sensations. Quand on tombe, on a l'impression de voler... au début.*

SIX

Quatre semaines après mon arrivée à Isabela, je reçois un cadeau quelques jours avant mon anniversaire : un tas aussi hétéroclite qu'improbable de vieux e-mails dans ma boîte de réception. Je ne sais absolument pas pourquoi certains me sont parvenus entre-temps et d'autres pas. Quoi qu'il en soit, il y a plusieurs messages de Finn, deux de la maison de retraite m'informant de l'état de santé de ma mère (aucun changement notable, ce qui, je suppose, est une bonne nouvelle). Il y a aussi un mail de Sotheby's m'annonçant que j'ai été mise au chômage partiel avec deux cents autres employés à la suite d'une baisse spectaculaire de l'activité sur le marché de l'art. Je contemple le message d'un air hébété, traversée par plusieurs réflexions. Kitomi n'aurait donc pas été la seule à repousser la vente de son tableau ? J'essaie ensuite de me rassurer : mieux vaut se retrouver au chômage partiel qu'à la porte. Il y a également un message de Rodney qui m'écrit que Sotheby's peut aller se faire foutre et que les seules personnes qui travaillent encore dans la boîte sont les informaticiens chargés de concevoir un système de ventes en ligne. Jamais il n'aurait imaginé être obligé un jour de retourner vivre chez sa sœur à La Nouvelle-Orléans, mais qui peut se permettre de payer un loyer à New York avec une simple allocation chômage ?

Il conclut son message ainsi : *Chérie, à ta place, je resterais au paradis aussi longtemps que possible.*

Le jour de mon anniversaire, une semaine plus tard, Gabriel m'invite chez lui, dans sa ferme perchée sur les hauts plateaux de l'île. C'est à vingt minutes en voiture et il vient nous chercher, Abuela et moi, dans une vieille Jeep mangée par la rouille et sans portières.

— Vous ne faites vraiment pas vos quarante ans ! lance-t-il en m'observant, pince-sans-rire.

Il s'esclaffe quand je lui décoche un coup de coude.

— Les femmes sont tellement susceptibles au sujet de leur âge...

Sur la route, nous croisons pas mal de Galapagueños en balade. C'est la première fois que je vois autant de monde depuis mon arrivée. Au tout début du confinement, je pouvais me promener sur la plage ou aller marcher dans les montagnes sans croiser âme qui vive. Mais maintenant que nous entamons la cinquième semaine de restrictions sanitaires, qu'aucun cas de Covid n'a été recensé sur Isabela et que les risques de propagation du virus sont quasiment nuls puisqu'aucune personne de l'extérieur n'est autorisée à entrer, la population commence à sortir discrètement même pendant le couvre-feu.

Au fur et à mesure que nous nous enfonçons dans le cœur de l'île, les paysages côtiers, arides et broussailleux cèdent la place à une végétation dense et luxuriante. Les ravitaillements en nourriture et en équipements sont rares et très encadrés, et je sais que Gabriel n'est pas le seul à tirer ses ressources des terres agricoles familiales pendant la pandémie. Nous longeons des enclos où paissent des moutons crottés, quelques chèvres, une vache qui meugle à notre passage, le pis gonflé comme une pleine lune. Sur les bananiers, les régimes de fruits encore verts, pointés vers le ciel, défient les lois de la gravité. Accroupies dans les champs, des jeunes filles désherbent les sillons. Au bout d'un moment, Gabriel engage la Jeep dans un chemin poussiéreux qui serpente jusqu'à une petite maison. Au dire de Beatriz, son père vit dans une espèce de tente améliorée mais en réalité, seule la moitié de l'habitation est en chantier. Gabriel ne construit pas une maison : il l'agrandit. Très certainement pour accueillir sa fille dans de meilleures conditions.

Je n'arrête pas de penser aux confidences qu'elle m'a faites quand nous étions dans les *trillizos*. J'avais promis à Gabriel de le tenir au courant si sa fille parlait suicide et son acte kamikaze dans le tunnel me préoccupe beaucoup. En même temps, il m'est impossible de raconter l'épisode à Gabriel sans lui expliquer les raisons de son geste, ce qui m'obligerait à lui parler d'Ana Maria qui ne partage pas les sentiments de Beatriz. Ce n'est pas à moi de révéler ce genre de secret. Je ne crois pas que Gabriel serait contrarié d'apprendre que sa fille est homosexuelle mais après tout, je ne le connais pas très bien. Les batailles et les victoires remportées par la communauté LGBTQ+ aux États-Unis ne sont pas universelles. L'Équateur est un pays majoritairement catholique et tout le monde sait que les droits des homosexuels sont loin d'être le pilier de ce dogme religieux. Je revois la maison d'Abuela où des crucifix peints à la main recouvrent presque chaque mur. Comme les messes sont interdites à cause du Covid, elle a installé un petit autel où elle allume des bougies et près duquel elle s'installe pour prier.

Depuis notre expédition aux *trillizos*, je me suis arrangée pour voir Beatriz tous les jours. Je prends sa température émotionnelle en espérant ne pas être obligée de la trahir pour mieux la protéger.

L'adolescente surgit de la maison au moment où Gabriel tire le frein à main.

— *Felicidades !* s'écrie-t-elle en me gratifiant d'un sourire.

— Merci !

Soudain, je sens quelque chose me tirer vers l'arrière. Je me retourne. Une jolie chèvre blanche coiffée de deux oreilles brunes est en train de mâchouiller l'ourlet de mon T-shirt. Je m'agenouille devant elle, caresse ses cornes rugueuses.

— Ooh, comment elle s'appelle ?

— Je ne donne pas de nom à ma nourriture, répond Gabriel.

Quoi ? Je n'en crois pas mes oreilles.

— Ne me dites pas que vous comptez manger cette adorable bête. Quoi qu'il en soit, il lui faut un nom.

— OK, fait Gabriel avec un sourire narquois. Ragoût.

Je croise les bras sur ma poitrine.

— Non. Promettez-le-moi. Vous n'avez qu'à considérer que c'est mon cadeau d'anniversaire.

Gabriel rit de bon cœur.

— D'accord, mais juste parce que ce n'est pas un nom très seyant, Ragoût, pour une jeune chèvre. Tant qu'on pourra la traire, elle n'aura rien à craindre. On troque son lait contre les œufs du voisin.

Il aide Abuela à gravir les marches du perron. La partie habitable de la maison se compose de deux pièces : une cuisine de dimensions modestes meublée d'une petite table, de deux chaises dépareillées et d'un pouf poire, et une chambre à coucher. Je ne vois ni toilettes ni salle de bains mais j'aperçois une petite dépendance, un peu plus loin. Pendant que Gabriel et Abuela parlent en espagnol autour de la table en déballant les ingrédients apportés par cette dernière pour préparer le repas, Beatriz m'entraîne dans sa chambre.

Il y a un matelas posé par terre et une commode balafrée, mais aussi un miroir orné d'un cadre en mosaïque, un édredon parsemé de fleurs brodées et une guirlande de lumières retenue contre le mur par une rangée de clous. Sans doute était-ce la chambre de Gabriel avant l'arrivée de sa fille. L'a-t-il transformée pour tenter de lui aménager une petite oasis, dans l'espoir que tout se passerait mieux entre eux quand elle serait là ? Une autre question me vient à l'esprit : où dort-il, ces temps-ci ?

— Au fait, dis-je en sortant de mon cabas plusieurs cartes postales. Je t'en ai apporté d'autres.

— Cool.

Beatriz les prend et les pose devant le miroir. Depuis notre sortie aux *trillizos*, nous n'avons pas reparlé de la fille qu'elle a laissée à Santa Cruz. Je ne sais pas non plus si elle ressent toujours le besoin de se faire mal. Elle n'a fait allusion qu'une seule fois à ce qui s'est passé dans le tunnel de lave. Assises côte à côte sur la jetée de Puerto Villamil, nous regardions les fous torpiller la surface de l'eau pour attraper des poissons. Nos jambes se balançaient dans le vide tandis que l'après-midi nous enveloppait tranquillement comme de la ouate. "Diana ? avait soudain murmuré Beatriz. Merci. De m'avoir rattrapée."

J'aurais voulu la prendre dans mes bras et la serrer contre moi. Au lieu de quoi, je me suis contentée de lui donner un petit coup d'épaule. *"De nada"*, ai-je répondu alors que je pensais tout le contraire. Ce n'était pas rien. C'était *tout*.

Je crois que Beatriz me dira ce qu'elle veut et ce qu'elle doit expulser quand elle se sentira prête. Après tout, rien ne presse : j'ai tout mon temps en ce moment.

On frappe à la porte. L'instant d'après, le visage de Gabriel apparaît dans l'entrebâillement.

— Prête à travailler en échange d'un bon repas ? J'ai besoin d'aide pour aller cueillir des fruits.

— Je croyais que c'était mon anniversaire…

— *No problema*, fait Gabriel en haussant les épaules. Je vais préparer la chèvre à la place.

— Cette bonne blague, j'ironise en me tournant vers Beatriz. Tu viens me donner un coup de main ? Je suis beaucoup trop vieille pour ce genre de travail physique.

Elle secoue la tête.

— J'ai d'autres choses à faire. Des trucs *secrets*.

Gabriel se penche vers elle et lui demande en faisant exprès de chuchoter :

— Ça allait ?

— Très bien, répond Beatriz avant de nous contourner pour rejoindre Abuela, déjà occupée à mesurer la farine devant la petite table. Allez ! Vous pouvez partir maintenant.

Je suis Gabriel dehors.

— Elle va me préparer un gâteau, c'est ça ?

— Je ne vous ai rien dit.

— C'est adorable.

Je m'assieds sur une souche près de la porte d'entrée pendant qu'il farfouille dans un monceau d'outils. Quelques instants plus tard, il me tend un panier en fil de fer fixé au bout d'une gaule, puis attrape un seau en plastique.

— *Vamos*, lance-t-il.

— Ah parce qu'on va vraiment cueillir des fruits ? Je croyais que c'était juste une ruse pour m'éloigner de la maison.

— C'était l'idée, oui. Mais on est à la ferme, ici.

Il m'entraîne dans les champs qui s'étendent derrière la maison, me montre au passage les ignames, le maïs, les laitues et les carottes. Nous traversons une parcelle d'ananas encore immatures puis arrivons devant une petite bande d'arbres.

— Des papayers, précise Gabriel.

Saisissant la perche, il lève ses yeux plissés vers les feuilles et manœuvre l'outil pendant une bonne minute avant de le ramener vers lui et, d'un habile mouvement du poignet, dépose le fruit lourd dans ma main.

— Je ne savais pas que les papayes poussaient sur des arbres, dis-je, étonnée.

Nous travaillons dans un silence détendu. Après que Gabriel a dépouillé l'arbre de ses fruits mûrs, je m'agenouille à côté de lui pour déterrer quelques ignames. Je ne suis plus très propre lorsque nous rentrons à la maison. Gabriel me conduit à une pompe et actionne la poignée jusqu'à ce que coule un mince filet d'eau sous lequel je me rince les mains et le visage. Puis je prends sa place pour qu'il puisse se débarbouiller aussi. Il retire son T-shirt et se baisse pour passer sa tête et son torse sous l'eau avant de s'ébrouer comme un chien mouillé. Je proteste en criant.

Le bruit attire Beatriz qui fait son apparition sur le seuil de la maison.

— Vous arrivez pile au bon moment ! lance-t-elle.

Elle tape dans ses mains et Abuela surgit derrière elle avec un gâteau au chocolat à un étage posé sur une assiette.

— *Cumpleaños feliz*, chantent-ils en chœur, *te deseamos a ti...*

Beatriz s'élance vers nous et murmure quelques mots à l'oreille de Gabriel qui sort un briquet et l'allume. Une flamme vacille.

— On n'a pas de bougie, explique-t-il.

Abuela pose le gâteau sur la table de pique-nique décorée d'une guirlande de fleurs.

— Fais un vœu, ordonne Beatriz.

Je ferme les yeux.

Je souhaite...

Être auprès de Finn à New York.

Que ma mère se rétablisse.

Que tout cela se termine bientôt.

Voici les vœux que je devrais formuler. Au lieu de ça, tout ce qui me vient à l'esprit c'est qu'il n'est pas facile de formuler des souhaits quand on est content de ce qu'on a.

Je rouvre les yeux puis me penche vers le briquet niché dans la main de Gabriel. Et tout doucement, je souffle.

Il m'adresse un clin d'œil puis referme le couvercle d'un coup sec, étouffant la flamme.

— Ça veut dire que votre vœu se réalisera, déclare-t-il.

Quand nous avons terminé de manger le gâteau, Gabriel allume un feu dans le jardin, à l'intérieur d'un cercle de pierres volcaniques. Il branche un petit transistor et nous nous asseyons tous sur des chaises pliantes. À ma grande surprise, il y a des cadeaux pour moi : Beatriz m'offre une petite boîte qu'elle a décorée avec des coquillages ; Abuela me donne un collier orné d'une médaille de la Vierge Marie et insiste pour me l'attacher autour du cou. Même Gabriel me dit qu'il m'a préparé une surprise. Ce n'est pas un objet mais une expérience qu'il me fera découvrir dans quelques jours. Un peu plus tard, Beatriz m'apporte un carnet neuf et me demande de dessiner son portrait, comme ceux que j'ai faits à la *feria*. Bientôt, les dernières lueurs crépusculaires désertent le ciel. Il est temps d'aller se coucher. Beatriz partagera son lit avec Abuela tandis que Gabriel et moi dormirons à la belle étoile.

Lorsque nous sommes seuls, j'observe la médaille nichée entre mes seins.

— Je viens de me faire baptiser ou quoi ?

Gabriel sourit.

— C'est une médaille miraculeuse. Elle est censée protéger les croyants qui la portent.

Je lève les yeux sur lui.

— Donc, en gros, si je ne suis pas catholique, la foudre peut me frapper à tout moment, c'est ça ?

241

— Si elle doit tomber dans le coin, elle me touchera certainement en premier, alors vous pouvez dormir tranquille.

Il retourne les braises à l'aide d'un bâton, les remue, puis attrape le carnet dans lequel j'ai dessiné Beatriz.

— Vous êtes très douée, déclare-t-il en refermant délicatement le carnet avant de le poser sur la table de pique-nique.

Je hausse les épaules.

— C'est un truc qui marche bien dans les fêtes et les soirées.

Il rentre dans la maison et réapparaît un moment plus tard avec deux sacs de couchage soigneusement roulés. Le transistor diffuse un morceau des Nightjars.

— Le tout premier album vinyle que j'ai acheté, c'était celui de Sam Pride, lance Gabriel.

Je cherche son regard.

— Celui avec Kitomi Ito nue sur la pochette ?

Il cligne des yeux.

— Ouais. Exactement.

— Je la connais.

— *Tout le monde* la connaît, réplique Gabriel en déposant un sac de couchage à mes pieds avant de dérouler le deuxième de l'autre côté du feu.

— Nan mais moi, je la connais *vraiment*. J'ai même failli vendre son tableau aux enchères. Vous savez, celui qu'on voit sur la pochette de cet album ?

Gabriel rapproche son sac de couchage du foyer. Des taches orangées dansent sur ses avant-bras tandis qu'il verse dans deux petits godets un liquide limpide comme l'eau.

— Ça, c'est une belle histoire, dit-il en me tendant un verre. *Salud.*

Il cogne son verre contre le mien avant de le vider d'un trait. Je l'imite et manque m'étouffer parce que ce n'est clairement pas de l'eau.

— *Nom de Dieu de merde*, fais-je d'une voix étranglée. C'est quoi, ce truc ?

— *Caña*, répond Gabriel en riant. De l'alcool de canne à sucre. Fort, très fort.

Il s'allonge en prenant appui sur ses coudes.

— Maintenant, racontez-moi comment vous avez rencontré la femme de Sam Pride.

Je m'exécute en omettant de préciser que ma dernière conversation avec elle m'a peut-être coûté ma promotion, voire mon boulot. Quand j'ai terminé, je lève les yeux et croise le regard de Gabriel, perplexe.

— Si je comprends bien, votre travail consiste à vendre les œuvres d'autres artistes ?

J'acquiesce en silence.

— Et les vôtres, dans tout ça ?

Je secoue la tête, interloquée.

— Je ne suis pas une artiste, moi. J'ai juste un diplôme d'histoire de l'art.

— Qu'est-ce que c'est ?

— Un tas de connaissances compliquées et prétentieuses parfaitement inutiles.

— C'est vrai ? J'ai du mal à le croi...

— Pour vous donner une idée, à la fin de mon cycle universitaire à Williams, j'ai rédigé une thèse sur les tableaux représentant les circonstances de la mort de plusieurs saints.

Il rigole.

— La médaille miraculeuse n'est peut-être pas un hasard, finalement...

Je tends mon verre pour réclamer une autre dose.

— Si ça vous intéresse, sachez que sainte Marguerite d'Antioche est morte dévorée par un dragon alors qu'elle est généralement peinte avec ledit dragon à son côté. Les portraits de saint Pierre martyr montrent son crâne fendu par un coutelas. Quant à sainte Lucie, la patronne des maladies des yeux, elle tient toujours un plateau sur lequel reposent deux globes oculaires. Oh, et saint Nicolas...

— *Papá Noel ?* coupe Gabriel en me servant une autre rasade de *caña*.

— Celui-là même. Sur les tableaux, il tient souvent trois boules d'or qui ressemblent à des bonbons mais qui sont en fait des bourses qu'il offrit comme dot à trois jeunes vierges miséreuses.

Gabriel hausse les sourcils puis lève son verre.

— Joyeux Noël ! plaisante-t-il.

Nous trinquons, et j'avale cul sec. Cette fois, la sensation de brûlure ne me surprend pas.

— Tout ça pour dire que, comme vous pouvez le constater, mes études très supérieures m'auront au moins fourni une belle collection d'histoires insolites à raconter dans les soirées, fais-je en haussant les épaules. Plus sérieusement, elles m'ont surtout aidée à décrocher le boulot de mes rêves.

Il s'allonge en croisant les pieds sur le sac de couchage qui lui sert de matelas.

— Les gens rêvent d'*être* artistes, commente-t-il. Personne ne rêve de vendre des œuvres artistiques.

Sa remarque me fait penser à ma mère qui se baladait aux quatre coins du monde pour prendre des photos qui lui ont valu des prix, qui faisaient la couverture des magazines, révélaient aux yeux du monde les luttes, les guerres et les famines. Exposés dans les musées et même offerts à la Maison Blanche, ses clichés n'avaient jamais été proposés au grand public jusqu'au jour où j'en ai mis quelques-uns en vente pour payer les frais de sa maison de retraite.

Je secoue la tête.

— Vous ne comprenez pas. Ces œuvres d'art... elles valent des millions. Sotheby's est synonyme de prestige.

— Et ça, pour vous, c'est important ? demande Gabriel.

Je regarde le feu. Les flammes sont la seule chose qu'on ne peut jamais réellement reproduire en peinture. À partir du moment où on les fige sur une toile, elles perdent de leur magie.

— Oui. Avec Rodney, mon meilleur ami, on a programmé notre ascension fulgurante au sein de la maison depuis qu'on s'est rencontrés, il y a neuf ans.

— Rodney, répète Gabriel. Ça ne dérange pas votre fiancé que votre meilleur ami soit un homme ?

— Non, Gabriel, dis-je avec une pointe de réprobation dans la voix. On ne vit plus au Moyen Âge, vous savez. En plus, Rodney est... Rodney. Il est noir, originaire du Sud des États-Unis, et gay. En d'autres termes, comme lui-même se plaît à le dire : le tiercé gagnant.

En prononçant le mot *gay*, je scrute le visage de Gabriel. Ce n'est toujours pas mon rôle de révéler le secret de Beatriz et pourtant, je ne peux m'empêcher de me demander quelle serait sa réaction si je trouvais le courage de lui parler. Comme il reste de marbre, je demande d'un ton laconique :

— Est-ce que la communauté LGBTQ+ est importante, ici ?

— Je ne sais pas. Ce que les gens font de leur vie privée ne regarde qu'eux.

Il hausse les épaules tandis qu'un sourire joue sur ses lèvres.

— Mais quand j'étais guide touristique, les couples homosexuels me donnaient toujours les plus gros pourboires.

Je replie les jambes contre ma poitrine.

— Comment êtes-vous devenu guide ?

Je m'attends plus ou moins à ce qu'il esquive ma question. Après tout, il ne m'a encore jamais parlé de cette période de sa vie – ni de sa reconversion brutale.

— Dans les années 1980, mes parents sont venus passer leur lune de miel à Isabela. À l'époque, l'île comptait à peu près deux cents habitants et ils ont décidé de s'y installer. Ils sont allés chercher Abuela sur le continent. Mon père adorait cet endroit. Les gens d'ici l'appelaient *El Alcalde* – le maire – parce qu'il passait son temps à vanter la beauté d'Isabela à toutes les personnes qui débarquaient à Puerto Villamil. Comme il n'avait pas les connaissances scientifiques pour être garde forestier, il est devenu guide touristique.

Gabriel croise mon regard à travers les flammes.

— En grandissant, il m'a semblé naturel de reprendre le flambeau de l'entreprise familiale. Je le faisais déjà de manière officieuse depuis plusieurs années. Il faut suivre une formation de sept mois pour obtenir la certification de guide délivrée par le gouvernement équatorien. On étudie la biologie, l'histoire, l'histoire naturelle, la génétique, les langues étrangères. Les enseignants viennent des quatre coins du monde : l'université de Vienne, l'université de Caroline du Nord, de Miami… Tous sollicitent l'aide des guides pour poursuivre leurs recherches quand ils doivent quitter l'île. En gros, un scientifique peut nous demander de prendre des photos d'un groupe de tortues marines vertes pour suivre à distance leurs déplacements autour de l'île dans le cadre de ses recherches. On peut aussi nous demander d'observer les comportements insolites des manchots.

— Oh, je me suis fait mordre par une de ces bestioles, dis-je en me frottant le bras. Peu de temps après mon arrivée.

— Eh bien, ça, c'est insolite, plaisante Gabriel. D'habitude, ils sont plutôt farouches mais depuis le confinement, ils semblent avoir davantage besoin d'échanger avec les humains. Même si, apparemment, ce ne sont pas que des contacts amicaux.

Il remue de nouveau les braises.

— Cela va peut-être vous surprendre mais il fut un temps où je me voyais bien à la place du biologiste marin. Pas à celle du guide touristique obligé de faire le sale boulot.

— Et qu'est-ce qui s'est passé ?

— Beatriz, répond Gabriel avec un léger sourire. Mon ex, Luz, est tombée enceinte. On avait tous les deux dix-sept ans. On s'est mariés.

— Et vous n'êtes pas devenu biologiste marin.

Il secoue la tête.

— Changement de programme. C'est la vie.

— Beatriz m'a dit que sa mère... était partie.

— C'est une manière polie de dire les choses, ironise Gabriel. La vérité, c'est qu'on s'est séparés parce qu'on ne partageait rien, tous les deux. Et même l'arrivée d'un bébé n'a pas suffi à nous rapprocher. J'ai appris à mes dépens que ça ne sert à rien de rester avec quelqu'un au nom d'un passé commun. Tout ce qui compte, c'est d'avoir les mêmes aspirations, les mêmes projets. Luz se trouvait trop jeune pour avoir un enfant, elle s'est sentie piégée et n'avait qu'une envie : partir d'ici. Mais je ne pensais pas que l'issue de secours prendrait la forme d'un photographe du *National Geographic*.

Il s'interrompt pour me lancer un regard.

— Rien à voir avec ce que vous vivez, vous et votre fiancé, c'est sûr.

À mon grand soulagement, l'obscurité l'empêche de voir mes joues s'empourprer. Aux yeux de nos amis, Finn et moi passons pour le couple-modèle-fusionnel-qui-partage-tout-pour-la-vie. Chaque fois que Rodney s'effondre après une rupture amoureuse, je me blottis dans les bras de Finn le soir en remerciant silencieusement le ciel de nous avoir mis sur le même chemin alors qu'il y a tant d'êtres humains sur Terre. Je lui fais confiance et il me fait confiance. Notre relation est stable, équilibrée et sans surprise : je décrocherai ma promotion ; il obtiendra une bourse pour sa spécialité. Nous nous marierons dans un vignoble au nord de l'État de New York (une fête élégante, pas plus de cent invités, pas de DJ mais un orchestre et une cérémonie animée par un juge de paix) ;

nous passerons notre lune de miel sur la côte amalfitaine, achèterons une maison en banlieue pendant sa première année de spécialité, aurons notre premier enfant au cours de la deuxième année et un petit frère ou une petite sœur deux ans plus tard. La race de notre futur chien est notre seul sujet de discorde : bouvier bernois ou springer anglais ? Dans mon esprit, Finn et moi étions si proches que rien ne pouvait ébranler notre relation solide comme le roc, pas même une séparation forcée semblable à celle que nous vivons actuellement. Pourtant, il ne m'aura fallu que trois semaines pour me sentir déconnectée. Pour que le doute pousse en moi comme du chiendent, de manière tellement insidieuse et envahissante qu'on peine à distinguer ce qui s'épanouissait là, avant.

Et puis il y a cette pensée qui ne cesse de me turlupiner : Finn m'a encouragée à partir mais au fond de lui il n'imaginait pas que je le prendrais au mot – comme si c'était une sorte de test amoureux auquel j'aurais échoué. Peut-être suis-je tout aussi responsable que lui : après tout, je n'ai pas insisté pour rester. Mais je sais aussi que m'attarder sur ce malentendu m'évite d'affronter une vérité plus douloureuse. Et bien plus angoissante : ici, à Isabela, il y a des moments où j'oublie qu'il me manque.

Bon, je peux toujours trouver des explications : au début, j'étais trop occupée à trouver un endroit où dormir et de quoi manger. Ensuite, il y a eu ma rencontre avec Beatriz : il fallait bien la distraire pour l'empêcher de se scarifier. Et puis je suis déconnectée au sens propre du terme, sans internet et sans réseau téléphonique.

D'un autre côté, quand l'amour de notre vie ne nous manque pas à chaque instant et qu'on est obligé de se *forcer* à penser à lui... cela ne signifie-t-il pas qu'il n'est justement pas l'amour de notre vie ?

Je plaque un sourire sur mon visage en acquiesçant d'un signe de tête.

— J'ai beaucoup de chance, c'est vrai, dis-je à Gabriel. Quand on est ensemble, Finn et moi, c'est le rêve.

Et quand on est séparés ?

— Finn, répète Gabriel avec lenteur. Vous savez ce que c'est, le *finning* ?

— Un truc sexuel ?

Ses dents blanches étincellent brièvement.

— En fait, c'est quand les flottes chinoises ramassent dans leurs filets des tonnes de requins, tranchent leurs ailerons pour en faire de la soupe ou des remèdes traditionnels, puis relâchent les requins mutilés qui meurent par milliers dans l'océan.

— C'est *affreux*, dis-je en pensant que cette pratique odieuse sera désormais définitivement associée au prénom de Finn.

Gabriel l'a-t-il fait exprès ? Peut-être...

— Ça, c'est la partie du paradis qu'on ne montre pas.

— Est-ce que c'est mal ? je demande à mi-voix. D'être toujours ici ?

— Comment ça ?

— Ça fait plusieurs semaines que je suis arrivée. Je n'ai peut-être pas exploré toutes les pistes pour essayer de rentrer à New York.

Gabriel me lance un coup d'œil.

— À part vous faire pousser une paire d'ailes, je ne vois pas quelle autre solution vous pourriez trouver.

250

Je soutiens son regard.

— La sélection naturelle stimule la pousse des ailes...

Ses lèvres s'incurvent.

— J'imagine que tout est possible. Simplement, il vous faudra peut-être plusieurs milliers d'années pour évoluer dans ce sens.

Je me passe les mains sur le visage.

— Si vous lisiez ses mails, Gabriel... La situation est vraiment catastrophique. Ça le tue à petit feu de voir tous ses patients mourir sous ses yeux et je ne peux absolument rien faire pour l'aider.

— Même si vous étiez là-bas, vous ne pourriez sans doute pas faire grand-chose. Dans la vie, il y a des épreuves qu'on est obligé de surmonter seul, c'est comme ça.

— Je sais. C'est juste que... je me sens tellement impuissante.

Il hoche la tête.

— Vous avez sûrement l'impression d'être enfermée dans une cage, dans l'impossibilité de l'atteindre. Mais vous êtes peut-être la seule à voir les choses comme ça.

— Que voulez-vous dire ?

— Si j'étais dans cette situation, commence-t-il en baissant les yeux sur le feu, si vous étiez la femme que j'aime... je préférerais vous savoir le plus loin possible pour pouvoir combattre les monstres sans avoir à me soucier de votre sécurité.

— Mais ça, ce n'est pas une vraie relation. C'est... c'est comme si vous possédiez une magnifique œuvre d'art que vous ne montrez à personne de peur de l'abîmer. Alors vous l'enfermez quelque part mais au bout du compte elle ne vous apporte rien : ni joie ni beauté.

— Je n'en suis pas si sûr, dit doucement Gabriel. Et si c'était au contraire une chose que vous protégeriez par n'importe quel moyen dans le seul but de la revoir un jour ?

Ses mots me font frissonner. Je baisse la fermeture éclair de mon sac de couchage et me glisse à l'intérieur. Ça sent le savon et l'iode, comme Gabriel. Je m'allonge. Ma tête tourne encore un peu à cause des shots de *caña*. Je contemple le ciel étoilé en plissant les yeux. Gabriel fait la même chose, allongé sur son sac de couchage, les bras croisés sur son ventre. Le sommet de nos deux têtes se touche presque.

— Quand j'étais petit, mon père m'a appris à me repérer grâce aux étoiles, au cas où, murmure-t-il.

En entendant sa voix se nouer, je repense à tout ce qu'il m'a raconté ce soir. La seule chose qu'il ne m'a pas dite, c'est la raison pour laquelle il a troqué sa casquette de guide touristique contre celle d'agriculteur. *Changement de programme*, a-t-il éludé. *C'est la vie.*

— Votre sens de l'orientation était si mauvais que ça ? fais-je en essayant de prendre un ton léger – sans grand succès.

Le crépitement du feu emplit le silence qui nous enveloppe.

— Tout ce qu'on voit dans le ciel nocturne s'est déjà passé il y a plusieurs milliers d'années parce que la lumière met un temps fou à arriver jusqu'à nous, explique Gabriel. J'ai toujours trouvé ça bizarre... que les marins tracent leurs futurs itinéraires en observant une carte du passé.

— C'est pour ça que j'aime l'art. Quand on étudie l'origine d'une œuvre, c'est l'histoire qu'on regarde. On découvre ce que les gens de l'époque souhaitaient laisser comme trace aux futures générations.

La voûte céleste ressemble à un bol de paillettes renversé. Dans mon souvenir, c'est la première fois que je vois autant d'étoiles. Je pense au plafond de Grand Central Terminal, au jour où j'ai participé à sa restauration avec mon père. Ici, ce n'est pas simple de reconnaître les constellations et je réalise que c'est lié à la situation géographique de l'île : on est à l'équateur, on voit donc les amas stellaires des deux hémisphères, le sud et le nord. Là : j'aperçois la Grande Ourse. Mais aussi la Croix du Sud qui se cache normalement sous la ligne d'horizon, pour moi.

J'ai l'impression d'entrevoir un secret bien gardé.

— Je ne peux pas voir la Croix du Sud, d'habitude, dis-je à voix basse.

Je suis un peu désorientée, comme si la planète entière avait dévié de sa trajectoire.

Est-ce pour cela que je suis venue dans cette autre moitié du globe ? Pour voir la Terre sous un angle totalement nouveau ?

Au bout d'un moment, Gabriel demande :

— Votre journée d'anniversaire vous a plu ?

Je coule un regard dans sa direction. Il a roulé sur le flanc. Tandis que j'observais le ciel, il m'observait moi.

— Je n'en ai jamais eu de meilleure, je réponds en toute sincérité.

253

À : DOToole@gmail.com
De : FColson@nyp.org

Je me demande parfois si j'aurai un jour l'occasion de réaliser d'autres appendicectomies. Je suis chirurgien. Mon boulot, c'est de réparer. Vous avez un problème de vésicule biliaire ? Je m'en occupe. Une hernie ? Je suis votre homme. Si certains de mes patients atterrissent en réa, c'est temporaire : juste une complication postopératoire que je vais savoir résoudre. Mais avec le Covid, je ne peux rien régler. J'essaie juste de maintenir le statu quo, dans le meilleur des cas.

En plus, je suis interne, c'est-à-dire que je suis censé apprendre plein de choses – sauf que je n'apprends rien.

Je suis plutôt bon dans mon métier. Mais je ne sais plus trop si c'est le bon métier pour moi.

Quand j'ai quitté l'hôpital il y a trois jours, 98 % des lits du service réa étaient occupés. Tous mes patients étaient sous assistance respiratoire. Tous étaient en train de mourir. En rentrant à la maison, j'ai appelé mon père pour prendre de ses nouvelles. Comme tu le sais, il a voté Trump. Alors je n'aurais pas dû être surpris de l'entendre dire que les statistiques du Covid étaient manipulées et que le confinement est un remède bien pire que la maladie.

Tout le monde ne voit pas le virus concrètement, j'en suis conscient. Mais de là à prétendre qu'il n'existe pas…

> Je lui ai raccroché au nez.
> Merde. Je viens juste de me rappeler que c'était ton anniversaire.

On demandait souvent à ma mère comment elle se débrouillait pour réussir à "tout faire" : jongler avec ses rôles d'épouse et de mère tout en étant l'une des photoreporters les plus célèbres du siècle. En fait, la réponse était simple : elle ne *faisait pas tout*. C'est mon père qui gérait l'intendance et s'il y avait un équilibre à trouver entre la maternité et sa carrière, la balance finissait inévitablement par pencher du côté de la dernière. Dans les interviews, elle racontait toujours la même anecdote, ma première visite chez le pédiatre. Elle m'avait emmitouflée dans une combinaison bien chaude, attachée dans le Maxi-Cosi, puis avait chargé sa besace, la poussette pliable et le sac à langer dans la voiture et s'était mise en route en me laissant dans la cuisine, calée dans le siège-auto. C'est en se garant sur le parking du médecin qu'elle s'était rendu compte qu'elle avait oublié son bébé.

Ma mère ne m'a jamais raconté cette histoire mais j'ai vu tellement d'extraits d'interviews sur internet que je sais exactement où elle marque une pause pour ménager le suspense, à quel moment elle esquisse un sourire narquois et quand elle lève les yeux au ciel en signe d'autodérision. C'était une sorte de sketch, et ma mère a toujours joué son rôle à la perfection. Le journaliste et elle riaient en chœur avec une désinvolture charmante.

Et le bébé dans tout ça ? avais-je envie de hurler chaque fois que je revoyais ces vidéos. Comme si ce n'était pas moi. Comme si je n'étais qu'une simple spectatrice. *Qu'est-ce qu'il y a de drôle, là-dedans ?*

Finn...
J'ai rêvé de toi la nuit dernière. C'était un rêve hyperréaliste. J'avais été kidnappée et droguée et on m'avait enfermée dans un sous-sol sans porte ni fenêtre. Impossible donc de m'évader. En plus, on m'avait attachée à quelque chose – un poteau, une chaise ? Soudain, tu as fait ton apparition. Tu portais un déguisement. Je ne pouvais pas voir le bas de ton visage mais je t'ai reconnu à tes yeux et aussi à l'odeur de ton shampooing. Tu me répétais sans cesse de rester réveillée pour que tu puisses me sortir de là mais je n'arrivais pas à garder les yeux ouverts. Et tout à coup, je me suis rendu compte que nous n'étions pas seuls. Il y avait une autre femme avec toi, et elle aussi était déguisée.
J'étais la seule à ne pas avoir été invitée à la fête.

Nous marchons depuis quatre heures environ en direction du volcan Sierra Negra. Comment Gabriel a-t-il bien pu croire que ce cadeau d'anniversaire me plairait – à moi ou à n'importe qui d'autre, d'ailleurs ? La randonnée dure sept heures en tout. J'ai chaud, je dégouline de sueur, j'ai attrapé des coups de soleil. Nous arrivons enfin devant un arbre malingre. Un rocher noir est calé dans un repli du tronc.

—— C'est ici que les touristes laissent leurs sacs à dos, déclare Gabriel en déposant à terre le matériel qu'il porte sur les épaules. Certains passent la nuit dans le coin avant de descendre dans la caldera. Personne n'est autorisé à se rendre ici sans être accompagné d'un guide ou d'un garde forestier.

Nous ne respectons pas le couvre-feu, Gabriel n'est plus vraiment guide touristique et le volcan est en activité. Bref, tout va bien dans le meilleur des mondes.

Jusqu'à présent, nous avons gravi la montagne en empruntant des sentiers entourés d'une épaisse végétation. Le chemin démarre à huit cents mètres au-dessus du niveau de la mer, m'explique Gabriel, et le volcan culmine à un peu plus de mille mètres d'altitude. Du paquetage qu'il portait encore quelques secondes plus tôt, il sort le pique-nique préparé par Abuela et dispose entre nous deux saladiers en plastique de riz au poulet et une barre chocolatée ramollie par la chaleur que nous partageons en guise de dessert. Je déplie mes jambes. Mes baskets sont enrobées d'une couche de poussière.

— C'est encore loin ?

Gabriel m'adresse un sourire moqueur. Ses yeux sont protégés par la visière d'une casquette de baseball.

— J'ai l'impression d'entendre Beatriz quand elle était petite.

J'essaie d'imaginer la fillette qu'elle était, à la fois vive et exigeante.

— J'imagine qu'elle devait vous donner du fil à retordre.

Gabriel réfléchit un instant avant de répondre :

— Elle était tordue juste comme il faut.

J'ouvre la bouche pour lui expliquer le sens de l'expression avant de la refermer : sa réponse est parfaite.

— Ne croyez surtout pas que je n'ai pas remarqué que vous avez esquivé ma question…

— Vous le saurez en temps et en heure, dit Gabriel. Faites-moi confiance.

Je lui fais confiance – je m'en rends compte à cet instant précis.

Nous ramassons nos détritus, les fourrons dans le sac de Gabriel et reprenons tranquillement notre marche en direction du sommet de la caldera.

— Comment on peut être sûr qu'il ne se passera pas la même chose qu'au mont Saint Helens en 1980 ?

— Aucun risque, me rassure Gabriel. Douze appareils de surveillance enregistrent le moindre de ses frémissements et il émet un tas de signes avant d'entrer en éruption, ce qui arrive environ tous les quinze ans. J'étais là la dernière fois. Avec mon père, on est montés là-haut à pied et on a dormi sur le sol encore tiède. On aurait dit que des canalisations d'eau chaude couraient sous nos sacs de couchage. Il m'a appris à repérer le sens du vent et à évaluer le dénivelé de la pente pour éviter de se retrouver sur le chemin des coulées de lave. On a pris des photos. Je me souviens qu'on voyait la lave orange dans les fissures qui craquelaient la terre. C'était juste sous nos pieds, à une trentaine de centimètres. Mes chaussures restaient collées aux pierres parce que les semelles avaient fondu.

— C'était quand, ça ?

— En 2005. J'étais adolescent.

Je me livre à un rapide calcul mental.

— Donc... ce volcan est en retard d'une éruption, c'est ça ?

— Si ça peut vous rassurer, les Galápagos se déplacent vers l'est sur leur plaque tectonique. Ce qui veut dire que même si le point chaud ne bouge pas, la lave coule principalement vers l'ouest, maintenant. En gros, les éruptions sont beaucoup moins dangereuses pour les habitants de l'île.

Je ne me sens pas plus rassurée mais je n'ai pas le temps de répliquer car, soudain, la caldera apparaît.

Le cratère se détache nettement du vert luxuriant qui lui sert d'écrin. La surface noire, longue d'une bonne dizaine de kilomètres, s'étend sous une nappe de brume. C'est un paysage désolé et stérile, presque d'un autre monde. Depuis le sentier où nous marchons le long du gouffre, je vois sur ma droite l'océan et l'émeraude intense des hauts plateaux et sur ma gauche les bosses et les tourbillons figés et noircis de la caldera. J'ai l'impression d'arpenter la frontière entre la vie et la mort.

Nous descendons d'abord à l'intérieur de la dépression. Nous la traverserons puis remonterons jusqu'aux fumerolles signalant la partie active du volcan. Nous foulons le ventre brûlé du cratère, strié de dégoulinures de lave carbonisée. L'impression d'explorer une planète lointaine ne me quitte pas. Je marche derrière Gabriel et le suis à la trace, comme si le moindre faux pas pouvait me faire basculer dans les entrailles de la Terre.

— Vous savez quoi ? lance celui-ci par-dessus son épaule. Vous avez changé depuis votre arrivée.

Je baisse les yeux pour me regarder. Dans le miroir de la petite salle de bains, j'ai remarqué que des mèches blondes s'étaient glissées dans mes cheveux. Mes shorts flottent autour de mes hanches, sans doute parce que je ne mange pas tous les jours à Sant Ambroeus, le bar-restaurant perché au dernier étage de l'immeuble

Sotheby's, que je cours et que je fais de grandes balades sportives au lieu de marcher d'un bon pas jusqu'au bureau et rien d'autre.

Gabriel a ralenti. Nous avançons à présent côte à côte et il devine l'inventaire que je suis en train de dresser.

— Pas comme ça, dit-il. *Ici*.

Il pose une main sur son cœur puis presse le pas. J'accélère la cadence pour le rattraper.

— En arrivant ici, vous étiez comme tous les autres touristes. Hypertendue, avec votre liste de choses à faire et à voir absolument : prendre en photo une tortue, une otarie, un fou à pieds bleus pour les publier sur Instagram.

— C'est faux, je n'avais pas de liste…

Il arque un sourcil.

— Vraiment ?

Pas au sens littéral du terme, non, mais j'avais évidemment prévu de faire plusieurs choses à Isabela. Des trucs purement touristiques parce que quel est l'intérêt de barrer ce qu'on a mis sur sa liste si…

Merde. J'avais effectivement une liste.

— Les touristes qui débarquent ici veulent soi-disant découvrir les Galápagos mais ils ne découvrent rien du tout. Pas vraiment, en tout cas. Tout ce qu'ils veulent, c'est voir ce qu'ils ont déjà vu dans des livres ou sur internet. La vraie Isabela, c'est cette multitude de détails infimes qui n'intéressent pas les gens. La *feria*, par exemple, cet endroit où on peut échanger une paire de bottes en caoutchouc contre une assiette de homard fraîchement pêché. C'est la manière qu'ont les gens d'ici de signaler un chemin : pas avec une pancarte en bois mais en plaçant une pierre de lave dans le creux d'un arbre. Ou la saveur d'un repas quand c'est vous qui avez élevé ou cultivé les ingrédients qui le composent.

Il me coule un regard de biais.

— Les touristes arrivent avec un itinéraire tout tracé. Alors que les habitants d'Isabela... se contentent d'y vivre.

— Gabriel Fernandez, dis-je d'un ton solennel. Serait-ce un compliment ?

Il rit.

— En fait, c'est *ça*, votre cadeau d'anniversaire, admet-il.

— Vous avez dû voir un paquet de vilains Américains. Je ne parle pas du physique, évidemment. Des Américains pourris gâtés qui croient que tout leur est dû.

— Pas tant que ça, en fait. En venant ici, pas mal de *turistas* découvrent à quoi ressemble la nature à l'état sauvage, quand on n'essaie pas de la contenir ni de l'enfermer dans des bâtiments ou des zoos, et la plupart d'entre eux font preuve d'humilité. On devine le mécanisme de leurs pensées : *Que doit-on faire pour que d'autres personnes puissent profiter d'un spectacle aussi merveilleux ? Comment puis-je, à mon échelle, maintenir en vie mon propre coin de planète ?* C'est ce qu'il y a de plus gratifiant dans le métier de guide : j'aimais semer des graines dans les esprits, tout en sachant que je ne serais pas là pour les voir pousser mais qu'elles germeraient malgré tout.

Je me remémore son attitude méprisante à l'égard de la touriste que j'étais lors de notre première rencontre. Il a abandonné ce métier qui semblait pourtant le passionner. Que s'est-il passé pour expliquer un tel revirement ?

Mes narines frémissent soudain, premier signe que nous approchons des fumerolles. Sous nos pieds, le sol noirâtre vire au blanc, au jaune. Une odeur de soufre m'assaille. Semblables à des rubans de crème glacée fondue, les volutes de lave refroidie cèdent la place à une myriade de cailloux légers et minuscules qui roulent sous mes chaussures en tintant doucement. Autour de nous, des cheminées volcaniques crachent des colonnes de fumée.

— Là, dit soudain Gabriel en pointant l'index sur une fumerolle vert fluo qui s'échappe d'une fissure minuscule.

Je me trouve à deux mètres d'un volcan en activité.

— Pourquoi est-ce que vous vous êtes arrêté ?

Il se retourne vers moi.

— Parce que c'est très surfait, de nager dans le magma.

— Sérieusement. Pourquoi avez-vous cessé votre activité de guide touristique ?

Il ne répond pas tout de suite et je me dis qu'il va une fois de plus éluder la question. Mais il y a sans doute quelque chose de particulier dans ce paysage primitif et notre proximité avec le cœur battant de la planète parce que Gabriel se laisse choir sur le sol jaunâtre et me raconte son histoire.

— On préparait une excursion de plongée sous-marine à Gordon Rocks, commence-t-il tandis que je m'assieds en face de lui, nos genoux presque collés. Le bateau était aménagé pour accueillir douze plongeurs à son bord. C'était une sortie que nous avions faite des centaines de fois, mon père et moi. Comme d'habitude, on est partis tous les deux en repérage pour vérifier les conditions. J'ai plongé pendant qu'il restait sur le canot. Il y avait un léger courant à fleur d'eau, rien d'inquiétant.

Gabriel lève les yeux sur moi.

— Gordon Rocks, c'est une falaise sous-marine. Seul un petit triangle rocheux émerge de l'eau. On a rejoint nos clients sur le bateau. On leur a transmis les consignes de sécurité. Comme il y avait beaucoup de plongeurs, on a pris deux *pangas*. Tout le monde a reçu les mêmes instructions pour la mise à l'eau : ils devaient descendre le plus vite possible sur six mètres en veillant à bien rester sur la droite. Mais en plongeant, j'ai tout de suite remarqué que les conditions avaient changé. Le courant avait gagné en force et en vitesse.

Le regard de Gabriel se pose sur l'horizon rectiligne mais je sais qu'une autre scène se déroule devant ses yeux.

— Dix plongeurs se sont répartis à droite de la paroi rocheuse. Un autre, sans doute moins expérimenté, a été entraîné sur la gauche avant de se faire happer par le courant. Aussitôt, mon père m'a montré les dix autres plongeurs en m'adressant ce petit geste – Gabriel presse ses index l'un contre l'autre – pour me dire de rester avec eux. Je savais qu'il allait partir à la recherche du plongeur disparu. Je l'ai regardé nager avec le courant et quand je l'ai perdu de vue, je suis allé rejoindre les autres.

Il secoue la tête avant de reprendre :

— Les plongeurs s'étaient regroupés, ils s'agrippaient à la paroi rocheuse. Je les ai remontés à la surface et j'ai gonflé une bouée de secours pour que le conducteur du *panga* vienne les chercher. Le bateau était à un petit kilomètre au nord ; il récupérait d'autres plongeurs qui avaient refait surface un peu plus loin. Ça a duré un petit moment : je faisais des allers-retours à la nage pour essayer de repérer les têtes des autres plongeurs et veiller

263

à ce que le bateau ne leur passe pas dessus. À la fin de l'opération, j'ai compté dix plongeurs. Mon père et le dernier participant n'étaient pas remontés. On a filé vers l'endroit où ils avaient disparu, sur la gauche de la falaise engloutie. Le conducteur du *panga* m'a prêté une paire de jumelles et j'ai scruté longuement et attentivement la surface de l'eau, à la recherche d'une tête ou d'un mouvement quelconque mais l'océan...

La voix de Gabriel se noue.

— L'océan est immense.

Lorsqu'il se tait, je me penche vers lui et serre sa main dans la mienne. Puis je pose nos deux poings serrés sur mon genou.

— Au bout d'une heure, j'ai dû me rendre à l'évidence : il était impossible qu'il ait survécu. Le courant l'avait sans doute entraîné à trente mètres de profondeur, voire plus. Le pourcentage d'oxygène dans les bouteilles était prévu pour des sorties en eaux peu profondes et il savait que s'enfoncer davantage provoquerait des lésions cérébrales et endommagerait ses autres fonctions vitales. À cette profondeur, il avait de quoi tenir dix minutes, quinze, grand maximum. Il a sûrement redoublé d'efforts pour rattraper le nageur égaré. En imaginant qu'il l'ait retrouvé, il a gonflé son gilet de sauvetage, décroché sa ceinture de plomb... Non, mon père a manqué de temps, c'est certain.

Je repense à la mort de mon propre père. Je n'étais pas avec lui et c'était arrivé trop vite mais à l'hôpital, au moins, j'avais pu voir son corps. Je me souviens d'avoir tenu sa main glacée dans la mienne, je ne voulais plus la lâcher parce que je savais que ce serait la dernière fois que je le toucherais.

— Est-ce que votre père a été… Est-ce qu'on a pu…

Les mots refusent de sortir de ma bouche. Gabriel secoue la tête.

— Les corps noyés dans l'océan ne remontent jamais à la surface, explique-t-il calmement.

— Je suis vraiment désolée. C'est un accident tragique.

Il relève brusquement la tête.

— Quel accident ? Tout ça, c'est ma faute.

Je le dévisage d'un air interdit.

— Comment ça ?

— C'est moi qui étais chargé de vérifier les conditions météo. J'ai commis une erreur, voilà…

— Ou elles avaient changé…

— Alors c'est moi qui aurais dû aller secourir le plongeur, insiste Gabriel. Mon père serait encore en vie.

Et vous, non, je remarque en silence.

Il détourne les yeux.

— Je ne peux plus organiser de visites guidées sans repenser à cette sortie. J'ai tout foutu en l'air. Chaque fois que je plonge, j'imagine son corps en train de flotter vers moi. Si j'agrandis cette baraque et que je me lance dans le maraîchage, c'est uniquement pour tomber de fatigue tous les soirs. Sombrer sans me torturer les méninges pour essayer de deviner quelles ont été ses dernières pensées.

Je laisse passer quelques instants avant de rompre le silence :

— Ce qu'il a pensé, c'est que son fils était en sécurité.

Gabriel s'essuie les yeux d'un revers de main et je fais comme si je n'avais rien vu. Il se redresse, m'aide à me lever.

— On ferait mieux de rentrer, déclare-t-il. Le chemin du retour n'est pas plus court.

Tout autour de nous, des fumerolles s'échappent de petites poches creusées dans le sol. On a l'impression d'être dans un creuset. C'est un décor à la fois préhistorique et dystopique mais quand on prend le temps d'observer attentivement le paysage, on remarque çà et là des touches de verdure, jeunes pousses et tiges frêles. De la vie issue du néant.

Tandis que nous retraversons le champ de fumerolles en direction de la bouche béante et sombre de la caldera, Gabriel garde ma main dans la sienne.

Une heure plus tard, le soleil continue de dégringoler dans le ciel et nous arrivons devant l'arbre tordu orné de la pierre volcanique au pied duquel Gabriel a laissé le reste de son paquetage. Nous distinguons les contours du sac posé contre le tronc mais une deuxième ombre se dessine et il devient vite évident qu'il s'agit d'une personne. Je fouille dans ma poche pour trouver le masque que je n'ai pas porté puisque nous n'étions que tous les deux mais au même moment je reconnais Beatriz. Qui se précipite vers nous dès qu'elle nous aperçoit.

— Il faut que tu rentres *tout de suite* ! s'écrie-t-elle en me tendant un bout de papier.

C'est un e-mail imprimé sur le papier à en-tête de l'hôtel. Je lis la première ligne : *À transmettre sans délai à Diana O'Toole.* Puis : *De : The Greens. Nous avons essayé de vous joindre. Veuillez nous contacter dès que possible. Votre mère est mourante.*

Nous courons tous les trois à petites foulées jusqu'à la maison de Gabriel – assez bizarrement, pourtant, le chemin paraît encore plus long que ce matin. J'entends vaguement Beatriz expliquer à Gabriel les circonstances de la réception du message : il est question d'Elena et d'un court-circuit électrique qui aurait provoqué un départ de feu dans la buanderie de l'hôtel. Elena s'était rendue sur place en compagnie de son cousin chargé de réparer les circuits endommagés et refaire l'installation électrique. Afin de s'assurer que tout était rentré dans l'ordre, elle avait allumé les ordinateurs de la réception et trouvé la ribambelle de courriels, tous plus urgents les uns que les autres, adressés à mon nom. J'entends Gabriel dire à Beatriz d'appeler Elena pour lui demander de brancher le wi-fi afin que la connexion soit prête dès notre arrivée.

Il nous faut toutefois deux heures pour déposer Beatriz à la ferme puis nous rendre jusqu'à Puerto Villamil dans la Jeep rouillée. Cette fois, Elena n'est pas d'humeur aguicheuse. Elle nous accueille à la porte de l'hôtel, le regard assombri par l'inquiétude.

Mon téléphone se met à vibrer, automatiquement connecté au réseau. Aussitôt, un raz-de-marée d'e-mails et de textos déferle par la fissure qui vient de craqueler le barrage de silence protégeant Isabela du monde extérieur. Je lance FaceTime, le dernier appel que j'ai passé à la maison de retraite, et compose le numéro.

Une infirmière que je ne reconnais pas me répond. Elle porte un masque et une visière de protection.

— Bonjour, je suis la fille d'Hannah O'Toole, dis-je en sentant ma gorge se serrer. Est-ce que ma mère est… ?

Les yeux s'adoucissent.

— Je vais vous conduire jusqu'à elle, déclare l'infirmière.

La pièce valse brusquement lorsqu'elle pivote l'appareil qu'elle tient dans la main. Prise de vertige, je ferme brièvement les yeux, m'attendant à voir apparaître le logement de ma mère. Au lieu de quoi, le visage de l'infirmière emplit de nouveau l'écran.

— Préparez-vous, ça va sûrement vous faire un choc, prévient-elle. Elle a décompensé brutalement. Et elle souffre d'une pneumonie, causée par le Covid. À ce stade, ses poumons ne sont plus les seuls organes touchés. Il y a aussi les reins, le cœur…

J'avale ma salive. Deux semaines se sont écoulées depuis la dernière conversation en FaceTime. Entre-temps, j'ai utilisé le téléphone d'Abuela pour appeler les Greens à deux reprises. Il y a encore quelques jours, on m'a assuré que son état était stable. Comment a-t-il pu se dégrader en si peu de temps ?

— Est-ce qu'elle est… consciente ?

— Non, répond l'infirmière. Elle est sous sédation profonde. Mais vous pouvez lui parler. L'ouïe est le dernier des cinq sens à disparaître.

Elle marque une pause avant de conclure :

— C'est le moment de lui dire au revoir.

Quelques minutes plus tard, je contemple un spectre allongé dans un lit médicalisé, les couvertures remontées jusqu'au menton. Elle a les joues creuses, le teint fané et aspire de minuscules bouffées d'air. Je m'efforce de superposer à cette image de ma mère celle de la femme qui se cachait dans des bunkers afin de montrer les atrocités commises par des humains sur d'autres humains dans les pays en guerre.

Une vague de colère me submerge : pourquoi est-ce que personne ne *fait* rien pour la soigner ? Si elle n'arrive pas à respirer, il existe des machines conçues pour prendre le relais, non ? Si son cœur s'arrête…

Si son cœur s'arrête, ils ne feront rien parce que j'ai signé un papier interdisant toute tentative de réanimation le jour où ma mère a été admise aux Greens. Compte tenu du caractère irréversible de sa pathologie, il me semblait inutile de prolonger sa vie avec des procédures lourdes et douloureuses.

Je sais que l'infirmière tient l'iPad ou le téléphone en attendant que je parle. Un sentiment de malaise m'envahit. Que suis-je censée dire à une femme qui ne se souvient plus de moi aujourd'hui et qui a fait tout son possible pour oublier mon existence dans le passé ?

Lorsqu'elle a ressurgi dans ma vie, déjà atteinte de démence, j'ai réussi à me persuader que son placement dans une institution spécialisée était un geste mille fois plus attentionné que tous ceux qu'elle m'avait jamais témoignés. Elle ne pouvait pas venir vivre chez moi, c'était beaucoup trop petit, et de toute manière elle n'aurait pas voulu car nous nous connaissions à peine, toutes les deux. Je me suis donc débrouillée pour trouver une solution : j'ai vendu le fruit de son travail pour payer sa prise en charge aux Greens ; mais auparavant, j'avais fait des recherches pour trouver le meilleur établissement de ce type. J'ai veillé à son installation et je me suis félicitée de toutes ces bonnes actions. J'étais tellement occupée à me congratuler – quelle gentille fille j'étais, vraiment, pour une mère qui n'en avait jamais réellement été une – que je ne me suis même pas rendu compte de ce que je venais de faire, à savoir creuser encore la distance qui nous séparait. Je n'avais pas mis à profit ce temps pour mieux la connaître ni pour devenir une personne en qui elle aurait pu avoir confiance. Non, je m'étais juste protégée d'une nouvelle déconvenue en délaissant totalement notre relation.

Exactement comme Beatriz.

Je m'éclaircis la gorge.

— Maman, c'est moi. Diana.

J'hésite un instant avant d'ajouter :

— Ta fille.

J'attends un peu mais aucun signe n'indique qu'elle m'entend.

— Je suis désolée de ne pas être auprès de toi...

Le suis-je sincèrement ?

— J'aimerais que tu saches...

Je ravale péniblement la douleur qui gronde en moi, le flot de souvenirs. Je revois mon père en train d'accrocher un grand planisphère sur le mur de ma chambre. Je le revois en train de m'aider à enfoncer des punaises dans tous les pays où se trouvait ma mère quand elle n'était pas avec nous. Et lorsque la date de son retour était comme d'habitude repoussée, je repense aux jeux qu'il inventait pour me changer les idées, me proposant par exemple de choisir une couleur puis cuisinant des repas entiers uniquement dans cette teinte. Je repense au feu qui consumait mes joues le jour où, alors âgée de treize ans, j'avais dû expliquer à mon père que j'avais eu mes premières règles. Et à toutes ces conversations téléphoniques hachées par la friture au cours desquelles j'imaginais que ma mère me disait autre chose que *Tu sais bien que j'aurais été avec toi pour ton anniversaire / ton récital de piano / le jour de Noël si j'avais pu me libérer.* Et ces nuits que je passais allongée dans mon lit, incapable de trouver le sommeil, honteuse de vouloir la réduire à son rôle de mère alors que ce qu'elle accomplissait était tellement plus important.

Et ce sentiment d'être oubliée.

Alors à cet instant précis, je regarde par écran interposé une femme que je n'ai jamais connue et je ne me sens pas la force de prendre la parole tant je redoute de dire ce que j'ai sur le cœur.

Tu n'étais pas là non plus pour moi quand j'avais besoin de toi.

Retour de manivelle.

Au même moment, la connexion s'interrompt.

Elena essaie de rallumer le modem à trois reprises. Une seule fois, l'appel vidéo aboutit mais l'image se fige aussitôt avant d'être remplacée par un écran noir. Un peu plus tard, alors que Gabriel et moi longeons en Jeep la rue principale de Puerto Villamil et son minuscule fragment de réseau téléphonique, je reçois un SMS.

Votre mère est décédée aujourd'hui à 18 h 35. Veuillez recevoir nos sincères condoléances.

Gabriel me jette un coup d'œil.

— Est-ce que c'est…

J'acquiesce en silence.

— Je peux faire quelque chose ?

Je secoue la tête.

271

— Je veux rentrer, c'est tout.

Il m'accompagne jusqu'à la porte de l'appartement, cherchant visiblement les bons mots pour me demander s'il doit rester. Mais avant qu'il ouvre la bouche, je le remercie et ajoute que je n'ai qu'une seule envie : aller me coucher. Quelques minutes plus tard, j'entends ses pas au-dessus de ma tête. Je l'imagine en train d'annoncer la nouvelle à Abuela et à Beatriz. De leur dire que ma mère est morte.

Je retiens mon souffle, attendant que ces quatre mots se déversent dans mon sang.

J'attrape alors mon portable, regarde fixement le message envoyé par les Greens puis le supprime d'un glissement de pouce.

C'est aussi facile que ça de rayer quelqu'un de sa vie.

Mais même en formulant cette pensée, je me rends compte que ce n'est pas tout à fait vrai.

Quoi qu'il en soit, ce que je ressens n'a rien à voir avec le séisme qu'a été pour moi la mort de mon père. Sa disparition avait créé une déchirure dans l'étoffe de mon petit monde et, malgré mes efforts désespérés, j'étais incapable de rapprocher les deux bords. Encore aujourd'hui, quatre ans plus tard, il m'arrive de frôler cette couture au cours d'une journée ordinaire et ça fait un mal de chien.

Je sors du placard une bouteille de *caña*. Gabriel m'a constitué ma propre réserve après notre nuit à la belle étoile. Il m'a également apporté une cagette pleine de légumes frais pour mes repas de la semaine. Comme je n'ai pas de verre à liqueur, j'en verse une petite dose dans un gobelet à jus de fruits avant de le remplir à ras bord en haussant les épaules. Je prends une longue gorgée. Laisse le feu m'envahir.

J'ai une grosse envie de me mettre la tête à l'envers. C'est tout pour le moment.

J'ôte mes vêtements, ceux dans lesquels j'ai crapahuté jusqu'au volcan (c'était *aujourd'hui* ? Vraiment ?) et vais prendre une douche. Debout sous le jet d'eau, la peau transpercée de mille aiguilles, je prononce le mot à voix haute : *orpheline*. À compter de ce jour, je ne suis plus l'enfant de personne. Je suis une île éloignée de tout, comme celle sur laquelle je suis bloquée.

Il y aura des démarches à entreprendre : l'enterrement, les funérailles, l'appartement des Greens à vider. Le simple fait de penser à tout ça m'épuise.

J'enfile des sous-vêtements propres et un des vieux T-shirts de Gabriel qui me tombe sur les cuisses. Je me fais une tresse pour éviter d'avoir les cheveux dans les yeux puis m'assieds à table avec la bouteille de *caña* et remplis mon deuxième verre.

— OK, maman, dis-je en savourant l'amertume du mot. À la tienne.

J'avale une goulée.

Dès demain, les médias du monde entier annonceront sa disparition. Les nécrologies reviendront longuement sur sa carrière, depuis sa première mission de photoreporter jusqu'au prix Pulitzer remporté en 2008, récompensant les images d'une manifestation de rue réprimée dans le sang en Birmanie.

La cérémonie de remise des prix s'était déroulée à la fin du mois de mai, lors d'un déjeuner chic organisé à New York. Ma mère y avait assisté. Pas mon père.

273

Il était assis dans les gradins de mon lycée parce que c'était le jour de la remise des diplômes et j'avais entendu ses cris de joie en traversant l'estrade pour aller récupérer le précieux bout de papier.

Je pose la tête sur mes bras croisés et passe en revue les souvenirs que je garde de ma mère, à la recherche d'une petite perle. Il y en a forcément une.

Plusieurs me procurent un vague sentiment de réconfort : une mission dans laquelle elle m'avait embarquée ; une image d'elle en train de déballer le cadeau que je lui avais fabriqué pour la fête des Mères à l'école maternelle ; ce moment où, debout devant un de mes tableaux dans une exposition étudiante d'arts visuels, elle avait penché la tête d'un air absorbé. Hélas, chacune de ces réminiscences se dissout rapidement, comme effacée par une démonstration d'égocentrisme : la promesse d'une visite touristique balayée par un imprévu ; un appel téléphonique de son agent interrompant l'ouverture du cadeau ; une critique directe et brutale des proportions de mon tableau sans le moindre compliment.

Me détestais-tu tant que ça ?

Mais je connais déjà la réponse : *non*. Pour détester quelqu'un, il faut le trouver digne d'intérêt.

À cet instant, un souvenir imprègne doucement ma mémoire.

Je suis toute petite et je regarde ma mère charger une pellicule dans son appareil photo. C'est une boîte noire magique et je sais que je ne suis pas censée y toucher, tout comme je ne suis pas censée entrer dans la chambre noire baignée d'une lumière fantomatique et d'une odeur de produits chimiques. Elle pose le petit appareil en équilibre sur ses genoux et déroule délicatement la pellicule satinée jusqu'à ce que les dents du cabestan l'accrochent. On entend un léger cliquetis.

Tu veux m'aider ? demande-t-elle.

Mes petites mains sont maladroites, alors elle pose ses doigts sur les miens et m'aide à faire tourner le levier jusqu'à ce que la pellicule soit bien positionnée. Puis elle ferme le couvercle, soulève l'appareil. Zoome sur mon visage et prend une photo.

Tiens, dit-elle. *À ton tour d'essayer.*

Elle m'aide à soulever l'appareil et place mon doigt sur le déclencheur. Je l'ai vue faire ce geste un millier de fois. Sauf que je ne sais pas comment cadrer l'image avec le viseur. Je ne sais pas quoi regarder. Pas du tout.

Ma mère rit aux éclats lorsque j'appuie de toutes mes forces sur l'obturateur, déclenchant une rafale de photos. L'appareil émet un bruit semblable à des battements de cœur affolés.

Je réalise que je n'ai jamais vu ces images. Sans doute les a-t-elle développées, obtenant une mosaïque floue et psychédélique de bribes de murs, de tapis et de plafond. Peut-être même n'ai-je pas une seule fois capturé son visage.

Mais peut-être que ce n'est pas ça, l'important. Ce qui compte, c'est que, l'espace d'un instant, ça a été *mon tour*.

Les souvenirs qui refont brutalement surface sont plus vifs, et j'attends que celui-ci m'écharpe. Mais il ne se passe rien. En fait, c'est encore plus déprimant d'être assise ici, à un demi-monde de distance, et de se raccrocher à cinq secondes d'amour maternel en regrettant qu'il n'y en ait pas eu davantage.

— Diana ?

Je lève la tête. Gabriel se tient devant moi. Je cligne des yeux quand il allume. Je n'ai même pas remarqué qu'il faisait nuit.

— Je suis passé voir comment vous alliez avant de rentrer chez moi.

— Encore sobre. Voilà comment je me sens, dis-je en poussant la bouteille dans sa direction. Venez trinquer avec moi.

Comme il reste là sans bouger, je remplis de nouveau mon verre.

— Je sais ce que vous allez me dire : ça ne sert à rien de se bourrer la gueule.

Gabriel sort un gobelet du placard et se verse une bonne rasade de *caña*. Puis il s'assied en face moi.

— S'il y a bien un moment où on a le droit de se bourrer la gueule, dit-il, c'est quand on boit à la mémoire d'une personne qu'on a aimée et perdue. Je suis sincèrement désolé, Diana.

— Pas moi.

J'ai lâché cet aveu à voix basse. Le regard de Gabriel cherche le mien.

— Voilà. Maintenant, vous connaissez mon terrible secret. Je suis une fille indigne, cassée de l'intérieur. Ma mère vient de mourir et je ne ressens... rien du tout.

Je cogne mon verre contre le sien.

— Voilà à quoi je bois ce soir.

Je vide le verre mais j'avale de travers. Toussant et crachant, je me plie en deux sur la chaise, essayant – en vain – de reprendre mon souffle. J'ai l'impression d'aspirer du feu.

Des étoiles se mettent à danser sur le pourtour de mon champ de vision. Au même moment, je sens une main se poser dans mon dos et dessiner des cercles.

— Respirez, ordonne Gabriel d'un ton apaisant. Doucement.

J'ai la gorge qui brûle, les larmes coulent sans que je sache si c'est parce que j'ai failli m'étouffer ou si je pleure pour de bon mais au fond, quelle importance ?

Gabriel s'est accroupi à côté de moi. Il sort un bandana de sa poche et me le tend pour que je sèche mes yeux mais les larmes jaillissent de plus belle. Quelques instants plus tard, étouffant un juron, il me prend dans ses bras et je sanglote dans son cou.

À quel moment l'air se remet-il à circuler normalement dans mes poumons et depuis quand ai-je arrêté de pleurer ? Je n'en sais rien. Ce que je remarque, en revanche, c'est le mouvement régulier de la main de Gabriel qui glisse lentement de ma tête jusqu'au bout de ma tresse. Ses lèvres contre ma tempe. Sa respiration qui s'accorde à la mienne.

— Vous n'êtes pas cassée, chuchote-t-il. Vous êtes capable d'éprouver des sensations.

Il m'embrasse et c'est la chose la plus naturelle au monde. Mes doigts s'enfoncent dans ses cheveux tandis que je m'efforce de me rapprocher de lui. Je peine de nouveau à reprendre mon souffle, mais cette fois, je sais pourquoi.

Gabriel est toujours agenouillé à mes pieds. D'un mouvement souple, il me soulève dans ses bras et me dépose sur la table puis se place entre mes jambes.

— Je suis tellement content d'avoir réparé cette fichue table, murmure-t-il contre mes lèvres et nous rions en chœur.

Je laisse mes mains se promener le long de ses bras jusqu'à ses épaules et noue mes chevilles derrière ses genoux. Il m'embrasse goulûment, comme pour se répandre en moi. Comme s'il était en train de vivre ses derniers instants sur terre et qu'il devait absolument laisser une trace.

Glissant de mes genoux vers mes cuisses, ses paumes retroussent le tissu souple du T-shirt. Et pendant tout ce temps, nous nous embrassons. Nos bouches se cherchent, nos langues se mêlent. Lorsque ses doigts rencontrent l'élastique de ma culotte, il suspend son geste et s'écarte légèrement pour m'interroger du regard. Ses yeux sont noirs comme un puits sans fond. Je hoche la tête. Il me débarrasse du T-shirt. Je sens ses dents mordiller mon cou, puis la chaîne de la médaille miraculeuse. Du bout de la langue, il trace des mots sur ma peau, entre mes seins, sur mon ventre et plus bas encore. *"Pienso en ti todo el tiempo"*, chuchote-t-il en m'attirant vers le bord de la table avant de s'agenouiller de nouveau par terre. Sa bouche est chaude et humide à travers le coton. Il festoie.

Tel un orage qui couve, j'amasse de l'énergie. Au bout d'un moment, j'attrape Gabriel par les cheveux, l'oblige à se relever, me colle à lui comme une seconde peau. La pièce vacille lorsqu'il me prend dans ses bras pour m'emmener dans la chambre. Nous nous laissons tomber sur le matelas dans un enchevêtrement de bras et de jambes. Aussitôt, il roule sur le côté pour ne pas m'écraser sous son poids. Privée de son corps brûlant, je frissonne sous la caresse du ventilateur. Mes cheveux se sont détachés. Il repousse les mèches de mon visage et attend.

— Oui ? souffle-t-il.

— Oui, dis-je et cette fois, c'est moi qui le chevauche, arrachant un à un ses vêtements jusqu'au dernier.

Jusqu'à l'absorber, l'engloutir tout entier. Jusqu'à me perdre.

Ce n'est que bien plus tard, alors qu'il s'est endormi en me retenant dans ses bras, qu'une idée me traverse : si je me suis égarée, je crois bien que quelqu'un m'a retrouvée.

En me réveillant, je croise le regard de Gabriel posé sur moi. Sa main se crispe sur mon épaule, comme si j'étais du sable qui pourrait lui filer entre les doigts.

J'ai mal à la tête, la bouche sèche, mais je ne peux pas mettre ce qui s'est passé cette nuit sur le compte de l'alcool. J'avais le cœur en détresse, mais l'esprit clair.

À présent cependant, une ancre s'enfonce en moi.

Encore un instant, c'est tout ce que je demande.

Je pose ma main à plat sur le torse chaud de Gabriel, m'apprête à parler.

— Non, dit-il d'un ton pressant. Pas tout de suite.

Parce que nous connaissons déjà la suite, tous les deux. Il va falloir se détacher doucement, s'extraire. Il y aura des excuses et des prétextes. Puis on appliquera là-dessus une couche d'amitié, comme un vernis qu'on se gardera bien de décoller.

Il m'embrasse avec une tendresse infinie et son baiser ressemble à une chanson dans une langue étrangère. Que je continue de fredonner quand il s'écarte.

— Avant que tu dises quelque chose, commence-t-il.

Il ne finit pas sa phrase. Car aucun de nous n'a entendu le coup frappé à la porte ni le battant qu'on pousse.

Impossible toutefois d'ignorer le bruit de vaisselle et de verre cassés lorsque, venue apporter le petit-déjeuner qu'elle m'avait gentiment préparé, Beatriz nous surprend blottis l'un contre l'autre, et part en courant.

Le temps de rassembler nos vêtements, de nous habiller puis de monter chez Abuela, Beatriz a disparu.

D'un accord tacite, je saute dans la Jeep de Gabriel. Il sillonne la ville en silence, inspectant les rues désertes dans l'espoir d'apercevoir sa fille. Devant le ponton, il fait demi-tour et prend la direction des hauts plateaux. "Elle est peut-être à la ferme", déclare-t-il et je hoche la tête, terrifiée à l'idée qu'elle n'y soit pas.

Gabriel a vu comme moi le visage de Beatriz. Elle n'était pas seulement gênée de nous avoir surpris au lit. Non, elle s'est surtout sentie... trahie. *Je suis donc seule au monde*, pouvait-on lire sur ses traits.

Cette expression, je ne l'avais pas revue sur son visage depuis ce jour lointain où je l'avais aperçue à Concha de Perla, perdue dans la contemplation du sang qui coulait entre ses doigts.

Durant mon séjour sur l'île, Beatriz était passée du désespoir à la résignation. Si ce retour au bercail ne l'emplissait pas de joie, elle avait toutefois l'air moins tourmenté. Elle ne se scarifiait plus. Les blessures qu'elle s'était infligées n'étaient plus que de fines cicatrices opalescentes.

Que nous venions de rouvrir brutalement.

L'automutilation ne conduit pas nécessairement au suicide, c'est vrai. Sauf dans certains cas. Beatriz a baissé sa garde avec moi ; elle me faisait confiance, j'étais son alliée. Jusqu'à ce que je me donne à quelqu'un d'autre.

Un petit creux se forme en moi, rempli de culpabilité. *Finn. Ma mère.*

C'est mal, ce que j'ai fait la nuit dernière. Je chasse toutefois cette pensée pour me concentrer sur la seule chose qui compte pour le moment : retrouver Beatriz et essayer de la raisonner.

Un murmure parcourt mes os : *tu n'es qu'une lâche.*

— Isabela est une petite île, déclare Gabriel d'un ton inquiet. Mais dans certains cas, elle peut devenir immense.

Je sais ce qu'il veut dire. L'île recèle d'interminables chemins et sentiers inaccessibles en voiture, quantité de plantes toxiques, des coins piquetés de cactus aux longues épines et d'autres recouverts d'une épaisse végétation. On peut se blesser de mille manières, accidentellement ou délibérément.

— On va la retrouver, dis-je en levant la main dans l'intention de la poser sur la sienne, crispée sur le levier de vitesse, mais je me ravise et la laisse retomber sur mes genoux.

Tournée vers la vitre, je scrute le paysage, à l'affût du moindre mouvement qui pourrait ressembler à une adolescente en cavale. Impossible qu'elle nous ait distancés à pied. Mais peut-être a-t-elle pris un vélo chez Abuela. Et puis notre incursion dans le centre-ville lui aura laissé un peu d'avance.

Lorsque nous arrivons à la ferme, j'ouvre la portière avant même que la Jeep soit totalement à l'arrêt et fonce dans la maison en appelant Beatriz. Sur mes talons, Gabriel inspecte rapidement le salon puis ouvre la porte de la chambre. Il n'y a personne à l'intérieur.

Je reste sur le seuil tandis qu'il se laisse choir sur le matelas.

— Merde, marmonne-t-il.

— Elle a peut-être juste besoin d'être un peu seule, dis-je sur un ton que j'aimerais apaisant et optimiste. Si ça se trouve, elle va arriver d'une minute à l'autre.

Son regard tourmenté rencontre le mien et je me rappelle soudain que ce n'est pas la première fois qu'il remue ciel et terre pour retrouver une personne qu'il aime par-dessus tout.

Tout à coup, il ramasse le sac à dos de Beatriz posé à côté du lit et vide son contenu sur les draps.

— Qu'est-ce que tu cherches ?

— J'essaie de savoir ce qu'elle a pris… ce qu'elle n'a pas pris…

Il tire sur la fermeture d'une poche intérieure et glisse sa main dedans avant d'ajouter :

— Je ne sais pas trop…

Un indice. Un signe qui nous mettrait sur la bonne voie.

J'ouvre le premier tiroir du bureau, plonge une main entre les culottes et les soutiens-gorges. Mes doigts heurtent un objet qui ressemble à un livre.

Je continue mon exploration. Ce n'est ni un livre, ni un carnet ni même un journal intime. C'est une liasse de cartes postales retenues par un élastique à cheveux.

Toutes les cartes que j'ai écrites à Finn. Celles que Beatriz m'avait proposé de poster.

J'ai l'impression qu'une épée me transperce de part en part. Je tire sur l'élastique, examine rapidement ma trouvaille. Les photos et le logo de G2 TOURS au recto, mon écriture resserrée au verso. Mon seul lien avec Finn.

Je ne pouvais ni lui parler au téléphone ni recevoir ses e-mails mais au moins recevait-il de mes nouvelles de temps en temps et cette pensée me rassurait.

Sauf que je me leurrais.

Plusieurs milliers de kilomètres nous séparent et Finn n'a aucune nouvelle de moi. Après notre dernière conversation téléphonique tronquée, il doit s'imaginer que je suis encore fâchée contre lui. Voire que je l'ai chassé de mon esprit.

Je me tourne vers Gabriel, assaillie par une certitude : ma réalité, c'est la nuit que nous venons de passer ensemble.

Le contenu du sac de Beatriz – des cahiers de cours, un chargeur de téléphone, des écouteurs et quelques barres de céréales – est éparpillé sur le lit. Mais il tient dans la main un Polaroïd qu'il observe en silence, sourcils froncés. Une bande de scotch soigneusement positionnée recolle les deux moitiés déchirées.

D'un côté, une jolie fille avec des frisettes blondes tient Beatriz par les épaules. Son autre bras est tendu pour prendre la photo. Elles ont toutes les deux les yeux fermés. Et s'embrassent sur la bouche.

Ana Maria.

Le visage de Beatriz exprime une émotion que je ne lui ai encore jamais vue : de la joie pure.

— Qui est cette fille ? murmure Gabriel.

Je donnerais cher pour lire dans ses pensées.

— C'est la fille de sa famille d'accueil, une amie de Santa Cruz.

— Une *amie*, maugrée-t-il et, sur l'instant, je crois qu'il est furieux parce que Beatriz embrasse une autre fille.

283

Mais en le voyant effleurer d'un doigt le bout de scotch, je réalise qu'il en veut plutôt à celle qui a brisé le cœur de Beatriz. Beatriz qui a déchiré la photo avant de la rafistoler, rattrapée par le regret.

— Beatriz m'a supplié de rentrer sur l'île quand l'école a fermé ses portes. Tu crois que c'était à cause de ça ?

Je suis tellement heureuse que Gabriel ait balayé d'emblée les détails insignifiants : que sa fille soit tombée amoureuse d'une autre fille n'a pas d'importance ; ce qui l'inquiète, en revanche, c'est de savoir qu'elle a souffert. Qu'elle souffre *encore*. Et que nous sommes les tout derniers d'une longue liste de personnes qu'elle aime à avoir trahi sa confiance.

Je repense soudain à notre expédition aux *trillizos*. À ce qu'elle m'a dit alors.

Action ou vérité. L'amour inconditionnel, c'est de la connerie. Elle m'aimait, mais pas de cette manière.

J'avais envie de savoir ce que ça ferait, de tout lâcher.

— Gabriel, dis-je dans un souffle. Je crois savoir où elle est.

Les trois tunnels de lave ne sont pas loin de la ferme de Gabriel. Nous nous en approchons le plus possible en voiture. Après avoir coupé le contact, Gabriel glisse sur son épaule des cordes et un harnais d'escalade. Tandis que nous foulons l'épaisse couverture végétale qui tapisse le sol, j'appelle Beatriz mais elle ne répond pas.

L'échelle de corde descend si bas dans le goulet... et plus bas encore, tout est si noir. De combien de mètres serait-elle tombée ?

Refermant les doigts sur la médaille miraculeuse d'Abuela, je me mets à prier. Avant de crier encore :

— Beatriz !

Le vent fait bruisser les broussailles et voleter mes cheveux autour de mon visage. Gabriel enroule une extrémité de la corde autour d'un arbre vigoureux et l'attache avec une série de nœuds compliqués. Le temps radieux semble se moquer de nous : de beaux nuages joufflus valsent dans le ciel tandis que les oiseaux emplissent le silence de leurs chants mélodieux. Je me plante devant l'entrée des trois tunnels. Si Beatriz est ici, dans quel goulet est-elle descendue ?

Tout au fond de l'un des trois, peu importe lequel.

— J'y vais, dis-je à Gabriel.

— Quoi ?

Toujours occupé à sécuriser la corde, il relève brusquement la tête.

— Diana, attends.

Ignorant son ordre, je commence à descendre l'échelle du tunnel voisin de celui dans lequel nous nous étions enfoncées, Beatriz et moi, et j'attends que mes yeux s'habituent à l'obscurité. Les rayons du lointain soleil ricochent sur les parois, nimbant la roche d'un voile doré. Je continue à descendre, avalée par cette gorge minérale.

On n'entend que le bruit des gouttes d'eau s'écrasant sur la pierre à un rythme régulier. *Plic. Ploc.*

Et tout à coup, un sanglot étouffé. Le cœur battant, j'accélère la cadence.

— Beatriz ? Gabriel ! Par ici !

Dans la précipitation, mon pied dérape sur un barreau humide.

— Ne bouge pas. J'arrive.

Un souffle, puis sa voix monte jusqu'à moi.

— Va-t'en, lance-t-elle d'une voix étranglée par les larmes.

Comme désincarnés, ses mots flottent dans l'air tels des fantômes. Je ne la vois nulle part en contrebas.

— Je sais que tu es fâchée à cause de ce que tu as vu, dis-je en continuant à descendre.

J'arrive enfin en bas de l'échelle, mais elle n'est toujours pas là. En proie à une bouffée de panique, je jette un coup d'œil entre mes pieds posés sur le dernier barreau. Que vais-je découvrir ? Son corps disloqué gisant au fond du tunnel ?

— Je n'aurais jamais dû te parler, sanglote-t-elle.

Je ne la vois toujours pas. Alors je m'immobilise et tends l'oreille pour tenter de localiser l'écho. Ses pleurs ténus me guident et – voilà : une ombre bouge dans un recoin sombre. Elle est accrochée à une échelle de corde sur l'autre paroi du tunnel de lave. Quelques cordes pendent mollement, abandonnées là par d'autres visiteurs.

— Je croyais que… je comptais pour toi. Je croyais que tu pensais sincèrement ce que tu disais. Alors qu'en fait, t'es comme les autres : tu dis des choses et ensuite, tu t'en vas.

— C'est faux, Beatriz, dis-je avec douceur, tu comptes beaucoup pour moi. Mais tu sais depuis le début que je vais repartir.

— Tu as dit la même chose à mon père avant ou après avoir couché avec lui ?

Je grimace.

— Ce n'était pas prévu, tu sais.

— Bah voyons. Arrête de t'enfoncer, OK ?

— Ton père n'a rien à voir là-dedans. Parlons plutôt de *toi*. Je t'aime beaucoup, Bea. Vraiment.

Ses sanglots redoublent.

— Arrête de mentir. Franchement, arrête.

L'échelle frémit tandis que des pieds d'homme descendent le long de la paroi, à côté de moi.

— Elle ne ment pas, Beatriz, assure Gabriel en emplissant l'espace entre sa fille et moi.

Il a enroulé autour de lui la corde de rappel, seul lien avec le monde du dessus. Elle est tendue à fond et me paraît beaucoup trop fine pour pouvoir supporter son poids. Si elle casse, il est trop loin de nous pour attraper l'une des deux échelles.

— Quand on apprécie quelqu'un, on… on n'analyse pas ce qui se passe, reprend-il d'une voix calme. On ne choisit pas qui on aime. Personne ne choisit.

Je retiens mon souffle. Est-ce qu'il parle de nous ? De Beatriz et Ana Maria ? De son ex-femme ?

Tout en parlant, il s'est déplacé imperceptiblement, inclinant les pieds contre la paroi glissante pour trouver l'équilibre. Il se rapproche de Beatriz centimètre par centimètre, avec la prudence de quelqu'un qui redoute un acte irréfléchi.

— Tu serais tellement mieux sans moi, sanglote l'adolescente – on dirait que la phrase lui a été arrachée de force. Comme tout le monde, en fait.

Gabriel secoue la tête.

— Même si tu as l'impression d'être seule, je peux t'assurer que tu ne l'es pas, Beatriz. Et moi, je ne veux surtout pas l'être.

287

Il retient son souffle avant de murmurer :
— Je ne veux pas te perdre, toi aussi.
Il tend la main vers sa fille.
Beatriz ne bouge pas.
— Tu ne sais même pas qui je suis vraiment, dit-elle d'une voix assourdie par la honte.
Leurs respirations s'entrelacent, résonnent.
— Bien sûr que si, objecte Gabriel. Tu es mon enfant chérie. Pour le reste, je me fiche de ce que tu es… ou de ce que tu n'es pas. C'est tout ce qui compte à mes yeux.
Il palpe le vide du bout de ses doigts tendus.
Beatriz le rejoint à mi-chemin. L'instant d'après, Gabriel la prend dans ses bras et l'attache fermement contre lui avec les cordes. Il lui chuchote quelques mots en espagnol. Elle s'agrippe à ses épaules et prend quelques respirations tremblantes.
Lentement, nous remontons tous les trois vers la lumière.

Les heures suivantes s'écoulent dans une sorte de brouillard. Nous emmenons Beatriz chez Abuela parce que Gabriel ne veut pas la laisser seule à la ferme pendant qu'il me raccompagne à l'appartement. En voyant Beatriz, la vieille femme fond en larmes avant de s'agiter autour d'elle, aux petits soins. L'adolescente est toujours en pleurs, mutique et mal à l'aise et Gabriel l'entoure de mille et une attentions.

Je m'éclipse discrètement pour descendre dans mon appartement, m'assieds sur la murette qui sépare le jardinet de la plage. Je n'ai pas ma place dans cette famille qui doit réussir à panser ses plaies profondes.

Sauf que.

Sauf que je commence à me demander *où* est ma place.

Je repense aux cartes postales cachées dans le tiroir de Beatriz. Elles n'ont pas été envoyées. Toutes ces choses que je voulais partager avec Finn. Ces choses que je ne lui dirai jamais.

Je ne sais pas combien de temps je reste assise là, mais le soleil sombre dans le ciel et l'océan se retire, abandonnant sur le sable une longue guirlande de trésors : étoiles de mer, coquillages nacrés et algues emmêlées comme des chevelures de sirènes.

Je ressens la présence de Gabriel derrière moi avant même qu'il n'ouvre la bouche. L'espace se transforme chaque fois qu'il surgit. L'air se charge de tension, d'électricité. Il s'arrête tout près de l'endroit où je suis assise, fixe la ligne orange de l'horizon.

— Comment va-t-elle ?

— Elle dort, dit-il en faisant un pas vers moi.

La brise ébouriffe ses cheveux, comme si elle aussi se réjouissait de sa présence.

Il s'assoit à côté de moi, plie une jambe et pose un bras sur son genou.

— Je me suis dit que tu serais rassurée de savoir qu'elle va bien.

— Tu as eu raison. Enfin, tu as raison.

— On a beaucoup parlé, poursuit-il d'un ton hésitant.

— À propos de… l'école ?

À propos d'Ana Maria.

— À propos de tout, répond Gabriel en se tournant vers moi. Je vais rester auprès d'elle cette nuit.

Ses pommettes s'empourprent légèrement.

— Je ne voulais pas que tu penses que...
— Je ne m'attendais pas à ce que tu...
— Ce n'est pas que je ne...

Nous nous taisons tous les deux.

— Tu es un bon père, Gabriel, dis-je à voix basse. Tu protèges bien les personnes que tu aimes. Ne doute jamais de ça.

Il reçoit le compliment d'un air gêné, détourne les yeux.

— Tu sais, c'est moi qui ai choisi son prénom. Luz voulait lui donner le prénom d'une actrice qui jouait dans une de ses *telenovelas* préférées, à l'époque... mais j'ai insisté pour l'appeler Beatriz. Peut-être que je savais ce qui allait se passer.

— Pourquoi tu dis ça ?

— Beatriz est la femme qui a soutenu Dante tout au long de sa traversée de l'enfer. Et chaque fois que je souffre, ma Beatriz à moi m'empêche de faire une bêtise.

Ses paroles appuient sur une zone si sensible et douloureuse en moi qu'au lieu d'analyser ma réaction, je préfère blaguer.

— Je suis choquée.

— Parce que je l'ai baptisée Beatriz ?

— De savoir que tu as lu *La Divine Comédie*.

L'ombre d'un sourire étire ses lèvres.

— Il y a tellement de choses que tu ne connais pas de moi, dit-il avec un soupçon de tristesse dans la voix parce que nous savons tous les deux que je ne découvrirai jamais ces choses-là.

Il se lève, effaçant l'océan de mon champ de vision. Prend mon visage entre ses mains et dépose un baiser sur mon front.

— Bonne nuit, Diana, murmure-t-il avant de s'éloigner, me laissant seule en compagnie des étoiles et du ressac.

La nuit m'enveloppe comme une cape. Je pense à New York, à Finn et à ma mère. Aux banlieusards en baskets et au brunch dominical dans notre café préféré à l'époque où Finn ne travaillait pas. Je pense à l'écrin bleu de chez Tiffany enfoui tout au fond de son tiroir à caleçons et chaussettes. Je pense à la bouffée de soulagement qui m'envahit chaque fois que je réussis à monter dans une rame de métro avant la fermeture des portes, au goût du cheesecake qu'il m'est arrivé d'acheter à 3 heures du matin parce que j'en mourais d'envie et aussi à Zillow, le site immobilier qui m'a fait fantasmer des heures durant sur les maisons de rêve de Westchester, tellement au-dessus de nos moyens. Je pense à l'odeur des marrons chauds vendus sur les trottoirs en hiver et à l'asphalte qui fond sous mes talons en été. Je pense à Manhattan : une île peuplée de gens de tous horizons, mus par la même détermination à avancer rapidement vers un avenir meilleur ; une population qui se démène tous les jours. Mais tout cela me semble tellement loin. Tellement ancien.

Je pense ensuite à l'île sur laquelle je me trouve, où le temps est roi. Où le changement se produit à la fois lentement et inexorablement.

Ici, je ne peux pas m'oublier dans les courses à faire et les projets professionnels. Je ne peux pas disparaître dans une foule. Je suis obligée de marcher au lieu de courir sans cesse et c'est ainsi que j'ai pu admirer des choses que je n'aurais pas remarquées avant : les gesticulations d'un crabe en train de changer de carapace, le miracle d'un lever de soleil, l'éclosion tapageuse d'une fleur de cactus.

Occupé n'est qu'un euphémisme pour dire que nous sommes obnubilés par ce que nous n'avons *pas*, au point de ne plus distinguer ce que nous avons.

C'est un mécanisme de défense. Parce que dès qu'on arrête de s'agiter – dès qu'on met sur pause –, on commence à se demander pourquoi, en réalité, on désire toutes ces choses.

Je ne distingue plus le ciel de l'océan mais j'entends le bruissement des vagues. Perte de la vision, regain d'introspection.

Le jour où Finn et moi avons réservé notre séjour aux Galápagos, la conseillère de l'agence de voyages nous a dit que ce voyage changerait nos vies.

Elle ne croyait pas si bien dire.

À : DOToole@gmail.com
De : FColson@nyp.org

Chaque fois qu'un patient est extubé au service réa Covid, les haut-parleurs diffusent la chanson *Here Comes the Sun*. Un peu comme dans le film *Hunger Games* quand quelqu'un meurt, mais dans l'autre sens. On lève tous les yeux et on marque une petite pause. Mais il y a aussi des jours où on ne l'entend pas une seule fois.

En quittant l'hôpital aujourd'hui après une garde de trente-six heures, j'ai vu un camion réfrigéré garé le long du trottoir. Pour les corps qu'on ne peut plus mettre à la morgue, faute de place.

> Je suis sûr que toutes ces personnes sont arrivées aux urgences en pensant : allez, un ou deux jours à l'hôpital et ce sera passé.

Je ne vois ni Beatriz ni Gabriel pendant cinq jours. Même Abuela semble avoir disparu. Sans doute sont-ils partis tous les trois à la ferme. J'arrive facilement à me persuader que le soulagement qui m'habite n'est lié qu'à Beatriz – je suis tellement heureuse que sa famille puisse enfin l'aider à se sentir mieux – et absolument pas à Gabriel que je n'ai ainsi pas besoin d'éviter. La vérité, c'est que je ne sais pas quoi lui dire. *C'était une erreur*, voilà la phrase amère qui pèse sur ma langue, mais je ne suis pas sûre de connaître la nature de cette erreur : était-ce la nuit avec Gabriel ? Ou toutes les années qui l'ont précédée ?

En attendant, j'ai l'impression de profiter d'un sursis supplémentaire chaque fois que je sors sans le croiser. Tant que je ne le vois pas, je peux faire comme s'il ne s'était rien passé et repousser du même coup le moment où je devrai affronter les conséquences de mes actes.

Un jour, j'ai marché jusqu'au mur des Larmes dans l'espoir d'y retrouver un petit peu de réseau. Dès que les barres sont apparues comme par miracle sur l'écran de mon téléphone, j'ai contacté la maison de retraite pour régler les détails de la crémation en expliquant que j'étais toujours retenue à l'étranger. Ensuite, j'ai appelé Finn et suis tombée directement sur sa messagerie. *C'est moi. Je t'avais écrit des cartes postales mais elles... ne sont pas arrivées à destination. Je voulais juste te dire que je pense à toi.* Je n'ai pas eu le cœur d'ajouter autre chose.

Par une autre belle journée ensoleillée, j'enfile mon maillot de bain, prends le masque et le tuba rangés dans l'ancien logement de Gabriel et traverse le centre de Puerto Villamil pour retourner encore une fois à Concha de Perla. Les habitants n'hésitent plus à sortir pendant le couvre-feu, à présent. Quelques commerçants me reconnaissent et me saluent d'un signe de la main ou m'adressent des *Bonjour* à travers leur masque. Certains sont venus me voir à la *feria* et m'ont échangé de la crème solaire, des paquets de céréales et des tortillas fraîchement préparées contre des portraits qu'ils ont ensuite accrochés dans leurs boutiques.

Au bout du ponton de Concha de Perla, une énorme otarie se prélasse sur l'un des bancs. Elle relève la tête à mon approche, remue les moustaches puis retourne à sa sieste. Je me déshabille, descends les marches plongeant dans l'océan, enfile le masque de plongée et nage vigoureusement vers le cœur du lagon.

Soudain, une forme vaste et sombre apparaît dans mon champ de vision périphérique. Je tourne la tête et découvre une raie marbrée immense qui avance près de moi. Ses ailes ondulent, pareilles à l'ourlet d'une robe balayant une piste de danse. Elle m'effleure les doigts délicatement, délibérément, comme pour me convaincre qu'il n'y a aucun danger. J'ai l'impression de toucher les lamelles humides et veloutées d'un chapeau de champignon.

Il y a six semaines, j'aurais piqué une crise d'hystérie. Alors qu'aujourd'hui, je me contente de partager l'espace avec une autre créature vivante. Je souris en la regardant virer brusquement pour s'éloigner de moi. Elle n'est bientôt plus qu'un point distant dans le bleu profond et insondable de l'océan. Puis disparaît tout à fait.

Je fais la planche un moment, savourant la caresse du soleil qui réchauffe mon visage. Puis je regagne paresseusement le ponton à la brasse.

Beatriz est assise au même endroit que lors de ma première visite ici.

Elle ne porte plus son éternel sweat-shirt. De pâles griffures très fines marquent ses bras. Elle ramène ses genoux contre sa poitrine lorsque je gravis les marches, ôte mon masque et mon tuba et essore ma queue de cheval.

— Ça va ? je demande doucement en m'asseyant à côté d'elle.

Ce sont les premiers mots que je lui ai adressés à mon arrivée sur l'île. La boucle est bouclée.

— Ouais, répond-elle en baissant les yeux sur ses genoux.

Un silence pesant s'installe entre nous. Nous avons passé beaucoup de temps ensemble, toutes les deux, et nous n'avons jamais été à court de sujets de conversation.

— Ce que tu as vu l'autre jour... ton père et moi...

Je secoue la tête avant de continuer :

— Tu sais que quelqu'un m'attend aux États-Unis. Ça n'aurait pas dû arriver. Je suis désolée.

Beatriz fait glisser son ongle de pouce dans le sillon d'une planche.

— Moi aussi, je suis désolée. De ne pas avoir posté tes cartes.

J'ai beaucoup réfléchi aux motifs qui l'ont poussée à me mentir. À mon avis, elle ne voulait pas me blesser mais plutôt me garder pour elle toute seule. J'étais devenue sa confidente, après tout. Ce qui expliquerait pourquoi elle a été si choquée de me surprendre au lit avec son père.

Elle me faisait confiance. Comme Finn.

La nausée m'assaille soudain. Si l'idée de rencontrer Gabriel pour parler de ce qui s'est passé entre nous me tétanise, celle de devoir tout avouer à Finn me rend malade d'avance.

Le regard de Beatriz accroche le mien.

— J'ai parlé d'Ana Maria à mon père.

— Et comment ça s'est passé ?

— Mieux que ce que j'avais imaginé, admet-elle d'un air penaud.

— L'imagination nous joue parfois des tours, fais-je remarquer.

Elle réfléchit un instant.

— D'accord, mais c'est pas comme si je n'avais pas de bonnes raisons de m'inquiéter, argue-t-elle. Il y a plein de gens dans le monde qui me détesteraient parce que... j'aime les filles. Mon père n'en fait pas partie, heureusement.

Elle baisse le menton.

— Ça me fait un peu de peine pour Ana Maria. Ses parents ne sont pas comme lui, alors elle est tout le temps obligée de faire semblant. Elle se ment aussi à elle-même.

Que répondre à ça ? Elle a raison : le monde est tordu et il n'y a pas d'âge pour se frotter à cette réalité.

— Je ne vais pas retourner au collège, m'explique-t-elle encore. Mon père veut bien que je reste ici et que je suive des cours en ligne. Mais en échange, j'ai dû lui promettre de parler à un psy. On a eu la première séance hier, par Zoom.

Elle fait la moue avant d'ajouter :

— Encore un truc que j'imaginais plus nul que ce que c'est en réalité.

— Des cours *en ligne* ? je répète d'un ton incrédule. Et *Zoom* ?

— Mon père a payé Elena pour qu'elle ouvre cet hôtel à la con et active le wi-fi, explique Beatriz. Comme ça, au moins, j'ai une connexion à peu près correcte.

Je hausse un sourcil moqueur.

— Comment il la paie ?

Beatriz se fend d'un sourire. Je l'imite et on éclate de rire. Je l'enlace, elle pose la tête sur mon épaule. On regarde une otarie jouer au loin.

— Tu sais, dit-elle au bout d'un moment, tu pourrais rester. Avec nous.

Je me sens fondre contre elle.

— Il faudra bien que je retourne à la vie réelle un jour.

— Mais pendant un moment, fait Beatriz en s'écartant, l'air soudain mélancolique, c'était ça, la vie réelle, non ?

Cher Finn,
Il est fort possible que tu lises cette carte postale lorsque je te l'aurai remise en mains propres, à mon retour. Mais j'ai besoin de te dire certaines choses et ça ne peut pas attendre.

Ces derniers jours, j'ai beaucoup pensé aux actes tout bonnement impardonnables que nous commettons. Par exemple, ne pas être auprès de ma mère le jour où elle est morte. Elle qui n'était pas là pour me voir grandir. Te laisser seul pendant une pandémie. Toi qui m'as incitée à partir.

J'ai surtout beaucoup réfléchi à ce dernier exemple. Tu m'as dit que tu essayais juste de me protéger... mais en fait, tu cherchais peut-être à te persuader que c'était la ligne de conduite la plus raisonnable. Est-ce que tu croyais vraiment que je ne réussirais pas à me protéger toute seule du virus ? Est-ce que tu pensais sincèrement que lorsque le monde est en train de s'effondrer, il vaut mieux être séparé de la personne qu'on aime plutôt que d'affronter ensemble la dure réalité ?

Je me torture les méninges, je sais, mais il se trouve que j'ai tout le loisir de penser, depuis quelque temps. Le pire, c'est que je ne peux même pas t'en vouloir. Moi aussi, j'ai dit et fait certaines choses que je n'aurais pas dû.

Je sais que tout le monde commet des erreurs mais il y a encore peu de temps, je portais des jugements très sévères sur mes congénères : dans mon esprit, faire des erreurs était un signe de faiblesse. Cette rigueur valait aussi pour moi : je ne me suis jamais autorisée à échouer, à faire mieux la prochaine fois. À la longue, c'est épuisant de toujours s'efforcer d'être au top de peur de ne pas réussir à redresser la barre en cas de dérapage.

Bref, voici ce que j'ai appris : si on se rend compte, avec du recul, qu'on a merdé – dans l'hypothèse d'un acte impardonnable –, ça ne signifie pas que la chose terrible qu'on a faite ne devait pas se produire. Certes, on préférerait que ça se soit passé différemment, mais quand les choses ne se déroulent pas comme prévu, c'est peut-être parce que le plan initial était mauvais. Mes explications sont confuses. Prends l'exemple de ma valise perdue : je me dis que la personne qui l'a trouvée avait peut-être plus besoin de vêtements que moi. Je me demande comment Beatriz se serait débrouillée si je n'étais pas venue à Isabela. Je pense à Kitomi qui a pu apprécier son tableau pendant toutes ces semaines de confinement, au lieu de le savoir remisé dans un hangar. J'imagine toutes les personnes que tu as sauvées à l'hôpital et celles que tu n'as pas réussi à soigner mais que tu as malgré tout accompagnées jusqu'aux portes de la mort. Et là, une pensée me traverse : peut-être que les choses n'ont pas si mal tourné que ça. Peut-être que j'étais dans l'erreur pendant tout ce temps. Et maintenant, je suis ici, dans cet endroit qui m'attendait depuis toujours.

Diana

> À : DOToole@gmail.com
> De : FColson@nyp.org
>
> Je suis vraiment trop fatigué pour ressasser tout ce qui s'est passé à l'hôpital aujourd'hui.
> J'espère que tu vas bien.
> Il faut que l'un de nous deux aille bien.

Deux semaines et demie après ma nuit dans les bras de Gabriel, je trouve en rentrant de mon footing un petit mot glissé sous la porte de l'appartement. Il me propose de partir en randonnée avec lui à Playa Barahona. Si je suis d'accord, il m'attendra devant la maison à 9 heures demain matin.

Je ne peux pas continuer à me cacher, même si l'idée ne me déplaît pas. Nous sommes le 9 mai. Cela fait presque deux mois que je suis ici. Le ferry finira par reprendre la mer un jour mais d'ici là, il m'est impossible d'éviter Gabriel sur une petite île comme Isabela. En plus, je lui dois bien une conversation posée et franche.

Le lendemain matin, je sors par la baie vitrée à l'heure convenue. Gabriel m'attend avec deux vélos piquetés de rouille et un thermos de café.

— Salut, dis-je en marchant vers lui.

Son regard m'absorbe.

— Salut.

Comment est-il possible d'être aussi intimidée par quelqu'un qu'on a senti bouger en soi ? À cette pensée, une bouffée de chaleur m'envahit et je m'empresse de dissimuler mon trouble en entamant la conversation.

— Des vélos ? C'est si loin que ça ?

Il passe une main sur sa nuque.

— Plus loin qu'el muro de las Lágrimas mais plus près que Sierra Negra. C'est un endroit secret. Son accès est interdit aux touristes *et* aux habitants de l'île. Je n'y ai pas mis les pieds depuis que je suis gamin.

— Et on continue d'enfreindre la loi, fais-je d'un ton amusé. Tu as vraiment une mauvaise influence sur moi…

À ces mots, ses yeux emprisonnent les miens.

Je me détourne précipitamment et attrape un vélo en me raclant la gorge.

— J'ai vu Beatriz. Elle m'a dit que tout allait… bien.

Gabriel me considère longuement avant de saisir le guidon du deuxième vélo.

— OK, dit-il à mi-voix en hochant la tête, comme pour me montrer qu'il acceptait ma décision de parler de ceci et de taire cela.

Il pousse le vélo en direction de la route principale en me racontant que Beatriz lui avait expliqué par le menu de quelle manière s'était déroulé le vol des cent vingt-trois bébés tortues enlevés au centre d'élevage en 2018 puis en me parlant de la bataille perdue d'avance qu'il mène contre Abuela qui refuse de comprendre qu'elle ne pourra pas aller jouer à la *lotería* à l'église, même si elle porte un masque. Tandis que nous pédalons sur des chemins de terre, il me dit aussi qu'il a presque terminé d'aménager la deuxième chambre à coucher dans sa maison, ce qui est une très bonne nouvelle puisque Beatriz compte rester avec lui, même après la réouverture du collège de Santa Cruz.

Nous continuons de pédaler en silence pendant près d'une demi-heure.

— Luz est la première fille dont je suis tombé amoureux, lâche soudain Gabriel. Elle était assise juste devant moi en classe, par ordre alphabétique, et j'ai contemplé les trois taches de rousseur posées sur sa nuque pendant plusieurs mois avant de trouver le courage de l'aborder.

Il me jette un coup d'œil.

— Tu te souviens de ton premier coup de cœur ?

— Bien sûr. Il s'appelait Jared, il était végétarien et je me suis privée de viande pendant un mois juste pour qu'il me remarque.

Gabriel rigole.

— Est-ce que tu te souviens de la période d'avant Jared, quand tu as décidé que tu aimais les garçons ?

Je lui lance un regard perplexe.

— Non…

— Voilà, dit-il en contractant sa mâchoire. Personne ne lui brisera le cœur une deuxième fois.

Cet homme est tellement surprenant.

— Qui oserait, sachant que tu traînes dans les parages ?

Nos regards se soudent, je suis incapable de détourner les yeux et manque percuter un arbre mais au même moment Gabriel rompt le charme en mettant pied à terre.

— Il faut qu'on cache les vélos, explique-t-il. Si les gardes forestiers les voient, ils partiront à notre recherche.

Joignant le geste à la parole, il pousse le sien dans un fatras de broussailles et arrange le feuillage de manière à dissimuler le cadre rouillé. Puis il s'occupe de camoufler le mien.

— Et maintenant ? je demande.

— Maintenant, on fait le dernier tronçon à pied. Il faut encore compter trois quarts d'heure.

Pendant que nous marchons, il reste en terrain neutre et me parle de son enfance. Son père lui lisait *Moby Dick* avant d'aller au lit parce que Melville s'était initié à la chasse à la baleine sur un bateau qui cabotait dans l'archipel des Galápagos. Il me dit que Melville avait surnommé les Galápagos "les îles enchantées". Et me raconte sa dernière expédition à Barahona, l'endroit où il m'emmène aujourd'hui. Il était parti là-bas avec un groupe baptisé Amigos de las Tortugas, les Amis des Tortues, une bande de gamins partis compter les nids de tortues de mer sous la houlette du centre de recherche Charles Darwin. Des bénévoles des quatre coins du monde étaient venus les aider et parmi eux un touriste originaire des États-Unis avait enseigné à Gabriel les rudiments du surf.

Quand enfin nous parvenons au sommet d'une dune et apercevons la plage étalée à nos pieds, je retiens mon souffle. La beauté des paysages sauvages est particulière, unique. Mer rugissante et sable brut soulignés d'un ruban végétal, mélange de plantes grasses et de broussailles. Gabriel me tend la main et, après une seconde d'hésitation, je la prends pour qu'il m'aide à me frayer un chemin jusqu'à la plage.

— Attention, dit-il soudain en me tirant vers la gauche pour m'empêcher de marcher sur un trou minuscule, semblable à une bulle prisonnière sous le sable. Tu vois : ça, c'est un nid de tortue marine.

En regardant attentivement autour de moi, je repère une vingtaine de mottes semblables à celle-ci.

— C'est vrai ?

— Ouais. Peu importe le nombre de kilomètres parcourus par les tortues en mer, elles reviennent toujours pondre sur la même plage.

— Comment font-elles pour la retrouver ?

— C'est une histoire de champ magnétique. En gros, chaque portion de la côte possède une empreinte spécifique. Les bébés la gardent en mémoire et s'en servent comme d'une boussole.

— C'est génial.

— Mais ce n'est pas pour ça que je t'ai amenée ici, fait Gabriel en désignant une ligne tortueuse barrant le sable jusqu'à l'océan. Après avoir pondu leurs œufs, une centaine d'un coup, les tortues femelles s'en vont.

Il se tourne vers moi avant d'ajouter :

— Elles ne reviennent plus jamais s'occuper de leurs œufs.

Je me revois en train de regarder ma mère sortir de la maison en tirant une petite valise. C'est le souvenir le plus vivace que je conserve d'elle.

— Mais ce n'est pas le plus étonnant, poursuit Gabriel. Deux mois plus tard, les œufs éclosent et les bébés tortues sortent de leur coquille. Ils doivent absolument gagner l'océan avant de se faire attraper par les rapaces, les crabes et les frégates. Pour cela, ils ont comme seul guide le reflet de la lune sur l'eau.

Je sens sa présence près de moi, tel un mur brûlant.

— Ils n'y parviennent pas tous. Mais Diana... les plus forts y arrivent toujours.

En sentant des larmes picoter mes yeux, je me détourne et trébuche. Gabriel me retient par le bras.

— *Cuidado !* lance-t-il.

Je suis son regard et reconnais aussitôt l'arbre que j'ai failli percuter, un mancenillier chargé de pommes empoisonnées.

Un rire s'échappe de mes lèvres, à moins que ce ne soit un sanglot. La main de Gabriel s'attarde sur mon bras.

— Est-ce que nous allons en parler un jour ?

— Je ne peux pas, dis-je en lui laissant le soin de décrypter toutes les nuances de cette réponse.

Il me libère en hochant la tête, gratte le sable en prenant soin d'éviter les nids de tortues.

— Dans ce cas, c'est moi qui vais en parler, déclare-t-il tranquillement. Il y a eu quelques moments dans ma vie où les étoiles me semblaient bien alignées, où j'avais l'impression d'être exactement à ma place. La première fois, c'était à la naissance de Beatriz. La deuxième, c'était pendant une sortie plongée près de Kicker Rock à San Cristóbal ; ce jour-là, j'ai eu la chance d'admirer une bande de cinquante requins-marteaux. La troisième fois, c'est quand le volcan s'est réveillé sous mes pieds.

Il plante son regard dans le mien avant de conclure :
— Et la dernière fois, c'était avec toi.

Si seulement cela se passait dans des circonstances ordinaires. Si seulement j'étais une touriste lambda. Si seulement je n'avais pas déjà une vie et une personne que j'aime là-bas, chez moi. Je prends une inspiration.

— Gabriel, dis-je mais il m'interrompt en secouant la tête.

— Tu n'es pas obligée de parler.

Je tends la main, attrape la sienne. Baisse les yeux sur nos doigts enlacés.

— Tu viens nager avec moi ?

Il acquiesce en silence et nous continuons à descendre vers la plage. J'enlève mon short et mon T-shirt, ajuste mon maillot de bain et me jette dans les vagues. Gabriel me dépasse en courant. Il fait exprès de m'éclabousser et j'éclate de rire. Puis il plonge dans les eaux peu profondes, remonte à la surface en s'ébrouant. Un halo de gouttelettes se répand autour de lui. Il enfonce sa main dans l'eau et m'éclabousse de nouveau.

— Tu vas me le payer ! je m'exclame en plongeant à mon tour.

C'est un baptême, nous le savons tous les deux. Une façon de tourner la page pour repartir sur de nouvelles bases comme deux amis, puisque c'est la seule voie qui s'offre à nous.

L'eau est à la bonne température, fraîche juste comme il faut. Le sel me brûle les yeux et je sens mes cheveux s'emmêler comme des cordes dans mon dos. De temps en temps, Gabriel plonge en apnée et rapporte une étoile de mer ou un morceau de corail qu'il me montre avant de les relâcher.

Je ne sais plus trop à quel moment je m'aperçois qu'il a disparu de mon champ de vision. J'aperçois soudain sa tête flotter un peu plus loin, pareille à celle d'une otarie, puis de nouveau, je le perds de vue. Je tourne en rond, tente de me rapprocher du rivage. Sans succès. J'ai beau nager de toutes mes forces, je suis irrésistiblement attirée vers le large.

— Gabriel ?

Je bois la tasse mais continue de l'appeler.

— *Gabriel !*

— Diana ?

J'entends sa voix avant de le repérer, tête d'épingle minuscule – comment a-t-il fait pour s'éloigner autant ? Mais peut-être est-ce moi qui ai dérivé… ?

— Je n'arrive pas à revenir vers le bord !

Il met ses mains en porte-voix pour que je puisse l'entendre :

— Nage avec le courant, en diagonale ! N'essaie surtout pas de résister.

Quelque part dans mon cerveau, une voix me souffle que je dois être piégée dans un contre-courant qui m'éloigne rapidement de la plage. Je pense aux amis de Gabriel, les pêcheurs disparus en mer. À son père, emporté par un puissant courant de profondeur. Mon cœur se met à battre à coups redoublés.

Après avoir inspiré une grande bouffée d'air, je bouge vigoureusement les bras pour nager en crawl vers le rivage. Mais lorsque je relève la tête, j'ai l'impression de ne pas avoir bougé d'un pouce. La seule différence, c'est que Gabriel se dirige rapidement vers moi, nageant dans le sens du courant, au milieu de la houle, se rapprochant à une vitesse surhumaine.

Il vient à mon secours.

J'ai l'impression que ça dure une éternité alors qu'en réalité, il me rejoint en quelques minutes. Il s'agrippe à moi, enroule un doigt autour de la chaîne de la médaille miraculeuse mais elle se casse et je m'éloigne de nouveau.

— Gabriel !

Je hurle en gesticulant frénétiquement tandis qu'il se rapproche. Dès qu'il est à portée de main, je l'attrape et m'accroche à lui comme du lierre, en proie à la panique. Il m'enfonce légèrement sous l'eau avant de me tirer à la surface d'un geste brusque.

Je tousse et je crache, cligne des yeux. Maintenant qu'il a toute mon attention, il pose les mains sur mes épaules.

— Tiens bon. Regarde-moi. Tu vas t'en sortir, martèle-t-il.

Il m'enlace d'un bras puis se met à nager pour deux mais je sens ses mouvements ralentir, son corps s'alourdir.

Mais non, enfin. Il ne peut pas revivre deux fois la même chose.

Ses doigts se crispent autour de ma taille tandis qu'il s'efforce de resserrer son étreinte. Il fatigue, je le sens. Seul, il pourrait sûrement s'extirper de ce courant infernal, mais mon poids mort le vide de son énergie. S'il s'obstine à vouloir essayer de me sauver, nous allons nous noyer tous les deux. Alors je fais la seule chose en mon pouvoir.

Je me libère de son étreinte.

Aussitôt, le courant me happe et m'éloigne de lui, si vite que j'en ai le tournis. Il fait du sur-place en criant mon nom d'une voix désespérée.

Les vagues sont énormes à cette distance de la plage. Plusieurs viennent s'écraser sur ma tête. Chaque fois que j'essaie de lui répondre, l'eau s'engouffre dans ma bouche.

Je repense à ce qu'il m'a dit sur la plage, le jour où il a effleuré ma gorge. À propos des voies aériennes développées par les humains, des promesses que nous pouvons échanger de vive voix, des compromis que nous acceptons en contrepartie.

J'ai déjà entendu dire que le plus difficile dans une noyade est le moment qui précède l'issue fatale : quand les poumons se bloquent, sur le point d'éclater ; qu'on cherche de l'oxygène mais qu'on ne trouve que de l'eau.

Nos corps tentent de lutter contre l'inévitable.

J'ai entendu dire qu'il n'y a qu'une chose à faire pour trouver enfin la paix : lâcher prise. Simplement.

SEPT

Au secours

HUIT

Tiens bon. Regarde-moi. Tu vas t'en sortir, Diana.

NEUF

Est-ce que tu sais où tu es ?
Où est ma voix.

DIX

Est-ce que tu peux serrer ma main ?
Bouger les orteils ?
Est-ce que tu sais où tu es ?
Où est Gabriel

ONZE

— Cligne des yeux une fois pour dire oui, ordonne une voix. Deux fois pour dire non. N'essaie pas de parler.

La luminosité est trop forte, je suis obligée de garder les yeux fermés.

J'ai quelque chose dans la gorge, une espèce de tuyau. J'entends le ronron et le cliquetis d'une machine. Je suis à l'hôpital. Je cligne une fois.

— OK, Diana. Maintenant, tu vas tousser.

Lorsque je m'exécute, la sonde remonte vers le haut, cran après cran, et ma gorge est irritée et tellement, tellement sèche…

Je tousse et tousse encore, me rappelant soudain que je n'arrivais plus à respirer. Mes yeux se posent sur l'inscription barrant la grande vitre de ma chambre. Les lettres sont inversées puisqu'on les lit normalement en entrant, et je dois faire un effort pour les remettre dans le bon sens.

COVID +

Quelqu'un me tient la main, me serre fort les doigts. Au prix d'un effort surhumain, je tourne la tête.

La personne qui se tient près de moi porte une espèce de tenue d'astronaute qui la recouvre entièrement. Ses mains sont gantées et un épais masque blanc dissimule son nez et sa bouche. Derrière la visière de protection en plastique qu'elle porte en plus du reste, des larmes ruissellent sur son visage.

— Ça va aller, murmure Finn, en pleurs.

Que fait-il ici ?

Il m'explique qu'il a supplié une infirmière de le laisser entrer car bien que j'aie été admise dans l'hôpital où il travaille, je ne fais pas partie de ses patients et pour le moment aucune visite n'est autorisée en service de réanimation. Il dit que j'ai fichu une sacrée trouille à tout le monde, ici. Je suis sous assistance respiratoire depuis cinq jours. Hier, quand ils ont réduit le niveau de ventilation pour faire un essai de respiration spontanée, les valeurs des gaz sanguins étaient suffisamment favorables pour tenter une extubation.

Aucune de ces informations ne trouve de place dans mon cerveau.

Passant la tête dans l'entrebâillement de la porte, une infirmière tapote son poignet : le temps de visite est écoulé. Finn me caresse le front.

— Il faut que je file avant que ma présence ne cause des ennuis, déclare-t-il.

— Attends…

Ma voix est un croassement. Une foule de questions virevoltent dans ma tête mais la plus importante jaillit en premier.

— Gabriel ?

Finn fronce les sourcils.

— Qui ça ?

— Dans l'eau. Avec moi. Est-ce qu'il… s'en est sorti ?

L'air s'infiltre dans mes poumons meurtris. J'ai l'impression d'avaler des tessons de verre.

— De nombreux patients atteints du Covid souffrent de bouffées délirantes quand on les débranche du respirateur, explique Finn d'un ton apaisant.

De nombreux *quoi* ?

— C'est normal d'éprouver une certaine confusion après une longue période de sédation, poursuit-il.

Je ne me sens pas confuse. Je me souviens de tout : le courant qui m'a entraînée au large, le sel qui me brûle la gorge, le moment où j'ai lâché Gabriel.

J'agrippe Finn par la manche de sa blouse blanche et ce petit geste m'épuise déjà.

— Comment suis-je arrivée ici ?

Ses yeux s'assombrissent.

— En ambulance, murmure-t-il. Tu étais en train de te brosser les dents quand tu as perdu connaissance et j'ai cru que je…

Je l'interromps sèchement.

— Non. Comment je suis rentrée des Galápagos ?

Finn bat des cils.

— Diana, dit-il, tu n'y es jamais allée.

DEUX

DEUX

DOUZE

Plus tard, j'apprendrai que lorsque l'équipe médicale envisage de débrancher le respirateur d'un patient, les soignants utilisent l'acronyme MOVE pour vérifier si les conditions sont favorables : le mental, l'oxygénation, la ventilation et l'expectoration. Les vaisseaux sanguins du cerveau doivent recevoir et perfuser l'oxygène afin que le patient assimile les signaux envoyés pour pouvoir réagir. Le taux de saturation en oxygène doit dépasser 90 % et le patient doit être capable de respirer seul. Il faut s'assurer qu'il peut tousser pour éviter qu'il ne s'étouffe avec sa salive lors de l'extubation.

Afin d'évaluer la situation, on procède à un premier essai de respiration spontanée. Le patient passe alors en mode ventilation assistée contrôlée. Cette étape permet de mesurer la quantité d'air inspiré. Vient ensuite l'essai de réveil spontané : le patient est censé sortir du coma artificiel dans lequel on l'avait plongé lorsqu'on diminue la quantité de sédatifs administrés en perfusion intraveineuse. Dans un troisième temps, la ventilation assistée est coupée et l'essai de respiration spontanée débute. Si le taux de dioxyde de carbone reste faible, le patient est prêt pour l'extubation.

Syreta, l'infirmière qui s'occupe de moi, m'explique patiemment que je ne suis pas partie en vacances et que je n'ai pas failli me noyer. Si j'ai plongé quelque part, c'est dans le coma artificiel.

La plupart du temps, je suis seule dans ma chambre mais il y a un défilé incessant devant la grande vitre donnant sur le couloir, et je sens sur moi des regards curieux. Lorsque Syreta repasse me voir, je lui demande ce qui se passe. Elle me répond que je suis l'exemple type du patient Covid qui revient de loin. Il y en a très peu dans le service et ces cas sont aussi rares que précieux.

Syreta me dit aussi que l'état de fatigue intense dans lequel je me trouve n'a rien d'anormal. Je suis incapable de m'asseoir seule. Je n'ai pas le droit de manger ni de boire : je suis alimentée par une sonde nasale que je garderai jusqu'à ce qu'on me fasse passer un truc baptisé test de déglutition. Je porte une couche. Pourtant, rien de tout cela ne m'affecte autant que les mots qu'on me répète en boucle, à savoir que *ceci est la réalité* : l'équipe soignante en tenues d'astronautes, mon corps amorphe, les journaux télévisés annonçant la fermeture de toutes les écoles et les entreprises du pays, évoquant les milliers de morts du Covid.

Hier, j'étais sur l'île d'Isabela et j'ai failli me noyer. Mais je suis la seule personne à le croire.

Syreta ne cille même pas quand je lui parle des Galápagos.

— J'avais une autre patiente qui m'assurait qu'il y avait deux animaux en peluche posés sur le rebord de sa fenêtre, dit-elle, et chaque fois que je quittais la pièce, les deux bestioles lui faisaient signe.

Elle marque une pause et lève un sourcil avant de conclure :

— Il n'y avait pas de peluches sur le rebord de sa fenêtre. Il n'y avait même pas de fenêtre.

— Vous ne comprenez pas... j'ai *vécu* là-bas. J'ai rencontré des gens, je me suis fait des amis et je... j'ai escaladé un volcan... j'ai nagé... Oh !

Je tends le bras pour attraper mon téléphone posé sur la tablette à roulettes mais il pèse si lourd qu'il glisse de ma main et Syreta doit fouiller dans les replis des couvertures pour le retrouver.

— J'ai pris des photos, dis-je en récupérant l'appareil. Plein de photos d'otaries et de fous à pieds bleus que je voulais montrer à Finn...

Mon pouce glisse sur l'écran mais dans la galerie, la dernière photo est celle du tableau de Kitomi Ito que j'ai prise quelques semaines plus tôt.

À cet instant, je remarque la date affichée sur l'écran.

— On n'est pas le 24 mars, je murmure tandis que cette pensée envahit mon cerveau à la manière d'une nappe de brume. Je suis partie il y a deux mois. J'ai même fêté mon anniversaire là-bas.

— Vous pourrez le fêter deux fois, alors.

— Ce n'était pas une hallucination. Ça semblait beaucoup plus réel que tout ce qui m'entoure en ce moment.

Syreta prend un air songeur avant de déclarer :

— Vous savez quoi ? C'est mieux comme ça.

L'unité de réanimation Covid-19 ressemble à un service de pestiférés. Les seules personnes autorisées à entrer dans ma chambre sont mon médecin attitré, Syreta, et Betty, l'infirmière de nuit. Même les internes qui assurent les visites restent derrière la baie vitrée. Il y a trop de patients et pas assez de soignants. Quatre-vingt-dix-neuf pour cent du temps, je suis seule, piégée dans un corps qui refuse de faire ce que je lui demande.

Je regarde sans cesse par la vitre mais c'est moi, l'insecte prisonnier d'un bocal que quelques personnes viennent observer parfois, soulagées de ne plus devoir partager le même espace que moi.

J'ai une soif d'enfer mais personne ne veut me donner d'eau. J'ai l'impression d'avoir passé plusieurs jours dans une soufflerie avec la bouche grande ouverte. J'ai les lèvres gercées et ma gorge est un désert aride.

Je reçois encore de l'oxygène par une canule nasale.

Je ne me souviens absolument pas d'être tombée malade.

Ce dont je me souviens précisément et viscéralement, c'est le scintillement des parois rocheuses à l'intérieur des *trillizos*, l'odeur d'iode et de poisson flottant au-dessus du ponton de Puerto Villamil, la saveur d'une papaye tiédie par le soleil et les volutes suaves de la voix d'Abuela parlant espagnol.

Je me souviens de Beatriz assise sur la plage, occupée à faire couler délicatement entre ses doigts une poignée de sable humide.

Je me souviens de Gabriel en train de barboter dans l'océan, un sourire espiègle aux lèvres au moment où il m'éclabousse.

Dès que je pense à eux, je fonds en larmes. Je pleure la perte de ces êtres qui, au dire de tout le monde ici, n'ont jamais existé.

La seule explication possible, c'est qu'en plus d'avoir attrapé ce foutu virus, j'ai aussi perdu la boule.

Pourtant, chaque fois que je peine à respirer, chaque fois que j'éprouve le poids de mon corps brisé, je sais que je ferais mieux de les croire, tous ces gens qui me disent que j'ai été gravement malade. Le problème, c'est que je n'ai pas l'impression d'être malade. J'ai plutôt la sensation que ma réalité a… changé, c'est tout.

J'ai lu des articles sur des gens qu'on avait placés dans le coma artificiel et qui, à leur réveil, parlaient couramment le mandarin alors qu'il n'y avait aucun Chinois dans leur histoire familiale et qu'ils n'avaient jamais mis les pieds dans ce pays. Un autre homme sorti du coma avait demandé qu'on lui apporte un violon. Devenu musicien virtuose en un temps record, il donnait des récitals dans le monde entier et jouait à guichets fermés. Avant, ces témoignages me laissaient perplexe, je les trouvais trop farfelus pour être vrais. Je n'ai peut-être aucun don nouveau pour les langues étrangères, je ne joue d'aucun instrument, mais je mettrais volontiers ma main à couper que les souvenirs de ces deux mois ne sont pas le fruit de bouffées délirantes. Je *sais* que j'étais là-bas.

Et peu importe où se trouvait ce *là-bas*.

Les pensées se bousculent dans ma tête, je m'agite et ma pression artérielle monte en flèche. Comme d'habitude dans ces cas-là, Betty entre dans ma chambre. Je suis tellement heureuse de voir un autre être humain que je me dis que c'est peut-être ça, la solution : faire semblant d'avoir un problème pour rompre ma solitude.

— Qu'est-ce qui se passe quand on est en manque d'oxygène ? je demande à l'infirmière.

Elle vérifie aussitôt le taux de saturation qui est stable.

— Tout va bien, assure-t-elle.

— *Maintenant*, oui. Mais je n'ai pas été placée sous respirateur par hasard, si ? Et si ça m'avait... détraqué le cerveau de manière irréversible ?

Le regard de Betty s'adoucit.

— On a effectivement observé des cas de confusion mentale liée au Covid, m'explique-t-elle. Si vous avez du mal à enchaîner vos pensées ou si vous oubliez ce que vous vouliez dire avant d'avoir terminé votre phrase, rassurez-vous : il ne s'agit pas d'une lésion cérébrale mais juste d'un... effet secondaire de la maladie.

— Dans mon cas, c'est le problème inverse. Ce sont plutôt mes souvenirs qui sont inquiétants. Tout le monde me dit que j'ai été hospitalisée parce que j'avais contracté le Covid mais je ne me souviens absolument pas de ça. Tout ce que je me rappelle, c'est que j'étais dans un pays étranger avec des personnes que j'aurais apparemment inventées de toutes pièces.

Les larmes alourdissent ma voix. Je ne veux pas voir la compassion sur le visage de Betty. Je ne veux pas non plus être traitée comme quelqu'un qui aurait perdu le contact avec la réalité. Merde à la fin : tout ce que je veux, c'est qu'on me croie.

— Vous voulez que j'appelle le médecin de garde ? propose Betty. Les soignants du service réa sont là pour ça, vous savez. Ce n'est pas étonnant qu'un syndrome de stress post-traumatique apparaisse après l'épreuve que vous venez de traverser. On peut vous donner des médicaments pour vous aider à vous détendre...

— Non, je la coupe. Ça suffit, les médicaments.

Je ne veux pas qu'une drogue efface mes souvenirs et me transforme en zombie. Hors de question qu'on fasse le ménage dans ma mémoire.

De toute manière, j'ai l'impression que c'est déjà fait.

Face à mon refus d'avertir le médecin de garde, Betty suggère d'appeler Finn. Elle utilise mon téléphone pour le joindre en FaceTime, sans succès. Mais dix minutes plus tard, il frappe à la vitre de ma chambre. En le voyant là, en posant les yeux sur cet homme qui m'aime, je me laisse submerger par le soulagement. J'agite la main pour l'inviter à entrer mais il secoue la tête. Puis il me fait signe de prendre mon téléphone et intercepte Betty dans le couloir. L'instant d'après, l'infirmière pénètre dans la pièce et tient l'appareil contre mon oreille parce que je n'ai pas assez de force dans les bras.

— Salut, lance Finn d'une voix pleine de douceur. On m'a signalé une patiente agitée.

— Pas agitée, non. Plutôt… frustrée. Et surtout très très seule.

— Si ça peut te consoler, l'isolement fait visiblement des miracles parce que tu as déjà meilleure mine.

— Menteur, je marmonne et il m'adresse un clin d'œil à travers la vitre.

Ça, c'est la réalité, je pense pour mieux m'en convaincre. *Finn est réel.*

Aussitôt, le pendant de ce constat me fait l'effet d'une gifle : Gabriel ne l'est pas.

— Finn ? Tu crois que c'est possible de ne pas réussir à distinguer ce qui était un rêve de ce qui ne l'était pas ?

Il ne répond pas tout de suite, puis :

— Tu as encore eu des… crises ?

Il refuse de prononcer le mot *hallucination*, je ne suis pas dupe.

— Non.

Ce que je ne lui dis pas, c'est que chaque fois que j'ai fermé les yeux aujourd'hui, j'ai espéré me retrouver là où j'étais hier.

Je veux qu'on me laisse une deuxième chance, même si la voix de ma conscience me souffle que j'en ai déjà eu une.

— Ton infirmière m'a dit que tu étais anxieuse, reprend Finn.

Mes yeux s'embuent.

— Personne ne me dit rien, à moi.

— Je vais t'expliquer, promet Finn. Je vais répondre à toutes tes questions, Diana.

— Je ne me souviens même pas d'être tombée malade.

— Tu t'es réveillée en pleine nuit avec un mal de tête. Le lendemain matin, tu avais quarante de fièvre. Et tu avais du mal à respirer, tu haletais. J'ai appelé une ambulance qui t'a transportée ici.

— Et les Galápagos, là-dedans ?

— Quoi, les Galápagos ? On avait décidé de ne pas y aller.

Cette petite phrase étouffe d'un coup le vacarme dans ma tête. Ah bon ?

— Ton taux de saturation en oxygène était à 76 et tu as été testée positive, continue Finn. Tu as été admise dans le service réservé aux patients Covid. Franchement, je n'arrivais pas à y croire. Tu es jeune, en bonne santé, pas du tout le genre de personne susceptible d'attraper le virus. Mais ce qu'on sait sur le Covid, maintenant, c'est justement qu'on ne sait rien. Je me suis documenté à fond sur le sujet, j'ai essayé de te faire participer à des essais cliniques, je me suis cassé la tête pour essayer de comprendre pourquoi les six litres d'air qu'on t'envoyait avec une canule n'arrivaient pas à faire remonter ton taux de saturation. Et pendant tout ce temps, j'étais entouré de patients sous assistance respiratoire qui ne s'en sortaient pas.

Il avale sa salive et je m'aperçois qu'il pleure.

— On ne pouvait pas te garder éveillée, poursuit-il. L'équipe m'a appelé pour me prévenir qu'il fallait t'intuber *dans les plus brefs délais*. Je leur ai donné mon feu vert, bien sûr.

Mon cœur se serre parce que je sais combien cela a dû être difficile pour lui.

— Je passais te voir en douce dès que j'avais le temps. Je m'asseyais à ton chevet et je te parlais... de mes patients, de ce putain de virus qui nous terrorise. De cette impression qu'on a de tirer tous dans le noir en espérant dégommer une cible.

Les e-mails que je recevais de temps en temps de sa part n'étaient donc pas de vrais e-mails.

— J'ai réussi à convaincre l'équipe qui s'occupe de toi de te coucher sur le ventre, même après t'avoir mise sous assistance respiratoire. J'avais lu quelque part qu'un médecin de la côte ouest avait obtenu de bons résultats en utilisant cette méthode sur ses patients Covid. Au début, ils m'ont pris pour un fou mais certains pneumologues le font aussi, maintenant. Parce que ça a sacrément bien marché pour toi.

Je repense à ces longs moments passés sous l'eau avec mon masque et mon tuba à Concha de Perla, dos au ciel et visage tourné vers le monde sous-marin.

— J'étais en plein boulot, raconte encore Finn, je rendais par exemple visite à mes patients, et chaque fois – chaque fois, putain – que j'entendais un appel d'urgence, je me figeais et je pensais : *mon Dieu, je vous en supplie, faites que ce ne soit pas sa chambre.*

— Je... je suis là depuis dix jours ?

— Dix jours qui m'ont paru une année. On a essayé de te sortir plusieurs fois du coma artificiel, mais tu n'étais pas prête.

Le rêve hyperréaliste que j'avais fait une nuit pendant mon séjour aux Galápagos me revient soudain en mémoire : Finn n'était pas déguisé, contrairement à ce que j'avais cru alors ; il portait juste un masque FFP2 comme tout le monde ici. Il me pressait de rester éveillée pour pouvoir me sauver. La femme que j'avais vue à ses côtés, je m'en rends compte maintenant, n'était autre que Syreta.

Comme si deux réalités s'étaient chevauchées.

— J'ai failli mourir, dis-je dans un souffle.

Finn me dévisage longuement. Sa pomme d'Adam fait du yo-yo.

— C'était ton deuxième jour sous assistance respiratoire. Ton pneumologue m'a fait appeler. Il pensait que tu ne passerais pas la nuit. Le respirateur était au maximum et les deux valeurs de ton taux de saturation étaient plus que préoccupantes. Ta pression artérielle avait chuté. Ils n'arrivaient pas à te stabiliser.

Il prend une inspiration tremblante.

— Il m'a conseillé de te dire au revoir.

Je le regarde se passer une main sur le visage tandis qu'il revit une scène dont je ne garde aucun souvenir.

— Alors je suis venu m'asseoir près de toi, reprend-il d'une voix étranglée. Je t'ai tenu la main. Je t'ai dit que je t'aimais.

Une larme roule le long de ma joue, se perd dans le creux de mon oreille.

— Mais tu t'es battue. Tu as remonté la pente. Et passé le cap critique. Franchement, Diana, c'est miraculeux.

Je sens ma gorge se nouer.

— Ma mère...

— Je m'occupe de tout. Toi, tu te reposes. C'est ton seul boulot. Pour retrouver des forces.

Il déglutit avant d'ajouter :

— Et rentrer à la maison.

Un appel d'urgence retentit soudain dans le haut-parleur. Finn fronce les sourcils.

— Je dois y aller. Je t'aime, lance-t-il avant de partir en courant, probablement pour aller rejoindre l'un de ses patients dans un état critique.

Un malade qui n'a pas la même chance que moi.

Betty éloigne le téléphone qu'elle tenait contre mon oreille dans sa main gantée. Après l'avoir posé sur la table de nuit, elle tapote délicatement le coin de mes yeux à l'aide d'un mouchoir, essuyant les larmes qui ne cessent de couler.

— Le pire est derrière vous, ma belle, dit-elle. Vous avez une deuxième chance.

Elle croit que je pleure parce que j'ai failli perdre la vie.

Vous ne comprenez pas, ai-je envie de répondre. *J'ai vraiment perdu la vie.*

Tout le monde m'encourage à me concentrer sur mon rétablissement alors que je n'ai qu'une envie : démêler l'écheveau de mes pensées. Je veux parler de Gabriel, de Beatriz et des Galápagos mais (premièrement) personne ne m'écoute – rapides et efficaces, les infirmières passent un minimum de temps dans ma chambre pour me changer et me donner mes médicaments avant de ressortir puis stériliser et ôter leur équipement de protection – et (deuxièmement) personne ne me croit.

Je me souviens d'avoir éprouvé un sentiment de solitude terrible lorsque je croyais être bloquée à Isabela. S'agissait-il en réalité d'une réaction étrange de mon cerveau drogué qui aurait interprété et distillé les sensations d'un patient Covid placé en quarantaine ? J'étais souvent seule aux Galápagos, mais je ne me suis pas sentie mise à l'écart comme ici.

Je n'ai pas vu Finn de la journée.

Je ne peux pas lire : d'abord parce que les mots se mettent très vite à danser sur la page et puis parce que je n'ai même pas la force de tenir un magazine. Pareil pour le téléphone. Je ne peux pas appeler mes amis parce que ma voix est encore éraillée et ma gorge irritée. Je regarde la télé mais sur toutes les chaînes, le président clame haut et fort que ce virus n'est pas plus grave que celui de la grippe et que les mesures de distanciation physique devraient être levées d'ici à Pâques.

Je fixe la porte des heures durant en espérant que quelqu'un entre dans la chambre. Il s'écoule parfois tellement de temps entre les visites des infirmières que lorsque Syreta ou Betty arrive enfin, je me mets à parler de tout et n'importe quoi dans l'espoir de les retenir quelques minutes de plus.

Quand j'annonce à Syreta que je veux essayer d'aller aux toilettes, elle hausse un sourcil dubitatif.

— Tout doux, cow-girl, plaisante-t-elle. Chaque chose en son temps.

Je la supplie alors de me donner un peu d'eau. Et dois me contenter d'un coton humide et spongieux qu'elle promène à l'intérieur de ma bouche. Je le suce avec avidité mais elle me le retire, me laissant avec ma soif.

Si je suis sage, dit-elle, je passerai un test de déglutition demain et on me retirera peut-être la sonde d'alimentation.

Si je suis sage, le kinésithérapeute passera m'examiner aujourd'hui.

Alors je promets d'être sage.

En attendant, je reste allongée sur le côté et écoute les bips et les ronronnements des appareils qui me prouvent que je suis encore vivante.

Bien que je sois la seule occupante de la chambre, l'humiliation enflamme mes joues lorsque je salis ma couche. Je cherche la sonnette d'une main hésitante. La dernière fois qu'on a dû me changer (nom de Dieu, le simple fait d'y penser me colle la honte), j'ai dû patienter quarante minutes avant l'arrivée de Syreta. Je n'ai pas demandé pourquoi elle avait mis autant de temps. Les réponses se lisaient sur son visage : désillusion, épuisement, résignation. Pendant que je macérais dans ma couche pleine, un autre patient poussait son dernier soupir. Rien de comparable.

Cette fois, à mon grand soulagement, la porte s'ouvre presque immédiatement. Mais à la place de mon infirmière de jour, l'homme le plus séduisant de la terre entre dans ma chambre. Il est jeune, une petite vingtaine d'années, avec des cheveux noir corbeau et des yeux bleus comme un ciel d'été. On devine sous son masque une mâchoire carrée. Il a de larges épaules et ses biceps gonflent les manches de sa blouse stérile.

— Vous avez besoin de quelque chose ?

Je manque avaler ma langue.

— Je... euh. Vous n'êtes pas Syreta.

— Je confirme, dit-il d'un ton amusé.

J'imagine son sourire à la manière dont ses yeux se plissent. Je parie qu'il a des dents parfaitement alignées sous son masque et l'écran de protection.

— Je m'appelle Chris. Je suis aide-soignant.

— Pourquoi ?

Le mot jaillit de ma bouche avant que j'aie le temps de le retenir. Ce type pourrait être mannequin, acteur de cinéma. Pourquoi a-t-il choisi de bosser dans une unité Covid où il passe ses journées à s'occuper de malades ultra contagieux incapables de se torcher seuls ?

Il rit.

— Parce que j'aime ce métier. Vraiment. Ou en tout cas, je l'aimais. Avant qu'il se transforme en peine de mort potentielle.

Ses pommettes rougissent violemment au-dessus du masque.

— Désolé, s'empresse-t-il d'ajouter. C'est sorti tout seul.

J'imagine bien, dans un autre endroit et à une autre époque, les patients réclamer ses services pour se lever de leur lit ou bien s'asseoir dans un fauteuil roulant.

Ces bras.

Mes joues s'empourprent soudain autant que les siennes : je viens de me rappeler pourquoi j'ai appuyé sur la sonnette.

— Alors, que puis-je faire pour vous ?

Ma voix refuse de sortir. Je pèse mentalement le pour et le contre : dois-je continuer de croupir dans cette couche immonde ou dois-je me couvrir de honte en lui disant la vérité ?

Il doit aussi avoir des dons de médium, en plus du reste – à moins qu'il ne soit habitué à ce que les femmes se ridiculisent en sa présence. Toujours est-il qu'il hoche rapidement la tête, comme si nous venions d'avoir une longue discussion, et se dirige d'un pas assuré vers le placard d'où il sort une couche propre. Puis il rabat doucement les draps, décolle les deux languettes extensibles de la couche souillée, me nettoie rapidement, m'asperge de lotion désinfectante puis glisse sous mes fesses la protection propre. Je garde les yeux fermés pendant toute la durée de l'opération, comme pour tenter de chasser cette expérience de mon esprit.

J'entends un bruissement du côté de la poubelle, de l'eau qui coule et le claquement d'une nouvelle paire de gants stériles.

— C'est fait, déclare Chris d'un ton léger. Autre chose ?

Avant que j'aie le temps de répondre, une autre personne entre dans la pièce. C'est la première fois que je vois deux êtres humains partager cet espace réduit depuis qu'on m'a extubée en présence de Finn. La nouvelle venue est une femme toute menue enveloppée des EPI réglementaires.

— Arrête de monopoliser la patiente, lance-t-elle à Chris. C'est mon tour.

— À plus tard, fait ce dernier en me gratifiant d'un clin d'œil.

La femme le regarde partir.

— Hmm, l'aide-soignant sexy, susurre-t-elle. Un vrai canon, ce type.

— Il s'appelle Chris.

Elle hausse un sourcil.

— Oh, je sais, dit-elle en se dirigeant vers le lit. Moi, c'est Prisha. Je suis kinésithérapeute.

— Enchantée.

— Nous nous connaissons déjà. Enfin, façon de parler. Quand vous étiez sous respirateur, je venais faire bouger vos bras et vos jambes pour entretenir vos muscles et vos articulations. Tout le plaisir fut pour moi, conclut-elle en haussant les épaules.

— Je veux aller aux toilettes, dis-je sans transition. Je veux dire, pas tout de suite. Mais quand j'aurai besoin.

Prisha hoche la tête.

— C'est un excellent objectif. Mais comme vous avez passé cinq jours sous assistance respiratoire, on doit d'abord évaluer votre mobilité et observer vos réactions en position assise.

Prisha prend un de mes bras et le lève au-dessus de ma tête en m'encourageant à inspirer. Puis elle répète l'opération avec l'autre bras. Je sens ma cage thoracique se dilater. Ensuite, elle m'explique quelques exercices de respiration. Je m'exécute jusqu'à ce qu'une quinte de toux m'oblige à faire une pause.

— On peut essayer de se lever, annonce-t-elle, mais pour ça, il va nous falloir une autre paire de bras et un tensiomètre.

— Oh oui, s'il vous plaît. Les toilettes ?

Elle plisse les yeux comme pour me jauger. L'instant d'après, elle appelle Chris. Prisha m'aide à rouler sur le côté puis à poser les jambes par terre. Avec Chris, elle me redresse en position assise. Lorsqu'elle glisse un bras autour de moi, je retiens un petit cri de surprise. Tous les autres – y compris Finn, le soir où je suis sortie du coma – s'approchent de moi avec prudence, comme si même ma peau était contaminée. Que quelqu'un me touche avec une telle spontanéité, sans crainte apparente, me tire presque des larmes.

Le moindre mouvement est douloureux mais je m'en fiche : je suis hyper motivée. Hors de question que Chris me torche de nouveau les fesses.

— Pourquoi est-ce que c'est si difficile ? je marmonne entre mes dents.

— Estimez-vous heureuse, fait Chris qui me soutient de l'autre côté. Les autres patients Covid qu'on a été obligé d'intuber – et il n'y en a pas tant que ça, croyez-moi – souffrent d'un tas de complications. Insuffisances cardiaque et rénale, encéphalopathie, escarres...

Prisha l'interrompt au moment où une bouffée de panique commence à me submerger.

— OK, c'est bon, dit-elle. Vous allez essayer de rester assise sans notre aide pendant quelques instants.

Assise ? Je ne suis pas invalide, bon sang. Je n'ai passé qu'une poignée de jours à l'hôpital.

— Tout ce que je veux, c'est qu'on m'aide à me lever. Je ne suis pas restée alitée si longtemps que ça...

— Allez-y, montrez-nous ça, coupe Prisha en me lâchant.

Je tiens parfaitement assise. Pendant environ quinze secondes.

Puis tout se met à tanguer. Autour de moi, à l'intérieur de moi. La station verticale me donne l'impression de tournoyer à toute vitesse dans l'espace. Je vois des étoiles, commence à piquer du nez. Les bras puissants de Chris me retiennent à temps. Il me repousse délicatement sur le lit.

Prisha croise mon regard.

— Vous êtes restée totalement paralysée pendant presque une semaine. Lorsque vous vous asseyez, tout le sang quitte brusquement votre tête parce que les muscles entourant vos vaisseaux sanguins étaient en pause. Ils doivent se réhabituer à la gravité. Petit à petit, Diana. Vous avez frôlé la mort. Soyez indulgente avec votre corps.

Je suis épuisée, comme si j'avais fait un footing de deux kilomètres. Dire qu'à Isabela, je nageais, courais et plongeais pendant des heures sans jamais me fatiguer.

Mais encore une fois, ce n'était pas la réalité.

Prisha remonte la couverture sous mon menton.

— Certains de mes patients n'arrivent même pas à tenir cinq secondes, dit-elle en me tapotant l'épaule. Quinze secondes aujourd'hui. Vous ferez mieux demain.

Quand Prisha et Chris quittent la pièce, je les observe à travers la grande vitre. Ils retirent leurs tenues stériles,

les fourrent dans les poubelles réservées aux équipements exposés au coronavirus.

Le bruit de mon échec résonne douloureusement au niveau de mes tempes. J'attrape le câble de la télécommande et tire dessus pour la rapprocher. Elle m'échappe à deux reprises avant que je réussisse à la caler sur mon ventre. J'allume la télé, tombe sur CNN.

"Au moins 215 millions d'Américains ont été mis en quarantaine, annonce le présentateur. Le nombre de malades recensés aux États-Unis est désormais plus important qu'en Chine et en Italie. On compte en effet plus de 85 000 personnes positives au Covid et 1 300 décès."

Ma mère est une de ces victimes.

"La ville de New York et sa périphérie sont les zones les plus durement touchées du pays. Le porte-parole d'un hôpital du Queens a annoncé qu'ils ne disposaient plus que de trois respirateurs et que si la situation continuait à se dégrader, ils devraient envisager de réduire les soins apportés aux patients dès le mois d'avril. Les corps sont placés dans des camions réfrigérés en…"

Je tape frénétiquement sur le boîtier de la télécommande jusqu'à ce que l'écran s'éteigne. Dieu merci.

À deux reprises, je vois un fantôme.

Elle se glisse dans ma chambre si furtivement qu'au début, je me demande ce qui m'a réveillée. Elle se déplace dans la pénombre et disparaît sans bruit avant même que mes yeux réussissent à la voir distinctement.

Donc la troisième fois, je l'attends. Elle s'agite autour de la pièce, vague silhouette en mouvement perpétuel. Je me tourne vers le bruit, plisse les yeux pour mieux la voir. C'est une femme d'âge mûr, cheveux bruns et peau plus foncée, qui tient son ombre dans une main.

— Bonjour, dis-je à voix basse.

Elle se retourne, l'air apeuré.

— Vous existez vraiment ?

Comme tout le monde, elle est masquée, gantée, enveloppée dans une tenue de protection. Elle pointe le doigt sur la poubelle. À cet instant, je m'aperçois que ce qu'elle tient dans la main n'est rien d'autre qu'un sac en plastique noir. Cette femme fait donc partie des travailleurs essentiels qui nettoient les chambres d'hôpital.

— Comment vous appelez-vous ?

D'un ton hésitant, elle répond :

— Pas anglais.

Je tapote ma poitrine.

— Diana, dis-je avant de la montrer du doigt.

— Cosima, murmure-t-elle avant de baisser la tête.

Ce qui me frappe, c'est qu'on vit un peu la même chose, ici, toutes les deux : personne ne nous adresse spontanément la parole. Cosima est invisible aux yeux des soignants et, moi, je suis une menace de mort ambulante.

— Je ne sais plus ce qui existe réellement et ce qui n'existe pas.

Je confie mon désarroi à Cosima pendant qu'elle récure les robinets et le lavabo.

— J'ai perdu du temps. Des personnes chères. Et peut-être même la raison.

Elle extrait le sac de la poubelle, le ferme à l'aide d'un nœud. Sur un dernier hochement de tête, elle embarque mes déchets.

Il n'y a pas d'horloge dans les chambres d'hôpital, on ne dort jamais tranquillement et les lumières ne s'éteignent jamais complètement. Garder la notion du temps relève donc du défi. Parfois, je me demande s'il s'est écoulé plusieurs heures, ou plusieurs jours.

Alors pour tenter de remédier à cet inconvénient, je décide de compter les périodes d'accalmie entre les quintes de toux qui me vident de mes forces déjà bien amoindries. L'état de mes poumons ne nécessite peut-être plus l'aide d'un respirateur mais ils sont loin d'avoir retrouvé le meilleur de leur forme. Quand je commence à tousser, je ne peux plus m'arrêter ; quand je ne peux plus m'arrêter, je suffoque ; et quand je suffoque, les bords de mon champ de vision s'obscurcissent puis se constellent de minuscules étoiles.

C'est exactement ce qui s'est produit quand j'ai cru me noyer.

Cette fois, j'appuie sur la sonnette et Chris l'Aide-Soignant Sexy fait son apparition. En me voyant peiner à reprendre mon souffle, il redresse le lit en position assise. Puis il saisit une canule d'aspiration comme chez le dentiste et la glisse entre mes lèvres. Ce qui coule dans le tube ressemble à du givre ou à de petits éclats de cristal. C'est ce que je viens d'expectorer. Pas étonnant que je n'arrive pas à respirer si ces machins encombrent mes bronches.

— OK, fait Chris d'une voix apaisante. Maintenant, essayez de respirer à intervalles réguliers.

Secouée par une nouvelle quinte, je sens mes côtes se bloquer et mes yeux s'emplir de larmes.

— Inspirez... expirez. Inspirez... expirez, reprend

Chris en me tenant fermement par la main, ses yeux rivés aux miens.

Je m'accroche à son regard sans ciller. Comme si c'était une bouée de sauvetage.

Mes suffocations s'espacent. Les doigts de Chris se resserrent légèrement en signe d'encouragement. Mais il y a ce chatouillement au fond de ma gorge qui ne veut pas me laisser tranquille, cette gêne qui déclenche cette irrésistible envie de tousser.

— Faites comme moi, ordonne-t-il en exagérant sa respiration pour que je puisse me calquer sur lui.

Au bout de quelques minutes et après bien des efforts, je réussis à respirer au même rythme que lui.

Encore quelques minutes, et je retrouve ma voix. Maintenant que la crise est passée, il va partir. Et je ne veux pas rester seule.

— Vous êtes célibataire ? je lui demande tout à trac.

— Vous me draguez ? élude-t-il d'un ton rigolard.

Je secoue la tête.

— J'ai un amoureux. Mais vous, un jour, vous ferez le bonheur de quelqu'un, c'est sûr.

Il sourit en posant sa main libre sur nos deux mains jointes. Au même instant, la porte s'ouvre et Finn entre dans la chambre dans sa tenue de cosmonaute, comme si je l'avais attiré ici en parlant de lui.

— À voir votre visage s'illuminer comme un sapin de Noël, je suppose que c'est le fameux amoureux, plaisante Chris.

— Dr Colson, corrige Finn en plissant les yeux.

L'aide-soignant lâche ma main d'un air penaud.

— OK, dit-il en me coulant un regard de biais.

N'oubliez pas de respirer, d'accord ? ajoute-t-il avant de quitter la pièce sur un dernier clin d'œil.

Après son départ, Finn le remplace à mon chevet.

— Je dois être jaloux ?

Je lève les yeux au ciel.

— Bien sûr, quelle question ! Je viens de frôler la mort mais je pense déjà à te tromper…

La phrase n'a pas encore complètement franchi mes lèvres que, déjà, mes joues s'enflamment.

En dehors de notre rencontre, je n'ai jamais eu l'occasion de le voir évoluer dans son milieu professionnel. Son aisance et ses compétences m'impressionnent, c'est vrai, mais je n'ai pas beaucoup apprécié sa manière de rabaisser Chris en lui faisant remarquer qu'il était médecin. D'un autre côté, je devrais sans doute me sentir flattée par son attitude possessive.

Peu importent ses paroles et ses réactions, tout ce qui compte pour le moment, c'est qu'il soit *ici*. Dans ma chambre, pas de l'autre côté de la vitre. Je ne suis pas seule. Ça me donne le vertige.

— Où étais-tu passé ?

— J'étais en train de bosser pour payer le loyer. Mais tu m'as manqué.

Je tends la main pour le toucher. Parce que je suis la seule à pouvoir le faire.

— Tu m'as manqué aussi.

Je voudrais qu'il retire son masque. Je voudrais voir son visage comme si tout était normal entre nous. Mais je sais qu'il prend déjà des risques en entrant dans ma chambre, même protégé par tout son attirail.

Je me fais soudain la réflexion que le Covid n'est pas le seul à pouvoir nous couper le souffle.

Je me rappelle la première fois où j'ai vu Finn en costume alors qu'il m'était toujours apparu en blouse de médecin. C'était notre premier rendez-vous officiel. Il m'attendait, assis à la table d'un restaurant italien du Village. J'étais en retard parce qu'il y avait eu des incidents dans le métro. Lorsque je suis entrée dans la salle, Finn s'est levé et la pièce s'est rétrécie autour de nous. Ce soir-là, j'ai dû faire un effort pour reprendre mon souffle.

Une semaine plus tard, alors que nous nous embrassions fougueusement, ses doigts ont effleuré la bande de peau entre la ceinture de mon jean et le bas de mon pull. L'espace d'un instant, j'ai eu l'impression d'avoir été marquée au fer rouge, la sensation qu'on avait aspiré tout l'air contenu dans mes poumons.

Quelques mois après le début de notre histoire, alors que je tendais le bras pour l'enlacer dans le noir, je me souviens que j'avais trouvé ça génial de sentir près de soi un corps que l'on connaissait aussi bien que le sien. Je me souviens de l'avoir entendu retenir son souffle quand j'avais commencé à le caresser comme il aimait. Je me souviens que ma propre respiration s'était accélérée en pensant que c'était un petit miracle de savoir tant de choses sur lui.

J'ai eu une chance inouïe d'avoir Finn auprès de moi lorsque je suis tombée malade. J'en prends conscience subitement. S'il n'avait pas tout de suite compris que j'avais perdu connaissance parce que je manquais d'oxygène, s'il n'avait pas organisé mon transport à l'hôpital… eh bien, je ne serais peut-être pas assise là aujourd'hui.

— Merci, dis-je d'une voix étranglée. De m'avoir sauvée.

Il secoue la tête.

— C'est toi qui as tout fait.

— Je ne me rappelle absolument rien. Je ne me souviens même pas d'être arrivée à l'hôpital avant qu'on m'intube.

— C'est normal, me rassure Finn. Et c'est pour ça que je suis là.

Les coins de ses yeux se plissent et c'est surtout ça que je déteste dans ces horribles masques que tout le monde est pourtant bien obligé de porter : on a un mal fou à savoir quand quelqu'un nous sourit.

— Je serai ta mémoire, promet-il.

Peut-être, mais pourquoi ses souvenirs à lui seraient-ils plus fiables que les miens ? Pour commencer, il n'était pas là constamment. Et à mon avis, moi non plus.

Notre cerveau oublie volontairement certaines expériences douloureuses pour nous éviter de les revivre. En revanche, il en garde d'autres en mémoire qui nous servent d'avertissement ou de sonnette d'alarme : *Ne touche pas la plaque de cuisson. Ne mange pas ces aliments périmés.*

N'abandonne pas ton amoureux en pleine pandémie.

— La dernière chose dont je me souvienne, c'est que tu m'as encouragée à partir en vacances sans toi, dis-je à mi-voix.

Il ferme les yeux quelques instants.

— Super, murmure-t-il finalement. C'est le seul truc que j'aurais préféré que tu oublies. Tu m'en voulais à mort d'avoir réagi comme ça.

— Ah bon ?

— Ouais. Tu ne comprenais pas que je puisse ne serait-ce que formuler ce genre de suggestion. Et tu voulais savoir si je croyais vraiment que les choses allaient dégénérer ici.

Finn décrit dans les grandes lignes tout ce que j'ai ressenti aux Galápagos.

— Tu m'as balancé qu'on ne partageait pas du tout la même conception d'une relation amoureuse. Tu n'arrêtais pas de parler de *Roméo et Juliette,* tu disais que si Roméo avait pris la décision de rester à Vérone, la cata aurait pu être évitée.

Il se tait un instant avant de confesser :

— Je ne savais pas de quoi tu parlais. Je ne l'ai jamais lu.

— Tu n'as *jamais* lu *Roméo et Juliette* ?

Finn fait la moue.

— C'est exactement ce que tu as dit ce jour-là, avoue-t-il en croisant mon regard. Tu m'as reproché de ne penser qu'au fric qu'on allait perdre en annulant et de ne pas penser à toi. Tu as dit que si je t'aimais vraiment, je veillerais sur toi comme le lait sur le feu même en pleine tourmente. J'ai fait une erreur, je le reconnais. J'ai parlé sans réfléchir. J'étais crevé, Di. J'avais la trouille d'aller bosser dans ce service, de soigner des patients infectés par le virus et…

Sa voix se brise. Il baisse la tête. À ma grande stupeur, je m'aperçois qu'il pleure.

— Finn ? dis-je dans un souffle.

Ces yeux bleus magnifiques, de la couleur de sa blouse, la couleur de l'océan dans un pays où je n'ai jamais mis les pieds, rencontrent les miens.

— C'est sûrement moi qui l'ai ramené à la maison et qui t'ai contaminée, avoue-t-il d'une voix entrecoupée. C'est ma faute si tu es tombée malade.

— Non. C'est faux...

— C'est la vérité, pourtant. On ne sait pas grand-chose sur ce virus mais ce qui est sûr, c'est que certaines personnes l'attrapent sans jamais développer de symptômes. Et je travaille dans un *hôpital*.

Ce dernier mot sort de sa bouche comme un crachat. Il est presque courbé en deux, accablé par le poids de la culpabilité.

— J'ai failli te tuer, Di.

— Il n'y a aucune certitude, dis-je en pressant sa main. J'ai peut-être attrapé ça au boulot ou dans le métro...

Il secoue la tête, encore tout imprégné de remords.

— J'étais tellement fatigué ce soir-là que je n'avais pas envie de batailler. Tu es partie te coucher plus tôt que d'habitude et je n'ai pas essayé de te retenir. Tu dormais déjà quand je t'ai rejointe. Je t'ai entendue te lever en pleine nuit pour prendre du paracétamol et j'ai fait semblant de dormir parce que je n'avais pas envie de remettre ça sur le tapis. Le lendemain matin, j'ai voulu te présenter des excuses mais j'ai eu un mal fou à te réveiller.

Il se détourne, s'essuie les yeux d'un coup d'épaule.

Encore une chose qui peut couper le souffle : un amour si fort qu'il vous renverse comme une vague.

— J'ai failli te perdre. Si j'avais besoin qu'on me rappelle que dire au revoir à quelqu'un n'a rien d'un acte anodin, bah voilà, c'est fait et ça a été une sacrée leçon, putain.

Finn saisit ma main et plaque ma paume contre sa joue en se laissant aller contre mes doigts.

— Je ne te demanderai plus jamais de partir loin sans moi, murmure-t-il. Mais en contrepartie, tu dois me jurer que tu ne t'en iras jamais.

Je ferme les yeux et vois aussitôt le ballet ancestral de deux fous à pieds bleus qui soulèvent leurs pattes palmées en abaissant la tête avant d'entrechoquer leurs becs.

Ils vont s'entretuer.
Non, ils vont plutôt s'accoupler.
Je soulève les paupières, cherche le regard de Finn.
— Je le jure.

Le Dr Sturgis, médecin aux soins intensifs, passe me voir. Finn ne le connaît pas très bien. Il est arrivé au service réanimation du New York-Presbyterian à Noël dernier. Il passe en revue la liste de médicaments et confirme que mon taux de saturation est en constante amélioration. Puis il me demande si j'ai des questions.

J'évite désormais d'évoquer mes souvenirs des Galápagos devant Betty ou Syreta parce qu'elles me répondent inévitablement à coups de Xanax ou d'Ativan et je ne veux plus qu'on me bombarde le cerveau avec des substances chimiques. Mais contrairement à ce qu'elles m'avaient dit concernant les hallucinations dont se plaignent les patients branchés sur respirateurs, les miennes ne s'estompent pas. Elles deviennent même plus précises et plus vivaces parce que je les revisite pendant des heures, seule dans ma chambre.

— Les... rêves, dis-je au Dr Sturgis. Ceux que j'ai faits pendant que j'étais intubée. Je n'en avais jamais fait de pareils.

Je m'oblige à aller jusqu'au bout. Après tout, j'ai affaire à un médecin. Mes inquiétudes ne lui paraîtront pas ridicules.

— J'ai vraiment beaucoup de mal à croire que ce n'était pas la réalité.

Il hoche la tête d'un air compréhensif. Apparemment, ce n'est pas la première fois qu'il entend ça.

— Vous vous faites du souci pour votre santé mentale.

— Oui.

— Je peux pourtant vous assurer qu'il y a une explication physiologique à tout ce qui paraît insensé. Quand on manque d'oxygène, notre état psychique se modifie. On ne parvient plus à interpréter ce qui nous arrive réellement. Ajoutez à cela les antalgiques et une sédation très profonde… et vous avez là les ingrédients de tous types de délires. Certains scientifiques prétendent même que la glande pinéale, soumise à un choc, sécrète de la DMT…

— Qu'est-ce que c'est ?

— C'est la molécule principale de l'ayahuasca, explique le médecin, une infusion hallucinogène extrêmement puissante. Mais ce n'est qu'une théorie pour le moment. En vérité, nous ne savons pas vraiment ce qui se passe quand quelqu'un est placé dans le coma artificiel. À un moment donné, par exemple, on a été obligés de vous attacher. La plupart des patients Covid sous assistance respiratoire essaient d'arracher les sondes et les perfusions. Pourquoi ? Parce que le cerveau, embrumé par les médicaments, s'efforce de donner du sens à l'absence de sensations. Il n'est donc pas impossible que vous ayez imaginé une scène dans laquelle vous étiez ligotée.

Il n'était pas question de contrainte dans mes rêves hallucinés. Seulement de liberté. Voilà pourquoi ça m'agace de me retrouver clouée au lit. Je veux retourner à Sierra Negra dont l'odeur soufrée me chatouille encore les narines. Et sentir de nouveau le contact de la main de Gabriel sur ma peau nue.

— Lors d'une expérience de mort imminente, les neurones grillent puis se reconnectent, explique encore le Dr Sturgis. Mais je peux vous assurer que tout cela n'était qu'un rêve. Certes en trois dimensions et hyperréaliste, mais un rêve tout de même.

Il consulte mon dossier.

— Le rapport de l'infirmière signale des troubles du sommeil ?

Pourquoi est-ce que tout le monde ici répond aux questions par des doses de somnifères et d'anxiolytiques ? Cette fois, ce sera sans doute du Tylenol nuit ou du zolpidem, un truc qui m'assommera complètement. Mais ce n'est pas ce que je demande. Le problème, ce n'est pas que je ne peux pas dormir. C'est que je ne *veux* pas.

— Parce que vous craignez d'avoir d'autres hallucinations, c'est ça ? insiste-t-il.

J'hésite un moment avant d'acquiescer. Ce n'est pas la vérité, mais comment pourrais-je avouer que ça ne m'angoisse pas du tout de retourner dans cet autre monde ?

Ce qui m'angoisse, c'est de ne plus vouloir en revenir.

Je quitte la réa et les soins intensifs pour être transférée dans une unité de soins intermédiaires. Syreta, Betty et l'Aide-Soignant Sexy ne s'occuperont plus de moi. En fait, je retourne dans le service dans lequel j'ai été admise à mon arrivée et dont je ne garde aucun souvenir. Le personnel infirmier est débordé, les patients sont beaucoup plus nombreux. Ici, impossible pour Finn de venir me rendre visite en douce puisqu'il est rattaché aux soins intensifs Covid et que le protocole sanitaire lui interdit de circuler dans les autres services.

Bizarrement, je me sens encore plus isolée.

Les messages d'alerte retentissent *très* souvent à cet étage.

Je me rends vite compte que la grande majorité des patients transférés d'ici en réa ne revient jamais. Je suis une anomalie.

Lorsque l'orthophoniste vient me voir, je suis tellement heureuse de pouvoir interagir avec quelqu'un que je n'ai pas envie de lui dire que j'ai déjà retrouvé l'usage de la parole, même si ma voix est encore un peu éraillée.

— Les séances d'orthophonie ne concernent pas uniquement la parole, explique Sara, devinant mes pensées. Je vais d'abord vous faire passer un test de déglutition. On va essayer des aliments de différentes consistances pour s'assurer que vous ne faites pas de fausse route. Si tout va bien, on vous enlèvera la sonde gastrique.

— Rien que le mot *aliments* me fait rêver, dis-je dans un demi-sourire.

J'arrive désormais à rester assise pendant presque une demi-heure sans avoir de vertiges. Raison pour laquelle je suis prête à passer ce test. Je m'assieds donc avec application au bord du lit, les jambes dans le vide. Sara remplit une cuillère de glace pilée qu'elle dépose ensuite sur ma langue.

— Vous devez avaler, dit-elle. C'est tout.

Ce n'est pas facile à faire sur commande, mais ce n'est pas très grave puisque la glace fond dans la chaleur de ma bouche puis coule délicieusement dans l'œsophage, tapissant ma gorge d'un voile de douceur. Tandis que j'avale, Sara pose un stéthoscope sur mon cou en écoutant attentivement.

— Je peux en avoir une autre cuillère ?
— Patience, Petit Scarabée, répond-elle.

Comme je la fixe d'un air ahuri, elle ajoute dans un soupir :

— Ah, la génération Y...

Puis approche de mes lèvres un gobelet avec une paille. J'aspire une grande gorgée d'eau, et la sensation est tout aussi exquise.

Quand on passe à la compote de pommes, je suis au paradis. Sara reprend le ramequin mais je m'en empare d'une main, le retiens et m'empresse d'enfourner une autre cuillérée.

Je franchis une nouvelle étape : celle du biscuit apéritif qui demande un effort de mastication. Il s'agit alors de solliciter des muscles dont ma mâchoire a oublié l'existence. Sara observe les mouvements de déglutition.

— Bien joué, dit-elle.

Je patiente un peu pour m'assurer qu'il ne reste aucune miette.

— C'est tellement bizarre, fais-je remarquer. De ne plus savoir manger.

Elle replace la canule à oxygène dans mes narines lorsque je suis de nouveau en position allongée.

— Vous aurez tout le loisir de vous entraîner, déclare-t-elle. Je vais donner mon accord pour qu'on retire la sonde gastrique. Demain, vous aurez droit à un repas complet que vous mangerez sous ma surveillance.

Une demi-heure plus tard, un infirmier que je n'ai encore jamais vu vient enlever la fameuse sonde.

— Vous n'imaginez même pas à quel point je suis heureux de vous revoir ici, dit-il en s'affairant avec des gestes rapides et efficaces.

J'essaie de lire le prénom écrit sur le badge accroché autour de son cou.

— Zach ? fais-je d'un ton hésitant. Vous vous êtes déjà occupé de moi ?

Il plaque une main sur son cœur.

— Vous ne vous souvenez pas de moi. Je suis dévasté.

Je cherche son regard. Ses yeux pétillent.

— Je plaisante, bien sûr. Il n'empêche que je vais sérieusement devoir améliorer ma performance…

Je me frotte le nez. Ça me démange à l'endroit où le sparadrap retenait la sonde gastrique.

— Je ne… je ne me rappelle pas être venue dans ce service.

— Rien de plus normal, me rassure Zach. Votre taux de saturation était vraiment très bas. Vous perdiez sans cesse connaissance. Ça m'aurait franchement étonné que vous vous en souveniez.

Je le regarde se laver soigneusement les mains dans le lavabo, les sécher puis enfiler une paire de gants neufs dans un claquement de latex. Il a l'air aussi gentil que compétent. Et peut-être détient-il un fragment de mon passé. Des éléments qui ne referont jamais surface.

— Zach ? dis-je à voix basse. Est-ce que ça vous surprendrait que je me souvienne de certaines choses... qui ne se sont pas réellement produites ?

Son regard s'emplit de douceur.

— Les hallucinations sont fréquentes chez les patients admis en réanimation. D'après ce qu'on m'a dit, les malades du Covid en font encore plus que les autres parce qu'ils cumulent tous les facteurs de risque : manque d'oxygène, sédation profonde, confinement.

— D'après ce qu'on vous a dit, je répète d'un ton songeur. Qu'est-ce qu'on vous a dit d'autre ?

Il hésite.

— Je vais être franc avec vous, dit-il finalement. Vous n'êtes que ma deuxième patiente à être partie en réa et à être toujours là pour en parler. Le premier était un homme qui était persuadé que le toit de l'hôpital s'ouvrait comme celui du Superdome ; deux fois par jour, un rayon de lumière jaillissait du bâtiment et un petit veinard était choisi au hasard parmi les patients pour être transporté à l'aide d'une grue dans le faisceau lumineux qui le guérissait instantanément.

Je fouille dans les recoins de mon esprit, à la recherche de rêves dans le même genre, en lien avec l'hôpital. Mais je n'en trouve aucun.

— J'étais aux Galápagos, dis-je tout bas. J'habitais au bord de la plage. J'ai sympathisé avec des habitants de l'île. Je nageais avec les otaries et je mangeais des fruits cueillis sur l'arbre.

— Ça, c'est chouette, comme rêve.

— Carrément. Mais ça ne ressemblait pas à un rêve. Je veux dire, ça n'avait rien à voir avec les rêves que je fais d'habitude, dans mon sommeil naturel. Il y avait tellement de détails, ça paraissait tellement réel que si on me parachutait sur l'île, je suis sûre que je n'aurais aucun mal à me repérer.

Je marque une courte pause avant d'ajouter :

— Je peux encore visualiser les gens que j'ai rencontrés là-bas... comme si je les avais sous les yeux.

Je décèle un changement dans son regard tandis qu'il renfile son costume de soignant.

— Vous les voyez encore ? demande-t-il d'un ton neutre.

— Vous ne croyez pas que c'était la réalité, dis-je, déçue.

— Ce que je crois, c'est que *vous* croyez que c'était la réalité, réplique-t-il et sa réaction me laisse sur ma faim.

Bien que je sois toujours positive au Covid – ce qui n'a rien d'anormal, m'assure Finn –, ce dernier remue ciel et terre pour me faire sortir le plus vite possible de l'unité Covid au motif que lorsqu'on passe trop de temps dans un hôpital, on finit par attraper une autre maladie : par exemple une infection urinaire, une pneumonie nosocomiale, une colite à clostridium difficile. Je trouve ça ridicule d'échouer dans un centre de rééducation fonctionnelle alors que je n'ai même pas trente ans mais d'un autre côté, je sens bien que je ne suis pas encore prête à rentrer à la maison. Pour le moment, je suis tout juste capable de m'asseoir sur une chaise et encore : il m'a fallu l'aide de Prisha et d'un lève-personne Hoyer pour passer du lit au fauteuil. Et puis je n'arrive toujours pas à aller aux toilettes seule.

Pour être admis dans cette unité, il faut être suffisamment en forme pour endurer trois heures de rééducation par jour. Il y a des séances de kinésithérapie, d'ergothérapie et, pour ceux qui en ont besoin, d'orthophonie. Ce qui me réjouit, c'est que je vais de nouveau voir du monde. Les thérapeutes disparaissent presque entièrement sous leurs vêtements de protection pour minimiser le risque de contamination mais j'aurai de la compagnie au moins trois fois par jour.

Plus je passe du temps avec d'autres personnes, moins je ressasse les souvenirs d'Isabela.

On m'installe dans une petite chambre équipée d'une salle de bains privée. À peine une demi-heure plus tard, une petite tornade rousse au regard bleu et vif déboule dans la pièce.

— Bonjour, je m'appelle Maggie. Je suis votre kiné.
— Mais… où est passée Prisha ?
— Elle n'a pas le droit de quitter l'hôpital. Et moi, je n'ai pas le droit de quitter le centre de rééducation. En théorie, c'est le même bâtiment mais en pratique, on dirait qu'une espèce de champ magnétique se dresse entre nous. Vous avez devant vous une fan inconditionnelle de *Star Wars*, ajoute-t-elle avec un sourire dans la voix. Vous regardez *The Mandalorian* ?
— Euh, non.
— Le type est vachement plus sexy avec son casque, poursuit-elle sans se démonter.

Tout en parlant, elle s'est approchée du lit et a déjà rabattu les couvertures. Elle pose ses mains fermes et puissantes sur mes pieds et entreprend de faire tourner mes chevilles.

— C'est mes enfants qui m'ont fait découvrir cette série. J'en ai trois. Le plus grand est étudiant à l'université. Il est en première année mais il a dû rentrer au bercail à cause du Covid. Quelle guigne. Moi qui pensais m'en être enfin débarrassée...

Il y a un sourire dans sa voix tandis qu'elle s'intéresse maintenant à mes bras, les lève au-dessus de ma tête.

— Vous avez des enfants ?
— Moi ? Non.
— Une âme sœur ?

Je hoche la tête.

— Mon petit ami est chirurgien à l'hôpital.

Elle hausse les sourcils.

— Oh, alors j'ai intérêt à être gentille avec vous ! dit-elle avant d'éclater de rire. Je plaisante. Je vais vous en faire baver des ronds de chapeau, comme tout le monde.

Pendant qu'elle manipule mes membres comme si j'étais une poupée de chiffon (ce qui, en toute franchise, n'est pas très éloigné de la vérité), j'apprends qu'elle vit à Staten Island avec son mari, agent de police à Manhattan, son étudiant de retour au bercail, une fille de douze ans qui voulait être bonne sœur il y a une semaine mais qui s'est convertie au bouddhisme mardi dernier, et un autre fils de dix ans qui se voit soit comme un futur Elon Musk, soit comme un deuxième Unabomber. Maggie me dit aussi qu'elle a déjà eu le Covid. Elle est presque sûre de l'avoir attrapé alors qu'elle était allée coudre les costumes pour la pièce de théâtre de l'école élémentaire de son fils – une histoire de T rex qui n'ose pas annoncer à ses parents qu'il est végane –, voilà ce qu'on récolte quand on casse son plan d'épargne retraite pour payer une école privée réservée aux enfants intellectuellement précoces. Elle décrit aussi son immeuble et le flot ininterrompu de crétins qui défile dans l'appartement du dessous. L'un d'entre eux avait commencé à nourrir un putois dans l'escalier de secours. Après son expulsion, la nouvelle locataire a glissé un mot sous leur porte pour demander s'ils voyaient un inconvénient à ce qu'elle perce une lucarne dans son plafond – autrement dit dans le plancher de Maggie. Ses histoires me font tellement rire que je ne me rends même pas compte du travail accompli... sauf quand chaque muscle de mon corps se met à hurler.

Maggie arrête enfin de tirer sur mes bras et mes jambes. Je m'affale contre les oreillers, surprise d'être aussi fatiguée alors que c'est elle qui a guidé tous mes mouvements.

— OK, ma belle ! Maintenant, montrez-moi comment vous vous asseyez.

Je me redresse en poussant sur mes coudes, balance les jambes sur le côté du lit. Absorbée par les efforts réclamés par cette opération, je ne remarque pas tout de suite que Maggie a approché un fauteuil roulant inclinable. Elle retire un accoudoir, bloque les roues puis place une planche en guise de pont entre le lit et le fauteuil. Je regarde le morceau de bois, puis ce corps que je ne reconnais plus.

— Oh non, pitié...

— Si vous y arrivez, j'irai vous chercher un esquimau. Je sais où ils les cachent.

— Même pas pour un sundae au caramel, je marmonne.

Maggie croise les bras sur sa poitrine.

— Tant que vous n'arriverez pas à vous asseoir toute seule dans ce fauteuil, vous ne pourrez pas aller aux toilettes. Tant que vous n'irez pas aux toilettes, vous resterez à l'hôpital.

— Je ne peux pas m'asseoir dans ce fauteuil.

— Vous ne pouvez pas *toute seule*, corrige Maggie. Elle se penche vers moi et m'offre toute la robustesse de son corps. Je prends appui sur elle tandis qu'elle m'aide à glisser les fesses sur le bord de la planche. Puis elle déplace légèrement mes jambes et s'incline de nouveau en avant pour m'aider à rassembler suffisamment de force afin d'avancer sur la planche de quelques centimètres. Nous répétons plusieurs fois les mêmes gestes jusqu'à ce que je me retrouve assise dans le fauteuil. Maggie refixe alors l'accoudoir.

Je transpire, j'ai les joues en feu et je tremble.

— Orange, dis-je entre mes dents.

— Quoi, orange ?

— L'esquimau.

Elle rit.

— Quitte ou double. Est-ce que vous pouvez donner un coup de pied dans le vide ? Oui, c'est ça. Dix fois.

Le problème, c'est que dix fois avec la jambe gauche conduisent à dix autres répétitions avec la droite. Et ensuite, il faut tapoter le sol avec le bout des orteils et lever les bras en l'air. Quand Maggie me demande de m'agripper aux accoudoirs pour essayer de me soulever de quelques centimètres, je ne peux même plus bouger le petit doigt.

— Allez, Diana, insiste la kinésithérapeute. Vous pouvez y arriver.

Je ne réussis même pas à décoller la tête du dossier. Je crois que je pourrais dormir sept jours d'affilée.

— C'est un boulot de sadiques, la rééducation…

— C'est vrai, admet Maggie. Mais les dominatrices sont payées au lance-pierre, ici.

À ces mots, j'éclate en sanglots.

Maggie change aussitôt d'attitude.

— Excusez-moi. J'ai dépassé les bornes. J'ai toujours eu du mal à tenir ma langue…

— Je suis restée cinq jours sous assistance respiratoire, j'articule entre les larmes. Cinq jours, merde, c'est pas grand-chose. Comment se fait-il que je sois dans cet état-là ?

Maggie s'accroupit devant moi.

— Si ça peut vous consoler, ça pourrait être pire. Je me suis occupée de cas beaucoup plus graves, croyez-moi. Des patients qui étaient restés intubés plusieurs mois. D'autres qui avaient subi des amputations. Ça peut vous paraître ridicule d'être là, clouée dans votre fauteuil, à tapoter le sol avec vos orteils mais c'est comme ça que vous finirez par sortir d'ici debout, en marchant. Ces petits exercices seront rapidement efficaces, vous verrez.

Elle m'enveloppe d'un regard perçant.

— Vous avez le choix : soit vous vous fâchez avec votre corps, soit vous le chouchoutez. D'accord, ça craint d'avoir eu le Covid. Ça craint d'avoir été intubée. Malheureusement, c'est arrivé à de nombreuses personnes et toutes ne rentreront pas chez elles. Alors que vous, oui. Face à ça, on peut éprouver de l'amertume. Mais on peut aussi essayer de voir le bon côté des choses. Les adultes ont rarement l'occasion d'expérimenter des premières fois. Eh bien, dites-vous que vous aurez cette chance-là.

Elle se tait, prend une longue inspiration avant de conclure :

— Donnez-moi deux semaines et vous aurez retrouvé votre corps d'avant.

Les yeux mi-clos, je baisse la tête et serre les dents. Puis j'agrippe les accoudoirs du fauteuil, serre de toutes mes forces, et commence à me hisser vers le haut.

— Wonder Woman ! s'exclame Maggie.

Après une séance d'ergothérapie – où je réapprends à m'habiller et à me déshabiller et décrète que les chaussettes sont une invention purement diabolique –, je regarde un reportage télévisé qui me laisse songeuse. Le propriétaire d'un funérarium dans le Queens raconte qu'ils ont de plus en plus de mal à répondre à toutes les demandes de crémations. Ses clients peuvent récupérer les cendres de leurs défunts via un système de livraison sans contact.

Une fois de plus, je me dis qu'il y a bien pire que les douleurs endurées pendant les séances intensives de kiné. J'ai beaucoup de chance, c'est vrai. La plupart des patients Covid admis en réanimation quitteront l'hôpital dans une housse mortuaire.

Au lieu d'appuyer sur la sonnette, je redresse tant bien que mal mon buste pour pouvoir attraper mon téléphone posé sur la tablette qui passe au-dessus de mon lit. Après avoir déplacé péniblement mon corps, je saisis l'appareil qui me paraît léger comme une plume. Il y a du mieux, depuis hier.

Je n'ai aucune envie de passer ce coup de téléphone, mais je n'ai pas le choix.

Je cherche le numéro de l'accueil des Greens, demande à être mise en relation avec le secrétariat.

— Bonjour, je suis Diana O'Toole. Ma mère, Hannah, était l'une de vos résidentes. Je suis à l'hôpital actuellement, mais je voulais vous prévenir que je passerai récupérer ses affaires dès que je serai sortie. Si vous avez besoin de libérer la chambre en attendant, n'hésitez pas à remiser ses…

— Madame O'Toole, coupe la directrice des Greens. Êtes-vous en train de me dire que vous avez décidé de retirer votre mère de notre établissement ?

— Je… Pardon ?

— Je peux vous assurer que le personnel s'occupe parfaitement d'elle. Je sais qu'il est beaucoup question des EHPAD dans les médias à cause du Covid mais nous n'avons aucun cas ici et nous avons renforcé toutes les mesures de précaution pour…

— Aucun cas, dis-je en sentant mon cœur s'emballer.

— C'est ça.

— Ma mère est vivante.

La directrice hésite.

— Madame O'Toole, dit-elle avec douceur, pourquoi en serait-il autrement ?

Le téléphone tombe sur le lit. J'enfouis mon visage dans mes mains et fonds en larmes.

Vais-je avoir d'autres surprises du même style ?

Si ma mère est en vie et que je ne suis jamais allée aux Galápagos, quelle est la part de rêve ? La part de réalité ?

Par exemple... ai-je encore du travail ?

Je me surprends à ouvrir ma boîte mail. J'avais évité de le faire jusqu'alors parce que mes yeux ont encore du mal à fixer un petit écran. Le nombre de messages non lus est impressionnant, ça me donne presque de l'urticaire.

Mais avant que j'aie le temps de lancer une recherche pour dénicher les mails professionnels, mon téléphone émet un léger tintement, m'avertissant de l'arrivée d'un SMS. C'est Finn. Il m'envoie un lien Zoom accompagné d'un émoji cœur. Ça fait deux jours que je ne l'ai ni vu ni entendu parce qu'il enchaînait les gardes. Deux longues journées interminables. Je me connecte aussitôt. C'est la première fois depuis qu'on m'a débranchée que je le vois sans masque. Des hématomes colorent l'arête de son nez. Ses cheveux sont mouillés. Il sort de la douche. Son visage s'éclaire lorsque j'apparais sur l'écran. J'attaque sans préambule.

— Pourquoi tu ne m'as pas dit que ma mère était vivante ?

Il cligne des yeux, visiblement perplexe.

— Pourquoi elle ne le serait pas ?

— Parce que quand j'étais... dans le coma artificiel, j'ai cru qu'elle était morte.

Je le vois retenir son souffle.

— Merde, Diana.

— Je l'avais appelée en FaceTime. Elle avait du mal à respirer. Et ensuite, elle...

Je ne peux pas prononcer ces mots à voix haute. J'ai peur de lui porter la poisse, de briser cette résurrection inespérée.

— Je t'ai parlé d'elle en me réveillant, je poursuis plutôt. Tu as dit que tu t'occupais de tout. J'en ai conclu que tu étais au courant de ce qui s'était passé. Que tu avais pris contact avec la maison de retraite, le funérarium et tout.

— OK, murmure-t-il d'un ton circonspect. C'est le bon côté des choses, non ?

— Quand j'ai appris qu'elle était morte, je n'ai rien ressenti. Je me suis fait l'effet d'un monstre.

— Tu n'as rien ressenti parce que tu savais peut-être, inconsciemment, que ce n'était pas vrai…

— C'était très réel, pourtant, dis-je d'un ton sec en m'essuyant les yeux. Je veux aller la voir.

— D'accord. On va y aller.

— Je crois que j'ai besoin d'y aller seule.

— Dans ce cas, ça va te motiver à sortir encore plus vite d'ici, fait observer Finn en instillant de la douceur dans sa voix. Comment se passent tes séances de rééducation ?

— C'est une torture, je réponds en reniflant. Chaque centimètre carré de mon corps me fait souffrir et je transpire à grosses gouttes à cause des alèses plastifiées sous mes draps.

— Tu ne resteras pas longtemps, assure Finn. En général, on multiplie par trois la durée de l'intubation pour estimer le temps de rétablissement du patient. Donc pour toi, ça fait quinze jours.

— Ma kiné m'a parlé de deux semaines, en effet.

— Tu as toujours été une élève studieuse.

J'examine son visage étalé sur l'écran.

— Quelqu'un t'a frappé ou quoi ? je demande en effleurant d'un doigt le haut de mon nez et mes pommettes, là où des hématomes bleuissent sa peau.

— Ça, c'est à cause du masque FFP2. On doit bien le plaquer sur le visage pour assurer une protection maximale. En fait, je ne les sens même plus, ces foutus masques. Sans doute parce que j'en porte un en permanence.

Un sentiment de honte m'envahit soudain. Je lui ai sauté dessus sans même lui dire bonjour en l'accusant presque de m'avoir caché que ma mère allait bien. Comment aurait-il pu deviner que j'en doutais ? Sans compter qu'elle n'occupe pas une place prépondérante dans ma vie. En fait, il n'y a rien d'étonnant à ce que Finn ne m'ait pas parlé d'elle tout de suite après ma sortie du coma. Rien d'étonnant à ce qu'il ne se soit pas attardé sur le sujet.

— Je ne t'ai pas demandé comment s'était passée ta journée, dis-je, radoucie.

Quelque chose change en Finn. C'est comme s'il baissait un store, pas tant pour m'empêcher de voir que pour éviter de revivre ce qu'il a enduré.

— C'est fini, élude-t-il. Je crois bien que c'est ça, la meilleure nouvelle de la journée.

Il me sourit et son regard s'illumine de nouveau.

— Je me disais qu'on aurait bien besoin d'une petite gâterie, toi et moi.

Je m'enfonce dans le lit et me recroqueville sur le côté avec le téléphone calé près de ma tête contre l'oreiller.

— Tu veux parler d'un bain ? Je t'en prie, dis-moi que tu penses à un bain.

Il rit.

— Je pensais plutôt à... quelque chose de plus excitant.

Je reste bouche bée.

— Quoi ? Ah non, pas question ! Quelqu'un peut débarquer dans la chambre à tout moment et…

Finn tape sur le clavier pour demander un partage d'écran et, quelques instants plus tard, le site de Zillow apparaît sur mon téléphone.

— Je n'ai jamais parlé d'excitation sexuelle, dit-il d'un ton espiègle.

Je sens un sourire étirer mes lèvres. On a passé tant de dimanches à paresser au lit avec du café, des bagels et l'ordinateur portable niché entre nous ; tant de dimanches à s'extasier devant les maisons de rêve proposées sur les sites des agences immobilières. La plupart étaient très au-dessus de nos moyens mais c'était tellement drôle de fantasmer. Certaines étaient presque indécentes : d'immenses propriétés dans les Hamptons, un ranch en parfait état dans le Wyoming, une authentique cabane perchée dans un arbre en Caroline du Nord. On faisait défiler les photos en écrivant le scénario de notre avenir : c'est là, sur cette véranda protégée par une moustiquaire, que nous mangerions la part prélevée sur notre gâteau de mariage pour fêter nos noces de coton. C'est cette pièce en alcôve qu'on repeindrait en jaune le jour où on apprendrait qu'on attend un bébé. Et ça, c'est le jardin où on installerait la balançoire quand notre fille serait assez grande pour monter dessus. Dans cette pièce, on retirerait la moquette pour éviter que notre chiot bouvier bernois fasse pipi dessus.

Finn clique sur une maison de style victorien aux dimensions raisonnables, flanquée d'une vraie tourelle.

— Elle est très jolie, dis-je. Elle se trouve où ?

— À White Plains. Plutôt facile d'accès.

La façade est rose, décorée de corniches mauves.

— On dirait la maison de Hänsel et Gretel.

— Exactement. Parfaite pour l'heureux dénouement d'un conte de fées.

Je vois bien qu'il fait tout pour me changer les idées. Mais je traîne les pieds. Au prix d'un effort, je rentre dans son jeu. Quand il clique sur les photos de l'intérieur, je lance :

— On va mettre des mois à comprendre le fonctionnement de cette cuisinière Aga. On aura le temps de mourir de faim trois fois.

— C'est pas un problème parce que regarde : le garde-manger est aussi grand que Rhode Island. On pourra le remplir de ramen.

Il continue de cliquer.

— Trois chambres... une pour nous, une pour notre fille... mais comment on va faire pour les jumeaux ?

— Si tu veux des jumeaux, tu vas devoir te débrouiller pour les fabriquer seul.

— Regarde, une baignoire à pattes de lion. Ton rêve depuis toujours.

Je hoche la tête alors qu'au fond de moi, je pense que je ne suis même pas capable de tenir debout dans une cabine de douche – réussirai-je un jour à grimper dans une baignoire pareille ?

Finn m'entraîne joyeusement dans une visite virtuelle des lieux : le salon avec le poêle à bois, le bureau qu'il pourrait transformer en cabinet de consultation et le joli petit monte-plats dissimulé dans un mur, qu'on pourrait convertir en bar. Il clique ensuite sur les photos du sous-sol en terre battue. Une atmosphère inquiétante semble planer sur cette partie de la maison. La dernière pièce est équipée d'une porte en fer à barreaux, semblable à une cellule de prison.

— On a changé de registre, là, dis-je dans un murmure.

Finn continue de faire défiler les photos et nous nous retrouvons à l'intérieur de la pièce tapissée de velours rouge. Un revêtement matelassé recouvre le sol tandis qu'un assortiment de cravaches et de menottes métalliques pend aux murs.

— Regarde-moi ça : notre donjon SM privé ! s'exclame Finn.

Il éclate de rire en voyant ma mine déconfite.

— Attends, tu veux savoir la meilleure ? Cette pièce s'appelle officiellement l'antre.

Il marque une pause avant d'ajouter :

— L'antre de la *débauche*, peut-être…

Il y a quelques semaines, j'aurais gloussé un bon quart d'heure en consultant cette annonce. J'aurais même envoyé des captures d'écran à Finn au beau milieu de notre journée de travail, juste pour le faire rire. Mais aujourd'hui, je ne trouve plus ça drôle. Je n'arrête pas de penser que les vendeurs de cette maison avaient une vie secrète, totalement cachée.

Je me force à sourire.

— Tu sais quoi ? Je crois que les séances de kiné m'ont crevée. J'ai du mal à garder les yeux ouverts.

Aussitôt, Finn désactive l'écran partagé et pose sur moi le regard vigilant du médecin.

— OK, dit-il au bout d'un moment, ayant visiblement trouvé sur mon visage les réponses qu'il cherchait.

Sa bouche se retrousse d'un côté.

— Mais c'est dommage parce que celle-ci risque de partir vite si on ne réagit pas rapidement.

Je contemple son beau visage, si familier. La mèche rebelle blonde qui retombe sans cesse sur ses yeux, la fossette qui ne flirte qu'avec une seule joue.

— Merci, dis-je à mi-voix. D'essayer de faire comme si de rien n'était.

— Tout finira par rentrer dans l'ordre, promet Finn. Je sais que ça doit être terriblement difficile de devoir tout réapprendre. Tu dois avoir l'impression d'avoir perdu un morceau de vie. Mais un jour, tu te souviendras à peine de tout ça.

Je hoche la tête. Avant de penser : *c'est justement ce qui me fait peur*.

Le lendemain matin, après une séance de kiné sportive durant laquelle Maggie me force à me lever à l'aide d'un déambulateur malgré mes jambes en guimauve, je décide d'appeler mon meilleur ami. Rodney répond à la première sonnerie.

— Mon psy me conseille de ne plus parler aux gens qui me rayent de leur vie du jour au lendemain, déclare-t-il sans ambages.

— Je suis à l'hôpital, Rodney. Enfin, dans un centre de rééducation. Mais avant ça, j'étais à l'hôpital. Avec le Covid. Sous assistance respiratoire.

Silence à l'autre bout du fil.

— Mais *merde*, lâche finalement Rodney. Je te pardonne officiellement de ne pas avoir répondu à mon avalanche de SMS. Oh, et ne tiens pas compte de celui où je te traite de garce infidèle. Nom de Dieu, Diana. Où est-ce que t'as chopé ça ?

— Je ne sais pas. Je ne me souviens même pas d'avoir été malade.

Je lui livre l'histoire telle que Finn me l'a racontée, avec l'impression d'enfiler des vêtements qui ne seraient pas tout à fait à ma taille. Puis je demande d'un ton hésitant :

— Rodney, est-ce qu'on nous a vraiment mis au chômage partiel ?

Il émet un petit ricanement.

— Ouaip. T'aurais dû voir le carnage, Eva et toute la bande de cadres en train de négocier pour sauver leurs salaires. En revanche, ça n'a posé de problème à personne de nous foutre à la porte. Et je te prie de croire que c'est pas cadeau, un appartement à Dumbo. Tout le monde n'a pas la chance d'avoir un séduisant chirurgien pour payer le loyer.

— Qu'est-ce que je suis censée faire sans boulot ?

— La même chose que tous les habitants des États-Unis. Tu vas t'inscrire au chômage, faire du *banana bread* et croiser les doigts pour que le Congrès se démerde pour faire voter un plan de relance.

— Mais… qu'est-ce qu'ils ont dit chez Sotheby's ? On est censés récupérer nos postes… à terme ? Ou bien est-ce qu'on doit commencer à chercher ailleurs ?

— Ils n'ont absolument rien dit, figure-toi. Juste des formules bateau du style : *vu le contexte indépendant de notre volonté* et *nous sommes solidaires du secteur artistique*, blablabla. Tu n'as pas reçu le mail ?

Il doit bien être quelque part, c'est sûr, enseveli sous les 2685 autres messages que je n'ai pas encore ouverts.

Je me demande pourquoi ce détail-là de mon rêve sous sédation s'avère réel.

— Isabela n'avait pas internet, je réponds machinalement.

— C'est qui, Isabela ?

— Rodney, fais-je d'un ton posé. J'aimerais te confier quelque chose. Mais tu auras beaucoup de mal à y croire.

— Qu'entends-tu par *beaucoup de mal* ? Sur une échelle allant de l'association blazer-cycliste en lycra pendant la Fashion Week à la *meat dress* de Lady Gaga ?

— Écoute-moi et tu verras bien, dis-je avant de lui raconter mon autre vie.

Mon arrivée à Isabela, l'hôtel fermé, Beatriz l'ado aux bras scarifiés et son père au caractère ombrageux. La mort de ma mère. La nuit fougueuse et folle que nous avons passée ensemble, Gabriel et moi. Les vagues qui se referment sur moi.

Au terme de mon récit, Rodney reste silencieux.

— Alors ?

— Je ne sais pas quoi dire, Di.

Je lève les yeux au plafond.

— Rodney, je t'ai déjà entendu émettre un avis sur le sac à dos licorne d'une gamine de cinq ans. Tu as des opinions sur tout. Tout le temps.

— Mmm. Ça me rappelle quelque chose... oh, ça y est, ça me revient. Tu te souviens du type qui dort sur le trottoir devant le Sephora sur la 86ᵉ Rue est ? Celui qui porte une grenouillère arc-en-ciel et qui prédit la Fin des Temps prochaine ?

Mon visage s'enflamme.

— Salaud. Je n'ai rien inventé, Rodney.

— Je sais. Parce qu'il s'avère que l'île d'Isabela dans l'archipel des Galápagos a bel et bien été confinée pendant deux semaines, à compter du 15 mars.

À ces mots, je retiens mon souffle.

— Quoi ? Comment tu sais ça ?

— Gooooogle, roucoule Rodney.

— C'est le jour où j'ai débarqué là-bas, par le ferry. Enfin, où j'ai rêvé que je débarquais là-bas. Peu importe.

— OK, si tu étais clouée dans un lit d'hôpital avec une fièvre de cheval ce jour-là, tu n'étais certainement pas en train de surfer sur le web.

— Ça passait peut-être en bruit de fond, à la télé...

— Ou peut-être que non, lâche Rodney.

En entendant ces mots, mes yeux s'emplissent de larmes. Je crois que je n'avais pas encore réalisé à quel point j'avais besoin que quelqu'un me croie.

— Écoute, mon sucre d'orge, j'ai un paquet d'amis branchés ésotérisme, alors je suis bien placé pour te laisser le bénéfice du doute. Tu as peut-être basculé dans une espèce de quatrième dimension à la con, qui sait ?

— Bon, là, ça a l'air encore plus dingue.

— Plus dingue que de batifoler avec le fruit de ton imagination ?

— Tais-toi ! je chuchote, alors que je suis la seule à l'avoir entendu.

— Alors maintenant, je vais te poser la question à un million de dollars : as-tu raconté à Finn tes, hum, escapades buissonnières ?

— Il pense que ça pourrait être un des symptômes du Covid. Que c'est lié au coma artificiel dans lequel on m'a plongée avant de m'intuber.

Rodney se tait un instant avant de déclarer :

— Si tout ça était vrai... même juste pour *toi*, tu vas devoir lui dire.

Je frotte le talon de ma main entre mes sourcils, là où une douleur lancinante vient d'éclore.

— Je ne le vois presque jamais. Il travaille vingt-quatre heures sur vingt-quatre et je n'ai pas le droit de recevoir de visites. J'ai l'impression d'être une lépreuse. Je tiens à peine debout, je serais incapable de dire à quand remonte ma dernière douche et d'après ce que j'ai pu constater en essayant de m'habiller seule, je vais pouvoir balancer tous mes soutifs à la poubelle. Quand je suis lessivée par les séances de kiné, mon cerveau commence à tourner en boucle. Tout s'embrouille, je n'arrive plus à démêler la fiction de la réalité et je panique encore plus.

Un soupir tremblant s'échappe de mes lèvres.

— J'ai besoin de me changer les idées.

— Ma chérie, la solution à tous tes problèmes tient en deux mots, déclare Rodney : *Tiger King*.

Deux autres faits marquants ont lieu lors de mon deuxième jour au service de rééducation :

1. J'ai mis mes chaussettes et mes chaussures toute seule.
2. CNN a annoncé que 80 % des patients atteints du Covid placés sous assistance respiratoire étaient décédés.

Je mène une lutte acharnée contre mon propre corps. Affûté comme une lame de couteau, mon esprit lui hurle des ordres comme *soulève, hisse, maintiens l'équilibre.* Mes muscles, hélas, ne parlent pas la même langue. Et c'est exténuant, ce genre de dissonance. Le seul point positif dans le fait de bosser comme un forçat toute la journée, c'est que je m'endors sans problème le soir venu. Et je suis trop fatiguée pour rêver.

Je crois aussi que Maggie et ses instruments de torture ne sont pas étrangers à mon sommeil retrouvé. Quoi qu'il arrive, elle poussera chaque matin la porte de ma chambre armée d'un nouvel engin. Si je doute encore un peu de ces pronostics concernant ma récupération physique, je peux au moins compter sur elle pour me ramener dans le monde réel.

Le troisième jour, Vee, mon ergothérapeute, entre dans la pièce au moment où je me démène pour presser du dentifrice sur ma brosse à dents. Avant, j'accomplissais ce geste sans même y penser. Cela me demande désormais une concentration digne d'un maître zen. Je suis en train de terminer de me brosser les dents quand Maggie fait son apparition. Elle pousse devant elle une drôle de boîte, large mais pas très haute, qu'elle range dans un coin de la pièce.

— C'est l'heure de se lever ! claironne-t-elle en regardant autour d'elle.

Ses yeux se posent sur le déambulateur qu'elle a apporté pour la séance d'hier. Elle le rapproche du lit.

— Allez, debout. On dit bonjour à Paul, dit-elle.
— Alice*.

(Nous ne sommes pas d'accord sur le nom à donner au déambulateur qui porte mal son nom par essence

---

* Blague en référence à Paul Walker et Alice Walker : déambulateur se dit *walker* en anglais.

puisque je l'utilise pour tenir debout, pas pour déambuler.) Je balance toutefois mes jambes sur le côté du lit sans avoir à réfléchir au mouvement, cette fois. Maggie enroule une ceinture autour de ma taille puis, après avoir patienté quelques instants pour s'assurer que je n'ai pas la tête qui tourne, m'aide à me rapprocher du bord du lit. Je reste debout trente secondes sans que mes jambes flageolent.

Je lève les yeux sur Maggie tandis qu'un sourire s'étale sur mon visage.

— Les doigts dans le nez, dis-je sur un ton de défi.

— Rappelez-moi ce que vous vouliez faire en arrivant ici ?

— Partir.

— Et je vous ai répondu que vous devriez faire quoi avant ?

À cet instant, je me rends compte que Vee est toujours dans la pièce et qu'elle a poussé vers moi le mystérieux carton apporté par Maggie, de sorte qu'il se trouve à présent dans la diagonale d'Alice.

Elle soulève le couvercle et je me rends compte que c'est une chaise percée.

— Ta-da ! fait Maggie.

Quatrième jour de rééducation fonctionnelle :

1. Je m'assieds seule dans le fauteuil roulant.
2. Je le manœuvre jusque dans la salle de bains et je me brosse les dents.
3. Terrassée par la fatigue, je pose la tête sur le plan de toilette et m'endors avec la brosse à dents dans la main.

4. C'est dans cette position qu'une infirmière me retrouve et m'annonce que je suis enfin négative au Covid.

À présent que je ne suis plus positive, Maggie me dit que les séances de kiné se dérouleront au gymnase. Elle me pousse dans la vaste salle où plusieurs patients travaillent avec leurs thérapeutes. C'est presque un choc pour moi de voir autant de monde dans un même espace, après cette longue période de confinement. Combien de personnes ont eu le Covid, parmi elles ?

Maggie m'installe sur un tapis de sol puis commence à manipuler mes bras et mes jambes, évaluant la raideur de mes articulations, la force de mes biceps et de mes deltoïdes. Et pendant tout ce temps, elle me bombarde de questions sur mon retour à la maison et l'aménagement de mon appartement. *Y aura-t-il quelqu'un pour vous aider vingt-quatre heures sur vingt-quatre ? Est-ce qu'il y a un ascenseur ? Quelle est la distance entre l'ascenseur et l'appartement ? Est-ce qu'il y a de la moquette ou des tapis ? Des marches, un escalier ?*

Je me réjouis de ne plus avoir à subir ses rafales de questions lorsqu'elle me conduit devant les barres parallèles. Mon esprit est encore embrumé. Je commence une phrase mais oublie ce que je voulais dire au bout de quelques mots.

Maggie se tient face à moi, son ventre collé au mien, le fauteuil roulant bloqué derrière moi.

— Soulevez votre jambe gauche, ordonne-t-elle.

Je sens des gouttes de sueur perler à mon front.

— Si je tombe, vous tombez avec moi, lui dis-je.

— C'est ce qu'on va voir, riposte Maggie sur un ton bravache.

J'ai la tête qui tourne, je suis terrifiée à l'idée de perdre l'équilibre et pourtant, je réussis à décoller la jambe d'environ trois centimètres.

— Maintenant, la droite.

Je serre les dents, rassemble mes forces mais mon genou se dérobe. Je me laisse choir dans le fauteuil et recule de quelques centimètres.

— C'est pas grave. Rome ne s'est pas faite en un jour.

Je croise son regard.

— On essaie encore, dis-je.

Elle plisse les yeux puis hoche la tête.

— D'accord, lance-t-elle en glissant les mains sous mes aisselles pour me remettre debout. Commencez par fléchir le genou.

Je m'exécute – le plié le plus moche du monde.

— Maintenant, transférez le poids du corps sur votre pied gauche.

Je suis ses conseils.

— Parfait. Il ne vous reste plus qu'à soulever la jambe droite.

Mon genou vacille, je m'accroche aux barres de toutes mes forces. Mais j'y arrive.

— Super ! Maintenant… avancez.

Jambe gauche. Jambe droite. Gauche. Droite.

Je me force à bouger sur place en grimaçant, dégoulinante de sueur, accrochée aux barres d'appui comme si elles étaient une extension de mon propre squelette. Hyper concentrée, il me faut plusieurs secondes avant de m'apercevoir que j'ai avancé d'un pas.

Maggie émet un sifflement.
— Elle marche !

Vee me dit qu'elle aura une surprise pour moi si j'arrive à me laver les cheveux toute seule. Rien que la douche me procure un bien-être inouï. Assise sur un petit tabouret en plastique, je savoure les tapotements de l'eau sur ma peau. J'ai la sensation de redevenir humaine.

Quelques instants plus tard, je me fais l'effet d'une athlète olympique quand je me penche en avant pour attraper le flacon de shampoing. J'en verse une noisette dans le creux de ma paume puis entreprends de me masser le cuir chevelu. Bien calée sur le tabouret, je lève le visage vers le mince filet d'eau. Ça vaut tous les spas de tous les hôtels quatre étoiles du monde.

Les yeux rivés sur les petits nuages de mousse attirés vers la bonde, je pense à tout ce que je suis en train d'évacuer. La faiblesse de mon corps. Ce putain de virus. Les dix jours perdus dont je ne garde aucun souvenir.

À l'hôpital, dépendante des sondes, des médicaments, des perfusions et des infirmières, j'avais l'impression d'être une moins que rien. Incapable d'accomplir tous ces petits gestes que j'exécutais sans l'aide de personne depuis l'enfance. Alors qu'ici, je reprends des forces. Ici, je suis une survivante. Et les survivants s'adaptent.

Tout à coup, l'image de Gabriel montrant du doigt un iguane marin m'assaille. Je me courbe en deux sous le jet d'eau, fermant les yeux pour la conjurer.

Mes phalanges frottent la paroi de la douche.
— J'ai fini, dis-je d'une voix sourde.

Dans combien de temps ces souvenirs cesseront-ils de me hanter ? La porte de la salle de bains s'ouvre dans un cliquetis. Vee fait son apparition, munie d'une serviette. Elle tire le rideau d'un geste sec, ferme le robinet. Je me fiche d'être nue comme un ver : rien ne pourra ternir le bonheur de se sentir enfin propre.

Sous le regard attentif de Vee, j'enfile un bas de survêtement et un sweat-shirt. Elle me tend ensuite une brosse. Je fais de mon mieux mais après tout ce temps, mes cheveux sont un véritable nid de nœuds. Elle s'assoit derrière moi sur le lit et entame une opération de démêlage, lissant mes cheveux en arrière pour dégager mon visage.

— Je crois bien que je suis au paradis, dis-je dans un murmure.

Elle rigole.

— En fait, on est tous soulagés que vous n'ayez pas atterri là-bas.

Ses doigts volettent au-dessus de mon crâne, créant un motif compliqué.

— Je fais toujours des tresses africaines à mes filles.
— Je n'ai jamais su comment les faire.
— C'est vrai ? s'étonne Vee. Votre maman ne vous a jamais appris ?

Ça tire, tord, tresse.

— Elle n'était pas souvent là.

Et maintenant qu'elle a cessé de courir par monts et par vaux, maintenant qu'elle est à portée d'yeux et de mains, c'est moi qui ne suis pas souvent auprès d'elle.

Mais ça peut encore changer.

J'ai toujours cru que nous étions les architectes de notre propre destin. Ce qui explique pourquoi j'ai planifié avec autant de soin les différentes étapes de mon évolution professionnelle, et pourquoi Finn et moi concevons en tandem la fabrication de nos rêves. Ce qui explique aussi pourquoi je pourrais reprocher à ma mère d'avoir privilégié sa carrière au détriment de sa fille. Parce que c'est exactement ce qui s'est passé : elle a pris *sciemment* la décision de se consacrer à son métier. Je n'ai jamais vraiment adhéré au mantra selon lequel il n'y a pas de hasard, que tout arrive pour une raison. Jusqu'à aujourd'hui, peut-être.

Je suis tombée gravement malade, j'ai même failli mourir... Je suis une des rares à être sortie du coma artificiel... Je suis revenue dans ce monde, au lieu de rester dans l'autre, incrusté dans mon esprit... Pour tout cela, je suis encline à croire qu'il y a une explication. Il ne s'agit ni de hasard, ni même de chance. Non, je dois forcément en tirer une leçon. Ou prendre ça comme un avertissement.

Peut-être s'agit-il de ma mère.

Vee attache la tresse à l'aide d'un élastique.

— Voilà, dit-elle. Vous êtes une personne neuve.

Pas encore.

Mais ça *pourrait* venir.

Elle pousse le fauteuil roulant vers le lit, serre le frein puis approche Alice pour me permettre d'exécuter la manœuvre debout-pivot-transfert grâce à laquelle j'arrive à m'asseoir seule dans le fauteuil.

— Il me semble vous avoir promis une surprise, dit-elle alors.

Elle veut sans doute parler d'une expédition à la salle de gym polyvalente pour une nouvelle séance de kiné.

— Est-ce vraiment nécessaire ?

— Faites-moi confiance, insiste Vee en ouvrant la porte de la chambre.

Après m'avoir donné un masque chirurgical, elle me pousse dans le couloir où cheminent prudemment d'autres patients armés de déambulateurs ou de cannes à quatre pieds. Quelques infirmières me sourient et me complimentent sur ma nouvelle apparence. À croire que j'étais particulièrement hideuse avant la douche salvatrice. Au lieu de bifurquer vers les ascenseurs, Vee tourne à droite au bout du couloir et enfonce avec le coude le bouton d'une porte automatique. Le panneau de verre coulisse lentement, dévoilant une minuscule cour enserrée entre les murs de l'hôpital. Il fait très doux pour la saison. Le soleil déverse sur la courette une large bande de lumière ambrée.

— Un petit bol d'air ?

Je retiens mon souffle en tournant la tête. Et l'aperçois tout au fond de l'étroit patio. Finn, tenant dans une main un petit bouquet de tulipes.

— Je vous passe le relais, doc, déclare Vee avant de s'éclipser en m'adressant un clin d'œil.

Finn me dévisage longuement. Puis il retire son masque et l'accroche à son poignet. Les ailes de son nez sont encore meurtries et violacées. Mais nom de Dieu, comme ça fait du bien. De voir son sourire.

Je pousse un cri, frustrée de ne pas pouvoir lui sauter au cou. Devinant mes pensées, il se précipite vers moi. S'agenouille, m'entoure de ses bras.

— Regardez qui a été testée négative, murmure-t-il.

J'enlève mon masque, le pose sur mes genoux.

— Tu as déjà eu mes résultats ?

Il sourit.

— Privilèges professionnels.

Il appuie son front contre le mien. Ferme les yeux. Je sais que ce moment est trop chargé en émotions pour lui aussi. L'enlacer, être enlacée. Comme si j'avais été prise au piège sous une couche de glace et que je me retrouvais subitement dans un endroit où il y a du bruit, de la chaleur et du soleil.

— Salut, chuchote Finn contre mes lèvres.

— Salut.

Il comble la distance qui nous sépare encore, effleure mes lèvres d'une caresse aérienne avant de s'écarter, les pommettes rosies, conscient que je suis convalescente mais incapable de résister.

Je l'attends, ce dernier cliquetis de serrure, cette ultime pièce du puzzle et le sentiment de satisfaction qui l'accompagne, ce soupir familier que l'on pousse en rentrant chez soi.

Tu es à ta place, ici, me dis-je.

— Tu as eu une chance incroyable, déclare Finn d'une voix nouée par l'émotion, s'efforçant visiblement de chasser les ombres de ce qui aurait pu advenir.

— *J'ai* une chance incroyable.

Capturant son visage entre mes mains, je presse mes lèvres contre les siennes. Je veux lui montrer que c'est tout ce que je veux, tout ce que j'ai toujours voulu. Je le bois, je le dévore, pour me convaincre moi-même.

Je lui dérobe son souffle pour le garder à l'abri.

Comme nous ne sommes pas censés recevoir de visites et que Finn a acheté le silence de l'équipe avec des donuts, je n'ai le droit qu'à une petite heure avec lui dans la cour. Quand arrive le moment de nous quitter, l'air s'est rafraîchi et la fatigue m'a rattrapée. Il m'aide à passer les élastiques de mon masque sur mes oreilles, me raccompagne à ma chambre et me met au lit.

— J'aimerais tellement pouvoir rester avec toi, murmure-t-il.

— J'aimerais tellement pouvoir *rentrer* avec toi.

Il pose un baiser sur mon front.

— Bientôt, promet-il.

Il me laisse en compagnie d'un cabas de courses rempli de livres. Je lui avais demandé de les déposer à l'accueil, loin de me douter qu'il me les apporterait en personne. Ce sont les guides de voyage en Équateur et aux Galápagos que j'avais consultés pour organiser notre séjour.

À l'évidence, ils ne se baladent pas dans une valise perdue à l'autre bout du monde. Ils sont restés sur le comptoir de la cuisine, avec nos passeports et nos billets électroniques, prêts à rejoindre les bagages.

Je prends une longue inspiration avant d'en ouvrir un.

Isabela est l'île la plus étendue des Galápagos. Une grande partie de sa surface est inaccessible, recouverte de coulées de lave, de buissons d'épineux et soulignée de rivages rocheux inhospitaliers.

Puerto Villamil est une bourgade relativement préservée du tourisme. Il s'agit en réalité d'un minuscule hameau composé d'un côté de routes sablonneuses et de maisons bordées de cactus et de l'autre d'une plage magnifique.

J'ai surligné plusieurs sites que je voulais absolument visiter avec Finn, et que j'ai vus :

Le sentier conduisant à Concha de Perla débouche sur une crique très prisée des amateurs de snorkeling.

Il faut longer plusieurs petites lagunes piquetées de flamants roses avant d'arriver à la fourche où un panneau indique la direction du centre d'élevage des tortues géantes.

Depuis Playa de Amor, une randonnée de deux heures vous amènera jusqu'au muro de las Lágrimas – le Mur des larmes.

À Los Túneles, les tunnels de lave à demi engloutis sont entourés d'eaux claires et étincelantes abritant une grande variété d'espèces marines.

L'un après l'autre, je lis le descriptif des endroits que j'ai visités alors que j'étais dans le coma et, l'un après l'autre, ils s'épanouissent en souvenirs tridimensionnels parés de couleurs, de senteurs et de sons.

Je pose le livre sur la table de nuit et place Finn au centre de mes pensées. Je me rappelle la texture de ses cheveux lorsque j'ai enfoui mes doigts dedans. Son odeur de pin sylvestre et de savon carbolique, la même que d'habitude. Son baiser qui n'avait rien d'une découverte, mais tout d'une confirmation que j'avais déjà entrepris ce voyage-là, que je savais où aller, ce que je devais faire et ce qui était bon pour moi.

Cette nuit-là, je m'interdis de sombrer dans le sommeil.

Rodney est furax contre moi parce qu'on était censés regarder des rediffusions de *Survivor* ensemble sur nos téléphones respectifs et se textoter en direct nos pronostics sur le nom du prochain exclu de l'île mais je n'arrête pas de piquer du nez après ma nuit en pointillé.

Hé ho ? écrit-il. T'es morte ?

...

Trop tôt ?

Le dernier tintement me réveille et je lis ses messages avant de répondre : *Très drôle*. Rodney me répond dans la seconde qui suit.

Je vais me trouver une nouvelle BFF à La Nouvelle-Orléans.

Il ne peut plus payer le loyer de son appartement à New York. Il part s'installer chez sa sœur en Louisiane. Ce message me sort de ma torpeur. Je sais qu'on est en période de confinement et que personne n'a très envie de traîner avec moi en ce moment mais l'idée de ne pas revoir Rodney avant son départ froisse quelque chose dans ma poitrine.

Désolée. Je ne m'endormirai plus. Promis.

Sur le petit écran de mon téléphone, je regarde un participant, instituteur en école maternelle, grimper dans un tonneau qui devra franchir plusieurs obstacles le plus vite possible s'il veut gagner du beurre de cacahuètes.

#claustrophobie, écrit Rodney. *Tu te souviens de la fois où tu es restée enfermée dans une chambre forte au boulot et que tu as piqué une crise ?*

Il semblerait que Rodney m'ait pardonné mes microsiestes.

J'ai pas piqué une crise, j'ai juste flippé un peu, je mens. *En plus, je suis déjà descendue dans un goulet pas plus large que mon bassin.*

Mais bien sûr. Où ça ?

J'hésite un instant avant de répondre.

À Isabela.

Je regarde les trois petits points sautiller sur l'écran puis disparaître tandis que Rodney essaie de formuler une réponse.

L'écran de *Survivor* se fige soudain, remplacé par une demande d'appel en FaceTime. J'accepte et le visage de Rodney surgit devant mes yeux.

— Je ne sais pas si on peut comptabiliser ça dans la rubrique "Vaincre ses peurs", sachant que t'étais dans le coma quand ça s'est passé.

— La frontière est floue, j'avoue.

Il m'étudie longuement.

— Tu veux en parler ?

— L'endroit s'appelle les *trillizos*. Ça ressemble à des terriers de marmottes très profonds, creusés dans la terre. Les touristes descendent dedans en rappel, je crois.

Il frissonne exagérément.

— Parle-moi plutôt plages de sable fin et margaritas frappées.

— La première fois, c'est Beatriz qui m'a emmenée là-bas. La deuxième fois, elle avait fait une fugue et s'était réfugiée à l'intérieur des tunnels. Alors je m'y suis faufilée pour aller la consoler.

— Pourquoi est-ce qu'elle avait besoin d'être consolée ?

— Bah, en fait... elle m'a surprise au lit avec son père et elle l'a mal pris.

Rodney éclate de rire.

— Diana, il n'y a que toi pour te débattre avec ta conscience en pleine hallucination !

En entendant ce mot – *hallucination* –, quelque chose en moi se fendille. Rodney le remarque tout de suite et son regard s'adoucit.

— Désolé, je n'aurais pas dû dire ça. Ça reste un traumatisme, quelle que soit sa nature. Et ce n'est pas parce que les autres n'ont pas vécu ce que tu as vécu que ça te paraît moins réel.

Maggie m'a longuement parlé de plusieurs patients souffrant d'un syndrome de stress post-traumatique après avoir passé plusieurs jours sous ECMO ou sous assistance respiratoire. Je partage certains de leurs symptômes : la peur de m'endormir, les crises d'angoisse quand je commence à tousser, le besoin obsessionnel de vérifier mon taux de saturation. Mais en plus de ça, je suis capable d'éprouver de nouveau les sensations qui m'ont submergée au moment où mes poumons se sont remplis d'eau lorsque je me suis noyée. En pleine nuit, mon cœur s'emballe et je me retrouve enfermée dans le tunnel où je me suis glissée pour rejoindre Beatriz. Des expériences que je n'ai, au dire de tous, jamais vécues me reviennent en mémoire, tels des flash-back, et aujourd'hui encore, alors que je ne prends plus aucun sédatif depuis plus d'une semaine, ces images continuent de me tourmenter.

— Je ferais peut-être mieux de ne pas en parler, dis-je pensivement. Parce que ça risque de compliquer encore plus les choses à long terme. C'est juste que...

Je secoue la tête avant de continuer :

— Tu te souviens du type qui s'était présenté chez Sotheby's, convaincu d'être en possession d'un Picasso alors que ce n'était même pas un faux ni une reproduction... c'était un flyer pour un groupe de musique nul et le type était en plein délire ?

Rodney opine du chef.

— Bah maintenant, je comprends. Dans son esprit, c'était un putain de Picasso, dis-je en me pinçant l'arête du nez. Je voudrais juste qu'on m'explique pourquoi toutes ces images ne se sont pas évaporées. Ou au moins pourquoi je n'arrive pas à me faire à l'idée que ce n'était qu'un rêve. Hyper détaillé et carrément bizarre, mais un rêve quand même.

— Peut-être parce que tu n'as pas envie que c'en soit un ?

— Si la réalité, c'est que j'ai frôlé la mort, alors OK, c'est compréhensible. Mais c'est bien plus que ça. Toutes ces personnes semblaient tellement *vraies*.

Rodney hausse les épaules.

— Tu sais quoi, Di ? T'es peut-être pas aussi intelligente que je le croyais. T'as un téléphone dans la main, d'accord ? Alors dis-moi que tu les as googlés...

Je le fixe en clignant des yeux.

— Jésus Marie Joseph.

— Oui, mon enfant ?

— Pourquoi est-ce que je n'y ai pas pensé plus tôt ?

— Sans doute parce que tu n'arrives toujours pas à résoudre les grilles de mots mêlés de ton ergothérapeute et que ton cerveau fonctionne encore au ralenti.

Je lance le moteur de recherche. Le visage de Rodney se rétrécit pour devenir un petit point vert en arrière-plan. Je tape d'abord *Beatriz Fernandez*.

Des résultats s'affichent, mais aucun ne correspond à l'adolescente d'Isabela.

Même chose quand je tape le nom de Gabriel.

— Alors ? demande Rodney.

— Rien.

Mais ce n'est pas très étonnant, compte tenu de la connexion internet capricieuse : les réseaux sociaux ne doivent pas être d'une grande utilité, là-bas.

Sauf si, en réalité, le wi-fi fonctionne parfaitement bien aux Galápagos et que cet obstacle n'était qu'une pure invention de mon esprit.

Je commence à avoir mal à la tête.

— Je vais tenter autre chose, dis-je à mi-voix.

Je tape *Casa del Cielo Isabela Galápagos* dans la barre de recherches.

Une photo de l'hôtel où j'avais réservé une chambre apparaît aussitôt. Il ne ressemble pas du tout à celui que j'ai visité dans mon rêve. Mais... il *existe*.

Mes pouces se remettent à pianoter sur le clavier du téléphone. G2 TOURS.

Les mots *Visites guidées / Excursions* s'inscrivent sur l'écran. Et en rouge : FERMÉ.

J'en ai le souffle coupé.

— Il existe vraiment, Rodney. Ou en tout cas, son entreprise existe.

— Et tu ne te souviens pas de les avoir contactés avant de partir, je veux dire : quand tu étais en train de préparer votre séjour ?

Je ne m'en souviens pas, non. Mais peut-être que mon cerveau s'en rappelait, lui.

— Attends une seconde, Rod.

Je pose mon téléphone, agrippe Alice des deux mains et utilise le déambulateur pour marcher jusqu'à la table de nuit. Je m'assieds ensuite au bord du lit, attrape le guide que je feuilletais la veille et tourne les pages jusqu'au chapitre consacré à Isabela.

Je survole des yeux les différentes rubriques.

Arrivée sur l'île – Se déplacer.

Hébergement.

Restaurants et bars.

Excursions et visites guidées.

C'est le troisième de la liste : *G2 TOURS. Ouvert du lundi au dimanche de 10 heures à 16 heures. Excursions privées terrestres et marines. Certification de plongée sous-marine.*

Je ne l'ai pas surligné. Mais j'ai dû le voir. Et mon imagination a fait le reste, turbinant comme jamais pour inventer une famille, un contexte et un scénario à partir de trois petites lignes imprimées dans un guide touristique.

Je regagne le fauteuil en traînant les pieds, récupère le téléphone.

— La petite agence de Gabriel est répertoriée dans le guide que j'ai consulté.

— Son nom est mentionné ?

— Bah... non. Mais pourquoi aurais-je inventé une boîte baptisée G2 TOURS si je n'avais pas croisé ça quelque part ?

— C'est pas faux, admet Rodney. Et assez logique. T'aurais plutôt appelé ça Vacances Paradisiaques... ou Galápago-go-go !

— Tu crois vraiment que ça peut être ça, l'explication ? Tu crois que j'ai inconsciemment mémorisé toutes ces informations en préparant notre séjour et que j'ai brodé tout autour quand j'étais sous assistance respiratoire ?

— Ce que je crois, c'est qu'il y a encore beaucoup de choses que nous ne savons pas sur le fonctionnement du cerveau, répond Rodney d'un ton circonspect.

Il marque une pause puis hausse les sourcils.

— Oh, ajoute-t-il. Et trouve-toi un psy.

Puisqu'au centre de rééducation les jours passent et se ressemblent, je me repère dans le temps grâce aux progrès accomplis. Quand je m'entraîne à marcher, je ne serre plus comme une brute les barres métalliques mais les effleure juste du plat de la main. Je franchis un niveau supérieur avec Alice en arrêtant de m'appuyer sur elle pour me contenter de la pousser vers l'avant. Maggie m'encourage en me rappelant chaque jour les progrès réalisés : "Hier, j'ai été obligée de vous aider et vous avez perdu l'équilibre à trois reprises alors qu'aujourd'hui, vous vous débrouillez toute seule. Hier, j'étais juste à côté de vous alors qu'aujourd'hui, je me tiens à portée de voix en cas de besoin." Vee m'apporte un jeu de cartes, des puzzles et des carnets de mots mêlés. Je commence par trier les cartes par figures, couleurs et numéros puis j'entame des parties de solitaire. Elle m'incite à nouer les lacets de mes baskets et à me tresser les cheveux. Elle me demande de retrouver des perles cachées dans une boule de pâte à modeler afin d'améliorer mes compétences en motricité fine et quand j'écris un texto sur mon téléphone le lendemain après-midi, mes doigts ont retrouvé toute leur agilité. Elle m'emmène dans une cuisine factice où j'utilise mon déambulateur pour me déplacer du lave-vaisselle au placard afin d'y ranger des verres et des assiettes en plastique.

Au douzième jour de mon programme de rééducation, j'embarque Alice dans la salle d'eau, vérifie mon équilibre, baisse mon pantalon de survêtement et fais pipi dans de vraies toilettes. Puis je me relève, me rhabille et vais me laver les mains.

Quand je sors de la pièce, Maggie et Vee m'accueillent avec des cris de joie.

Il y a une liste de choses que je dois impérativement être capable de faire pour pouvoir quitter le centre. Suis-je capable de me brosser les cheveux ? De marcher avec une aide, canne ou déambulateur ? Est-ce que j'arrive à passer un appel téléphonique ? À aller aux toilettes ? Prendre une douche ? Préparer un repas léger ? Monter et descendre un escalier ?

Le jour de ma sortie, Finn me fait la surprise de venir me chercher.

— Comment tu t'es débrouillé pour avoir un jour de congé ?

Il hausse les épaules.

— Qu'est-ce qu'ils pouvaient faire, de toute manière ? Me virer ?

Il n'a pas tort : ils ont bien trop besoin de lui en ce moment pour risquer de le voir démissionner. Cette réflexion me rappelle que je serai seule dans l'appartement quand il retournera travailler. Et cela me terrifie.

Bien que je parvienne à marcher avec l'aide d'Alice ou d'une canne à quatre pieds, le protocole de sortie exige que je quitte l'établissement en fauteuil roulant.

J'ai entassé mes quelques vêtements de rechange, mes articles de toilette et les livres dans un petit sac de voyage.

— Votre carrosse est avancé, annonce Finn en esquissant un geste théâtral.

Je m'abaisse lentement dans le fauteuil puis mets le masque chirurgical bleu qu'on m'a donné. Quand je suis prête, Finn pose le sac sur mes genoux.

Maggie entre en trombe dans la pièce.

— Je vous serrerais volontiers dans mes bras si c'était possible à deux mètres de distance.

— Ça fait des semaines que vous me côtoyez de très très près, fais-je remarquer.

— Oui, mais vous étiez une *patiente.* Je vous ai apporté un cadeau, ajoute-t-elle en me tendant ce qu'elle cachait dans son dos : une canne à quatre pieds flambant neuve qui me servira à la maison. Voici Gengis.

J'éclate de rire. *Gengis Khan.*

— Génial.

— N'est-ce pas ? Elle vous donnera de la force.

— C'est clair. Vous allez me manquer.

— Oh, et puis merde, bougonne Maggie en me serrant rapidement mais affectueusement dans ses bras. Vous allez me manquer encore plus.

Elle ouvre la porte de la chambre et Finn me pousse dans le couloir.

Deux rangées de soignants se tiennent de chaque côté, le long des murs.

Tous sont masqués, vêtus de blouses stériles et coiffés de calots chirurgicaux. Et tous ont les yeux braqués sur moi.

Parmi eux, quelqu'un se met à applaudir. Un autre l'imite et bientôt, c'est une salve d'applaudissements qui

391

éclate à mon passage. Je vois des larmes dans certains regards et une pensée me traverse soudain : *ce n'est pas pour moi qu'ils font ça. C'est pour eux, parce qu'ils ont besoin de garder espoir.*

Mes joues s'enflamment sous le masque. Je suis gênée, mal à l'aise. Je suis sur le point de réintégrer une société qui a vécu quatre semaines sans moi, un espace où toutes les émotions sont désormais cachées, victimes des nécessaires mesures de précaution.

Je me force à regarder droit devant. Je suis le soldat le plus esseulé du monde, qui rentre de la guerre en claudiquant.

Le retour au bercail est épique. Dès que je suis installée à l'arrière d'un Uber, Finn verse une dose de gel hydroalcoolique dans le creux de ma main puis répète l'opération pour lui. On ouvre les vitres pour aérer l'habitacle, bien qu'il ne fasse que dix degrés dehors, parce qu'il a lu de récentes études sur la transmission virale par aérosol et gouttelettes respiratoires. Le trajet en voiture est surréaliste : New York est une ville fantôme. Les magasins sont fermés et les rues désertes, de sorte que nous rentrons chez nous en un temps record. Les rues grouillent de monde, d'habitude : hommes d'affaires, touristes, flâneurs. Je me demande s'ils sont enfermés dans les gratte-ciels ou si, comme Rodney, ils ont baissé les bras et déserté la ville. Je pense à l'Empire State Building, à Central Park et Radio City, autant de lieux emblématiques qui résistent seuls, mais résolument. Qu'est-ce que j'ai pu m'énerver quand les rames de métro étaient bondées et Times Square envahi par les touristes ! Je ne me rendais pas compte que c'est justement ça qui me plaît à Manhattan, l'encombrement perpétuel.

Quand on entre finalement dans notre immeuble, Finn me colle aux basques jusqu'à ce que je l'engueule parce qu'il me rend nerveuse. On laisse partir deux ascenseurs avant de pouvoir monter dans une cabine vide. Mais tout le monde ne respecte pas aussi rigoureusement les mesures de précaution, m'explique Finn.

Fut un temps où je trouvais ça formidable d'habiter un appartement au fond du couloir, loin des ding-ding de l'ascenseur mais aujourd'hui, j'ai l'impression qu'il faut une force herculéenne pour parcourir cette distance. Finn déverrouille la porte d'entrée et m'aide à retirer mon manteau. Puis il fonce se laver les mains. Il se les frotte pendant plusieurs minutes selon la méthode chirurgicale, doigts, ongles et poignets. Je fais comme lui.

En apercevant le monceau de factures que Finn n'a pas eu le temps de régler, accaparé par le travail, je prends une longue inspiration. Je m'occuperai de tout ça demain. Tout ce que je dois faire pour le moment, c'est me rappeler comment on s'y prend pour vivre une vie normale.

Finn porte mon sac dans la chambre et range mes affaires.

— Tu as faim ?

— On peut commander thaï ? fais-je avant de froncer les sourcils. Il y a toujours des livraisons à domicile ?

— S'il n'y en avait plus, je serais un homme mort à l'heure qu'il est, plaisante-t-il. Comme d'hab ?

Rouleaux de printemps, satay et curry massaman. C'est tellement appréciable de ne pas être obligée de tout expliquer. Je hoche la tête en jetant un coup d'œil vers la salle de bains.

— Je vais prendre une douche, dis-je pour me motiver parce que je vais devoir enjamber la baignoire.

Il faudra bien que je le fasse tôt ou tard, de toute manière, et il vaut mieux que Finn soit là pour m'aider si je m'étale par terre.

Mais je me débrouille comme un chef. Je suis fière de moi... et tellement heureuse de retrouver l'odeur de mon gel douche et de mon shampoing au lieu des produits de l'hôpital. Je me brosse les cheveux et les tresse en pensant à Vee puis enfile un legging propre et le plus moelleux de mes sweat-shirts.

Finn sourit en me voyant revenir dans le salon.

— Tu es rayonnante.

— C'était pas très difficile de faire mieux.

Je m'assieds sur le canapé et allume la télé, zappant rapidement sur les chaînes d'infos pour choisir une rediffusion de *Friends*.

— T'as regardé *Tiger King* ? je demande à Finn.

— *Tiger* quoi ?

— Laisse tomber.

Pendant que je luttais contre la mort, Finn se battait pour sauver d'autres vies. Et ça, je ne dois pas l'oublier.

Il se matérialise soudain devant moi et me tend une tasse fumante.

— Qu'est-ce que c'est ?

— Du lait chaud.

— J'aime pas le lait chaud.

Il fronce les sourcils.

— Tu en as bu la dernière fois que tu étais malade.

Parce qu'il en avait préparé une tasse sans me demander mon avis. Parce que c'est ce que sa mère lui faisait boire quand il était patraque. Parce que je ne voulais pas passer pour une ingrate.

— Je ne suis pas malade.

Devant son air dubitatif, j'ajoute :

— Tu es docteur, tu devrais le savoir.

Dans un soupir, je tapote le canapé à côté de moi et pose la tasse sur la table basse. Finn s'assoit.

— On a frôlé le drame, OK, je reprends d'un ton posé. Mais on a évité le pire. Je suis là. Et je me sens mieux.

Je me rapproche de lui. En le sentant se raidir, je m'écarte pour sonder son visage.

— Tu as peur que je te contamine ou quoi ?

L'inquiétude assombrit ses traits.

— C'est plutôt le contraire qui me fait peur.

— Finn, j'ai terrassé cette saloperie. Je suis sûre que mes veines regorgent encore d'anticorps. Tu as devant toi une super-héroïne, je conclus en montrant mes biceps.

Un sourire retrousse enfin ses lèvres.

— OK, Wonder Woman.

Je me penche un peu plus vers lui.

— Tu crois que c'est contagieux, les anticorps ?

— Ma réponse est un non catégorique.

— Moi je dis qu'on ne sait jamais, je susurre dans son cou. On devrait peut-être essayer de t'en inoculer quelques-uns.

Je noue mes bras autour de son cou, plaque ma bouche sur la sienne. Finn hésite un instant avant de me rendre mon baiser. Je glisse mes mains sous son pull, sens son cœur battre sous ma paume.

395

— Diana, souffle-t-il d'un ton pressant. Tu sors à peine de l'hôpital.

— Justement.

Comment lui expliquer qu'après avoir côtoyé la mort de très près, j'éprouve un besoin organique, de l'ordre de la pulsion, de me prouver que je suis encore en vie. J'ai besoin de me sentir en bonne santé, ressourcée et désirée. Besoin d'être consumée par autre chose que la fièvre.

— J'ai trop envie de te montrer ce que j'ai appris, dis-je à Finn en ôtant mon sweat-shirt par la tête puis en roulant mon legging jusqu'aux chevilles pour m'en débarrasser. Vise un peu ça.

Je me lève, pivote pour lui faire face et m'assieds sur ses genoux, serrant ses jambes entre mes cuisses.

— Debout, pivot, transfert, je chuchote.

Finn m'enlace tandis que je me frotte contre lui. Quelques minutes plus tard, il se déshabille à son tour et le contact de sa peau sur la mienne suffit à m'embraser. Dents, lèvres, pulpe des doigts, mes ongles sur son cuir chevelu, ses mains enserrant mes hanches. Je l'absorbe et il nous fait basculer d'un mouvement preste, de sorte que je me retrouve allongée sur le canapé sans cesser de me dissoudre autour de lui. Je succombe à l'ici et maintenant, concentrée sur la symphonie de nos respirations, la percussion de nos corps, le crescendo de notre étreinte.

La sonnette nous fait sursauter et nous roulons par terre.

— Merde, grommelle Finn. Le livreur.

D'un bond, le voilà sur ses pieds et j'envie ses mouvements fluides et spontanés. Dans la précipitation, il se trompe de sweat-shirt, enfile le mien qui moule son torse. Je le regarde mettre son caleçon en sautillant.

— Surtout, évite de chercher le pourboire au fond de ta poche...

Il rigole.

— Je vois que le virus n'a pas entamé ton sens de l'humour...

Une poignée de minutes plus tard, il est de retour avec un sac en papier kraft rempli de plats thaïlandais.

— Tu as faim ? demande-t-il en me décochant une œillade presque timide.

— Je *meurs* de faim.

Il dispose les barquettes sur le plan de travail, attrape un spray de lotion désinfectante, des serviettes en papier et entreprend de nettoyer chaque boîte.

— Mais... pourquoi tu fais ça ?

Il me regarde d'un air étonné.

— Ah oui, c'est vrai. Tu n'es pas au courant. Ça fait partie des mesures de prévention. Il faudra aussi que tu mettes des gants quand tu iras à la boîte aux lettres et ensuite, on laisse le courrier reposer pendant deux jours, histoire de s'assurer que...

— Que quoi ?

— Qu'il n'y a pas de virus dessus.

De nouveau, il se lave les mains longuement, vigoureusement. Je me lève et me dirige vers lui.

— Tu sais où il n'y a pas de virus ? dis-je en attirant son visage vers le mien.

Les plats refroidissent sur le comptoir tandis que nos corps s'enchevêtrent sur le canapé. Un peu plus tard, alanguie dans les bras de Finn, je rouvre les yeux et croise son regard posé sur moi. Il repousse les cheveux qui me barrent le visage.

— Je te trouve… différente, murmure-t-il.

— Je suis contente d'être rentrée.

Pour lui, ma phrase se termine ainsi : *de l'hôpital.*

Alors qu'en réalité, je suis contente *de ne plus errer dans mes pensées confuses, embrouillées. Je suis contente d'avoir retrouvé ses bras et d'être présente entièrement, sereinement.*

Depuis le jour de notre rencontre, Finn est l'ancre qui me stabilise.

On mange en sous-vêtements, puis on refait l'amour en renversant les barquettes en carton aseptisées. À un moment donné, on se traîne jusqu'à la chambre pour se glisser sous la couette. Finn enroule son bras autour de ma taille et plaque son ventre contre mon dos. On ne dort pas comme ça, d'habitude : on a un matelas en 180 et on a plutôt tendance à dormir en chien de fusil chacun de notre côté. Je suis frileuse alors que Finn rabat systématiquement la couette. Cette fois cependant, ça ne me dérange pas. S'il me serre fort, je ne pourrai pas me volatiliser.

J'attends qu'il s'endorme. Je sens son souffle caresser mon épaule à intervalles réguliers. Alors, je murmure :

— Il faut que je te dise quelque chose. À propos des rêves que j'ai faits à l'hôpital, tu sais ? Je crois que… que tout était bien réel.

Pas de réponse. Je continue en parlant plus fort :

— J'étais aux Galápagos. J'ai rencontré un homme, là-bas.

Presque imperceptiblement, les bras de Finn se resserrent autour de moi. J'arrête de respirer.

— Tant que tu sais avec qui tu fais vraiment l'amour, chuchote-t-il.

Il ne relâche pas son étreinte. Et je ne trouve pas le sommeil.

TREIZE

Le lendemain matin, aucun de nous ne reparle de ce que j'ai dit au cœur de la nuit. Avant de partir à l'hôpital, Finn me demande au moins cent fois si ça va aller, si ça ne m'angoisse pas de rester toute seule. M'obligeant à sourire, je lui dis de ne pas s'inquiéter, tout se passera bien.

À peine a-t-il franchi le seuil de l'appartement qu'une vague de panique me submerge.

Et si je trébuche et que je tombe ?

Et si je commence à tousser et que je ne peux plus m'arrêter ?

Et si un incendie se déclare dans l'immeuble et que je n'arrive pas à sortir assez vite ?

Je brûle d'envie d'appeler Finn pour lui demander de revenir mais c'est impossible : ce serait trop égoïste de ma part.

Résignée, j'embarque Gengis avec moi dans la cuisine et m'appuie sur la canne pour attraper un mug dans le placard. Je remplis la bouilloire, la pose sur la gazinière avec des mouvements lents et réfléchis. Puis je mouds la bonne quantité de café pour l'Aeropress et me félicite d'avoir accompli tout cela sans trébucher une seule fois. Je me renverse un peu de café brûlant sur la main en me dirigeant vers la table. Ainsi commence le premier jour du reste de ma vie.

Avant la pandémie, quand Finn ne bossait pas comme un dingue à l'hôpital, on s'attardait volontiers à la table du petit-déjeuner pendant nos jours de repos, sirotant notre café en consultant les éditions numériques du *New York Times* et du *Boston Globe*. Finn lisait à voix haute les gros titres de la vie politique et de la section sports. De mon côté, je tournais les pages consacrées à l'art et épluchais les avis de décès. Ça peut paraître morbide, je sais, mais c'est un peu une déformation professionnelle : je tenais à jour, sur le bureau de mon ordinateur portable, une liste des personnes susceptibles de posséder des collections qui auraient pu être vendues aux enchères par Sotheby's.

Évidemment, je ne travaille plus pour Sotheby's. Je ne sais pas quand ni même si je retrouverai mon emploi. Finn m'a dit de ne pas m'inquiéter à ce sujet. Si nous faisons attention à nos dépenses, a-t-il ajouté, nous pourrons très bien nous débrouiller quelque temps avec son salaire. Mais j'ai le sentiment que nous devrons faire face à des difficultés financières que nous ne pouvons pas encore imaginer. La pandémie a commencé il y a un mois seulement.

Et voici le premier gros titre du *New York Times* qui s'étale sous mes yeux : LE NOMBRE DE MORTS RECENSÉS À NEW YORK DÉPASSE LES 10 000, SELON UN NOUVEAU DÉCOMPTE DES VICTIMES DU CORONAVIRUS.

Les titres du *Boston Globe* sont à peine moins anxiogènes : À CHELSEA, LA FLAMBÉE DES CAS DE CORONAVIRUS MET À MAL L'ÉTAT ET LES HÔPITAUX ; BOSTON SCIENTIFIC

OBTIENT LE FEU VERT POUR FABRIQUER UN RESPIRATEUR À BAS PRIX.

Je clique sur le lien des nécrologies.

Mariés depuis plus de soixante-quinze ans, ils décèdent à quelques heures d'intervalle : Ernest et Moira Goldblatt s'étaient dit oui durant l'été 1942. Ils auront passé toute leur vie ensemble, jusqu'à leur dernier souffle. Le couple est décédé à la Hillside Nursing Home de Waltham, la maison de retraite où ils résidaient, à moins de deux heures d'intervalle. Âgée de quatre-vingt-seize ans, Moira avait été récemment testée positive au Covid-19. Ernest, cent ans, présentait des symptômes de la maladie mais les analyses de son test de dépistage étaient encore en cours de traitement. Afin d'éviter la propagation du virus au sein de l'établissement, les résidents infectés ont été transférés dans une aile séparée. Mais il ne faisait aucun doute que les Goldblatt resteraient ensemble jusqu'au bout.

Je clique pour tourner la page, parcours les noms. Clique encore.

Et encore.

Et encore.

Les avis de décès remplissent vingt-six pages du *Boston Globe* aujourd'hui.

Les mains tremblantes, je referme l'ordinateur.

Tant de personnes ont déjà perdu un proche. Tant de personnes ne rendront plus le sourire en coin, ne lisseront plus l'épi rebelle, ne pleureront plus sur l'épaule à l'odeur rassurante. Toutes verront toujours la chaise vide aux mariages, aux anniversaires, aux petits-déjeuners.

Pourquoi m'en suis-je sortie alors que celles et ceux que ces gens aimaient n'ont pas eu cette chance ?

Ce n'est pas comme si j'avais fait le nécessaire à temps – je ne me rappelle même pas être allée à l'hôpital, alors…

Ce n'est pas non plus comme s'ils avaient fait quelque chose de mal.

J'ai cette sensation écrasante qu'il y a forcément une explication au fait que je sois toujours en vie. Parce que l'alternative – à savoir que ce virus provoque des réactions aléatoires, qu'il peut tuer n'importe qui – est tellement terrifiante que ça me coupe le souffle.

De nouveau.

Je ne suis pas assez prétentieuse pour me croire extraordinaire. Et pas assez croyante pour en conclure que j'ai été épargnée par une force supérieure. Je ne saurai sans doute jamais pourquoi je suis encore en vie ni pourquoi les malades dans les chambres voisines de la mienne ne le sont plus. Mais depuis ce nouveau de point de départ, je peux m'efforcer de faire en sorte que tout ce qu'il adviendra désormais soit à la hauteur de cette deuxième chance qui m'a été accordée.

Je ne sais juste pas comment m'y prendre.

Je rouvre mon ordinateur et tape dans la barre de recherche Google : *Offres d'emploi dans le secteur du marché de l'art.*

Une kyrielle d'annonces apparaissent sur l'écran : Directeur du développement commercial, Artsy. Maître assistant, Institute of Art. Chef de création, Omni Health Corp. Directeur artistique du département banques d'affaires, JP Morgan Chase.

Aucune ne m'inspire.

Mon boulot chez Sotheby's me plaisait vraiment. J'aimais les gens que je rencontrais et les œuvres que j'étais chargée de vendre.

En tout cas, c'est ce que je me répétais sans cesse.

Je laisse mes pensées vagabonder vers ma dernière entrevue avec Kitomi et son tableau.

Je suis tombée malade la nuit qui a suivi notre rendez-vous et sachant que les personnes asymptomatiques peuvent diffuser le virus… se pourrait-il que je le lui aie transmis ?

En proie à une bouffée de panique, je tape son nom sur Google. D'après les informations glanées, elle est toujours en vie et en bonne santé à New York, avec son tableau.

Je me remémore les sensations qui m'avaient submergée, face à ce chef-d'œuvre absolu. Mes doigts avaient commencé à me démanger : il me fallait un pinceau. Je n'étais ni Toulouse-Lautrec, ni Van Gogh. J'étais une peintre tout à fait acceptable mais je ne jouissais d'aucun talent particulier, j'en étais consciente. À l'instar de mon père, j'étais capable de réaliser de bonnes copies. Mais certainement pas de créer un chef-d'œuvre, c'était là toute la différence.

J'avais grandi dans l'ombre d'une photographe de renom dont les images avaient reçu de multiples récompenses. Alors au lieu de me consacrer à mes propres créations – au risque d'échouer –, j'avais préféré remodeler mes compétences artistiques afin de les utiliser dans un domaine connexe.

J'efface deux mots dans la barre de recherches.

Offres d'emploi dans le secteur de l'art.
Styliste de mode. Animateur/trice. Professeur(e) d'arts plastiques H/F. Illustrateur/trice. Tatoueur H/F. Architecte d'intérieur. Concepteur/trice de dessins animés. Art-thérapeute.

L'art-thérapie est une discipline visant à utiliser une pratique artistique dans le but d'améliorer les fonctions cognitives, motrices et sensorielles, l'estime de soi et les capacités de gestion émotionnelle dans le cadre d'un suivi psychologique.

Me voici aussitôt propulsée sur une plage d'Isabela où je fabrique de minuscules poupées de bric et de broc puis les installe dans un château de sable avec l'aide de Beatriz. J'écris nos noms sur des pierres volcaniques et les insère dans un mur déjà existant. Je lui explique pourquoi les moines dessinent sur le sable de merveilleux mandalas avant de les effacer d'un coup de balai.

Inconsciemment, j'ai déjà songé à une autre voie professionnelle. J'en ai même fait l'expérience, avec Beatriz.

Je me passe la main sur le visage puis m'imagine en train de remplir un dossier d'admission pour un cursus universitaire en art-thérapie, dressant la liste de mes expériences fictives dans ce domaine.

Et si c'était ça, la clé du mystère ? Si mon voyage aux Galápagos ne s'ancrait pas dans le passé mais présageait plutôt le futur ?

Quand mes réflexions commencent à ressembler à l'éternel questionnement de l'œuf et de la poule, je me dis que j'ai assez écumé les offres d'emploi pour aujourd'hui. Je me connecte plutôt à Instagram et vois des photos de copains d'université dans des avions, sourire aux lèvres et pouce levé, profitant des promos sur les vols intérieurs pour voyager. Une autre amie a posté une photo de sa tante, décédée hier du Covid, assortie d'un vibrant hommage. Une star que je suis sur Insta a organisé une collecte de fonds pour l'association Broadway Cares/Equity Fights AIDS. Mon ancienne voisine a publié une vidéo larmoyante dans laquelle elle se plaint d'avoir dû reporter son mariage alors qu'ils avaient l'intention d'organiser ça *dans le respect des normes sanitaires.* On a l'impression que deux réalités aux antipodes se déploient dans le même espace-temps.

J'ai un compte Facebook sur lequel je ne publie pas grand-chose. À peine me suis-je connectée qu'une avalanche de notifications apparaissent, toutes de la part d'amis plus ou moins proches. *Tous mes vœux de prompt rétablissement ! Je prie pour toi, Diana. Tu vas t'en sortir.*

Sourcils froncés, je clique sur la publication qui a généré ce déluge de commentaires. À l'évidence, Finn s'est connecté à mon compte pour expliquer en quelques lignes que j'avais été hospitalisée et placée sous assistance respiratoire après avoir contracté le Covid.

Je me force à refouler l'agacement que je sens poindre en moi. De quel droit s'est-il connecté à mon compte ?

Les commentaires sont sincères, affectueux et réconfortants. Certains ont une couleur plus politique : le virus n'existe pas, c'est de l'intox et je souffre d'une grippe carabinée. D'autres amis prennent ma défense en répondant vertement à l'auteur de ces remarques. Et pendant tout ce temps, j'étais dans le coma.

Mue par une impulsion, je tape *Survivants du Covid-19* dans la barre de recherches. Une flopée de publications apparaissent ainsi qu'une liste de groupes de soutien, privés pour la plupart. Je clique sur l'un des rares ouverts au public et remonte le fil des publications.

Est-ce que certains d'entre vous ont remarqué des changements au niveau de leurs goûts culinaires ? Avant, j'adorais tout ce qui était épicé mais maintenant j'apprécie beaucoup moins. En plus, je trouve que tout a l'odeur du bacon.

Impossible de dormir : je souffre de migraines toutes les nuits.

Suis-je la seule ici à perdre mes cheveux ? J'avais de longs cheveux bouclés mais ils sont devenus super fins. Combien de temps ça va durer ?

Sois patiente, a répondu un autre. *Je ne perds plus les miens !*

Essaie le zinc.

Essaie la vitamine D.

Testé positif le 11 mars, toujours positif à J10, et toujours positif au bout d'un mois. Puis-je côtoyer d'autres personnes sans les mettre en danger ?

Question à ceux qui ont eu le Covid-19 : est-ce que vous avez tous saigné du nez d'une seule narine ?

Est-il possible d'attraper le virus deux fois ?

Mon médecin refuse de me croire quand je lui assure que je n'ai jamais eu de palpitations cardiaques avant…

Une bouffée d'angoisse m'envahit. Et si la sortie de l'hôpital n'était en fait que le début du calvaire ? Vais-je moi aussi souffrir d'effets secondaires qui se manifesteront plus tard, à long terme ?

Et si je n'en ai pas, devrai-je aussi me sentir coupable de ça ?

Je suis sur le point de fermer mon ordinateur pour me réfugier sous la couette lorsqu'une autre question retient mon attention : *Est-ce que quelqu'un a fait de drôles de rêves/cauchemars après avoir été placé sous assistance respiratoire ?*

Je m'engouffre là-dedans comme un lapin apeuré dans son terrier et commence à lire :

Je me baladais en ville à vélo avec mon mari. Nous ne faisons pas de vélo dans la vraie vie à cause de notre corpulence. On s'est arrêtés devant un restaurant bondé et mon mari est entré pour réserver une table. Comme je ne le voyais pas ressortir, je suis entrée à mon tour et je l'ai cherché des yeux dans la salle. Ensuite, j'ai demandé à l'hôtesse d'accueil si elle l'avait vu. Elle m'a dit non, alors je suis ressortie. Il manquait un vélo. Quand ils m'ont désintubée, j'ai appris que mon mari était décédé pendant que j'étais dans le coma. Il était mort deux semaines plus tôt.

J'étais dans un hôpital qui ressemblait à un parc de loisirs sur le thème de Broadway, mais en version cauchemardesque. Un peu comme si j'étais coincée dans l'attraction It's a Small World à Disneyland, vous voyez le truc ? Toutes les heures, l'attraction s'arrêtait pour céder la place à un spectacle de music-hall. Il y avait tellement de monde que je n'arrivais jamais à entrer dans la salle pour le voir. Il n'y avait qu'un seul moyen d'attirer l'attention : il fallait appuyer sur un buzzer et quand on faisait ça, la chanson se transformait en un concert de huées parce que c'était mal d'interrompre le spectacle.

Moi, j'étais dans l'espace et j'essayais de contacter des gens pour qu'ils viennent me secourir avant de tomber à court d'oxygène.

Ça se passait dans un festival de musique électro et j'étais une espèce de créature plongée dans une baignoire d'eau et les gens du festival venaient sans cesse me nourrir par les tubes auxquels j'étais relié pendant que je continuais de flotter.

J'étais dans un jeu vidéo et je savais que je devais battre les autres joueurs si je voulais survivre.

J'étais assis à la table de cuisine de mon enfance, ma mère préparait des pancakes. Je sentais parfaitement leur odeur, elle m'en a apporté une assiette avec du sirop d'érable et là aussi j'avais le goût dans la bouche. J'ai tout mangé et ensuite ma mère a posé une main sur mon épaule et m'a dit que je devais rester à table parce que je n'avais pas terminé. Ça fait trente-deux ans que ma mère est morte.

Je n'ai pas de souvenir particulier mais tout avait l'air TELLEMENT VRAI. *Ce n'était pas comme dans un rêve avec des scènes coupées, mal raccordées. Ce n'était pas non plus la minute dont tout le monde parle, celle où on est censé se réveiller juste avant de mourir. Je sentais les odeurs, j'éprouvais des sensations et je voyais absolument* TOUT *ce qui se passait autour de moi. Et je suis morte. Un paquet de fois, encore et encore.*

J'étais l'otage du personnel de l'hôpital. Je savais que c'étaient des nazis mais je me demandais pourquoi personne d'autre ne s'en rendait compte. Quand je suis sorti du coma, ils m'avaient attaché les mains parce que j'essayais tout le temps de frapper les infirmières.

J'étais retenu en captivité.

La pièce dans laquelle je me trouvais grouillait d'insectes et quelqu'un me racontait que c'était comme ça qu'on attrapait le Covid, que je ne devais surtout pas m'approcher de ces bestioles. Mais c'était trop tard : elles étaient déjà montées sur moi.

J'étais dans un wagon de marchandises avec mon frère. Nous étions reliés à des moniteurs qui indiquaient que notre rythme cardiaque faiblissait car nous n'avions pas assez d'oxygène. Il y avait un monceau de sacs-poubelles à côté de nous. J'y ai déniché une carte de Noël, j'ai écrit À L'AIDE au verso et j'ai dit à mon frère de la glisser entre les lattes de bois du wagon en faisant attention de ne pas la lâcher.

J'étais ligotée à un poteau et je savais qu'on allait me vendre comme esclave sexuelle.

J'étais dans le sous-sol de l'université de New York (je n'ai jamais mis les pieds à New York, alors ne me demandez pas pourquoi), quelqu'un essayait de me donner des médicaments mais je savais que c'était du poison.

J'étais enfermé dans un sous-sol, attaché, et je ne pouvais pas sortir.

Je marque une pause pour me remémorer le rêve que j'avais fait de Finn quand j'étais aux Galápagos – ou le non-rêve, peu importe ce que c'était en réalité. Ça se passait aussi dans une cave. Et j'étais attachée.

J'ai rêvé que Callum, mon petit-fils de quatre ans, mourait noyé. J'allais à l'enterrement avec ma fille, je la soutenais tout au long du processus de deuil. Puis la vie continuait et ma fille mettait au monde deux autres enfants, des jumelles prénommées Annabelle et Stacy. Quand je me suis réveillée, je lui ai demandé si je pouvais voir les jumelles et elle a cru que j'étais devenue folle. Elle m'a dit que je n'avais qu'un seul petit-fils. Il s'appelait Callum et était en pleine forme.

Je revois le visage de ma mère, figé et livide sur l'écran de l'iPad, sa poitrine à peine frémissante.

Je continue de lire pendant plusieurs heures, ne m'interrompant que pour avaler rapidement les restes du repas thaï de la veille. Il y a des centaines de publications du même style, postées par des personnes qui ont eu des hallucinations causées par une carence en oxygène ou qui, comme moi, ont été placées dans un coma artificiel pour pouvoir être intubées. Je lis des descriptions de scènes oniriques foisonnantes et tentaculaires. Certaines sont terrifiantes, d'autres tragiques. Plusieurs ont quelques points communs : le scénario du jeu vidéo, l'enfermement dans un sous-sol, l'apparition d'une personne décédée. Certaines histoires regorgent de détails, d'autres tiennent en quelques mots. Toutes sont décrites comme étant douloureusement, indubitablement réelles.

Ainsi que le résume un membre du groupe Facebook : *Si je ne m'étais jamais réveillé, ça ne m'aurait pas étonné. Tout ce que je voyais, tout ce que je ressentais, tout ce que j'EXPÉRIMENTAIS, était réel.*

Pour la première fois depuis ma sortie du coma, je prends conscience que je ne suis pas folle.

Que je ne suis pas seule.

Que si tous mes bons souvenirs des Galápagos n'ont jamais existé, alors les mauvais non plus.

Et c'est la raison pour laquelle rien ni personne ne m'empêchera d'aller rendre visite à ma mère.

Ce jour-là, Finn m'appelle trois fois de l'hôpital. La première fois pour me demander s'il a laissé son chargeur de téléphone dans la chambre (non). La deuxième pour me demander si je veux qu'il rapporte quelque chose à manger pour ce soir (bien sûr). La troisième fois, je lui coupe l'herbe sous le pied en lui disant qu'il ferait mieux de me demander carrément comment je vais, puisque c'est pour ça qu'il appelle.

— D'accord, admet-il. Comment ça va ?

— Pas trop mal. Je n'ai fait qu'une seule chute et je suis presque sûre que la brûlure que je me suis faite à la main est du deuxième degré, pas du troisième comme je le craignais au début.

— *Quoi ?*

— Je plaisante. Tout va bien.

Je ne lui dis pas que je me suis gavée toute la journée de témoignages d'autres survivants du Covid. Ni que je suis en train de fomenter un plan pour me rendre aux Greens en toute sécurité, sachant que je suis à peine capable de parcourir un pâté de maisons sans faire de pause.

Il me dit qu'il rappellera tout à l'heure, mais le téléphone reste muet. Finalement, j'entends le cliquetis de ses clés dans la serrure. Il rentre une heure plus tard que prévu. Aussitôt, je me lève et vais à sa rencontre. Je n'ai même pas pris Gengis, j'avance en m'appuyant aux meubles quand j'ai besoin d'un peu de soutien. Je veux lui montrer que… Avant que je m'approche de lui, il lève la main pour me maintenir à distance. Puis il retire ses vêtements et les fourre dans un sac à linge sale qu'il a caché sous la console de l'entrée, là où nous déposons nos téléphones, nos clés et nos portefeuilles. Lorsqu'il ne lui reste que son masque et son caleçon, il longe le couloir en m'évitant soigneusement. "Je vais me doucher, dit-il, je me dépêche."

Il réapparaît cinq minutes plus tard, habillé, les cheveux encore humides, sentant bon le savon. Je suis dans la cuisine où je passe maladroitement une lingette désinfectante sur le papier sulfurisé enveloppant les deux sandwichs qu'il a achetés chez le traiteur. Ce faisant, une question me traverse : et si nous mourions tous à force d'ingérer des solutions antibactériennes ?

Je me lave soigneusement les mains avant de déposer deux assiettes sur la table. Finn mord aussitôt dans son sandwich en émettant un grognement.

— Je n'ai rien mangé depuis ce matin…

— Je ne te demanderai donc pas comment s'est passée ta journée.

Il me jette un coup d'œil.

— Disons que c'est le meilleur moment. Et toi, qu'est-ce que tu as fait ?

— J'ai sauté en parachute, je réponds du tac au tac. Ensuite j'ai enchaîné sur une petite séance de domptage de lion.

— Peut mieux faire, plaisante Finn. Au fait, ajoute-t-il tandis que son visage s'éclaire, j'ai quelque chose pour toi.

Il repart dans l'entrée, fouille dans le sac à dos qu'il emporte à l'hôpital et en extrait un sac Ziploc dont il sort un masque en tissu orné de tournesols.

— Merci, dis-je, un peu décontenancée.

— C'est une infirmière du service réa qui l'a fabriqué. C'est bien la dernière chose qui me viendrait à l'esprit en sortant de l'hôpital, coudre des masques, mais c'est sympa de sa part, non ? Je n'ai pas encore trouvé le temps d'acheter des masques réutilisables et on ne peut pas laver les masques chirurgicaux bleus.

— Comment est-ce qu'elle sait, pour moi ?

— C'est elle qui m'a laissé entrer dans ta chambre.

— Je ne veux pas te priver de ton masque...

— Oh, t'inquiète pas. Athena m'en a fait un aussi. Sans tournesols.

Ses joues ont rosi.

— Athena, je répète. C'est un vrai prénom, ça ?

— Sa mère est grecque. Son père vient de Detroit.

J'attends qu'il ajoute : *Elle a soixante-cinq ans* ou *Nous n'étions pas encore nés qu'elle était déjà mariée.* Ou même qu'il se moque gentiment de ma jalousie. Mais il ne dit rien et je pose délicatement le masque à côté de mon assiette.

— T'as l'air de savoir pas mal de choses sur elle.

— C'est un peu logique, non : on se bat ensemble tous les jours contre la mort, réplique Finn.

J'en veux à une femme qui m'a peut-être sauvé la vie. Et je soupçonne Finn alors que je l'ai trompé dans mes rêves.

Je me force à avaler ma bouchée de sandwich.

— Tu remercieras Athena de ma part.

Pendant que Finn termine son repas, je lui parle du tutoriel que j'ai vu sur internet aujourd'hui. La vidéo s'intitulait : Comment fabriquer un masque à partir d'un soutien-gorge.

Finn sourit, mon objectif est atteint : je vois ses épaules se décontracter tandis que la tension se dissipe. C'est moi qui ai réussi ce petit exploit, et Finn a besoin de moi dans cet état d'esprit.

Dans notre couple, nous avons toujours su être prévisibles l'un pour l'autre.

— J'ai essayé de me rappeler le moment où je suis tombée malade, dis-je sans transition. Tu as dit que tu répondrais à toutes mes questions à ce sujet, tu t'en souviens ? Alors voilà : est-ce que j'ai eu mal à la tête avant que mon état se dégrade ou…

— Diana ? coupe Finn en se massant les tempes. Est-ce qu'on peut… parler d'autre chose ?

Il pose sur moi un regard implorant.

— J'ai eu une journée éprouvante.

Je renonce à mes questions sans broncher.

— Tu veux regarder un film ? propose-t-il, conscient de m'avoir refroidie.

Il se lève, me hisse dans ses bras et enfouit son visage dans le creux de mon cou.

— Je suis désolé, murmure-t-il.

J'enfouis les doigts dans ses cheveux.

— Je sais.

On s'installe sur le canapé et on allume la télé à la recherche d'un film qui nous transportera ailleurs pendant un petit bout de temps. On tombe sur *Avengers : Endgame* et l'histoire nous happe rapidement. Finn, en tout cas. Parce que, moi, je n'arrête pas de lui poser des questions, comme : pourquoi est-ce que le Captain Marvel ne peut pas utiliser le gant toute seule ? Je mets du temps avant de m'apercevoir que Finn pleure devant l'écran.

Le film touche à sa fin. Pepper Potts est penchée sur Tony Stark qui s'est sacrifié pour sauver l'univers. Elle lui dit que tout va s'arranger et Tony se contente de la regarder parce qu'il sait que c'est faux, alors elle l'embrasse. *Tu peux te reposer maintenant*, murmure-t-elle.

Les épaules de Finn tressautent et je m'écarte pour mieux le voir. Il se penche en avant, enfouit son visage entre ses mains en essayant de contenir ses sanglots. Je le connais depuis plusieurs années mais je ne me rappelle pas l'avoir déjà vu s'effondrer ainsi. Ça me fait peur.

Je tends la main, effleure son bras.

— Hé... Finn, tout va bien.

Il s'essuie les yeux d'une main tremblante.

— Ils m'ont demandé de signer un formulaire de refus de réanimation pour toi, hoquette-t-il. Je ne savais pas quoi faire. Je suis entré dans ta chambre, je me suis assis à ton chevet et je t'ai dit que si tu ressentais le besoin de partir, je comprenais... que tu pouvais y aller.

Tu peux te reposer maintenant.

Peut-être l'ai-je entendu, tout au fond des limbes comateux. Peut-être me suis-je reposée avant de me battre pour retourner dans le monde des vivants. Mais Finn, lui, n'a pas eu le temps de se reposer.

Dans une inspiration tremblante, il lève sur moi un regard penaud.

— Excuse-moi.

Je pose ma main sur sa joue.

— Tu n'as pas à t'excuser.

Il capture ma main puis tourne légèrement la tête pour l'embrasser.

— Je ne pensais pas que ça ressemblerait à ça, admet-il dans un souffle avant de plonger son regard dans le mien. Bien sûr, je savais que je voulais passer ma vie avec toi. Mais je n'étais pas vraiment conscient de ce que cela signifiait avant d'être à deux doigts de te perdre.

Il baisse la tête.

— J'avais programmé chaque instant de ce moment... mais je ne pense pas pouvoir attendre plus longtemps...

Je me lève d'un bond, échappant brusquement à son étreinte. Mes doigts sont froids comme des glaçons.

— J'ai besoin de... d'aller aux toilettes, je bafouille en m'éloignant d'un pas mal assuré, refermant derrière moi la porte de la salle de bains.

Là, j'ouvre le robinet et m'asperge le visage d'eau fraîche.

417

Je sais ce que Finn s'apprêtait à faire. Je rêve de ce moment depuis un bon bout de temps. Alors pourquoi suis-je incapable de l'accueillir ?

Je dégouline de sueur, j'ai froid et je frissonne. Ça fait des années que j'attends ça. Et maintenant que ça y est...

Maintenant que ça y est...

Je ne suis pas sûre d'être prête.

Je ferme le robinet, ouvre la porte. Finn n'a pas bougé : il est assis sur le canapé et regarde la télé. Ses yeux désormais secs me scrutent tandis que je viens m'asseoir à côté de lui.

— Qu'est-ce que j'ai loupé ? je demande en fixant l'écran.

Je sens son regard posé sur moi. Je crois l'entendre dire : *Ah, d'accord.*

Il y a des sujets que ni lui ni moi ne sommes prêts à aborder, me semble-t-il.

Je me blottis sous son bras, m'appuie de nouveau contre lui. Au bout d'un long moment, je sens ses mots murmurés contre le sommet de mon crâne.

— Tu devrais peut-être aller voir quelqu'un. Je veux dire... un psy.

— Peut-être, oui, dis-je sans le regarder.

Je me force à reporter mon attention sur l'écran où les cendres de Tony Stark sont dispersées dans un lac.

On ne peut envisager de courir un marathon sans s'entraîner. Je ne peux donc envisager de me rendre aux Greens tant que j'aurai du mal à marcher jusqu'au bout du couloir. C'est pourquoi dès le lendemain, après avoir rassemblé tout mon courage, je décide d'aller faire une balade. Les rues sont vides. Je me dirige à pas lents et prudents vers l'angle du bloc d'immeubles où se tient une boutique de vins et de spiritueux.

À ma grande surprise, elle est ouverte. D'un autre côté, existe-t-il de commerce plus essentiel que celui-ci ?

Quand Finn rentre à l'appartement dans la soirée, je sautille presque de joie.

— Devine ce que j'ai fait ! je lance dès qu'il sort de la douche.

Assise sur le canapé, je brandis la bouteille de vin que je cachais dans mon dos.

— J'ai marché jusqu'à la boutique ! Et on va fêter ça.

Contre toute attente, il n'a pas l'air ravi.

— Tu as fait *quoi* ?

Mon sourire vacille.

— J'ai respecté le couvre-feu. On a le droit de sortir faire des courses alimentaires, dis-je en baissant les yeux sur la bouteille que je tiens toujours à la main. Ça rentre dans cette catégorie, non ?

— Mais merde, Diana, tu n'aurais pas dû y aller seule.

Il vient s'asseoir à côté de moi et m'inspecte attentivement, comme s'il s'attendait à découvrir une fracture ou une plaie sanguinolente à la tête.

— Tu viens de sortir de l'hôpital.

— Je sors du centre de *rééducation*, nuance. Et je suis censée me lancer des défis. De toute manière, il fallait bien que je sorte un jour : le papier-toilette ne va pas s'acheter tout seul…

Ce n'est pas comme ça que j'avais envisagé les choses. J'avais cru que Finn se réjouirait de mes progrès, admirerait mon courage. Au même moment, je me rends compte que chaque fois qu'il m'embrasse, il presse d'abord ses lèvres sur mon front, comme pour vérifier ma température. Et me surveille dès que je me lève pour aller aux toilettes ou dans la cuisine, au cas où je tomberais.

Je me colle à lui jusqu'à ce qu'il m'enlace.

— Je vais bien, dis-je dans un murmure.

Mais quand cessera-t-il de me traiter comme l'une de ses patientes ? Quand redeviendrai-je sa compagne ?

— Promets-moi d'attendre mon retour la prochaine fois que tu as envie de sortir, d'accord ?

Je retiens un instant mon souffle parce que je ne peux pas lui promettre ça. Demain, quoi qu'il advienne, je rends visite à ma mère.

— Tu seras bien obligé de me laisser sortir un jour, dis-je avec douceur.

Dans les études sur la démence, il existe une théorie dite de rétrogenèse selon laquelle nous perdons nos capacités fonctionnelles dans l'ordre inverse de leur acquisition. C'est ce que m'a expliqué un médecin lorsque la maladie d'Alzheimer précoce a été diagnostiquée chez ma mère à l'âge de cinquante-sept ans. Une personne atteinte de démence, a-t-il ajouté, doit être considérée comme un enfant de dix ans. Elle est capable de suivre les consignes qu'on lui laisse sur une feuille de papier. La dégradation des facultés mentales se poursuivra inéluctablement et, au fil du temps, le malade régressera au stade d'un enfant d'un ou deux ans. Il sera incapable de se rappeler qu'il doit s'habiller et se nourrir. Les fonctions qui disparaîtront alors seront le contrôle des sphincters et de la vessie, et la parole. Les toutes premières choses que nous assimilons bébé sont les dernières que nous perdons : être capable de soulever la tête de l'oreiller. De sourire.

Lors de cette première visite, je me souviens d'avoir demandé au docteur quelle serait l'espérance de vie de ma mère. *En général, les personnes atteintes de la maladie d'Alzheimer vivent entre trois et onze ans après l'annonce du diagnostic. Mais certaines ont vécu vingt années de plus.*

Sur le coup, j'avais pensé : *Et merde. Qu'est-ce que je vais faire d'elle pendant tout ce temps ?*

Mais ça, c'était avant que je la perde (sans la perdre) en rêve.

Malgré le confinement décrété en ville, je pourrai facilement justifier la nécessité de voir ma mère en tête à tête. Les trains continuent de circuler mais je décide de faire une folie en commandant un Uber.

Je n'ai pas dit à Finn que j'allais là-bas. Je ne l'ai dit à personne.

Quand le chauffeur arrive, il nous scrute, moi et mon masque en tissu piqueté de tournesols, et j'observe son visage à moitié dissimulé par un masque KN95. J'ai l'impression que nous jaugeons les risques que nous encourons mutuellement. Puis son regard glisse sur ma canne. L'espace d'un instant, je songe à lui avouer que je suis une rescapée du Covid mais je me retiens, de peur de tout fiche en l'air.

À mon grand étonnement, la porte des Greens est fermée à clé.

J'appuie sur la sonnette, frappe à plusieurs reprises. Au bout d'un moment, une infirmière masquée finit par entrouvrir la porte.

— Je suis désolée, dit-elle. L'établissement est fermé.
— C'est les heures de visite, pourtant. Je viens voir Hannah O'Toole.

La femme me dévisage en clignant des yeux.

— Nous sommes fermés sur décret du *gouverneur*, déclare-t-elle d'un ton réprobateur, visiblement agacée par mon ignorance.

Mais ça ne m'empêche pas d'insister.

— J'ai été absente pendant quelque temps, dis-je – et c'est la vérité. Écoutez, je n'ai pas l'intention de rester longtemps. Il m'est arrivé quelque chose d'assez dingue... j'ai eu la sensation que ma mère était morte mais...

— Je suis vraiment désolée, coupe l'infirmière. Le protocole en vigueur doit être respecté pour le bien-être et la sécurité de votre mère. Vous pourriez peut-être... l'appeler ?

Sans attendre ma réponse, elle me ferme la porte au nez. Je reste immobile dans la brise fraîche, appuyée sur ma canne, réfléchissant à ses dernières paroles. En temps normal, c'est ce que je fais : j'appelle ma mère une ou deux fois par mois.

Je m'apprête à composer son numéro lorsqu'une voiture se gare sur le parking. Un vieux monsieur en sort, tenant dans une main un sac de graines pour les oiseaux. Mais au lieu de se diriger vers l'entrée, il fait le tour du bâtiment. Une mangeoire est installée près de l'une des vérandas grillagées. Il verse une dose de graines dans le tube transparent.

— Ça fait cinquante-deux ans que je vis avec elle, lance-t-il en remarquant ma présence. Je vais pas laisser un satané virus gâcher ce joli record.

— Vous rendez visite à votre femme ?

Il acquiesce d'un signe de tête.

— Comment vous faites ?

Il pointe le menton en direction de la véranda. Comme celle de ma mère, elle ressemble à une cage hermétiquement fermée : personne ne peut accéder au logement du résident de ce côté-là mais ce dernier peut profiter du dehors en toute sécurité. Une porte coulisse à l'intérieur. L'instant d'après, une aide-soignante pousse un fauteuil roulant dans lequel est assise une femme. Ses cheveux blancs sont rassemblés en un chignon cotonneux au sommet de sa tête. Un plaid recouvre ses frêles épaules. Elle fixe d'un air absent un point invisible à côté de son mari.

— Voilà ma Michelle, déclare ce dernier d'un ton empreint de fierté. Merci ! ajoute-t-il à l'intention de l'aide-soignante qui lui adresse un petit signe avant de s'éclipser.

Il s'approche du cadre moustiquaire, plaque une main sur la toile.

— Comment va ma poupée ? demande-t-il, mais sa femme ne réagit pas. Tu as passé une bonne semaine ? J'ai vu un cardinal rouge à la maison, hier. Le premier de l'année.

Il n'a pas l'air de remarquer que j'écoute son monologue, ou il s'en moque. Sa femme est prostrée, impassible. Mon cœur se serre douloureusement.

Au moment où je tourne les talons, il se met à entonner d'une voix de ténor limpide la chanson des Beatles portant le prénom de sa femme.

— *Très bien ensemble*, chantonne-t-il, *très bien ensemble*.

Le visage de la vieille dame s'anime soudain.

— *I love you, I love you, I love you*, complète-t-elle joyeusement.

— C'est ça, susurre son mari, le visage fendu d'un sourire. Je t'aime aussi, ma chérie.

Je me précipite alors à l'autre bout du bâtiment, vers la véranda de ma mère. Je cherche son numéro de téléphone. Quelques instants s'écoulent avant qu'elle réponde.

— Bonjour, maman, c'est Diana ! dis-je d'une voix enjouée. Je suis tellement contente de pouvoir te parler !

Les inflexions vives et ensoleillées à la fin de chaque phrase sont autant de signes censés lui indiquer de quelle manière elle doit réagir. Car sa réponse ne sera aucunement conditionnée par mon prénom, ou notre lien de parenté qu'elle a oublié.

— Bonjour, lance-t-elle d'un ton à la fois circonspect et plein d'espoir. Comment ça va ?

— Il fait un temps magnifique, aujourd'hui. Tu devrais sortir un peu sur la véranda. Je suis juste là, dehors. Je profite du soleil.

Elle reste silencieuse. À la vérité, je ne suis même pas sûre qu'elle ait la force de faire coulisser la baie vitrée ouvrant sur la véranda. Quelques minutes plus tard cependant, la voici qui entre sur la petite terrasse couverte, jetant autour d'elle un regard hébété, comme si elle ne savait déjà plus pourquoi elle se trouvait là.

J'agite ma main libre, arrache mon masque.

— Coucou, maman ! Par ici !

Elle m'aperçoit et traverse la véranda. Je vais à sa rencontre, décollant le téléphone de mon oreille. Elle a l'air en pleine forme, bien campée sur ses jambes — rien à voir avec la femme que j'ai vue dans mon rêve. Brusquement, ma gorge se noue et je suis incapable de prononcer le moindre mot.

Elle pose une main à plat sur la moustiquaire, incline la tête sur le côté.

— Il fait chaud pour la saison, n'est-ce pas ?

Elle n'a aucune idée de la date mais c'est sa façon à elle d'entamer la conversation.

— Oui, réussis-je à articuler. Il fait chaud.

— Ils vont peut-être ouvrir les bouches à incendie, poursuit-elle. Ma fille adore ça.

J'ai peur de bouger, de parler. Peur de gâcher ce moment.

— C'est vrai.

Je m'approche encore et pose ma paume contre la sienne. Une fine toile nous sépare. *Où es-tu ?* La question me traverse soudain l'esprit. Ma mère n'habite pas le même monde que nous. Ce qui ne veut pas dire que son monde à elle n'existe pas.

C'est probablement la première fois que nous partageons quelque chose, elle et moi.

Quelques semaines plus tôt, je considérais ma mère comme un fardeau, un albatros, une charge assumée à contrecœur. Quelqu'un à qui j'étais redevable. Mais aujourd'hui ?

Aujourd'hui, je sais que chacun a sa propre perception de la réalité. Aujourd'hui, je me dis que lorsqu'on traverse une épreuve, on cherche naturellement à se réfugier dans un endroit réconfortant. Cet endroit, pour ma mère, c'est son identité de photographe.

Et pour moi – à cet instant précis –, c'est *ici*.

— Tu as bonne mine, maman, dis-je à mi-voix.

Son regard se voile. Cernant le moment précis où elle m'échappe, je retire ma main de la moustiquaire, l'enfonce dans la poche de mon manteau.

— Je crois que je vais venir te voir plus souvent, je murmure encore. Ça te ferait plaisir ?

Elle ne répond pas.

— À moi aussi, dis-je simplement.

Je regagne le parking. Le vieux monsieur est assis dans sa voiture, vitres baissées. Il mange un sandwich. Après avoir commandé un Uber, je lui adresse un sourire gêné.

— Votre visite s'est bien passée ? me demande-t-il.

— Oui. Et la vôtre ?

Il opine.

— Je m'appelle Henry.

— Diana.

— Ma femme a la maladie de la substance blanche, explique-t-il.

Il se tapote le crâne comme pour indiquer que ça se passe dans le cerveau. En réalité, la précision est inutile : tous les résidents des Greens sont atteints d'un certain type de dégénérescence cérébrale. La maladie d'Alzheimer s'attaque à la matière grise mais au bout du compte, le résultat est le même.

— Trois mots, c'est tout ce qu'elle arrive à dire à présent.

Il mord dans son sandwich, mastique puis avale. Un sourire naît alors sur ses lèvres.

— Mais ce sont les trois mots que j'ai besoin d'entendre.

Le hurlement des sirènes d'ambulances résonne constamment. À tel point que ça devient une sorte de bruit blanc, de fond sonore.

Je me réveille en pleine nuit, roule sur le côté et m'aperçois que Finn a disparu. Au prix d'un effort, je réactive mon cerveau embrumé par le sommeil et tente de me rappeler s'il est de garde cette nuit. C'est difficile de ne pas perdre le fil, avec tous ces jours qui se suivent et se ressemblent.

Mais non, on s'est brossé les dents et on est allés se coucher ensemble, ce soir-là. Sourcils froncés, je me lève et marche dans l'obscurité jusqu'au salon en murmurant son prénom.

Il est assis sur le canapé, baigné par le clair de lune. Plié en deux, il ressemble à Atlas supportant le monde. Il a les yeux fermés, les mains plaquées sur les oreilles.

Il lève la tête et me regarde. Des hématomes bariolent son visage, aux endroits comprimés par le masque. Des ombres soulignent ses yeux.

— Fais-les taire, chuchote-t-il et à cet instant seulement j'entends le glapissement d'une nouvelle ambulance, lancée dans une course contre la montre.

Comme tout le reste, ma séance de psychothérapie avec le Dr DeSantos aura lieu sur Zoom. Finn la connaît et d'après ce qu'il m'a dit, elle lui fait une faveur en acceptant de m'accorder un rendez-vous aussi rapidement. Quand je lui demande comment il l'a connue, la pointe de ses oreilles s'empourpre violemment. "C'est elle qui reçoit les praticiens et les internes, m'explique-t-il, depuis qu'un paquet de soignants commencent à craquer pendant les heures de service."

Finn est à l'hôpital le jour de notre première séance et j'avoue que je suis soulagée. Je ne lui ai pas parlé de mon escapade aux Greens ; je sais qu'il sera furieux d'apprendre que je suis sortie seule. Raison pour laquelle j'ai réussi à me convaincre qu'il était plus sage de ne rien dire.

En fait, j'arrive à me convaincre d'un tas de choses, ces jours-ci.

— Ce que vous me décrivez porte un nom, déclare le Dr DeSantos. Ça s'appelle la psychose des soins intensifs.

Je viens de lui parler des Galápagos. Timidement d'abord, puis sans retenue dès que j'ai compris qu'elle n'interromprait pas le fil de mon récit.

— Une psychose ? dis-je d'un ton sceptique. Je ne suis pas folle.

— Un rêve du second degré, si vous préférez. On pourrait aussi appeler ça des... ruminations ?

Une bouffée d'irritation m'envahit. Des ruminations. Comme les vaches, ben voyons.

— Ce n'était pas un rêve, dis-je en détachant chaque syllabe. Dans les rêves, on fait des trucs insensés, on passe à travers les murs en volant, on ressuscite, on respire sous l'eau comme les sirènes. Alors que celui-ci était totalement réaliste.

— Donc vous étiez sur une île... que vous n'avez jamais visitée... et vous viviez chez l'habitant, résume la psy. Ça a l'air plutôt agréable. L'esprit actionne des mécanismes extraordinaires quand il s'agit de nous protéger d'une douleur que nous ressentirions vivement sinon...

— C'étaient bien plus que de simples vacances. Je suis restée cinq jours sous assistance respiratoire alors que, dans ma tête, je me suis absentée pendant plusieurs mois. Je me suis endormie des dizaines de fois, là-bas, et je me suis toujours réveillée au même endroit, dans le même lit, sur la même île. Ce n'était pas une... hallucination. C'était ma réalité.

Le Dr DeSantos pince les lèvres.

— Restons dans *cette* réalité, d'accord ? suggère-t-elle.

— Cette *réalité*, j'insiste. Qu'est-ce qui me paraît réel, là-dedans ? J'ai perdu dix jours de ma vie, dix jours dont je ne garde aucun souvenir, et quand brusquement j'ai rouvert les yeux, tout le monde se tenait à deux mètres de moi, on doit se laver les mains vingt fois par jour, j'ai perdu mon boulot, tous les événements sportifs ont été annulés, les cinémas et les frontières sont fermés et chaque fois que mon fiancé part travailler, il court le risque d'attraper ce foutu virus et de finir...

Je ne termine pas ma phrase.

— De finir... ?

— Comme moi, conclus-je.

La psy hoche la tête.

— Vous n'êtes pas la seule à souffrir de stress post-traumatique, assure-t-elle. Le Dr Colson m'a dit que vous travaillez chez Sotheby's ?

— Je travaillais. On m'a mise au chômage technique.

— Alors vous devez connaître le surréalisme.

— Bien sûr.

Ce mouvement artistique du XXe siècle a sublimé le subconscient et la matière des rêves : ce sont les montres molles de Dalí et *Le Faux Miroir* de Magritte. Par l'intermédiaire de leurs créations, les artistes se fixent pour objectif de bousculer le spectateur, de provoquer en lui un malaise qui l'oblige à ouvrir les yeux, à comprendre que le monde n'est qu'une construction. Une représentation dépourvue de sens pousse l'esprit humain vers l'association libre – et ces associations sont un élément essentiel dans l'analyse des couches profondes de la réalité.

— Si cela semble surréaliste, c'est parce que nous sommes en terre inconnue, reprend la psy. Nous n'avons jamais vécu d'expérience similaire – du moins pour la plupart d'entre nous. Peu de survivants de la grippe espagnole de 1918 sont encore en vie aujourd'hui. Les humains adorent se raccrocher à des modèles et donner un sens à ce qu'ils voient. Dès lors que ces modèles sont introuvables, on est déboussolé. Le Centre pour le contrôle et la prévention des maladies préconise la distanciation sociale et quelques heures plus tard le président fait une apparition télévisée sans masque et serre des dizaines de mains. Si vous ne vous sentez pas dans votre assiette, votre médecin va vous conseiller de faire un test de dépistage mais le problème, c'est qu'on n'en trouve plus nulle part. Les enfants ne vont plus à l'école alors qu'on est au beau milieu de l'année scolaire. Il n'y a plus de farine dans les rayons des supermarchés. On ne sait pas ce qui va se passer demain, et encore moins dans six mois. On ne sait pas combien de personnes vont mourir ni quand cette épidémie prendra fin. L'avenir est comme suspendu.

Je la fixe d'un air interdit. C'est exactement ce que je ressens. Cette impression d'être dans un petit *panga*, ballotté par les remous d'un océan immense, infini.

Sans rames ni moteur.

— Bien sûr, ce n'est pas tout à fait exact, poursuit le Dr DeSantos. L'avenir adviendra, sous une forme ou une autre, que nous le voulions ou non. Mais nous ne pouvons rien *programmer*, voilà ce que nous ressentons, en réalité. Et quand on ne peut rien prévoir, quand on ne trouve pas ces modèles qui ont un sens, nous perdons l'ossature de la vie. Et sans ça, personne ne réussit à tenir debout.

— Mais si tout le monde vit la même expérience en ce moment, pourquoi suis-je la seule à avoir été parachutée dans une vie parallèle ?

— Votre *rumination*, corrige-t-elle gentiment, a pris forme alors que votre cerveau se démenait comme un beau diable pour donner un sens à une situation extrêmement stressante dans laquelle vous n'aviez aucun repère. Pour couronner le tout, on vous administrait de puissants sédatifs dont on sait qu'ils perturbent la conscience du patient. Vous avez créé un monde que vous pouviez comprendre en rassemblant des blocs de construction éparpillés dans votre esprit.

Je pense aux guides de voyage que j'avais surlignés. Aux endroits que j'avais repérés à Isabela sur le papier. À G2 Tours.

— Ce que vous décrivez sans cesse comme une vie parallèle n'est en réalité qu'un mécanisme de défense, conclut le Dr DeSantos.

Elle marque une pause avant de demander :

— Vous arrive-t-il encore de rêver des Galápagos ?
— Non. Mais je ne dors pas beaucoup.
— C'est très courant chez les personnes qui ont fait un séjour en réanimation. Mais il n'est pas non plus impossible que vous ne rêviez pas parce que vous n'en éprouvez plus la *nécessité*. Parce que vous avez survécu. Parce que l'issue est déjà beaucoup moins vague.

J'ai la bouche sèche, tout à coup.

— Dans ce cas, comment se fait-il que je me sente encore à côté de la plaque ?
— Il va falloir reconstruire votre échafaudage, mais en toute conscience, cette fois. Utilisez les quelques briques qui sont encore en votre possession, malgré la pandémie. Préparez-vous du café le matin. Méditez. Regardez *Schitt's Creek*. Buvez un verre de vin au dîner. Appelez en FaceTime les amis que vous ne pouvez pas voir physiquement. Reprenez les habitudes que vous aviez avant, quelles qu'elles soient, rangez-les en pile et utilisez-les pour donner une structure à vos journées. Vous verrez, vous vous sentirez moins déboussolée. Je vous garantis que ça marche.

Je songe un instant à certains tableaux surréalistes, à la façon dont notre compréhension du monde tel que nous le percevons est parfois totalement remise en question. À mon grand désarroi, je sens des larmes me picoter les yeux.

— Et si le problème se trouvait ailleurs ?
— Que voulez-vous dire ?
— *J'adorerais* rêver encore des Galápagos, j'avoue dans un souffle. Je me sentais tellement mieux là-bas.

La psychothérapeute penche la tête sur le côté. La compassion se lit sur son visage.

— Ça n'a rien d'étonnant, lâche-t-elle simplement.

Dans mon ancienne vie, je gémissais en entendant mon réveil sonner, j'avalais une tranche de pain grillé avec mon café et partais rejoindre les millions de gens qui se rendent chaque jour d'un point A à un point B dans New York. Je croulais sous le travail. Plus je l'escaladais, plus la montagne de choses à faire grandissait et quand je rentrais à la maison le soir, j'étais trop fatiguée pour aller faire des courses ou pour cuisiner, alors je commandais à manger. Finn était là de temps en temps. D'autres fois, il était de garde et passait la nuit à l'hôpital. Il m'arrivait de travailler le week-end et les jours de repos j'allais me balader à Chelsea Piers, je flânais sur la High Line puis traversais Central Park. Je me forçais alors à ne pas penser aux tracas du boulot ni à ce que j'aurais pu taper sur mon clavier pour m'avancer dans le travail de la semaine. J'allais à la salle de gym et avalais les kilomètres sur le tapis de course en regardant des comédies romantiques sur mon téléphone.

Maintenant, j'ai du temps libre en pagaille et rien à faire de spécial. Je cuisine quand j'arrive à trouver un créneau libre pour me faire livrer les courses et à condition de dénicher les ingrédients dont j'ai besoin. De toute manière, un être humain ne peut consommer une quantité illimitée de pain fait maison.

Je termine de regarder *Tiger King*. (À mon avis, elle est carrément coupable.) J'ingurgite d'un coup toute une saison de *Nailed it!*, l'émission de téléréalité culinaire. Je deviens accro à Room Rater, le compte Twitter qui note la décoration des intérieurs filmés dans Zoom, et après avoir regardé l'intervention d'un expert à la télé, je fonce voir les notes et les commentaires des internautes. J'organise des apéros virtuels avec Rodney qui vit à présent chez sa sœur à La Nouvelle-Orléans. Je décide de mettre au placard mes pantalons boutonnés. Parfois, je pleure toutes les larmes de mon corps, au sens propre du terme.

Un jour, je tape *Rêves dans le coma* dans la barre de recherches de mon compte Facebook.

Il y a deux vidéos et un lien vers un article paru dans la *Gazette* de Cedar Rapids. La première vidéo raconte l'histoire d'une femme ayant passé vingt-deux jours dans le coma après avoir accouché. À son réveil, elle n'a pas reconnu son bébé et ne se souvenait pas d'avoir été enceinte. Pendant tout le temps où elle était inconsciente, elle travaillait dans un palace où elle avait pour mission d'interviewer des chats habillés en courtisans qui parlaient comme des humains. Dans la vidéo, elle montre les portraits qu'elle a dessinés. On y voit des matous avec des fraises miniatures autour du cou, des pendants d'oreilles en diamant et des gilets en velours.

— Nom de Dieu, dis-je à voix basse.

Suis-je aussi fêlée que ça ?

La deuxième vidéo a été tournée par une autre femme. "Quand j'étais dans le coma, commence-t-elle, mon cerveau a décidé que l'hôpital était le théâtre d'une théorie complotiste. Mon ancienne patronne – j'étais serveuse dans un bar, avant mon accident – dirigeait l'hôpital et des millions d'autres entreprises. Dans la vie réelle, elle est plutôt excentrique et s'est fait tatouer un mot chinois mal orthographié. Bref, elle voulait m'obliger à signer un contrat. Comme je refusais, elle est entrée dans une colère noire, elle a kidnappé ma mère et mon frère et a menacé de les tuer si je n'acceptais pas de signer. Je ne suis restée que deux jours dans le coma mais l'histoire a duré plusieurs semaines. J'ai parcouru tout le pays pour essayer de trouver des amis qui pourraient me prêter de l'argent. Je voyageais dans des petits avions, séjournais dans des hôtels et visitais des endroits que je n'avais jamais vus de ma vie. Mais quand je suis sortie du coma et que j'ai fait des recherches sur internet, je les ai tous trouvés."

On entend une question étouffée et la femme hausse les épaules.

"Je me souvenais par exemple de ce haricot en métal argenté à Chicago, reprend-elle. Et de cette ville du Kansas où il y a une pelote de ficelle de neuf tonnes. Je veux dire, comment j'aurais pu savoir que tout ça existait vraiment ?"

La vidéo se termine avant qu'elle ne livre ce que je brûlais d'entendre : une explication. Par rapport à l'expérience vécue par la femme aux chats, ce deuxième témoignage correspond davantage à ce que j'ai vécu moi-même. Pour elle aussi, le temps semble s'être dilaté lorsqu'elle était sous assistance respiratoire. Et son aventure est truffée de détails du monde réel dont elle ignorait l'existence avant son accident. D'un autre côté, personne ne saura jamais quelles épines cognitives étaient dissimulées dans les replis de son cerveau. Les paroles du Dr DeSantos me reviennent à l'esprit : cette femme avait peut-être lu *Le Livre Guinness des records* dans son enfance ; peut-être a-t-elle inconsciemment assimilé des informations qui ont brusquement rejailli à la surface de son subconscient à la manière d'un geyser ?

Le troisième témoignage est relaté dans un article de journal. Eric Genovese, cinquante-deux ans, vit à Cedar Rapids depuis sa naissance. Chauffeur-livreur chez Poland Spring, il est renversé par une voiture alors qu'il traversait la rue pour livrer des packs d'eau minérale à une entreprise. Pendant le temps qu'il aura fallu aux équipes de secouristes pour le réanimer – une question de minutes –, il a vécu, selon ses dires, une vie complètement différente de la sienne. "En me regardant dans un miroir, raconte-t-il, je savais que c'était moi et pourtant je ne me reconnaissais pas. J'étais plus jeune, je n'avais pas le même visage et ma nouvelle apparence me plaisait bien. Je n'avais pas le même métier : j'étais ingénieur en informatique. Ma collègue de travail vivait avec un petit ami violent et j'ai passé des mois à la convaincre de rompre avant de m'apercevoir que j'étais amoureux d'elle. Ensuite, je l'ai demandée en mariage et un an plus tard nous avons eu une petite fille. On l'a baptisée Maya, comme ma belle-mère. Quand j'ai repris connaissance, après avoir été réanimé... j'étais complètement perdu. Je n'arrêtais pas de demander où étaient ma femme et mon bébé. Dans mon esprit, il s'était écoulé plusieurs années alors que pour le reste du monde tout cela n'avait duré que vingt minutes. Je ressentais le besoin pressant de prier plusieurs fois par jour et je récitais des passages entiers de textes religieux que personne n'était capable d'identifier, pas même moi. Il s'est avéré qu'il s'agissait du Coran. J'ai reçu une éducation catholique, j'ai suivi toute ma scolarité dans des écoles privées. Mais à mon réveil, j'étais musulman."

Je ne peux pas entendre le son de sa voix puisque les mots sont imprimés et pourtant quelque chose me touche dans son récit. Une espèce de mélancolie. Un désarroi. Un… éblouissement.

Je cherche son nom sur Facebook. Il existe une foule d'Eric Genovese, mais il n'y en a qu'un à Cedar Rapids.

Je clique sur l'icône de la messagerie. Mes doigts volettent au-dessus du clavier.

La psychothérapeute m'a encouragée à trouver un ancrage dans ce monde-ci, même si cela me paraît étrange. De nombreuses preuves scientifiques tendent à démontrer que les molécules utilisées pour me maintenir dans un état de sédation profonde ont certainement perturbé mon cerveau, créant par ricochet ce que j'ai pris pour une réalité parallèle mais qui, au dire de tout le monde, n'est qu'un rêve alimenté par de puissantes substances médicamenteuses. Des dizaines de personnes peuvent témoigner que j'ai passé dix jours dans un lit d'hôpital. Je suis la seule à en douter. En d'autres termes : les faits s'additionnent pour aboutir à une conclusion qu'aucun être sensé ne songerait à réfuter.

Sauf qu'aucune de ces personnes n'a vécu ce que j'ai vécu.

Après tout, ce ne serait pas le premier phénomène soi-disant inconcevable dont on admettrait finalement l'existence : il y a bien eu la Terre qui tourne autour du Soleil, les trous noirs… et aujourd'hui, les maladies transmissibles à l'homme par les chauves-souris. Parfois, l'impossible devient possible.

J'ignore pourquoi je continue de me sentir attirée par cet ailleurs. Je devrais sûrement remercier ma bonne étoile d'être encore en vie *ici* mais quelque chose m'en empêche. Tout ce que je sais, c'est qu'il y a forcément une explication à mon incapacité à chasser cet épisode de mon esprit. La science, les docteurs et la logique n'ont qu'à aller se faire voir.

Ce que je crois aussi, c'est qu'Eric Genovese sera peut-être en mesure de me comprendre, lui.

Alors je lui écris : *Bonjour, vous ne me connaissez pas mais je viens de lire votre histoire dans le journal.*

Je suis restée cinq jours sous assistance respiratoire.

Moi aussi, je crois avoir vécu une autre vie.

Le 19 avril, nous fêtons mon anniversaire.

Finn commande une grosse part de gâteau chez un de nos traiteurs préférés.

— *Carrot cake ?* je fais lorsqu'il pose l'assiette sur la table.

— Ton préféré, répond-il. On le partage toujours quand il est au menu.

Parce que c'est *son* gâteau préféré, mais je m'abstiens de lui faire la remarque. Il a remué ciel et terre pour être de repos ce soir et donner à cette journée une tonalité particulière même si, concrètement, elle ne diffère en rien des autres et que je n'ai pas mis le nez dehors depuis plusieurs jours.

Quand il se met à chantonner *Joyeux anniversaire*, j'ai la sensation troublante d'avoir déjà vécu ce moment. Et c'est le cas. Je repense à Beatriz et au gâteau qu'elle avait préparé pour moi, à la nuit à la belle étoile en compagnie de Gabriel, autour du feu de camp. Au cadeau d'anniversaire qu'il m'avait réservé : un volcan.

Comme nous n'avons pas de bougies d'anniversaire, Finn dégote une jolie bougie parfumée Jo Malone qu'Eva m'a offerte à Noël et l'allume. Puis il me tend une boîte de la taille d'un écrin à bijoux. Aussitôt, un flot de sang bourdonne à mes oreilles.

Çayestçayestçayest. Cette phrase chuinte à la manière d'une deuxième pulsation cardiaque. Il ne s'agit pas simplement de la question la plus importante qu'on m'aura jamais posée ; ma réponse conditionnera tout le reste de ma vie et c'est bien ça, le plus angoissant.

Toute ma vie.

Laquelle ?

Finn me donne un petit coup d'épaule.

— Vas-y, ouvre.

Avec un sourire forcé, je déchire l'emballage de fortune, une feuille du *Times* d'hier, soulève le couvercle de la petite boîte. Et découvre un fin bracelet orné de l'inscription *WARRIOR*.

— Voilà ce que tu es à mes yeux, déclare Finn : une guerrière. Je suis trop content que tu sois une battante, Di.

Il se penche vers moi, enfonce une main dans mes cheveux et m'embrasse. Quelques instants plus tard, je m'écarte pour prendre le bracelet. Finn m'aide à l'attacher.

— Il te plaît ?

Il est en or rose et accroche joliment la lumière. Et surtout, ce n'est pas une bague de fiançailles.

Je le trouve magnifique.

Lorsque je lève les yeux, Finn attaque déjà la part de gâteau.

— Je te conseille de te dépêcher, lance-t-il, la bouche pleine, tant qu'il en reste.

Je nourris le levain de mon pain. Je regarde des tutos sur YouTube pour essayer de couper les cheveux de Finn. Je programme une autre séance avec le Dr DeSantos. J'appelle Rodney en FaceTime et nous disséquons ensemble le dernier e-mail envoyé par Sotheby's nous annonçant que la période de chômage technique se prolongera jusqu'au mois de septembre.

On recense un million de cas de Covid aux États-Unis.

Je n'ai plus besoin de ma canne. Même si je fatigue vite quand je reste debout trop longtemps et qu'une simple volée de marches m'épuise, tenir en équilibre n'est plus un problème. En rangeant Gengis dans mon armoire, je pense à la boîte à chaussures où dort mon vieux matériel de peinture.

Je l'attrape précautionneusement, la pose sur le lit.

Puis je retire le couvercle et découvre les tubes de peinture acrylique, une palette mouchetée de croûtes colorées, un assortiment de pinceaux. Mes doigts effleurent le métal froid des tubes, mes ongles griffent les îlots de peinture séchée. Je sens quelque chose se déplier en moi, comme la jeune pousse verte et frêle d'une graine enfouie sous terre.

Ça fait une éternité que je n'ai pas touché à mes pinceaux. Je n'ai plus de chevalet, pas de Gesso et même pas de toile. Le mur serait une surface idéale mais l'appartement est en location, ce n'est pas une bonne idée. Finalement, je réussis à écarter la commode du mur. C'est un meuble que nous avons acheté d'occasion et poncé dans l'intention de le repeindre un jour. Le temps a passé et nous l'avons laissé en l'état. Le panneau du fond est lisse, recouvert d'une sous-couche blanche – prêt à peindre.

Je m'assieds par terre avec un crayon à papier et commence à tracer de grands traits grossiers. J'ai l'impression d'être dans un autre monde, dans la peau d'un médium recevant les messages d'un ailleurs, observant l'improbable prendre forme sous mes yeux. Je m'engouffre dans cet espace, ignorant les bruits de la ville et les tintements sporadiques de mon téléphone. Je presse les tubes, dépose un arc-en-ciel de couleurs sur la palette, plonge le bout d'un pinceau dans une bande carmin et le passe sur le bois à la manière d'un scalpel. Ce premier contact me procure un sentiment de soulagement, teinté d'une once d'angoisse à l'idée de ne pas savoir ce qui va suivre.

Je ne vois pas le soleil basculer et n'entends pas les clés de Finn dans la serrure lorsqu'il rentre de l'hôpital. Entre-temps, j'ai recouvert l'arrière de la commode de formes et de couleurs, mer et ciel. J'ai de la peinture dans les cheveux et sous les ongles, je suis courbaturée à force d'être assise par terre et je suis à des milliers de kilomètres lorsque je m'aperçois que Finn se tient devant moi et m'appelle avec insistance.

Je lève la tête en clignant des yeux. Il s'est douché et a noué une serviette autour de sa taille.

— Tu es rentré.

— Et tu peins, dit-il tandis qu'un sourire effleure ses lèvres. Sur notre commode.

— Je n'avais pas de toile.
— Je comprends.

Il se décale, vient se poster derrière moi pour voir le résultat. J'essaie de regarder avec les yeux d'un observateur extérieur, moi aussi.

La couleur du ciel est indéfinissable, à-plat bleu cobalt parsemé de nuages évanescents, pareils à des arrière-pensées, projetant des ombres sur la surface miroitante et immobile d'un lagon. Des flamants roses traversent au pas de l'oie un banc de sable tandis que d'autres dorment, leurs pattes repliées en triangles. Un mancenillier se tient dans un coin, voûté comme une vieille sorcière de conte de fées, le bout des doigts badigeonné de poison.

Finn s'accroupit près de moi. Il tend une main vers le tableau. La peinture acrylique sèche vite, il ne risque pas de l'abîmer.

— Diana, murmure-t-il au bout d'un moment. C'est... je ne savais pas que tu peignais aussi bien.

Il pointe le doigt sur deux silhouettes perdues dans le lointain, si petites qu'elles passeraient inaperçues pour un observateur moins attentif.

— C'est censé être où ? demande Finn.

Je ne réponds pas. Ce n'est pas la peine.

— Oh, lâche-t-il en se levant.

Il fait un pas en arrière. Puis un autre. Et parvient finalement à afficher un sourire.

— Tu es une artiste talentueuse, déclare-t-il d'un ton délibérément léger. Est-ce que tu me caches d'autres choses ?

Lorsque nous allons nous coucher ce soir-là, Finn a remis la commode à sa place, de sorte que le lagon est collé au mur, invisible. Ça ne me dérange pas. Au contraire, j'aime bien l'idée que ce meuble dissimule un panneau dont personne ne soupçonne l'existence.

De retour d'une garde de quarante heures, Finn s'endort quelques instants après avoir posé la tête sur l'oreiller. Il me tient dans ses bras et me serre comme un gamin agrippé à son doudou, talisman chargé de tenir les monstres à distance.

La première fois que nous avons fait l'amour, tandis qu'il promenait ses mains sur ma peau, Finn m'a expliqué qu'il était impossible de toucher réellement quelque chose car tout est constitué d'atomes, et que les atomes abritent des électrons qui ont une charge négative. Les particules possédant une charge similaire se repoussent mutuellement. Quand on s'allonge sur un lit par exemple, les électrons composant notre corps repoussent les électrons composant le matelas. En réalité, notre corps flotte à une distance infinitésimale au-dessus du matelas.

La main posée sur son torse, je l'avais caressé en demandant : *Donc, tu es en train d'imaginer les sensations que tu éprouves en ce moment ?*

Non, avait-il répondu en capturant ma main pour la porter à ses lèvres et l'embrasser. Du moins était-ce la sensation que j'avais eue. *En fait, c'est notre cerveau qui fait des heures sup. Les cellules nerveuses reçoivent un message les informant que des électrons étrangers se sont rapprochés dans le temps et l'espace, suffisamment pour repousser notre propre champ électromagnétique. Notre cerveau nous dit que c'est la sensation du toucher.*

Si je te suis bien, tu prétends que tout ça, c'est du vent ? avais-je demandé en m'asseyant sur lui à califourchon. *Je savais bien que je n'aurais pas dû craquer pour un scientifique.*

Il m'avait saisie par les hanches. *Chacun de nous évolue dans son petit monde personnel.*

Viens visiter le mien, avais-je susurré tandis qu'il se glissait en moi.

Ce soir, je sens la chaleur de Finn autour de moi, sa peau un peu rugueuse pressée contre la mienne, et je ferme les yeux. Nous sommes parfaitement imbriqués et pourtant je visualise la frontière invisible qui nous sépare.

Ma gorge est en feu, une enclume pèse sur ma poitrine. Je sens des mains sur moi, qui me tirent, me retournent et me donnent de grandes tapes entre les omoplates. Mes paupières sont collées, j'ai les yeux qui brûlent et la pression sous mes côtes est insupportable. *Respire*, mais l'ordre que je me donne n'est suivi d'aucun effet.

Tout à coup, une main appuie sur mon front, on me pince le nez et on recouvre ma bouche. Un souffle chaud me gonfle comme un ballon de baudruche. Mobilisant toutes mes forces pour me libérer, je roule sur le côté et soudain le barrage cède. Je tousse, vomis un liquide acide qui me donne des crampes à l'estomac et dans l'aine. Je tousse et tousse encore puis aspire enfin un filet d'air délicieusement doux et pur.

Je retombe sur le dos, épuisée, prenant peu à peu conscience d'autres sensations : le picotement du sable sur ma peau et la morsure des cailloux, le sang dégoulinant d'une coupure à la lèvre, le poids du soleil sur mon front. Une mèche de cheveux me barre le visage mais je n'ai pas l'énergie de la repousser.

Tout à coup, je ne la sens plus et la lumière aveuglante qui transperce mes paupières disparaît. Une ombre s'étend sur moi à la manière d'une aile protectrice.

Diana.

Je me force à ouvrir les yeux. Gabriel est là, ruisselant, penché au-dessus de moi. Ses mains tiennent mon visage en coupe et lorsqu'il me sourit, mon cœur tressaute, comme si un fil invisible nous unissait l'un à l'autre.

Tout me fait mal et il est le soleil que je ne devrais surtout pas regarder mais dont je ne peux me détourner.

"*Dios mío*, murmure-t-il. J'ai cru que je t'avais perdue."

L'odeur du café. Les effluves flottent jusqu'à moi. Je m'enfonce sous la couette. Sens une main chaude sur mon épaule. Un baiser sur ma nuque.

Je me retourne, éclairée de la tête aux pieds par un sourire radieux.

Je m'assieds, me cale contre les oreillers. Finn me tend une tasse et je referme les mains autour de la céramique, appréciant sa chaleur et sa solidité.

Puis, à ma grande stupeur et sous le regard effaré de Finn, je fonds en larmes.

QUATORZE

— Qu'est-ce que t'as raconté à Finn ? me demande Rodney deux jours plus tard pendant une conversation vidéo.

— La vérité. Enfin, en gros.

Il arque un sourcil.

— Non, mais ma chérie...

— J'ai dit que j'avais fait un rêve et que j'ai cru que je ne me réveillerais pas.

— Hmm. Comme quand tu t'es acheté un vibro et que tu lui as dit que c'était pour te masser la nuque.

— D'abord, je te rappelle que c'est *toi* qui m'as offert le vibro pour mon anniversaire parce que t'es un beau salopard. Et puis qu'est-ce que j'étais censée dire à Finn quand il a découvert l'engin ? "J'ai pensé que tu apprécierais qu'on te donne un petit coup de main ?"

Au même moment, Chiara, l'adorable petite-nièce de Rodney, s'approche de lui château branlant, tenant dans une main une tasse de dînette en plastique.

— Assieds-toi ! ordonne-t-elle en pointant l'index vers le sol.

— D'accord, ma puce, soupire Rodney en s'asseyant en tailleur sur la moquette. Je t'assure, je vais craquer si elle continue à me harceler avec ses goûters et ses tasses de thé, ajoute-t-il à mon adresse.

Chiara entreprend de disposer une ribambelle de peluches et de poupées autour de Rodney.

— Ce qui m'agace, dis-je en reprenant le cours de notre conversation, c'est que je faisais vraiment des efforts. J'ai suivi les conseils du Dr DeSantos : je me suis créé des routines et je m'y tenais. Et comme je suis coincée toute la journée à l'appartement, je me suis mise au ménage et à la cuisine. Je prépare le dîner tous les soirs, Finn n'a plus qu'à mettre les pieds sous la table.

— Waouh, alors comme ça, t'es fière d'avoir fait un bond de cinquante ans en arrière dans le domaine de l'égalité des sexes ? Génial...

— Le seul truc différent que j'ai fait ce jour-là, c'est peindre un paysage de mémoire. Un petit trou d'eau que Gabriel et Beatriz m'avaient fait découvrir. Ça fait deux semaines que je suis sortie du centre de rééducation, Rodney, et avant cette fois, je n'avais pas réussi à retourner là-bas en rêve.

J'hésite avant de poursuivre :

— J'ai essayé, pourtant. Allongée dans mon lit, je visualisais une image en croisant les doigts pour qu'elle reste incrustée dans mon esprit après l'endormissement. Mais ça n'a jamais marché.

— Autre suggestion, intervient Rodney. Gabriel essaie peut-être d'entrer en contact avec toi depuis tout ce temps. Un peu comme Finn quand il s'asseyait à ton chevet à l'hôpital et te parlait alors que tu étais dans le coma.

— Dans ce cas, laquelle des deux suis-je vraiment ? je demande d'une petite voix.

D'un point de vue strictement scientifique, il semblerait que ce monde-là soit le vrai : celui dans lequel je suis amoureuse de Finn et en train de parler à Rodney. C'est ici que j'ai vécu le plus longtemps et mes souvenirs sont innombrables. Mais je sais aussi que le temps ne s'écoule pas forcément de la même manière selon les endroits et ce qui passe pour être de brèves parenthèses ici peut correspondre à des mois là-bas.

— Tu ne trouves pas que ce serait bizarre si je parlais avec toi dans ce monde-ci et que tu essayais de me convaincre que ma place est plutôt là-bas ? je demande soudain.

— Je sais pas trop. C'est le genre de trucs tordus qui me donnent mal à la tête. Comme le Monde à l'envers dans *Stranger Things*.

— Ouais, sauf qu'il y a moins de Démogorgons et plus de noix de coco.

— Bon, tu as déjà consulté une psy, fait Rodney d'un ton songeur.

— Oui. Et ?

— Bah, j'aimerais bien que tu parles à quelqu'un d'autre. Rayanne.

— Ta sœur ?

— Oui. Elle a un don.

Avant que j'aie le temps de réagir, la caméra se déplace sur le côté en tremblotant puis se stabilise. Une femme se tient à côté de Rodney, une version de Chiara plus corpulente et plus fatiguée.

— C'est elle ? demande Rayanne.

— Bonjour, dis-je, consciente de m'être fait piéger.

— Rodney m'a raconté en détail ce qui vous était arrivé. C'est une vraie galère, ce virus. Je travaille dans une maison de retraite pour handicapés mentaux et le Covid a déjà tué deux de nos résidents.

— Je suis désolée, je murmure en rougissant, rattrapée par un sentiment qui m'est désormais familier : la culpabilité de la rescapée.

— Quand je ne travaille pas là-bas, je suis voyante, déclare Rayanne d'un ton neutre.

Elle aurait tout aussi pu bien dire : *Je suis rousse* ou *Je suis intolérante au lactose*. Une donnée simple, irréfutable.

— Rodney m'a dit que vous étiez à cran parce que vous avez l'impression d'être coincée entre deux vies.

Note à moi-même : penser à étrangler Rodney.

— Euh, c'est peut-être pas tout à fait comme ça que je formulerais les choses. Mais le fait est que j'ai failli mourir.

— Il n'y a pas de *failli* qui tienne, réplique Rayanne. C'est justement ça, votre problème.

Un rire s'échappe de mes lèvres.

— Je suis bien vivante pourtant, je vous assure.

— OK, mais imaginez un instant que la mort ne soit pas la fin dont on vous rebat les oreilles depuis toujours. Imaginez que le temps soit un immense coupon de tissu, fabriqué avec un fil si long qu'on n'en voit ni le début ni la fin.

Elle se tait un instant avant de reprendre :

— Imaginez qu'au moment où une personne s'éteint, sa vie se rétracte et devient si petite, si compacte et dense qu'elle n'est plus qu'une piqûre d'épingle dans le tissu. Alors c'est peut-être à ce stade qu'on entre dans une nouvelle réalité. Un nouveau point de couture dans le temps, en quelque sorte.

Mon cœur se met à cogner plus fort dans ma poitrine.

— Pour vous, cette nouvelle réalité se déploie à une vitesse normale mais elle s'inscrit dans la gigantesque étoffe du temps. Ce qui vous a paru durer plusieurs mois n'était ici que quelques jours parce qu'encore une fois, le temps s'est comprimé à l'instant où vous avez quitté cette autre vie.

— Je ne comprends pas trop...

— Il n'y a rien à comprendre, décrète Rayanne. La plupart des vies se terminent et rétrécissent pour pouvoir passer dans ce tout petit trou, minuscule, et là, on choisit un autre fil : une toute nouvelle vie qui se déroule jusqu'à l'autre extrémité et se ramasse à son tour pour former un point unique sur le tissu. Mais dans votre cas, l'aiguille a ripé. La mort n'a pas été un point dans le tissu. C'était plutôt un voile. Vous avez pu jeter un coup d'œil au travers, voir ce qu'il y avait de l'autre côté.

J'imagine un univers drapé d'une étole de mousseline tissée de millions de vies enchevêtrées et entrecroisées. Je pense aux aiguilles qui nous ont peut-être réunis Finn et moi, Gabriel et moi, le temps d'un interlude. Je visualise des mètres et des mètres de tissu noir comme la nuit dont chaque fibre représenterait une autre vie. Dans l'une, je suis une spécialiste d'art moderne et impressionniste. Dans l'autre, une touriste échouée sur une île. Il existe peut-être un nombre infini de versions de moi-même : ici, je trouve un traitement universel contre le cancer, là je meurs au combat. Ici encore, je mets au monde une ribambelle d'enfants, là je brise des cœurs, là-bas je meurs prématurément.

— On ne sait pas ce qu'est la réalité, déclare Rayanne. On fait semblant de le savoir parce que ça nous rassure de croire que nous contrôlons tout.

Elle scrute mon visage sur l'écran et se met à rigoler.

— Vous me prenez pour une cinglée.

— Non, pas du tout, dis-je d'un ton précipité.

— Vous n'êtes pas obligée de me croire. Mais surtout, souvenez-vous… que vous n'êtes pas obligée de *les* croire, eux non plus.

Elle hausse les épaules avant d'ajouter :

— Oh, et vous n'en avez pas encore fini avec tout ça.

— Qu'est-ce que ça veut dire ?

— Franchement, j'en sais rien. Moi, je reçois juste le message. Je ne le décode pas, lâche-t-elle avant de jeter un coup d'œil sur sa gauche. Tout ce que je sais en cet instant précis, c'est que l'univers m'ordonne d'aller changer la couche de Chiara avant que la puanteur ne nous anéantisse tous comme un astéroïde lancé sur nous à pleine vitesse.

Elle redonne le téléphone à Rodney qui me regarde en haussant les sourcils d'un air de dire *Je t'avais prévenue*.

De sa main libre, il soulève la tasse miniature et déclare :

— L'heure du thé a sonné, très chère.

Les jours où je rends visite à ma mère aux Greens, je prépare un pique-nique pour deux. Je ne peux rien lui donner parce que je ne suis toujours pas autorisée à rentrer dans sa chambre mais j'emporte un petit pain à la cannelle ou une tranche de cake à la courge pour Henry que je croise à chacune de mes visites, quel que soit le jour de la semaine. J'ai également pris l'habitude de déposer un petit panier à l'intention du personnel devant l'entrée, avec un mot pour les remercier de prendre soin des résidents.

Depuis quelque temps, je prends aussi une couverture que j'étale sur la pelouse devant la véranda grillagée de ma mère. Je l'appelle, elle me répond, et je prononce la même phrase chaque fois : il fait un temps magnifique, elle devrait venir prendre l'air avec moi.

On bavarde comme deux inconnues qui se seraient rencontrées récemment, ce qui n'est pas très éloigné de la vérité. On regarde des rediffusions de l'émission *American Idol* et elle montre du doigt ses chanteurs préférés qui se produisent désormais dans leur garage ou leur salon, sans public. On commente les menus de la semaine à la cantine des Greens. Je lui parle du petit chien revêtu d'un imperméable jaune croisé dans le parc, je lui raconte les intrigues des romans que je suis en train de lire. Elle sort parfois des albums photos et m'entraîne dans ses voyages pendant que je la dessine dans un carnet de croquis. Elle se rappelle dans les moindres détails les pluies diluviennes qui se sont abattues sur Rio de Janeiro dans les années 1980, un attentat à la bombe aux Philippines, les glissements de terrain en Ouganda. Elle se trouvait à New York le jour où les tours jumelles du World Trade Center se sont effondrées et le ciel était blanc de cendres et de douleur. Elle a photographié les scènes de désolation après la fusillade du Pulse, la boîte de nuit en Floride. Et réalisé une série complète sur les "coyotes", ces passeurs d'enfants à la frontière mexicaine. "Je me suis attiré beaucoup de problèmes avec celle-ci", explique-t-elle en promenant son doigt sur la photo granuleuse d'un homme et d'une fillette traversant un paysage désertique.

— Pourquoi ?

— Parce que je ne désignais pas de méchant, répond ma mère. Ce n'est pas facile de reprocher à quelqu'un d'enfreindre la loi quand on lui a refusé toutes les autres solutions. Personne n'est tout bon ou tout mauvais. Tout dépend de la manière dont on dépeint les gens.

Je pense à ce qu'aurait pu être ma vie si elle était rentrée de temps en temps à la maison, si elle s'était assise à la table de la cuisine et m'avait raconté ces anecdotes. J'aurais alors mieux compris, c'est sûr, ce qui accaparait son attention, ce qui l'éloignait de son mari et de sa fille, au lieu d'en être jalouse.

Je réfléchis beaucoup au sentiment de perte et d'abandon, depuis quelque temps. À cause de cette pandémie, tout le monde a l'impression d'avoir été privé de quelque chose ou – dans les cas plus extrêmes et irréversibles – de quelqu'un. Un travail, des fiançailles, un tableau à vendre aux enchères. Une remise de diplôme, des vacances, une première année à l'université. Une grand-mère, une sœur, un amour. Personne n'est jamais sûr de voir le prochain lever de soleil, c'est une certitude viscérale que je porte en moi désormais, mais cela ne nous empêche pas de nous sentir floués quand on nous confisque brutalement de possibles lendemains.

Au cours des deux mois passés, nous avons éprouvé cette sensation de manque intensément, violemment. Personnellement. Tout ce à quoi nous sommes obligés de renoncer fait écho au chagrin que nous avons ressenti toutes les fois où la vie nous a déçus. Lorsque, plongée dans le coma, j'ai cru que ma mère était morte, mon chagrin était amplifié par ses innombrables départs durant mon enfance.

Au même moment, elle lève les yeux et surprend mon regard posé sur elle. Il m'arrive souvent de l'observer, à présent. J'essaie de me reconnaître dans la courbe de sa mâchoire ou la texture de ses cheveux.

— Vous êtes déjà allée au Mexique ? demande-t-elle.

Je secoue la tête.

— Mais j'aimerais bien y aller, un jour. C'est sur ma liste.

Son visage s'éclaire.

— Qu'est-ce qu'il y a d'autre sur cette liste ?

— Les Galápagos, je réponds à voix basse.

— J'y suis allée. Cette pauvre tortue... Lonesome George. Elle est morte.

C'est moi qui lui ai annoncé la nouvelle, un jour avant que ma vie bascule.

— Il paraît, oui.

Sans la quitter du regard, je m'allonge en prenant appui sur mes coudes. Elle est à la fois entière et comme pixélisée.

— Tu as toujours eu envie de voyager ?

— Quand j'étais petite, on ne bougeait jamais, raconte-t-elle. Mon père élevait du bétail et il disait toujours qu'avec les vaches, il n'y a pas de vacances. Un jour, un vendeur d'encyclopédies est passé à la ferme et j'ai supplié mes parents de prendre un abonnement. On recevait un nouveau volume tous les mois. C'est comme ça que le monde m'est apparu beaucoup plus vaste que la petite ville de McGregor, Iowa.

Je bois ses paroles. Et m'efforce de relier les points entre son enfance à la ferme et son départ à New York.

— La cerise sur le gâteau, c'est l'atlas qu'on avait eu en cadeau, continue-t-elle. Il n'y avait pas d'ordinateurs, vous savez, à l'époque. C'était incroyable de pouvoir se projeter à des milliers de mètres d'altitude sur une montagne du Tibet ou au milieu des rizières au Viêtnam ou même simplement sur le pont du Golden Gate à San Francisco. Je mourais d'envie d'y être pour de vrai. Dans tous ces endroits. Je voulais m'incruster dans le cadre. Alors c'est ce que j'ai fait, conclut-elle avec un haussement d'épaules.

À cet instant, je me rends compte que ma mère avait tracé l'itinéraire de sa vie au sens propre du terme. Alors que, moi, je l'ai tracé métaphoriquement. Mais pour la même raison : pour être sûre de ne pas m'enliser dans un endroit où je n'avais pas envie d'être.

Je ne sais pas ce qui me pousse à poser la question suivante. Peut-être parce que je n'ai jamais frappé mon diapason intérieur et entendu les vibrations émises résonner dans le cœur de ma mère ; peut-être parce que j'ai passé de nombreuses années à lui en vouloir de ne pas avoir partagé sa vie avec moi, même si je ne le lui ai jamais demandé explicitement. Toujours est-il que je me redresse, m'assieds en tailleur et demande d'un ton faussement désinvolte :

— Tu as des enfants ?

Un léger froncement apparaît entre ses sourcils. Elle referme l'album photo, lisse la couverture du plat de la main. Ses ongles accrochent les lettres dorées, imprimées en relief. UNE VIE, annonce le titre. Sobre mais percutant.

— Oui, répond-elle au moment où je n'attends plus de réponse. J'en *ai eu*.

Laisse tomber, me souffle une petite voix. Dans les *101 réponses sur la maladie d'Alzheimer*, il est fortement déconseillé de rappeler à une personne atteinte de démence un souvenir ou un événement potentiellement bouleversant.

Elle cherche mon regard à travers la toile moustiquaire.

— Je... je ne sais pas, bredouille-t-elle.

Mais dans ses yeux, je ne lis pas l'égarement propre à sa pathologie. Non, c'est même tout le contraire : j'y décèle le souvenir d'une relation qui ne s'est pas épanouie comme elle aurait dû, pour une raison qui lui échappe vraisemblablement.

Un peu comme quand on promène autour de soi un regard ébahi, étonné d'avoir atterri là.

Et je suis aussi coupable qu'elle.

J'ai passé tant de temps à inventorier nos différences que je ne me suis jamais penchée sur nos ressemblances.

— Je suis fatiguée, déclare ma mère.

— Tu devrais aller te reposer, dis-je en ramassant le plaid.

— Merci d'être venue me voir, ajoute-t-elle poliment.

— Merci de m'avoir reçue, je réponds sur le même ton. N'oublie pas de fermer la baie vitrée à clé.

J'attends qu'elle soit rentrée dans son appartement. En quelques secondes, mes dernières paroles s'échappent de son esprit et elle ne verrouille pas la baie vitrée. Je pourrais le lui répéter un million de fois, elle ne s'en souviendrait probablement jamais.

En attendant l'arrivée du chauffeur Uber, je ris doucement de ma naïveté. Je m'étais dit que j'étais peut-être revenue dans ce monde pour donner une deuxième chance à ma mère.

Mais à présent, je commence à penser que je suis ici pour qu'*elle* puisse m'en donner une.

Tous les soirs à 19 heures, les New-Yorkais se postent devant leurs fenêtres et tapent sur des poêles et des casseroles pour rendre hommage aux soignants qui travaillent en première ligne. Finn entend parfois ce concert dissonant en rentrant de l'hôpital.

Ces jours-ci, il se déshabille, prend une douche puis se dirige directement vers le placard au-dessus du réfrigérateur et sort une bouteille de whisky Macallan. Il se sert un verre et ne m'adresse généralement pas la parole avant de l'avoir vidé.

Je ne savais même pas que Finn était amateur de whisky.

Chaque soir, la dose qu'il se verse augmente légèrement. Il veille à en laisser suffisamment pour le lendemain. Et s'endort parfois sur le canapé. Dans ce cas-là, c'est moi qui l'aide à aller se coucher.

Quand il part travailler la journée, je me juche sur un petit tabouret, attrape la bouteille et vide un filet de whisky dans l'évier. Pas une dose qui éveillerait ses soupçons. Juste assez pour le protéger un peu de lui-même.

Fin mai, nous ne désinfectons plus nos sacs de courses et ne laissons plus reposer le courrier avant de l'ouvrir. En revanche, nous nous méfions des postillons comme de la peste. Une nouvelle question nous préoccupe : est-il possible d'attraper le virus en croisant un joggeur qui souffle comme un bœuf ? Je commence à percevoir des allocations chômage qui ont été débloquées lorsque je me suis retrouvée sans emploi, mais ça ne suffit pas à payer ma moitié du loyer.

Chaque fois que je me sens au bord de la crise de nerfs, je me force à penser que j'ai eu une chance inouïe. Je hante les forums de discussion à la recherche d'autres survivants du Covid qui continuent de souffrir bien des semaines plus tard de symptômes que personne ne comprend et qu'aucun docteur ne réussit à soulager, faute de connaissances suffisantes sur le sujet. Je lis des articles sur des femmes forcées de jongler avec leur travail en distanciel et les cours en ligne de leurs enfants, et m'insurge en parcourant des portraits de soignants qui montent au front tous les jours pour s'occuper des patients covidés, au risque de se faire contaminer, en échange d'un salaire de misère. Je contemple Finn tout titubant de fatigue après ses gardes interminables, hanté par les images qui ont rempli sa journée. On dirait parfois que le monde entier retient son souffle. Si nous n'expirons pas un bon coup, nous finirons tous par nous effondrer.

Un samedi où Finn est de repos, nous passons un après-midi à tout mettre à plat dans l'appartement : on fait le ménage, on s'occupe du linge et on trie le courrier qui s'est amoncelé. On joue à pierre-feuille-ciseaux pour se répartir les corvées. Résultat des courses : je me retrouve à récurer les toilettes pendant que Finn s'attaque aux piles d'enveloppes et de prospectus publicitaires pour dénicher la facture du câble et les relevés bancaires. Chaque fois que je passe à côté de lui, assis à la table de la cuisine, la honte m'assaille. D'habitude, on partage le loyer et les dépenses courantes mais maintenant que mes revenus se sont réduits comme peau de chagrin, c'est lui qui paie presque tout.

Il soulève une pile de catalogues aux couvertures glacées et les jette dans la cagette de lait qui nous sert de poubelle de recyclage.

— Je sais pas pourquoi on garde ça, dit-il. Les brochures des universités.

— Non, attends.

Je pose mon chiffon à poussière pour les passer en revue et en choisis quelques-unes que je coince sous mon bras.

— Je garde celles-ci, dis-je en rencontrant le regard de Finn. Je songe à reprendre mes études.

Il plisse les yeux.

— Pour quoi faire ? T'as déjà un master.

— Je vais peut-être changer de métier. J'aimerais me renseigner sur l'art-thérapie.

— Et comment tu comptes financer tes études ?

Aïe. La question qui fâche.

— J'ai des économies.

Il ne répond pas mais je lis ce qu'il pense dans son regard : *Elles auront peut-être fondu d'ici à ce que tout rentre dans l'ordre.*

Un regain de culpabilité mêlé de colère m'envahit parce qu'il a raison. J'envisage de dépenser de l'argent pour moi alors que je n'assume pas ma part des charges communes.

— En fait, j'ai l'impression que tout ça, c'est une... sonnette d'alarme.

— Tu n'es pas la seule à avoir perdu ton boulot, Di.
Je secoue la tête.

— Il n'y a pas que le chômage. C'est un *tout*. Si je suis tombée malade, c'est pour une raison.

Finn a soudain l'air accablé.

— Il n'y a pas forcément de raison. Les virus n'ont pas besoin de raison. Ils attaquent. Au hasard.

— Personnellement, je ne crois pas à cette théorie, je réplique en levant le menton. Je n'arrive pas à croire que c'est un coup de chance que je sois encore vivante.

Il me regarde un moment, incrédule, puis secoue la tête en maugréant quelques mots inaudibles. D'un geste brusque, il déchire une nouvelle enveloppe, éviscère son contenu.

— Pourquoi est-ce que tu es en colère ?

Finn repousse sa chaise.

— Je ne suis pas en colère. C'est juste que... reprendre tes études, sérieusement ? Changer de métier ? Tu peux m'expliquer pourquoi tu n'as pas abordé le sujet une seule fois depuis que tu es rentrée ?

Les mots sortent en rafale de ma bouche.

— Je suis allée voir ma mère.

— Waouh, murmure Finn.

Le sentiment de trahison se lit jusque sur les contours de son visage.

— Je ne t'en ai pas parlé parce que... j'avais peur que tu m'interdises d'y aller.

Ses yeux se plissent comme pour mieux me sonder.

— Je serais venu avec toi, dit-il. Tu dois rester vigilante.

— Si je t'écoutais, je n'irais même pas porter les poubelles au vide-ordures au bout du couloir.

— Exactement. Ce n'est pas à toi de t'occuper de ça. Tu es sortie du centre de rééducation il y a seulement un mois...

— Tu me traites comme si j'étais à l'article de la mort.

— Parce que tu l'as été, riposte Finn en se levant.

Nous nous affrontons du regard, unis dans la rancœur.

Il voudrait me reposer délicatement dans la case que j'occupais avant que tout déraille, comme s'il m'avait réservé la place sur un plateau de jeu et que nous n'avions plus qu'à reprendre la partie là où nous l'avions interrompue. Le problème, c'est que je ne suis plus la même joueuse.

— Quand je croyais que tu allais mourir, reprend-il, je me disais qu'il n'y avait rien de plus horrible qu'un monde dans lequel tu ne serais plus là. Mais en réalité, c'est encore pire, Diana. Parce que tu es là, dans un monde où tu ne veux pas me laisser entrer.

Je croise son regard voilé, tourmenté.

— Je ne sais pas ce que j'ai fait de mal, conclut-il.

Aussitôt, je prends sa main dans les miennes.

— Tu n'as rien fait de mal, dis-je avec sincérité.

Le soulagement que je lis dans ses yeux me fend le cœur. Il m'enlace par la taille.

— Tu veux reprendre tes études ? OK, on va trouver une solution. Tu veux passer ton doctorat ? Je serai au premier rang le jour où tu présenteras ta thèse. On a toujours voulu les mêmes choses, Di. Si ce n'est qu'un détour sur la route qui nous conduira à la réalisation de tous nos rêves, alors qu'à cela ne tienne.

Un détour. Au fond de moi, dans un endroit qu'il ne peut voir, je tressaille.

Et si mes aspirations avaient changé ?

— Qu'est-ce que tu voulais faire quand tu étais petit ?

Un rire s'échappe de ses lèvres.

— Magicien.

— C'est vrai ? Pourquoi ? fais-je, intriguée.

— Pour faire apparaître des trucs surgis de nulle part, répond Finn en haussant les épaules. Produire quelque chose à partir de rien, c'est cool, non ?

Je me blottis contre lui.

— Je serais venue à tous tes spectacles. J'aurais été la groupie ultra collante, tu vois le genre ?

— Je t'aurais promue au rang d'assistante, lance-t-il avec un sourire malicieux. Tu m'aurais donné la permission de te couper en deux ?

— Bien sûr !

Mais j'ajoute *in petto* : *Ça, c'est la partie facile. Le plus dur, c'est de recoller les morceaux.*

Le lendemain matin, j'appelle Rodney en FaceTime et lui annonce que Finn n'était pas très emballé à l'idée que je reprenne mes études.

— Rappelle-moi pourquoi il te faudrait son autorisation ? ironise mon ami.

— Parce que ça change certaines choses, dans un couple. Par exemple le montant du loyer si je n'ai plus de salaire qui tombe tous les mois. Ou le temps libre qu'on passe ensemble.

— Il est interne en médecine, vous ne vous voyez presque jamais.

— Bref, ce n'est pas à toi que je voulais parler, de toute manière. Rayanne est là ?

Rodney fronce les sourcils.

— Non, elle travaille.

— Elle... donne une consultation ?

— Non, elle bosse à la maison de retraite. Voyante, c'est le seul boulot qui paie moins qu'un job dans le secteur artistique.

En prononçant cette phrase, il écarquille les yeux avant de murmurer :

— C'est donc pour ça que tu veux lui parler.

— Et si je me trompe, Rodney ? Finn a peut-être raison, après tout. Ce n'est peut-être pas une bonne idée de vouloir repartir de zéro maintenant. Et si c'était une réaction bizarre à cause de ce qui s'est passé, l'idée de deuxième chance et tout ça ?

Rodney récapitule lentement la situation :

— Donc tu aimerais que Rayanne jette un coup d'œil dans le futur et te dise si elle te voit en train de coller des pompons avec des gamins hyper angoissés à cause de leur allergie au gluten...

— Ce n'est pas *ça*, l'art-thérapie...

— ... ou si elle te voit plutôt en train d'arpenter l'ancien bureau d'Eva perchée sur des talons aiguilles ? Mmm-nan. Ça ne marche pas comme ça.

— C'est facile pour toi, de dire ça, fais-je remarquer en portant une main à mon front. Je ne comprends plus rien, Rodney. Plus rien du tout. Finn pense que je ne devrais pas entreprendre de changements radicaux parce que je suis encore sous le choc. Au lieu de tenter de nouvelles expériences, je ferais peut-être mieux de trouver ma zone de confort, tu ne crois pas ?

Rodney me dévisage.

— Seigneur Dieu. On voit que tu n'as jamais eu de grosses galères, ma parole.

Je le foudroie du regard.

— C'est faux.

— OK, d'accord, ta mère ne s'est jamais occupée de toi mais ton père t'adorait. Tu n'as pas été acceptée dans l'université de ton choix mais dans la deuxième de la liste. Tu as eu ton lot de soucis de femme blanche mais rien de vraiment accablant. Jusqu'à ce que tu chopes le Covid et maintenant tu t'aperçois que, parfois, les tuiles te tombent sur la tête sans que tu puisses les éviter.

Je sens la colère m'envahir.

— Qu'est-ce que tu cherches à démontrer ?

— Tu sais que je suis originaire de Louisiane. Et que je suis noir et gay.

Mes lèvres frémissent.

— J'avais remarqué.

— J'ai passé un paquet de temps à faire semblant d'être celui que les autres voulaient que je sois, poursuit Rodney. Tu n'as pas besoin d'une boule de cristal, ma chérie. Ce qu'il te faut, c'est regarder *l'instant présent* bien en face.

Là, je reste bouche bée.

— Je n'ai rien à envier à Rayanne, figure-toi, ricane Rodney.

Fin mai, les mesures de confinement strict sont allégées à New York. Le temps s'améliore, les rues s'animent. Ce n'est pas pareil qu'avant – tout le monde porte un masque, les restaurants ne servent qu'en terrasse – mais ça ressemble un peu moins à une zone démilitarisée.

Je reprends des forces : j'arrive désormais à monter et descendre l'escalier sans avoir à m'arrêter à mi-chemin. Quand Finn est à l'hôpital, je marche jusqu'à l'Upper East Side en passant par Central Park et rallonge chaque jour mes balades vers l'ouest et le sud. Plus les gens s'aventurent dehors, plus je décale mes heures de sortie. Je vais me promener juste avant l'aube ou le soir, quand tout le monde est rentré dîner. Les piétons sont moins nombreux et c'est plus facile de maintenir ses distances.

Un matin de bonne heure, j'enfile un legging, une paire de baskets et me dirige d'un bon pas vers le Reservoir de Central Park. C'est ma balade préférée et je sais pourquoi : ça me rappelle un autre plan d'eau, un autre hallier. Si je ferme les yeux pour écouter les bécasses et les moineaux, je peux presque entendre les pinsons et les oiseaux moqueurs.

C'est exactement ce que je suis en train de faire quand j'entends une voix appeler mon nom.

— Diana ? C'est vous ?

Sur la piste cyclable, vêtue d'un survêtement noir, portant un masque imprimé cachemire et ses fameuses lunettes violettes, se tient Kitomi Ito.

— Oui ! je m'exclame en m'approchant d'elle avant de me rappeler que nous n'avons ni le droit de nous toucher ni de nous embrasser. Vous êtes toujours là.

Elle rit.

— Eh oui, je n'ai pas encore passé l'arme à gauche !

— Non, je voulais dire : vous n'avez pas encore déménagé ?

— Non plus, lance Kitomi en désignant le sentier du menton. On marche un peu ?

J'avance à côté d'elle en respectant la distance réglementaire de deux mètres.

— Je pensais que vous m'auriez recontactée depuis tout ce temps, reprend-elle.

— Sotheby's m'a mise au chômage technique. Presque tous les employés sont dans le même cas.

— Ah, d'accord. Je comprends mieux pourquoi personne n'est venu frapper à ma porte pour réclamer le tableau, plaisante-t-elle avant d'incliner la tête sur le côté. Ce n'est pas ce mois-ci, la grande vente ?

Si, mais ça ne m'a pas effleuré une seule fois l'esprit.

— Pour être franche, poursuit Kitomi, je n'ai pas regretté une seule fois d'avoir annulé la vente du Toulouse-Lautrec. C'est même la meilleure décision que j'aie prise dans la vie. Ça fait des semaines que nous sommes tous les deux enfermés dans l'appartement. Je me serais sentie horriblement seule, sans lui.

Je comprends parfaitement ce qu'elle veut dire. Après tout, n'étais-je pas en train de contempler un plan d'eau artificiel en imaginant que c'était un lagon aux Galápagos ? En fermant les yeux, j'aurais presque pu entendre le rire de Beatriz en train de m'éclabousser et la voix de Gabriel m'incitant à plonger.

Encore une fois, je me souviens que ma visite chez Kitomi est la dernière sortie que j'ai faite avant de tomber malade.

— Vous avez eu le coronavirus ? je demande en me sentant rougir sous mon masque. Je ne veux pas être indiscrète. C'est juste que… je l'ai eu, moi. J'ai été hospitalisée le lendemain de notre rendez-vous. J'avais peur de vous avoir contaminée.

Elle s'immobilise.

— J'ai perdu le goût et l'odorat pendant à peu près une semaine. Mais c'était le début, personne ne savait que c'était un des symptômes de la maladie. Je n'ai pas eu de fièvre, aucune douleur, rien d'autre. J'ai été testée pour voir si j'avais développé des anticorps et oui, c'est le cas. Donc je devrais vous remercier, en fait.

— Je suis contente que ça n'ait pas dégénéré.

Elle me regarde en penchant la tête.

— Parce que pour vous... ça a été plus grave ?

Je lui dis que j'ai été intubée et que j'ai failli mourir. Je lui parle aussi de mon séjour en rééducation et lui explique que c'est la raison pour laquelle j'essaie d'allonger progressivement mes promenades. Je lui raconte ensuite l'histoire de ma mère que j'ai crue morte alors qu'elle est toujours en vie. Elle ne me pose aucune question mais me laisse parler, remplir de mots l'espace qui nous sépare. Tout à coup, je me souviens qu'avant d'épouser Sam Pride, Kitomi était psychologue.

— Je suis désolée, dis-je finalement. Vous n'aurez qu'à m'envoyer votre facture.

Elle rigole.

— Ça fait bien longtemps que je n'exerce plus le métier de psy. C'est peut-être une histoire de mémoire musculaire.

J'hésite avant de la questionner.

— Vous croyez que les souvenirs marchent uniquement de cette manière ?

— Je ne suis pas sûre de vous suivre.

— Est-ce que le corps ou le cerveau pourrait se rappeler quelque chose qu'on *n'a jamais fait* ?

Elle me dévisage attentivement.

— Vous savez, j'ai étudié différents états de conscience par le passé. C'est d'ailleurs comme ça que j'ai rencontré Sam. À l'époque, les Nightjars étaient accros aux drogues dures et, quand on y pense, qu'est-ce qu'un trip sous acide sinon un état de conscience altéré ?

— Je crois que je me trouvais à deux endroits différents au même moment, dis-je en pesant mes mots. À l'hôpital, sous assistance respiratoire. Et dans ma tête, complètement ailleurs.

Sans la regarder, je lui raconte brièvement mon arrivée à Isabela, mon adoption par Abuela, mes discussions avec Beatriz.

Mon aventure avec Gabriel.

Ainsi que le moment où je me suis laissée couler.

— J'organisais des séances de régression dans des vies antérieures pour certains de mes patients, révèle Kitomi. Mais dans votre cas, ce n'est pas une vie antérieure, n'est-ce pas ? C'est une vie simultanée.

Elle prononce cette phrase d'un ton laconique, comme si elle faisait remarquer le taux élevé d'humidité dans l'air aujourd'hui.

— Est-ce que vous y êtes retournée ? demande-t-elle.

— Une fois, oui.

— Vous avez envie d'y retourner ?

— J'ai l'impression de… d'être de passage, ici.

— Vous pourriez aller aux Galápagos, suggère Kitomi.

— Pas maintenant, non.

— Un jour.

Je ne trouve rien à répliquer. Nous continuons à marcher un peu côte à côte. Un joggeur équipé d'une lampe frontale nous dépasse.

— J'aurais pu déménager dans le Montana mille fois au cours des trente-cinq dernières années, fait remarquer Kitomi. Mais je n'étais pas prête.

Lorsqu'elle lève le visage vers le ciel, les rayons du soleil levant ricochent sur les verres de ses lunettes.

— En perdant Sam, j'ai aussi perdu toute ma joie de vivre. J'ai essayé de la retrouver – à travers la musique, l'art, la thérapie, l'écriture. Et le Prozac. Jusqu'au jour où je me suis rendu compte que je ne cherchais pas au bon endroit. J'avais voulu trouver un sens à sa mort... sans succès. Ç'avait été violent et tragique. Aléatoire et injuste. Ça le sera toujours. Mais la vérité, c'est que les circonstances et les raisons de la mort de Sam n'ont pas d'importance. Et n'en auront jamais.

Au même moment, le soleil se hisse au-dessus de la rangée d'arbres, embrasant les frondaisons. Aucun peintre, si doué soit-il, n'a jamais réussi à emprisonner ces instants sur une toile. Heureusement, le spectacle recommence chaque matin.

J'entends ce que Kitomi veut me dire : ça ne sert à rien d'essayer de comprendre ce qui s'est passé. Ce qui compte, c'est ce que je vais faire de ce que j'ai appris.

Le sentier du Reservoir est plus animé, à présent.

Nous pleurons tous *quelque chose*.

Pourtant, nous continuons à mettre un pied devant l'autre. Nous nous réveillons tous les jours. Nous avançons péniblement dans l'incertitude, même quand nous ne voyons pas encore la lumière au bout du tunnel.

Nous sommes secoués, fracassés, mais nous sommes tous de petits miracles.

— Je viens là presque tous les matins avant le lever du soleil, déclare Kitomi. Si vous avez envie de vous joindre à moi.

Je hoche la tête et nous marchons encore un peu. Une minute après que nous nous sommes dit au revoir, mon téléphone tinte pour me signaler une notification.

C'est un message Facebook d'Eric Genovese. Il me donne son numéro de portable et me propose de l'appeler.

Eric Genovese me raconte que dans son autre vie il habite à Kentwood, une ville située dans la banlieue de Grand Rapids dont il n'avait jamais entendu parler et où il n'avait jamais mis les pieds avant d'être renversé par une voiture. "Ma femme s'appelle Leilah, ajoute-t-il. Et ma fille a trois ans."

Je remarque qu'il parle au présent : *habite, s'appelle, a.*

— Là-bas, je suis programmeur informatique, ce qui est franchement risible quand on sait qu'ici, j'ai du mal à comprendre le fonctionnement de ma télécommande.

— Quand j'étais aux Galápagos, plusieurs mois se sont écoulés. Alors qu'ici, je ne suis restée que quelques jours dans le coma.

Nous discutons depuis une heure au téléphone et c'est la conversation la plus libératrice que j'ai eue depuis plus d'un mois. J'avais oublié que je lui avais envoyé un message parce que ça faisait un moment. Mais Eric a commencé par me présenter des excuses : il utilise rarement Facebook. Il comprend parfaitement ce que je veux dire quand je lui raconte que j'étais ailleurs pendant que mon corps reposait sur un lit d'hôpital, que les personnes rencontrées là-bas sont bien réelles. Il ne se contente pas de m'accorder le bénéfice du doute et ignore tout bonnement les gens dont l'esprit trop étriqué les empêche de comprendre ce que nous avons vécu.

— Pareil, dit-il lorsque je lui parle de mes rencontres là-bas. Ma femme et moi vivons depuis cinq ans à Kentwood.

— Comment êtes-vous revenu ici ?

— Un soir, on regardait *Jeopardy!* à la télé, comme d'habitude. Je m'étais servi des boules de glace et il s'est passé une chose incroyable : ma cuillère n'arrêtait pas de passer à travers le bol. Un peu comme une cuillère fantôme, un truc dans le genre. Je ne pouvais plus la quitter des yeux, c'était dingue. Je ne voulais pas non plus aller me coucher parce que j'avais l'étrange prémonition que ce n'était que le début.

Il soupire.

— Leilah a cru que je devenais fou. Je ne peux pas lui en vouloir. Le lendemain, j'ai appelé le bureau pour me faire porter pâle et j'ai passé ma journée à observer le bol et la cuillère. Je n'arrêtais pas de dire à Leilah que si la cuillère n'existait pas réellement, alors peut-être que *rien* n'existait. Elle m'a supplié d'appeler le docteur mais comme je refusais, elle est partie chez sa mère avec Maya.

Il se tait un instant avant d'ajouter :

— Je ne les ai pas revues depuis.

— Qu'est-ce qui s'est passé avec la cuillère ?

— Au bout d'un moment, elle est devenue rouge vif, comme de la braise. Je l'ai touchée et je me suis brûlé les doigts, ça m'a fait un mal de chien. Je me suis mis à hurler et, tout à coup, les murs de la pièce se sont écroulés comme des cloisons de papier mâché. Je n'entendais plus que des cris et ne ressentais rien d'autre qu'une vive douleur. Quand j'ai ouvert les yeux, un médecin urgentiste était en train d'appuyer sur ma poitrine en m'encourageant à rester en vie.

J'avale ma salive.

— Et après ? Que s'est-il passé ?

— Bah, vous êtes bien placée pour le savoir. Personne ne m'a cru.

— Même pas votre famille ?

Il hésite.

— J'avais une fiancée avant l'accident. Je n'en ai plus.

J'essaie de trouver quelque chose à dire mais les mots restent coincés au fond de ma gorge.

— Vous avez déjà entendu parler des EMI ? demande-t-il.

— Non.

— Les expériences de mort imminente. À ma sortie de l'hôpital, je voulais tout savoir là-dessus, c'était devenu une obsession. En gros, c'est quand une personne inconsciente se souvient d'avoir flotté au-dessus de son corps ou bien d'avoir rencontré quelqu'un qui est mort depuis des années, quelque chose dans ce genre-là. Dix à vingt pour cent des victimes d'accidents ou d'arrêts cardiaques disent avoir fait cette expérience.

Une bouffée d'euphorie m'envahit.

— Oh, j'ai lu une histoire un peu comme ça sur Facebook. C'était arrivé à un fermier qui subissait un pontage cardiaque. Alors qu'il était sous anesthésie, les yeux fermés avec du sparadrap, il a vu son chirurgien battre des ailes comme dans la danse du Funky Chicken. Quand il a raconté ça après l'opération, le chirurgien est tombé des nues parce que c'est comme ça qu'il désignait les instruments dans le bloc opératoire : en levant les coudes pour éviter de contaminer ses gants.

— Oui, c'est exactement ça. Ça peut même se produire pendant un arrêt cardiaque, quand il n'y a plus d'activité cérébrale. Vous avez déjà vu l'IRM cérébrale d'une personne atteinte d'un alzheimer avancé ?

Un frisson court le long de ma colonne vertébrale.

— Non.

— Les dégâts sont clairement visibles. Pourtant, des centaines de dossiers décrivent des cas où les patients atteints de démence retrouvent subitement la mémoire, pensent de nouveau de manière cohérente et arrivent à communiquer juste avant de mourir. Bien que leur cerveau soit totalement détruit. On appelle ça le phénomène de lucidité terminale, et il n'y a aucune explication médicale à ce jour. C'est pour cette raison que certains neurologues pensent que les EMI pourraient avoir d'autres causes que des lésions cérébrales. La plupart des gens croient que le cortex cérébral est responsable de notre état de conscience mais si ce n'était pas le cas ? S'il n'était en fait qu'un filtre et que pendant une EMI le cerveau lâchait juste un peu les rênes ?

— C'est l'état de conscience élargie. Comme dans un trip sous acide.

— Sauf que ce n'est pas ça non plus, objecte Eric. Parce que les perceptions sont beaucoup plus aiguës et détaillées.

Est-il possible que ce soit vrai ? L'esprit peut-il continuer de fonctionner quand le cerveau est hors service ?

— Mais donc si la conscience ne provient pas du cerveau, d'où vient-elle ?

Il rit.

— Bah si je le savais, je ne serais pas livreur d'eau chez Poland Spring !

— Donc vous faites ça aussi, maintenant ? Des neurosciences à domicile ?

— Ouais, en quelque sorte. Quand je ne réponds pas à des interviews. Vous ne pouvez pas savoir à quel point ça fait du bien de raconter mon expérience à quelqu'un qui ne me prend pas pour un illuminé.

— Dans ce cas, pourquoi est-ce que vous continuez à parler aux journalistes ?

— Pour essayer de la retrouver, répond-il d'un ton posé.

— Vous pensez que votre femme existe réellement.

— Je *sais* qu'elle existe, corrige-t-il. Et ma fille aussi. Parfois, il m'arrive de l'entendre rire. Je me retourne mais il n'y a jamais personne.

— Vous êtes allé à Kentwood ?

— Deux fois. Et je compte bien y retourner dès que le confinement sera levé. Vous n'avez pas envie de les retrouver, vous ? Le type et sa fille ?

Ma gorge se noue.

— Je ne sais pas. Il faudrait d'abord que je sois prête à en accepter les conséquences.

Eric a rompu avec sa fiancée. Il sait de quoi je parle.

— Avant mon accident, j'étais catholique.

— Oui, j'ai lu ça dans l'article.

— Je n'avais jamais rencontré de musulman. Je ne savais même pas qu'il y avait une mosquée dans ma ville.

Mais aujourd'hui, il y a des choses que je sais naturellement, comme si elles faisaient partie de moi, de ma peau et de mes os.

Il observe un court silence avant de reprendre la parole.

— Vous saviez que les sunnites croyaient en Adam et Ève ?

— Non, dis-je poliment.

— Avec quelques nuances, bien sûr. D'après le Coran, Dieu savait déjà avant même de créer Adam qu'il les enverrait sur Terre, lui et sa descendance. C'était un dessein, pas une punition. Mais quand Adam et Ève ont été chassés du paradis, ils ont été séparés et déposés dans deux endroits opposés du globe. Ils ont dû se chercher. Et se sont finalement retrouvés sur le mont Arafat.

Je préfère cette version, je crois. Où il n'est pas question de honte mais plutôt de destinée.

— Vous ne vous sentez jamais coupable ? je demande à Eric. De vous languir d'une personne que tout le monde croit sortie de votre imagination ? Alors que tout autour de nous des gens perdent des êtres chers emportés par le coronavirus ? Des personnes qui existaient vraiment et qu'ils ne reverront jamais ?

Eric ne répond pas tout de suite.

— Et si au moment où nous parlons, il est en train d'écouter des gens lui tenir exactement le même discours à votre sujet ? dit-il finalement.

Kitomi m'annonce qu'elle a trouvé un acheteur pour son appartement. C'est un homme d'affaires chinois et nous nous demandons toutes les deux ce qui peut bien pousser un Chinois à venir s'installer dans un pays gouverné par un président qui a rebaptisé le coronavirus la grippe de Wuhan.

— Vous déménagez quand ?

Elle se tourne vers moi, les mains délicatement posées sur la balustrade bordant le sentier du plan d'eau.

— Dans deux semaines.

— Ça n'aura pas traîné, dites donc.

Kitomi sourit.

— Vous trouvez ? En réalité, ça fait trente-cinq ans que j'attends ce moment.

Nous regardons une nuée d'étourneaux prendre son envol.

— Vous seriez très déçue si je décidais de ne plus mettre en vente le Toulouse-Lautrec ?

Je hausse les épaules.

— Je ne travaille plus pour Sotheby's, vous avez déjà oublié ?

— Si je le garde, insiste-t-elle, retournerez-vous travailler là-bas un jour ?

— Je ne sais pas, je réponds sincèrement. Mais ne prenez surtout pas de décision en fonction de moi.

Elle hoche la tête.

— Je serai probablement la propriétaire du seul ranch du Montana avec un Toulouse-Lautrec à l'intérieur.

— Si ça vous fait plaisir, dis-je en la gratifiant d'un large sourire.

Pendant quelques minutes, je m'efforce de savourer le moment présent : le soleil pointe à peine et je me balade en compagnie d'une icône de la culture pop comme si nous étions de bonnes amies – incroyable, non ? Mais peut-être le sommes-nous, au fond. Il s'est passé tant de choses tellement plus bizarres.

Ou plutôt : tant de choses tellement plus bizarres *me* sont arrivées.

Kitomi baisse le menton pour me dévisager par-dessus les montures de ses lunettes violettes.

— Pourquoi aimez-vous la peinture ?

— Eh bien, disons que… chaque tableau raconte une histoire, c'est comme une fenêtre ouverte sur l'esprit du…

— Oh, Diana, coupe Kitomi en exhalant un soupir. Épargnez-moi ce genre de conneries, je vous en prie.

À ces mots, j'éclate de rire.

— Pourquoi la peinture ? insiste-t-elle. Pourquoi pas la photographie, comme votre mère ?

Je retiens mon souffle.

— Vous savez qui est ma mère ?

Kitomi hausse un sourcil.

— Diana, quand même… Hannah O'Toole est le Sam Pride du photojournalisme.

— Je ne savais pas que vous étiez au courant, dis-je dans un murmure.

— Quoi qu'il en soit, si vous ne savez pas pourquoi vous aimez la peinture, moi, je le sais, enchaîne Kitomi en ignorant ma remarque. C'est parce que la peinture n'est pas absolue. Avec la photographie, c'est différent. Le spectateur voit exactement ce que le photographe lui donne à voir. Alors que la peinture est un partenariat. L'artiste entame le dialogue et c'est nous qui le poursuivons.

Un sourire flotte sur ses lèvres.

477

— Et le plus extraordinaire, c'est que ce dialogue change chaque fois qu'on regarde l'œuvre. Pas parce que quelque chose aurait bougé sur la toile... mais à cause des changements qui s'opèrent constamment en *nous*.

Je me tourne vers le plan d'eau pour cacher les larmes qui embuent mes yeux.

Brisant la distance qui nous sépare, Kitomi tend la main pour me tapoter le bras.

— Votre mère ne sait peut-être pas comment entamer le dialogue, dit-elle. Mais vous, si.

En traversant le parc pour retourner à l'appartement, je découvre trois messages vocaux des Greens. Je rappelle aussitôt.

— Madame O'Toole, dit une voix de femme quelques instants plus tard, alors que je me suis remise à marcher. Janice Fleisch à l'appareil, la directrice du centre. Merci d'avoir rappelé.

— Comment va ma mère ?

— Nous faisons face à une épidémie de Covid dans notre établissement et votre mère a été contaminée.

J'ai déjà entendu ces mots, déjà vécu cette scène. Une tragédie se profile et je connais bien mon texte.

— Est-ce qu'il faut... l'hospitaliser ?

— Il y a dans le dossier de votre mère des instructions concernant l'acharnement thérapeutique, me rappelle la directrice avec tact.

Même si son état venait à se dégrader, les médecins ne tenteraient pas de la réanimer parce que c'est ce qui m'a paru le mieux pour elle un an plus tôt, lorsqu'elle a été admise aux Greens.

— Plusieurs de nos résidents ont contracté le virus mais je peux vous assurer que nous faisons tout notre possible pour préserver leur bien-être, ajoute la directrice.

— Est-ce que je peux la voir ?

— J'aimerais tellement pouvoir vous dire oui. Mais nous n'autorisons aucune visite.

Mon cœur cogne tellement fort que j'entends à peine ma propre voix la remercier de me tenir au courant.

Je presse le pas en direction de l'appartement, m'efforçant de me rappeler à quel endroit Finn a rangé la caisse à outils que nous gardons en cas de pépin.

Ils n'autorisent aucune visite. Qu'à cela ne tienne. Je me fous de leur permission.

Je demande au chauffeur Uber de me déposer tout au bout de l'allée pour pouvoir traverser la pelouse sans être repérée. Pour une fois, la voiture d'Henry n'est pas sur le parking et la mangeoire à oiseaux suspendue devant la véranda de sa femme est vide. Je ne vois qu'une seule explication possible.

Mais je chasse vite cette pensée. Le point positif, c'est que personne ne verra ce que je m'apprête à faire.

La pince coupante que j'ai prélevée dans la caisse à outils ne me sert pas à grand-chose. La toile moustiquaire de la véranda est légèrement déchirée dans un angle du cadre et je n'ai qu'à glisser les doigts dans l'interstice et tirer fort sur le montant en bois pour le dégonder. J'entrebâille ensuite le battant et me glisse à l'intérieur, contournant la table et le fauteuil en osier où ma mère s'installe quand je viens la voir. Je jette un coup d'œil dans le petit salon. Elle n'est pas sur le canapé.

Je ne sais même pas si elle est dans son appartement, en fait. Si ça se trouve, ils ont transféré tous les malades du Covid dans une autre aile du bâtiment.

La baie vitrée qui donne sur la véranda coulisse sans bruit. Pour une fois, je me réjouis qu'elle oublie toujours de la fermer à clé. J'entre sur la pointe des pieds.

— Maman ? dis-je à voix basse. Hannah ?

Les lumières sont éteintes, la télévision ressemble à un œil opaque, aveugle. La porte de la salle de bains est entrouverte, la pièce vide. J'entends des voix et me dirige vers elles en longeant le petit couloir qui mène à la chambre.

Ma mère est allongée dans son lit, sous un édredon rabattu au niveau de la taille. La radio jacasse à son chevet, diffusant une émission sur les ours polaires et la fonte des calottes glaciaires. Lorsque je franchis le seuil de la pièce, elle tourne la tête vers moi. La fièvre fait briller ses yeux vitreux, empourpre son visage.

— Qui êtes-vous ? chuchote-t-elle et je perçois la panique dans ses mots.

Je m'aperçois au même instant que je n'ai pas retiré mon masque alors que je n'en porte pas quand je lui rends visite, et pour cause : je reste dehors. Elle ne sait peut-être plus que je suis sa fille, mais mon visage lui est familier. Je viens souvent la voir, elle me reconnaît. Pour le moment cependant, elle est malade, terrifiée, et en face d'elle se tient une inconnue dont le visage est à moitié caché par un bout de tissu.

Elle a le Covid.

Tous les jours, Finn me rabâche que ce virus reste un mystère pour la communauté scientifique mais je me dis qu'il me reste forcément quelques anticorps. Je lève alors une main pour détacher un élastique. Le masque tombe et pend à mon autre oreille.

— Coucou, dis-je doucement. C'est moi, ne t'inquiète pas.

Elle tend la main pour prendre ses lunettes sur la table de chevet. Une quinte de toux la secoue. Ses cheveux emmêlés sont plaqués contre son crâne et j'aperçois entre les mèches pâles le rose de son cuir chevelu. C'est une vision si tendre, si enfantine que ma gorge se serre douloureusement.

Elle chausse ses lunettes, lève de nouveau les yeux sur moi et ouvre la bouche :

— Diana... Je suis désolée, ma chérie. Je ne me sens pas très en forme, aujourd'hui.

Je vacille, m'appuie contre le chambranle de la porte. Cela fait si longtemps qu'elle ne m'a pas appelée par mon prénom. Avant la pandémie, elle disait "la dame" quand elle parlait de moi au personnel soignant. Elle n'a jamais émis la moindre allusion à notre lien de parenté, manifestement tombé aux oubliettes.

— Maman ? dis-je tout bas.

— Viens t'asseoir, répond-elle en tapotant le matelas à côté d'elle.

Je me laisse choir au bord du lit.

— Tu as besoin de quelque chose ?

Elle secoue la tête.

— C'est vraiment toi ?

— Oui.

Je me rappelle les explications d'Eric Genovese sur le phénomène de lucidité terminale. Juste avant la fin.

Quelle que soit la cause de cette soudaine clarté d'esprit, de ce recul provisoire de la démence – la fièvre, le Covid ou un pur hasard –, je me demande si cela en vaut la peine, sachant que c'est généralement annonciateur d'une mort imminente.

— Je suis déjà venue te voir, lui dis-je.

— Oui, mais certains jours, je ne suis pas là. Du moins, pas mentalement.

Elle hésite en fronçant les sourcils, comme pour sonder les plis de son esprit.

— Mais aujourd'hui, c'est différent. Il m'arrive de retourner dans d'autres endroits. Alors que parfois... je préfère être ici.

Ses paroles résonnent au plus profond de mon être.

Elle me considère un moment.

— Ton père me battait sur tous les tableaux.

— Je crois qu'il n'aurait pas été d'accord. Il admirait ton travail. Comme tout le monde, d'ailleurs.

— Nous avons dû attendre sept ans avant d'avoir un bébé, déclare ma mère et son aveu me prend de court – je n'étais pas au courant.

— J'ai essayé toutes sortes de traitements contre la stérilité. La médecine traditionnelle chinoise. Je me suis gavée de propolis, de grenades et de vitamine D. J'étais aux anges quand j'ai su que j'étais enceinte. Je me voyais déjà en train de te prendre en photo sous toutes les coutures. Je voulais être le genre de mère à remplir toute une armoire avec les albums photos de son enfant. J'avais l'intention de photographier chaque étape importante de ta vie.

Ce qu'elle dit ressemble si peu à la Hannah O'Toole que je connais – que *le monde entier* connaît. Hannah

O'Toole, l'intrépide photographe des drames humains qui ne s'est jamais rendu compte des dégâts qu'elle avait causés au sein de sa propre famille en abandonnant son mari et sa fille. Je pose la question qui me taraude depuis si longtemps.

— Et que s'est-il passé ?

— J'ai oublié de t'emmener à ta première visite chez le pédiatre, répond-elle. Tu n'avais que sept jours.

— Je sais. J'ai déjà entendu l'anecdote.

— C'était un rendez-vous pour *toi*, et je t'ai oubliée à la maison, dans ton petit siège-auto, murmure-t-elle. J'étais une mère nulle, je m'en suis rendu compte ce jour-là.

— Tu avais la tête ailleurs, c'est tout, dis-je, étonnée de lui trouver des excuses.

— J'étais surtout bornée, corrige-t-elle. Dans mon esprit, le seul moyen de ne plus commettre d'erreurs avec toi, c'était de prendre le large. Et puis il y avait ton père… qui s'occupait tellement mieux de toi.

Je la considère d'un air hébété. Combien de fois me suis-je dit que je ne pourrais jamais rivaliser avec sa carrière, que la photographie la retenait dans ses filets et que je n'étais rien à ses yeux, en comparaison ? Pas une seule fois je n'ai pensé qu'elle avait si peu confiance en son instinct maternel.

— Les gens me demandaient toujours pourquoi je photographiais les catastrophes, continue-t-elle. J'avais une longue liste de réponses toutes faites : pour le frisson d'excitation, pour ancrer les tragédies dans la mémoire collective, pour humaniser les souffrances. Mais en réalité, je photographiais les catastrophes pour me rappeler qu'il y en avait d'autres que moi.

Il y a une différence, cela m'apparaît clairement tout à coup, entre la passion qui stimule, et la peur panique qui pousse à prendre la fuite.

— Je te pardonne, dis-je d'un ton solennel.

En prononçant ces mots, je sens comme une lame de fond se soulever en moi. Entre les exigences de sa carrière et les ravages de la maladie, je n'aurai pas beaucoup profité de ma mère mais je compte bien savourer chaque miette grappillée.

— Tu te rappelles la fois où on t'avait accompagnée, papa et moi, pour photographier une tornade ?

Elle fronce les sourcils. Son regard se voile.

— Oui, bien sûr, dit-elle dans un souffle.

C'est peut-être suffisant. Il ne s'agit pas de vivre de grandes aventures ni de rayer consciencieusement la liste de nos envies. Ce qui compte, ce sont les personnes qui nous entourent, celles-là mêmes qui nous aideront à fouiller dans nos souvenirs le jour où notre mémoire flanchera.

Ma mère se remet à tousser puis retombe contre les oreillers. Lorsque son regard croise le mien, quelque chose a changé. Ses yeux ressemblent à un à-plat de couleur – le paysage en trois dimensions s'est volatilisé. Et l'angoisse a chassé tout le reste.

— Il faut qu'on monte plus haut, gémit-elle.

Où est-elle, à présent ? À quelle période de sa vie, à quel endroit ? Tout ce que j'espère, c'est que ce nouveau décor lui paraisse plus réel que l'ici et maintenant. Et qu'au bout du compte, c'est là-bas qu'elle choisira de rester.

J'imagine son existence se rétrécir progressivement pour n'être plus qu'un point minuscule, un trou infime dans la trame de l'univers, avant qu'elle ne saute dans une autre vie.

Elle finit par s'assoupir. Je lui enlève délicatement ses lunettes. Laisse mes doigts s'attarder sur le doux renflement de sa pommette, sa peau fine comme du papier de soie. Puis je pose la monture à côté d'un livre de poche sur la table de nuit. Le bord cranté d'une vieille photo dépasse à la manière d'un marque-page.

Sur une impulsion, j'ouvre le livre pour voir la photo.

C'est un portrait raté de ma mère quand elle était jeune. Sa tête est à moitié coupée, on ne voit que le bas de son visage fendu d'un large sourire flouté. Elle tend la main devant elle comme pour attraper quelque chose.

Ou quelqu'un.

Moi.

C'était moi derrière l'objectif ce jour-là – j'avais trois ou quatre ans, pas plus.

Tiens. À ton tour d'essayer.

Un son a dû s'échapper de mes lèvres car ma mère se réveille en clignant des yeux.

— Je vous connais ?

Je glisse discrètement la photo dans ma poche.

— Oui. Nous sommes de vieilles amies.

— Parfait, dit-elle d'une voix ferme. Parce que je ne pense pas pouvoir faire ça toute seule.

Je pense aux infirmières qui peuvent passer à tout moment pour vérifier son état de santé. Au virus qui aura peut-être ma peau si je l'attrape une deuxième fois.

— Ne t'inquiète pas, dis-je. Je suis là.

Ce n'est qu'assise à l'arrière du Uber, sur le chemin du retour, que je regarde l'heure. Il est horriblement tard. Et Finn m'a envoyé une flopée de SMS et laissé six messages vocaux.

— T'étais où ? lance-t-il en m'interceptant dès que je franchis le seuil de l'appartement. J'ai cru qu'il t'était arrivé quelque chose !

Il m'est déjà arrivé quelque chose, ai-je envie de rétorquer. Au lieu de quoi, je pose la caisse à outils que j'avais emportée et réponds le plus calmement possible :

— J'ai perdu la notion du temps, désolée. Ma mère a contracté le Covid. Il y a une flambée de cas positifs aux Greens. Mais ils ne m'ont pas donné l'autorisation de lui rendre visite.

Les doigts de Finn se resserrent autour de mes bras.

— Merde, Di, est-ce que je peux faire quelque chose ? Ça doit être hyper frustrant pour toi de ne pas pouvoir la voir.

Je détourne les yeux sans mot dire.

— Diana ? murmure Finn.

— Elle est en train de mourir. J'ai signé un formulaire pour qu'on ne la réanime pas. Elle n'a pratiquement aucune chance de s'en sortir.

J'hésite un instant avant d'ajouter :

— Personne ne sait que j'étais avec elle.

Pas encore, en tout cas. Mais quelqu'un finira par remarquer le cadre moustiquaire déchiré.

Il me lâche instantanément.

— Tu es entrée dans la chambre d'une patiente covidée, dit-il d'une voix atone.

— Pas une simple patiente…

— Sans masque FFP2...

— J'ai retiré mon masque.

Avec le recul, tout ça me paraît absurde. Risqué. Voire suicidaire.

— Elle a eu peur parce qu'elle ne me reconnaissait pas.

— Elle est atteinte d'alzheimer et ne te reconnaît *jamais* ! riposte Finn.

— Justement, je ne voulais pas que ça se termine comme ça !

Un muscle tressaute dans sa mâchoire.

— Tu te rends compte de ce que tu as fait ? lâche-t-il en passant une main dans ses cheveux avant d'arpenter la pièce. Combien de temps es-tu restée au contact du virus ?

— Deux heures... trois, peut-être ?

— Sans masque, précise-t-il et j'acquiesce en silence. Bordel de merde, Diana, qu'est-ce qui t'est passé par la tête ?

— L'idée que j'allais perdre ma mère, peut-être ?

— Et moi, à ton avis, qu'est-ce que j'ai ressenti quand tu étais malade ? explose Finn. Qu'est-ce que je *ressens* encore ?

— J'ai déjà eu le Covid...

— Et tu peux le contracter une deuxième fois. Sauf si tu en sais plus qu'Anthony Fauci sur le sujet ? Parce qu'en l'état actuel des choses, c'est un coup de poker. Tu veux que je te dise ce que nous savons avec *certitude* ? Plus tu restes dans un espace fermé avec une personne infectée et contagieuse, plus tu risques d'attraper le virus. Point barre.

Mes mains se mettent à trembler.

— J'avoue que je n'ai pas pensé à ça.

— Et tu n'as pas non plus pensé à moi, gronde Finn. Parce que, maintenant, je suis obligé de rester confiné et de me faire tester. Combien de patients est-ce que je ne pourrai pas soigner simplement parce que mademoiselle *n'a pas pensé à ça* ?

Il tourne les talons, pareil à un animal en cage à la recherche d'une issue de secours.

— Putain, mais je peux même pas me protéger de toi, ici ! lance-t-il avant de foncer vers la chambre où il s'enferme en claquant la porte.

Je tremble de l'intérieur. Chaque fois que j'entends Finn bouger dans l'autre pièce, je sursaute. Il sera bien obligé de sortir tôt ou tard, pour manger, boire ou aller aux toilettes. Les ombres de l'après-midi s'allongent cependant, jusqu'à se fondre dans la noirceur de la nuit.

Je ne prends pas la peine d'allumer les lampes. Je reste assise sur le canapé, dans l'attente d'un dénouement.

J'ai déjà appris aujourd'hui que l'amour n'est pas une monnaie d'échange ; si quelqu'un nous a négligés dans le passé, ça ne veut pas dire qu'on devra à notre tour l'abandonner plus tard. Mais ce raisonnement vaut-il aussi dans l'autre sens ? Si j'ai survécu à une forme grave du Covid, c'est en grande partie grâce à Finn : c'est lui qui m'a retenue ici. Alors que lui dois-je, en retour ?

L'amour n'est pas synonyme d'obligation.

Il n'y a rien d'étonnant à ce que nous ne soyons pas toujours sur la même longueur d'onde, lui et moi : nous sommes tous les deux confinés dans un petit appartement, il est épuisé, je récupère lentement et tout est pesant dans un contexte de pandémie. Mais notre relation est ancrée dans le passé. Les fêlures existaient-elles déjà avant ou bien viennent-elles seulement d'apparaître ? Là où nous avancions vers le futur d'un même pas, je me surprends désormais à trébucher ou à tenter de le rattraper. Quelque chose a changé entre nous.

Quelque chose a changé en *moi*.

Vers 21 heures, la porte s'ouvre et Finn sort de la chambre. Il va dans la cuisine, prend la brique de jus d'orange dans le frigo et boit directement au goulot. En se retournant, il m'aperçoit dans la lueur bleue du réfrigérateur.

— T'es assise dans le noir, constate-t-il.

Il pose la brique de jus sur le plan de travail et vient s'asseoir à l'autre bout du canapé. Je cligne des yeux lorsqu'il allume une lampe, éblouie par la clarté soudaine.

— Je croyais que tu étais partie.

Un rire rauque monte de ma gorge.

— Je serais allée où ?

Finn hoche la tête.

— Bonne question.

Je baisse les yeux sur mes mains repliées sur mes genoux comme si ce n'étaient pas les miennes.

— Tu voulais que… tu veux que je parte ?

— Qu'est-ce qui te fait croire ça ? demande Finn, l'air sincèrement choqué.

— Bah, t'étais furax quand même. Ta colère est parfaitement justifiée.

Et en plus, je ne paie pas ma part du loyer.

— Dis-moi, Diana : est-ce que tu es heureuse ?

Mon regard accroche le sien.

— Quoi ?

— Je te pose la question parce que tu as l'air... préoccupée depuis quelque temps.

— Vu le contexte, je crois que je ne suis pas la seule.

Un bref silence suit ma remarque.

— Je n'ai peut-être pas choisi le terme adéquat. J'aurais dû dire *piégée*.

Il détourne les yeux, se concentre sur la couture du canapé.

— Est-ce que tu as encore envie de ça ? De nous ?

— Pourquoi me poses-tu cette question ?

J'ai choisi mes mots avec soin pour ne pas être obligée de mentir, pour lui laisser la liberté de les interpréter à sa guise.

Finn exhale un soupir de soulagement.

— Je n'aurais pas dû m'énerver contre toi, dit-il. Je suis vraiment désolé pour ta mère.

— Je suis désolée de t'avoir contaminé.

Le coin de ses lèvres frémit légèrement.

— J'avais besoin de vacances, de toute façon.

Deux jours plus tard, ma mère est en train de mourir. L'appeler en FaceTime alors qu'elle est inconsciente devrait ne me faire ni chaud ni froid, après toute l'énergie que j'ai dépensée dans mon enfance pour attirer son attention sans rien recevoir en échange. Pourtant, je me sens étrangement mal à l'aise. Une aide-soignante approche l'iPad du lit et feint de ne pas écouter. Je contemple son corps bourré de sédatifs, recroquevillé sous les couvertures comme une crosse de fougère. Et j'essaie de trouver des choses à dire. D'après Finn, c'est important de lui parler et même si j'ai l'impression qu'elle ne m'entend pas, mes paroles lui parviendront, d'une manière ou d'une autre.

Il a raison. Le message sera peut-être brouillé mais il arrivera à bon port. Ma voix sera comme une brise caressant le monde qui l'abrite.

Finn reste avec moi et, quand les mots me manquent, il prend le relais en racontant d'un ton léger comment nous nous sommes rencontrés. Un peu plus tard, il ajoute qu'il m'apprend les règles du baseball et aussi qu'il croit que l'appartement est hanté.

Je conclus l'appel en disant à ma mère qu'elle peut partir, s'il le faut.

Ces mots, il faut croire qu'elle a attendu toute sa vie de les entendre de ma bouche car moins d'une heure plus tard, la directrice des Greens m'appelle pour m'annoncer son décès.

Je prends les mesures nécessaires avec un détachement étrange, choisissant l'incinération sans cérémonie religieuse. Je me souviens d'avoir appris, enfant, comment les Indiens shinnecock fabriquaient leurs pirogues : ils brûlent puis creusent le cœur d'un tronc d'arbre. Voilà comment je me sens. Vidée, grattée, à vif.

Cette femme à qui j'en ai voulu si longtemps, que je voyais si rarement – cette femme me manque.

Ce qui est incroyable, c'est la facilité avec laquelle une personne quitte votre vie. Comme quand on est à la plage, qu'on recule d'un pas et que l'empreinte de notre pied est absorbée par le sable mouillé puis effacée par l'eau. Comme si elle n'avait jamais été là. Le deuil ressemble beaucoup à une conversation vidéo à sens unique sur un iPad. C'est l'appel resté sans réponse, l'écho de l'affection, l'ombre projetée par l'amour.

Mais ce n'est pas parce qu'on ne peut plus le voir qu'il devient moins réel.

Le jour où nous recevons un message nous informant que nous pouvons venir récupérer les cendres de ma mère, le *New York Times* publie son avis de décès dans la rubrique nécrologique réservée aux victimes du Covid, intitulée : *Celles et ceux que nous avons perdus*. L'article retrace son ascension en tant que photoreporter et mentionne le prix Pulitzer qui lui a été décerné. Il y a aussi des hommages de la part de ses collègues du *New York Times*, du *Boston Globe* et de l'Associated Press ainsi que des messages de Steve McCurry et Sir Don McCullin. Tous la décrivent comme la plus grande photographe du XXᵉ siècle.

La toute dernière ligne de l'avis de décès ne vante toutefois pas ses qualités d'artiste.

Emportant le journal dans la chambre, je me réfugie sous la couette. Puis lis et relis la courte phrase.

Elle laisse derrière elle une fille.

Pour la première fois depuis qu'on m'a annoncé la mort de ma mère par téléphone, je fonds en larmes.

QUINZE

Va-t'en.

SEIZE

Mes yeux sont fermés. Gonflés.
Le soleil se lève.
Pas moi.

DIX-SEPT

*Suis-je la seule personne au monde
à avoir perdu sa mère deux fois ?*

DIX-HUIT

— OK, la Belle au bois dormant ! s'exclame Finn. Aujourd'hui, on bouge !

Il rabat la couette et j'émets un grognement de protestation. Lorsque j'essaie de la remonter, il s'assoit et me force à prendre la tasse de café qu'il m'a apportée.

J'ai déjà vécu ça.

Ce serait tellement facile de tendre la perche qu'il me tend. Je roule sur le côté, le regarde en clignant des yeux.

— Tu vas aller prendre une douche, ordonne-t-il, et ensuite, on ira marcher.

C'est le neuvième jour de notre confinement. Il nous en reste encore cinq avant de pouvoir sortir.

— Comment ? je demande.

En le voyant esquisser timidement un sourire, je devine qu'il est prêt à contourner la loi pour moi. Et qu'il comprend pourquoi j'ai enfreint le règlement, le jour où j'ai rendu visite à ma mère.

— Chaque chose en son temps, dit-il.

Je suis restée trois jours entiers au lit, après son décès. Plus souvent endormie que réveillée.

Pas une seule fois au cours de mes phases de sommeil je ne suis retournée aux Galápagos. Pas une seule fois je n'ai revu le visage cuivré de Beatriz ni entendu l'accent chantant de Gabriel.

Pourquoi ai-je cru qu'en sombrant de nouveau – dans le chagrin, cette fois –, cette autre réalité viendrait me faucher ? Je n'en sais fichtre rien.

Je ne sais pas non plus comment interpréter le fait qu'il ne se soit rien passé.

Finn et moi longeons la 96ᵉ Rue qui passe sous la voie rapide FDR Drive, en direction d'East River. Nous sommes masqués et nous nous écartons lorsque nous croisons des gens car même si Finn joue au rebelle, il reste raisonnable et ne veut surtout pas prendre le risque de contaminer d'autres personnes. Nous passons devant deux types en train de se shooter et doublons une femme qui court derrière une poussette. Un feston d'herbes folles souligne le trottoir d'un épais trait vert tendre. Les fleurs tendent leur corolle vers le soleil.

Rien ne vaut les prémices de l'été à Manhattan. Les concerts de rue essaiment, des garçons tapent sur des fûts métalliques de vingt litres transformés en tambours, des danseurs de hip-hop défient les lois de la gravité. Des hommes d'affaires en costume-cravate avalent un chawarma entre deux rendez-vous. Des fillettes chaussées de derbies en cuir verni blanc serrent dans leurs bras des poupées American Girl. Les chauffeurs de taxi font des petits signes de main au lieu de vociférer, des gerbes d'hémérocalles jaillissent un peu partout et tout le monde semble avoir un chien à promener. Les gens recommencent à sortir mais leurs déplacements sont furtifs, prudents. On ne traîne pas dans les rues. On fusille du regard les rares personnes qui portent leur masque sous le nez. Les mouvements sont plus fluides, les trottoirs clairsemés, comme si la ville avait été vidée de la moitié de sa population. Est-ce que ce sera toujours comme ça ?

Une nouvelle normalité.

Je me tourne vers Finn.

— Tu crois que tout redeviendra comme avant, un jour ?

Il me lance un coup d'œil.

— Je ne sais pas, dit-il d'un air songeur. Quand je parlais aux patients qui allaient subir une opération, avant, ils me demandaient toujours s'ils allaient retrouver toutes leurs capacités. D'un point de vue purement médical, la réponse était souvent oui. Sauf qu'il reste toujours une cicatrice. Même quand elle ne barre pas ton ventre, elle se balade quelque part dans ta tête. C'est l'idée toute neuve qu'on n'est pas invincible. Et ça, à mon avis, ça te change durablement.

Nous arrivons devant l'entrée de Carl Schurz Park, l'un de mes parcs préférés. Il y a des arbres, des jardins tapissés d'une belle pelouse veloutée et deux volées incurvées de marches en pierre qui me font toujours penser à l'endroit idéal pour un début de conte de fées. Il y a une aire de jeux pour les enfants. Une statue en bronze de Peter Pan.

Nous nous asseyons là, en face de la statue.

— Tu avais raison : on avait besoin de prendre l'air, dis-je en donnant un léger coup d'épaule à Finn. Merci de t'occuper de moi.

— Je suis là pour ça.

Je prends une longue inspiration à travers mon masque.

— J'ai toujours aimé ce parc.

— Je sais.

Il s'adosse au banc et offre son visage au soleil, les mains enfoncées dans les poches de sa veste. Si nous n'étions pas enlisés dans une pandémie, ce serait une journée absolument parfaite.

Quand Finn cesse de fouiller dans ses poches, je m'aperçois qu'il ne se contente pas de lézarder au soleil. Un petit écrin à bijoux tient en équilibre sur son genou.

— Je sais que ce n'est pas le moment rêvé, commence-t-il, mais plus j'y pense et plus je me dis que si, en fait. J'ai failli te perdre. Et après ce qui s'est passé pour ta mère… chaque jour compte, tu vois. Personnellement, ça ne me dérange pas que rien ne redevienne comme avant parce que je n'ai pas envie de marcher à reculons. Ce que je veux, c'est aller de l'avant. Avec toi. Je veux des enfants qu'on emmènera ici et qu'on poussera sur les balançoires. Je veux la maison, le jardin, le chien qui va avec et tous les trucs dont on rêve ensemble depuis des années.

Il pose un genou à terre.

— Diana, est-ce que tu veux m'épouser ? On a testé dans la maladie. Si on essayait dans la santé ?

J'ouvre la boîte. Un solitaire, sobre et ravissant, me décoche un éclair de lumière dans l'œil.

À un mètre de nous se dresse Peter Pan, figé dans le temps. Combien d'années a-t-il passées auprès de Wendy avant d'oublier qu'il savait voler, jadis ?

— Di ? murmure Finn avec un petit rire nerveux. Dis quelque chose...

Je baisse les yeux sur lui.

— Pourquoi est-ce que tu n'es pas magicien ?

— Quoi ? Bah, parce que je suis... chirurgien ? Je ne comprends pas trop le sens de ta question, là...

— L'autre jour, tu m'as dit que tu voulais être magicien quand tu étais petit. Qu'est-ce qui t'a fait changer d'avis ?

Dans un mouvement gauche, il reprend sa place à côté de moi. Il sait que le charme est rompu.

— Personne ne devient magicien, marmonne-t-il.

— C'est faux.

— Alors disons que ce n'est pas pareil. Les gens qui exercent cette activité ne font pas de la magie au sens propre du terme. Leur vrai boulot, c'est détourner l'attention des spectateurs pour leur faire croire qu'ils font de la magie.

Finn a toujours été une ancre pour moi. Le problème, c'est qu'une ancre n'empêche pas seulement de partir à la dérive. Une ancre peut aussi vous faire couler.

Je pourrais peindre de mémoire un portrait de Finn : chaque tache de rousseur, chaque courbe, chaque cicatrice. Mais j'ai subitement l'impression d'avoir reconnu quelqu'un dans une foule et de me rendre compte, en m'approchant de cette personne, qu'elle n'était pas celle que je croyais.

Il se frotte la nuque.

— Écoute, Di, si tu as besoin de temps... si je me suis fait des idées...

Il cherche mon regard avant de demander :

— Ce n'est pas ce que tu veux ? Ce que nous avions programmé ?

— On ne peut pas programmer sa vie, Finn, dis-je d'une voix posée. Parce que, par définition, la vie n'est pas un programme.

Peut-être n'y a-t-il aucune explication rationnelle au fait que j'aie survécu au Covid. Et peut-être n'existe-t-il pas de meilleur homme au monde que celui qui est assis à côté de moi. Mais je ne suis plus celle que j'étais à l'époque où Finn et moi avions imaginé notre avenir... et je crois que je ne veux plus être cette personne.

Alors oui, c'est vrai : on ne peut pas choisir sa réalité. Mais on peut la transformer.

La bague est toujours entre mes doigts. Je la dépose dans le creux de sa paume, referme sa main.

Finn me dévisage d'un air meurtri.

— Je ne comprends pas, murmure-t-il d'une voix rauque. Pourquoi est-ce que tu réagis comme ça ?

Je me sens incroyablement légère, tout à coup, comme si je n'étais plus faite de chair et d'os mais d'air et de pensées.

— Tu es parfait, Finn, dis-je en soutenant son regard. Tu n'es juste pas parfait pour moi.

ÉPILOGUE

Mai 2023

Posez la question à toutes les personnes qui ont vu la mort de près : il faut vivre l'instant présent. C'est hélas impossible. Car les instants s'égrènent et s'envolent inéluctablement.

On est entraîné vers l'instant, le moment suivant et encore celui d'après, toujours en quête de ce qu'on aime par-dessus tout et de la personne avec qui on souhaite partager l'aventure. Et tous ces moments mis bout à bout ? Eh bien, ça s'appelle la vie.

Les listes de tout ce qu'on aimerait faire n'ont pas d'importance. Les jalons n'ont pas d'importance. Les objectifs non plus. Il faut savourer les victoires les plus infimes : est-ce que je me suis réveillé ce matin ? Ai-je un toit au-dessus de ma tête ? Les personnes que j'aime sont-elles en bonne santé ? On n'a pas besoin des choses qu'on ne possède pas. Il faut s'efforcer de se contenter de ce qu'on a. Le reste, c'est juste la cerise sur le gâteau.

Trois ans se sont écoulés depuis que j'ai survécu au Covid ; deux ans depuis que je suis vaccinée ; un an depuis que j'ai décroché mon diplôme d'art-thérapeute et ouvert mon propre cabinet. Entre-temps, j'ai mis de l'argent de côté et me voici donc là.

J'offre mon visage au vent. Les embruns arrosent mes lunettes de soleil, alors je les retire et accepte de me faire mouiller. Je ris, juste parce que ça me fait du bien.

Il a fallu du temps avant que le pays sorte du confinement et encore plus avant que ne soit décidée la réouverture des frontières. J'ai dû forcer mon courage pour me lancer pas à pas : manger *à l'intérieur* d'un restaurant. Ne pas céder à la panique quand j'oublie mon masque chez moi. Voyager en avion.

Le ferry est bondé. Une famille avec trois gamins turbulents côtoie une bande d'ados penchés sur leurs téléphones. Un groupe de touristes japonais écoute son guide décrire les différentes variétés de poissons qu'ils verront peut-être lors d'une sortie plongée. Il illustre ses explications en tournant les pages d'un album de photos sous-marines. Le capitaine du ferry crie quelques mots tandis que nous approchons d'un ponton où plusieurs bateaux-taxis attendent notre arrivée pour nous emmener à notre destination finale.

La traversée ne dure que cinq minutes. Je règle la course et débarque sur le quai de Puerto Villamil. Allongée sur le sable, une otarie me barre le passage, vaste et immobile comme un continent. Je sors mon téléphone et prends une photo avant de l'envoyer par SMS.

Rodney me répond aussitôt : *LES LATINOS SONT TROP SEXYS*.

Mes pouces pianotent sur l'écran. *Tu as bien reçu mon message, hein ?*

Non, réplique Rodney.

Rodney et moi partageons un appartement dans le Queens depuis que j'ai quitté Finn. Ce n'est jamais facile de rompre, et ça l'est encore moins en pleine pandémie. Mais deux heures après que j'avais appelé Rodney pour lui annoncer que ma mère était morte et que Finn m'avait demandée en mariage, mon meilleur ami avait sauté dans un avion. Ensemble, nous avons vivoté sur nos allocations chômage jusqu'à ce que Sotheby's réembauche Rodney. De mon côté, je m'étais déjà inscrite à l'université de New York.

Rodney voulait venir avec moi aux Galápagos, mais c'est un voyage que je dois faire seule. C'est le dernier chapitre. Il est temps de refermer le livre.

Je n'ai revu Finn qu'une seule fois depuis notre séparation. Comme par hasard, nos chemins se sont croisés sur la piste cyclable le long d'East River. Il rentrait de l'hôpital et je faisais mon footing. Il paraît qu'il est fiancé à Athena, l'infirmière qui m'avait fabriqué le masque avec des tournesols.

J'espère qu'il est heureux. Vraiment.

Il y a beaucoup de monde à Puerto Villamil. Des décibels de musique s'échappent des bars en plein air bordant la rue principale. Les clients s'agglutinent autour des terrasses. Une longue file d'attente serpente devant une échoppe de tacos. Des gamins aux pieds nus tapent dans un ballon de foot. Dans cette atmosphère de griserie et de nonchalance typique des stations balnéaires, je ne suis pas la seule à traîner une valisette à roulettes dans la rue sablonneuse parsemée de cailloux.

Un méli-mélo d'iguanes se désenchevêtre et détale lorsque les roulettes les frôlent de trop près. Je vérifie sur mon téléphone l'adresse de la Casa del Cielo mais les hôtels se tiennent tous côte à côte, semblables à une rangée de dents étincelantes et parfaitement alignées en bordure d'océan. Le mien est un petit hôtel de charme. Sa façade en stuc absorbe la lumière du soleil. Son nom est écrit en lettres de mosaïque bleue.

Il ne ressemble en rien à l'hôtel apparu dans mes rêves.

Un couple sort au moment où je m'approche de l'entrée. Ils me tiennent la porte et je me dirige vers le comptoir de réception en tirant ma valise.

Un souffle d'air conditionné m'enveloppe tandis que je donne mon nom. L'employé, un jeune type blond avec un piercing dans le nez, probablement un étudiant, s'adresse à moi dans un anglais impeccable.

— Vous êtes déjà venue ici ? me demande-t-il en prenant ma carte de crédit.

— Pas vraiment.

— C'est mystérieux, comme réponse, fait-il observer en souriant.

— On peut dire ça, en effet.

Il me remet une clé de chambre nouée à un éclat de coquille de noix de coco verni.

— Le mot de passe pour le wi-fi est écrit au dos, précise-t-il. La connexion n'est pas toujours très fiable.

Je ris, c'est plus fort que moi.

— Si vous avez besoin de quoi que ce soit, composez le zéro, ajoute-t-il.

Je le remercie en attrapant la poignée de ma valise. Avant d'entrer dans l'ascenseur, je fais volte-face.

— Est-ce qu'une Elena travaille ici ?

Il secoue la tête.

— Pas à ma connaissance, non.
— Tant pis. Je dois faire erreur.

Le sujet de ma thèse de master traitait de la fiabilité de la mémoire et de ses principales causes de défaillance. Au Japon, il existe des monuments appelés pierres de tsunami. Ces espèces de stèles géantes disséminées tout le long de la côte sont censées dissuader les descendants des premiers habitants de bâtir leurs maisons en deçà d'une certaine limite. Elles ont été érigées en 1896 et 1933, après le passage de deux tsunamis qui ont fait vingt-deux mille victimes. Selon les Japonais, il faut trois générations pour oublier une blessure. La génération qui subit un traumatisme le transmettra à ses enfants puis à ses petits-enfants. Enfin seulement, le souvenir s'estompera. Pour les survivants d'une tragédie, cette idée est inconcevable. À quoi bon surmonter l'horreur, rétorquent-ils, si on ne peut pas transmettre aux générations futures les leçons qu'on en a tirées ? Puisque rien ne remplacera jamais ce que ces personnes ont perdu, la seule façon de donner du sens à la tragédie consiste à s'assurer qu'aucun être humain ne revivra les mêmes choses. Les souvenirs servent alors de garde-fous qui nous empêchent de commettre deux fois les mêmes erreurs.

Dans mon cabinet d'art-thérapeute, j'ai commencé à travailler avec des personnes dont la vie a été affectée par le Covid de différentes manières. Il y a ceux qui ont perdu leur emploi ou un être cher. Et ceux qui ont survécu au virus et qui (comme moi) se demandent pourquoi. Au cours de l'année écoulée, mes patients et moi avons créé trois pierres de pandémie de trois mètres de haut sur un mètre de large. Les survivants ont peint et gravé des dessins ou des mots reflétant la sagesse qu'ils ont acquise grâce à cette épreuve. Il y a des photos et des familles de personnages allumettes dont certains sont coloriés en gris pour symboliser la mort. Il y a des mantras : *Trouve ta joie. Aucun travail ne vaut la peine qu'on y laisse sa peau.* Des poings noirs se lèvent en signe de solidarité, un globe terrestre a pris la forme d'un cœur, une seringue remplie d'étoiles s'élève vers le ciel. La première que nous avons terminée a été exposée dans le hall du MoMA à l'occasion de la dernière date commémorative de la pandémie.

L'obélisque se dresse trois étages en dessous d'une des photos de ma mère.

En partant à la découverte d'Isabela, j'ai l'impression de revisiter une ville que j'aurais parcourue après avoir abusé de certaines substances. Plusieurs sites sont exactement comme dans mon souvenir : la surface noire et plate de la lave *pahoehoe*, par exemple. Et le croissant de plage derrière l'hôtel. Sans doute avais-je aperçu quelques photos de ces endroits en préparant notre séjour et les images se sont incrustées quelque part dans mon subconscient, assez profondément pour que je puisse les convoquer le moment venu. D'autres parties de l'île sont en revanche totalement différentes, comme l'endroit où les *pangas* accostent avec leur pêche quotidienne et l'architecture des maisonnettes qui parsèment la route lorsqu'on quitte la ville. Celle d'Abuela avec l'appartement aménagé au sous-sol n'existe tout simplement pas.

Demain, je m'inscrirai à une visite guidée de l'île. Je veux voir le volcan et les *trillizos*. Mais le voyage a été long et j'ai besoin de me dégourdir les jambes, alors j'enfile un short, un débardeur et une paire de baskets, j'attache mes cheveux en queue de cheval et descends sur la plage. Là, je retire mes chaussures et patauge dans l'eau en observant les crabes Sally Lightfoot accrochés aux rochers. Les mains posées sur les hanches, je lève les yeux vers les nuages puis contemple l'horizon. Un îlot qui n'existait pas dans mon rêve flotte à la surface de l'eau. J'inspire profondément. La dernière fois que j'étais ici, j'étais incapable de respirer par moi-même.

Je vais m'asseoir sur un rocher en compagnie d'un iguane que ma présence ne dérange pas le moins du monde et attends que mes pieds soient secs avant de remettre mes baskets. Puis je m'éloigne du centre-ville à petites foulées. Encore une chose qui ne ressemble pas du tout à ce que j'avais imaginé : l'entrée du centre d'élevage des tortues. L'ambiance est très touristique, des panneaux et des plans ornés de dessins d'œufs et de tortues en train de percer leur coquille encombrent l'espace.

Un couple sortant du centre me sourit tandis que je me dirige à l'intérieur.

— C'est fermé, m'informe la femme, mais on peut quand même voir des bébés dans les parcs extérieurs.

Je la remercie et m'approche des enclos disposés en fer à cheval. Sous les cactus, un groupe de tortues blotties les unes contre les autres étirent leurs cous de vieillards vers une menace invisible. L'une d'entre elles se décroche la mâchoire en dardant une langue rose et triangulaire.

Les tortues sont rassemblées par taille. Certains enclos n'en abritent que deux ou trois. D'autres sont pleins à craquer. Les bébés ne sont pas plus gros que mon poing et s'escaladent mutuellement, créant leur propre parcours d'obstacles.

Une petite tortue réussit à se dresser sur ses pattes arrière en prenant appui sur la carapace de sa voisine. Pendant quelques instants suspendus, elle tient en équilibre avant de tomber à la renverse.

Couchée sur le dos, ses pattes pédalent dans le vide et sa tête est rentrée dans sa carapace.

Je jette un coup d'œil autour de moi. Un soigneur va bien finir par venir remettre cette pauvre bestiole sur le dos. Mais il n'y a personne en vue.

Bon, tant pis. Ce ne sont que des bébés. Parfaitement inoffensifs, non ?

La murette de l'enclos m'arrive à la cuisse. Je pose un pied dessus dans l'intention de l'escalader. Je vais accomplir ma mission de sauvetage puis rentrer à l'hôtel.

Pourquoi diable ma basket dérape-t-elle ?

— *Cuidado !*

Une main se referme autour de mon poignet au moment où j'allais tomber.

Et je me retourne.

NOTE DE L'AUTEURE

Les tragédies restent gravées dans les esprits des êtres humains. On se souvient tous de l'endroit où l'on se trouvait le jour où Kennedy a été assassiné, le jour où les Twin Towers se sont effondrées. De la même manière, on se souvient tous de la dernière chose qu'on a faite avant que la déferlante du Covid-19 n'oblige le monde à se confiner.

Pour ma part, j'étais à un mariage à Tulum. La mariée était une actrice qui devait jouer un mois plus tard dans *Between the Lines*, la comédie musicale adaptée du roman coécrit avec ma fille. J'ai assisté à son mariage en compagnie du librettiste et de son époux et de notre metteur en scène et de son époux. Assis à la même table, nous avons siroté des margaritas et passé un merveilleux moment. Après ça, j'ai rejoint mon mari à Aspen où mon fils s'apprêtait à demander sa petite amie en mariage. Des rumeurs circulaient à propos du coronavirus mais tout cela semblait irréel.

À l'hôtel, la direction nous a prévenus qu'un client avait été testé positif. Lorsque nous avons pris l'avion pour rentrer chez nous, le New Hampshire décrétait l'état d'urgence. Ma dernière expédition dans un supermarché date du 11 mars 2020 (et à l'heure où j'écris ces lignes, je n'ai toujours pas remis les pieds en grande surface). Une semaine plus tard, j'apprenais que tous les convives assis à ma table le jour du mariage au Mexique avaient contracté le Covid. Et deux d'entre eux étaient hospitalisés.

Je ne l'ai jamais attrapé.

Comme je suis asthmatique, j'ai respecté à la lettre les mesures de confinement. Je peux compter sur les doigts d'une main le nombre de fois où je suis sortie de chez moi au cours de l'année passée alors que les années précédentes, je passais à peu près six mois loin de la maison en temps cumulé. Deux de mes enfants et leurs conjoints ont été infectés par le virus – une forme bénigne de la maladie, fort heureusement. Quand mon mari allait faire les courses et qu'il entendait certains employés critiquer le port du masque obligatoire et les mesures de distanciation sociale, il s'arrangeait toujours pour glisser que nos enfants avaient été malades. À l'instar de Finn qui en fait l'expérience dans ce roman, les réfractaires reculaient alors de quelques mètres, comme si le simple fait de parler de la maladie pouvait être contagieux.

Et moi, dans tout ça ? J'étais à la maison, tétanisée par la peur. J'avais déjà du mal à respirer en temps normal. Je préférais ne pas imaginer ce que le Covid ferait à mes poumons. L'angoisse nuisait grandement à ma capacité de concentration. J'étais donc incapable de me changer les idées en me mettant au travail. Je n'arrivais pas à écrire. Je ne pouvais même pas lire. Au bout de quelques pages, mon esprit vagabondait ailleurs.

Le blocage de la lecture fut le premier à disparaître, et ce grâce aux romans d'amour, le seul genre littéraire qui me permettait alors de m'évader. Je crois que la perspective d'une fin heureuse, même fictive, me rassurait. Mais j'étais toujours incapable d'écrire. J'ai donc commencé à travailler sur un roman que j'étais censée coécrire pour une parution en 2022, m'efforçant de rafraîchir ma mémoire musculaire en me documentant sur le sujet abordé (par Zoom, cette fois) et mon cerveau s'est enfin souvenu de la façon dont il devait s'y prendre pour créer un livre. Cependant que je planchais sur ce roman, plusieurs questions ne cessaient de me tarauder : comment allions-nous écrire sur cette pandémie ? Qui s'y attellerait ? Comment allions-nous raconter les raisons qui avaient conduit à cette situation inédite, le quotidien d'un monde confiné et les leçons que nous avions tirées de cette épreuve ?

Plusieurs mois après le début de la pandémie, je suis tombée sur un article relatant l'histoire d'un Japonais coincé au Pérou pendant toute la durée du confinement. En vacances près du Machu Picchu au moment où le pays avait fermé ses frontières, le touriste japonais s'était intégré au fil des mois à la communauté locale. Les habitants ont finalement adressé une pétition au gouvernement pour lui demander de rouvrir les portes du site archéologique afin qu'il puisse le visiter. Tout à coup, j'ai su comment j'allais m'y prendre pour écrire sur le Covid.

La sensation d'isolement fut l'émotion la plus partagée au cours de cette année passée. Paradoxalement, ce sentiment collectif ne nous empêche pas de nous sentir seuls, à la dérive. En y réfléchissant bien, je me suis dit que cet isolement contraint pouvait avoir des effets dévastateurs… mais pouvait également générer des changements bénéfiques. Et ce constat m'a naturellement fait penser à Darwin. Selon sa théorie de l'évolution, notre capacité d'adaptation est notre seul moyen de survivre.

Je ne suis jamais allée au Machu Picchu… et je ne pouvais évidemment pas m'y rendre pour mes recherches. En revanche, j'avais visité l'archipel des Galápagos bien des années plus tôt et je me suis demandé si un ou une touriste était resté coincé là-bas pendant la pandémie. Bingo : Ian Melvin, un jeune Écossais en vacances dans l'archipel, a passé plusieurs mois sur l'île d'Isabela en attendant que les interdictions de voyager soient levées. J'ai donc retrouvé Ian pour l'interviewer, ainsi que plusieurs résidents de l'île qui l'avaient rencontré, parmi lesquels Ernesto Velarde, employé de la Fondation Darwin, et Karen Jacome, guide naturaliste. J'avais envie de dépeindre les sentiments de quelqu'un qui se retrouve bloqué au paradis alors que le reste du monde vit un enfer.

Mais je voulais aussi parler de *survie.* De résilience humaine. Il est impossible de donner du sens aux innombrables décès et aux pertes moins dramatiques que nous avons tous subies pendant cette période. Pourtant, nous allons bien être obligés de donner du sens à cette année perdue. Dans cette optique, j'ai décidé d'interroger les professionnels de santé qui se battent en première ligne depuis le début de cette guerre contre le Covid. J'ai écouté leur colère, leur épuisement et leur détermination à ne pas laisser ce satané virus remporter la bataille. J'ai mis leurs cœurs dans la voix de Finn, j'espère leur avoir rendu hommage. Nous ne pourrons jamais les remercier assez pour ce qu'ils ont fait. Nous ne pourrons pas non plus effacer les souvenirs de ce qu'ils ont vu.

Ensuite, je me suis tournée vers les cas graves, les malades qu'on a dû placer sous assistance respiratoire... et qui sont encore là pour témoigner. Le jour où j'ai lancé mon appel sur les réseaux sociaux pour demander aux survivants du Covid ayant été intubés de bien vouloir me contacter s'ils le souhaitaient, j'ai reçu plus d'une centaine de réponses en l'espace d'une heure. Il me semble important de le signaler. Les personnes avec qui je me suis entretenue (de tous les âges, toutes les corpulences, toutes les origines : ce virus ne pratique aucune discrimination) ont toutes un message à faire passer : le Covid n'est pas "une simple grippe", il est nécessaire de porter un masque, de garder ses distances, et la politique n'a rien à voir là-dedans. Comme Diana, presque toutes les personnes que j'ai interrogées ont fait l'expérience de ces rêves lucides, foisonnants de détails – certains ne duraient qu'une brève parenthèse tandis que d'autres s'étalaient sur plusieurs années.

Je crois bien être la seule, en tout cas pour le moment, à avoir répertorié ces expériences. Il faut dire qu'il y a une foule de choses bien plus importantes à savoir sur le Covid. Mais ce qui m'a réellement fascinée, c'est la classification possible de ces rêves en quatre catégories : ceux qui se déroulent dans un sous-sol, ceux qui mettent en scène un enlèvement ou une expérience de contrainte physique, ceux où un proche réapparaît ou, *a contrario*, ceux où une personne chère trouve la mort (dans ce dernier cas, le malade du Covid découvre en se réveillant que cette personne est bien vivante). Les rêves lucides de mes interlocuteurs sont devenus les récits que Diana lit sur Facebook. Caroline Leavitt, une auteure que j'apprécie particulièrement, a écrit plusieurs fois sur son expérience de coma artificiel et accepté de me livrer certains détails au sujet de cet "autre endroit" qu'il lui arrive encore de visiter dans son sommeil. Là-bas, elle n'est pas écrivaine mais enseignante ; elle est célibataire ; elle est différente physiquement pourtant elle sait que c'est elle ; elle a passé des *années* dans cet endroit. Il existe toutes sortes d'explications à ces expériences à la fois inconscientes et lucides. Ce qui est clair, c'est que nous ne connaissons pas encore suffisamment le fonctionnement du cerveau humain pour comprendre pourquoi elles surviennent et ce qu'elles signifient.

J'ai posé une dernière question à celles et ceux qui ont accepté de témoigner : *De quelle manière cette expérience a-t-elle modifié le regard que vous portez sur la suite de votre vie ?*

Leurs réponses m'ont ramenée directement à la notion d'isolement. Quand on se retrouve totalement seul, que ce soit sur un rocher perdu au milieu de l'océan ou relié à un respirateur, on ne peut puiser de la force qu'en soi-même. Comme me l'a confié une survivante du Covid : "Je ne cherche plus rien en dehors de moi, à présent. Je me dis que c'est bon, j'ai tout ce qu'il me faut." Que nous ayons ou non été hospitalisés à cause du Covid au cours de l'année passée, nous avons tous une idée beaucoup plus claire de ce qui compte vraiment. Et devinez quoi ? Ce n'est ni la promotion sociale, ni l'augmentation de salaire, ni la belle voiture ni le jet privé. Ce n'est pas décrocher une place dans une des prestigieuses universités de l'Ivy League ni remporter un Ironman ni être célèbre. Ce n'est pas faire des heures supplémentaires ou rester plus tard au bureau pour s'attirer les faveurs de son patron. Non, ce n'est rien de tout ça. C'est plutôt prendre le temps d'admirer les arabesques dessinées par le givre sur une vitre. C'est serrer sa mère dans ses bras ou cajoler ses petits-enfants. C'est n'avoir aucune attente particulière et ne rien tenir pour acquis. C'est être conscient qu'une heure de plus derrière son bureau est une heure qu'on ne passera pas à jouer au ballon avec son enfant. C'est garder en tête que le monde pourrait subir un nouveau confinement demain. C'est savoir que tout au bout du chemin le salaire annuel et la longueur du CV importent peu : la seule chose dont on a vraiment besoin, c'est quelqu'un auprès de nous. Qui nous tient la main.

Quand j'essaie de donner du sens à l'année qui vient de s'écouler, j'ai souvent l'impression que le monde a appuyé sur le bouton *pause*. En cessant de nous agiter, nous nous sommes aperçus que nous avions choisi de nous affirmer par de drôles de moyens : des listes d'objets à posséder ou d'expériences à tenter, des objectifs monétaires ou cupides. Aujourd'hui, je me demande comment nous avons pu nous fixer de tels buts. Nous n'avons pas besoin de toutes ces choses pour nous sentir entiers. Nous avons besoin d'ouvrir les yeux le matin. D'avoir un corps en bonne santé. De savourer un bon repas. D'un toit au-dessus de nos têtes. Nous avons besoin de nous entourer des personnes que nous aimons. De nous contenter de petites victoires.

Et surtout, nous devons nous efforcer de nous souvenir de tout cela, même quand il ne sera plus question de pandémie.

Mars 2021.

REMERCIEMENTS

J'ai la réputation d'écrire vite mais je pense avoir battu tous les records avec ce roman. Cet exploit n'aurait pas été possible sans l'aide des personnes suivantes :

Pour avoir rafraîchi ma mémoire au sujet des Galápagos : Ian Melvin, Karen Jacome, Ernesto Velarde. (NOTE : Bien que l'île d'Isabela ait réellement interdit son accès aux touristes, cela s'est passé le 17 mars 2020 et non le 15, comme dans ce livre. Cette liberté fait partie de mes privilèges d'auteure de fiction, ce n'est en aucun cas une erreur commise par mes conseillers éclairés !)

Pour les conditions de travail dans les services réservés aux patients Covid : les Drs Barry Nathanson, Kim Coros, Vlasdislav Fomin ; Carrie Munson, Kathleen Fike, Meghan Bohlender ; les Drs Grecia Rico, Ema-Lou Ranger, Alli Hyatt, Samantha Ruff ; Meghan Summerall, Kendal Peters, Megan Brown, Lewis Simpson, Stefanie Ryan, Jennifer Langford, Meagan Campuzano ; le Dr Francisco Ramos.

Pour avoir accepté de décrire sa ville imaginaire (et pour sa disponibilité, sa franchise et son incroyable talent d'écrivaine) : Caroline Leavitt.

Pour m'avoir aidée à tuer quelqu'un lors d'une sortie de plongée : Christopher Crowley.

Pour les échanges de SMS frénétiques à propos de New York et de la carte de Central Park : Dan Mertzlufft.

Pour m'avoir enseigné les rudiments de l'art-thérapie et parlé de l'automutilation chez les adolescents : le Dr Sriya Bhattacharyya.

Pour m'avoir fourni de précieux renseignements sur l'art, le marché de l'art ainsi que pour avoir créé un faux Toulouse-Lautrec particulièrement convaincant (et pour la remercier aussi d'aimer mon fils Jake) : Melanie Borinstein.

Parce que ces anciens patients terrassés par des formes sévères de Covid-19 sont des survivants et que leurs témoignages francs et directs m'ont été d'une aide précieuse : Vicki Judd, Kabria Newkirk, Caroline Coster, Karen Burke-Bible, Chris Hansen, Don Gillmer, Lisa et Howard Brown, Felix Torres, Matt Tepperman, Shirley Archambault, Alisha Hierbert, Jennifer Watters, Pat Conner, Jeri Hall, Allison Stannard, Sue McCann, LaDonna Cash, Sandra et Reggie McAllister, Teresa Cunningham, Katie White, Lisa Dillon, Nancee Seitz.

Pour m'avoir parlé des pierres de tsunami : le Dr Daniel Collison.

Pour avoir inventé des morts fictionnelles dans un contexte éprouvant et m'avoir suivie de loin dans ma bulle spéciale Covid : Joan Collison, Barb Kline-Schoder, Kirsty DePree, Jan Peltzer.

Pour m'avoir encouragée à écrire ce livre alors que je m'interrogeais sans cesse sur le bien-fondé du projet, et/ou pour avoir lu les premières versions du manuscrit : Brigid Kemmerer (la *meilleure* critique et consœur), Jojo Moyes, Reba Gordon, Katie Desmond, Jane Picoult, Elyssa Samsel.

Sur le concept de Produit Minimum Viable dans l'édition. La création d'un livre est un processus de longue haleine. Il ne suffit pas seulement de l'écrire, il faut aussi le corriger, préparer la copie, concevoir la couverture, régler les questions de marketing, de diffusion et tout un tas d'autres éléments incontournables pour qu'il puisse, tout au bout de la chaîne, être lu. Un jour du mois de mars, j'ai envoyé un e-mail à mon éditrice qui disait en substance : *Surprise, voici un livre que je n'avais pas prévu d'écrire !* Jennifer Hershey, qui est la plus talentueuse des éditrices et la plus fervente des supportrices, a eu une réaction extraordinaire : elle a adoré le roman et a décidé de le publier alors que nous nous efforcions encore de comprendre ce qui se passait dans le monde. Laura Gross, mon agent/amie/acolyte, s'est également démenée comme un beau diable pour mener à bien ce projet herculéen. Mon attachée de presse, Susan Corcoran, a le cœur sur la main et l'esprit incroyablement vif, et je serais incapable d'accomplir tout cela sans elle à mes côtés. Et puis il y a le reste de la machine Ballantine si bien huilée, toutes ces personnes formidables qui ont permis de publier ce roman en un temps record : Gina Centrello, Kara Walsh, Kim Hovey, Deb Aroff, Rachel Kind, Denise Cronin, Scott Shannon, Matthew Schwartz, Theresa Zoro, Kelly Chian, Paolo Pepe, Erin Kane, Kathleen Quinlan, Corina Diez, Emily Isayeff, Maya Franson, Angie Campusano. Vous êtes mon armée et, grâce à vous, je me sens invincible.

Merci infiniment à ma famille qui m'a empêchée de devenir folle alors que je rasais les murs l'an dernier : Kyle et Kevin Ferreira van Leer qui résolvaient tous les jours avec moi la grille de mots croisés et le jeu de l'anagramme du *New York Times* ; et Sammy et Frankie Ramos ainsi que Jake van Leer et Melanie Borinstein du Four Square Team Extraordinaire.

Enfin, merci au seul homme avec qui j'aurai toujours envie de rester confinée dans un endroit clos pendant plus de 365 jours : Tim van Leer. Même si tu écrémais mes listes de courses pour les rendre plus diététiques, je t'aimerai toujours, quel que soit le monde où nous vivons.

OUVRAGE RÉALISÉ
PAR NORD COMPO À VILLENEUVE-D'ASCQ
REPRODUIT ET ACHEVÉ D'IMPRIMER
EN AVRIL 2024
PAR NORMANDIE ROTO IMPRESSION S.A.S.
À LONRAI
POUR LE COMPTE DES ÉDITIONS
ACTES SUD
LE MÉJAN
PLACE NINA-BERBEROVA
13200 ARLES

DÉPÔT LÉGAL
1ʳᵉ ÉDITION : MAI 2024
N° d'impression : 2401949
(Imprimé en France)